VOYAGES

IMAGINAIRES,

ROMANESQUES, MERVEILLEUX, ALLÉGORIQUES, AMUSANS, COMIQUES ET CRITIQUES.

SUIVIS DES

SONGES ET VISIONS,

ET DES

ROMANS CABALISTIQUES.

CE VOLUME CONTIENT

La suite des VOYAGES DU CAPITAINE ROBERT BOYLE, avec la relation du naufrage du Sieur RICHARD CASTELMAN.

VOYAGES

IMAGINAIRES,

SONGES, VISIONS,

ET

ROMANS CABALISTIQUES.

Ornés de Figures.

TOME ONZIÈME.

Première division de la première classe, contenant les Voyages Imaginaires *romanesques.*

A AMSTERDAM,

Et se trouve à PARIS,

RUE ET HOTEL SERPENTE.

M. DCC. LXXXVII.

VOYAGES
ET AVENTURES
DU CAPITAINE
ROBERT BOYLE;

Où l'on trouve l'Histoire de Mademoiselle
Villars, avec qui il se sauva de Barbarie ;
celle d'un Esclave Italien, & celle de
don Pedro Aquilio, qui fournit des
exemples des coups les plus surprenans de la
fortune ;

Avec

La Relation du voyage, du naufrage & de la
conservation miraculeuse du Sr Castelman,
où l'on voit une description de la Pensylvanie
& de Philadelphie sa capitale.

VOYAGES
ET AVENTURES
DU CAPITAINE
ROBERT BOYLE.

Quand le gentilhomme italien eut fini son histoire, nous nous fîmes réciproquement des complimens de condoléance sur nos malheurs, qui étoient tout semblables. Le jour commençoit à poindre, & Mustapha nous dit que nous arriverions à Magazan avant la nuit. Cette nouvelle nous réjouit très-fort, car nous avions compté qu'il nous faudroit un jour davantage. Je priai mademoiselle Villars de me permettre d'ôter la peinture dont je lui avois frotté le visage avant que de partir, vu qu'il n'y avoit plus rien à craindre : elle y consentit ; & je puis dire que, quand j'eus rendu

A

à fon teint fa couleur naturelle, je fus auffi frappé de l'éclat de fa beauté, que fi c'eût été la première fois que je l'avois vue. Je là regardois avec admiration, & je ne pouvois me laffer de la regarder, lorfque, tout-à-coup, le ciel fe couvrit de nuages qui fembloient nous menacer d'un ouragan. Ces fortes de tempêtes font fréquentes dans ces mers-là ; & quoique, pour l'ordinaire, elles ne durent pas long-tems, il étoit à craindre que notre petit vaiffeau ne pût pas y réfifter.

Muftapha étoit d'avis de gagner la terre au plutôt ; je ne pus jamais y confentir, & je lui ordonnai de continuer fa route pour Magazan, quelque chofe qui en arrivât. Mais la tempête s'éleva tout d'un coup avec tant de violence, que force nous fut de nous abandonner au gré du vent & des vagues, fans favoir où nous allions, parce qu'il faifoit fi obfcur, que l'on eût dit qu'il étoit nuit. Notre bateau étoit nouvellement conftruit, & affez fort pour fa grandeur, de forte qu'il réfifta fort bien à l'orage ; mais cela n'empêcha pas que la pauvre demoifelle Villars ne fût extrêmement effrayée, ce qui me faifoit plus de peine que tout le refte. La tempête dura prefque la moitié du jour ; &, lorfqu'elle eut ceffé, & que le tems fe fût un peu éclairci, nous nous trouvâmes

hors de la vue des terres. Par bonheur, nous
avions une bouſſole : je dis à Muſtapha de
s'en ſervir, & de reprendre notre première
route. Il le fit ; mais, après avoir vogué pluſieurs heures, & quoique nous euſſions vent
arrière, nous ne pûmes encore découvrir aucune terre. Il nous conſeilla alors de ferler
nos voiles, & de rebrouſſer chemin, ne doutant pas que nous n'euſſions paſſé Magazan
dans la tempête.

Nous nous diſpoſions à ſuivre ſon avis,
quand nous apperçûmes un vaiſſeau à une
demi-lieue de nous ; car le tems étoit encore
embrumé, quoique la tempête eût ceſſé, autrement nous l'aurions découvert aſſez-tôt pour
éviter ſa rencontre. Nous gagnâmes le vent ;
mais, comme il ſouffloit avec violence, notre
voile ſe déchira en deux, de ſorte qu'il nous
fut impoſſible de nous ſauver par la fuite ; ainſi
nous prîmes le parti de nous mettre à côté,
& d'attendre tranquillement le vaiſſeau qui
avoit le vent ſur nous & qui faiſoit force
de voiles , dans l'eſpérance que ce ſeroit un
vaiſſeau d'Europe. Je priai mademoiſelle Villars
de ne point déclarer ſon ſexe , & je fis promettre
à l'Italien & à Muſtapha de garder là-deſſus le
ſecret. Cependant le vaiſſeau nous joignit, &
arbora pavillon de France ; ce qui nous ſur-

prit fort agréablement. Auffi-tôt nous nous
fîmes connoître, & il nous reçut à bord.

Ce vaiffeau portoit M. Pidau de Saint-Olon,
qui alloit à Maroc, en qualité d'ambaffadeur
du roi de France, pour y négocier la paix
avec l'empereur. Nous lui fûmes préfentés fur
le champ, & il nous reçut avec beaucoup de
bonté. Je lui contai, en peu de mots, toutes
nos aventures, excepté celles de mademoifelle Villars, que je ne pouvois lui dire
fans découvrir ce qu'elle étoit. Il m'écouta
avec plaifir, & nous promit fa protection ;
nous affurant que fes affaires ne le retiendroient
pas long-tems à Maroc, & qu'il nous prendroit avec lui pour retourner en Europe. Je
le remerciai de fa générofité, & je le priai
de nous employer en tout ce qu'il jugeroit à
propos, difpofés que nous étions à le fervir
avec zèle. Il me répondit que, puifque nous
le voulions bien, il avoit actuellement befoin
de nous.

J'ai perdu, me dit-il, trois perfonnes de
ma fuite dans le voyage ; deux font mortes de
maladie, & la troifième s'eft noyée par accident. Vous les remplacerez, s'il vous plaît ;
& vous n'avez que faire de vous mettre en
peine pour des habits, je vous en fournirai.
A l'egard de ce renégat que vous avez pris

avec vous (parlant de Muſtapha), je crois que vous ſerez content qu'on le garde à bord du vaiſſeau ; car ſi on le débarquoit ſur la côte d'Afrique, il pourroit vous jouer quelque mauvais tour. Ces propoſitions me firent un très-grand plaiſir, & je les communiquai à mademoiſelle Villars & à notre gentilhomme Italien, parce qu'ils n'entendoient point le François ni l'un ni l'autre. Mademoiſelle Villars me dit, qu'elle ſe laiſſoit entièrement conduire par moi ; & l'Italien crut qu'il trouveroit aiſément à Mequinez l'occaſion de retourner dans ſon pays, ſans paſſer en France, & même avant que nous puſſions repartir avec M. de Saint-Olon. Ainſi je dis à cet ambaſſadeur que nous étions tout prêts à ſuivre ſes ordres ; mais que nous n'avions pas beſoin d'habits, comme il nous en avoit offerts, parce que j'en avois acheté quatre complets, à l'européenne, d'un juif qui me les avoit donnés preſque pour rien, avant que de partir de Salé.

L'ambaſſadeur, content de ma réponſe, ordonna qu'on nous mît enſemble, mademoiſelle Villars & moi, dans une cabane. Il parut frappé de la beauté de cette charmante perſonne, qu'il croyoit un jeune garçon ; & il ne put s'empêcher de dire que la nature s'etoit bien trompée en déterminant ſon ſexe, puiſqu'elle ſembloit en avoir voulu faire la plus belle de toutes les femmes. Cela me rendit fort inquiet, craignant qu'il ne découvrît la vérité ; mais j'eus bientôt sujet de me persuader qu'il n'avoit pas le moindre soupçon de ce côté-là. Il nous régala magnifiquement à souper, considérant que nous étions en mer, & sur la fin d'un assez long voyage.

Quand il se fut allé coucher, nous nous retirâmes, mademoiselle Villars & moi, dans la cabane qui nous étoit destinée. Je vous laisse à penser quel plaisir je goûtai à me trouver seul avec elle, sans crainte de quoi que ce soit. Elle s'en apperçut à mon air, & me parla de manière que je vis bien qu'elle appréhendoit que ma joye ne fût un effet de quelque pensée criminelle qui me rouloit dans l'esprit. M. Boyle, me dit-elle, j'espère que vous n'avez pas oublié les égards que vous devez à mon sexe, & que vous ne me ferez pas perdre la bonne opinion que j'ai conçue de vous. Je reconnois que je vous ai la plus grande de toutes les obligations, & je ne suis point fâchée d'être en votre pouvoir tant que vous en userez honnêtement. Je n'eus pas la patience de lui en laisser dire davantage : madame, lui repartis-je, soyez persuadée de la pureté de mes sentimens ; je suis incapable d'avoir aucune pensée qui puisse vous faire la moindre peine. Mais

permettez-moi de vous dire qu'il n'y a perfonne au monde qui ait fur moi l'empire que
vous avez. J'avoue que vous pouvez me punir
de la témérité que j'ai de vous faire une pareille
déclaration, en méprifant un cœur qui brûle du
plus tendre amour pour vous ; mais je me flatte
que vous ne me ferez pas fi cruelle ; tout ce que
je demande, c'eft que vous me permettiez feulement d'efpérer ; fi vous me refufez cela, je
ne m'en vengerai point fur vous, je m'en vengerai fur moi-même ; je haïrai la vie, & bien-tôt
le défefpoir terminera mes jours. Je ferois bien
ingrate, me repliqua-t-elle, fi je prenois plaifir à vous tourmenter après les obligations que
je vous ai. Je regarde la diffimulation comme
un art indigne des honnêtes gens ; &, pour vous
parler fincèrement, je ne faurois vous haïr,
quand je le voudrois. C'eft affez vous en dire ;
& fi vous connoiffiez mon humeur, vous feriez
plus que fatisfait. Cette déclaration me tranf-
porta de joie ; & je lui dis en retour tout ce
que je pus imaginer de plus tendre. Notre converfation dura plufieurs heures ; enfin je l'aver-
tis qu'il étoit tems qu'elle fe couchât, perfuadé
qu'elle avoit befoin de repos. Je l'affurai, que
quelque plaifir que j'euffe à demeurer avec elle,
le foin de fa fanté m'étoit encore plus précieux ;
& qu'ainfi je la laiffois feule, dans la cabane,

dormir à son aise. Elle parut fâchée que je fusse
obligé de sortir, sachant bien que je ne trouverois pas un endroit propre à me coucher. Je
montai sur le tillac, & j'y passai le reste de la
nuit à rêver à mes amours. Sur le matin, je fus
surpris de voir mon aimable maîtresse toute
habillée, qui venoit me relever. Madame, lui
dis-je, j'espère que vous n'avez rien eu qui
vous ait empêché de dormir. Rien, me repon-
dit-elle obligeamment, sinon de savoir que
vous ne reposiez pas ; ainsi je vous prie de
vous aller coucher, pendant que je veillerai
à mon tour, comme il est bien juste. Je m'en
défendis fortement, lui disant que nous n'a-
vions plus qu'une nuit à passer sur le vaisseau,
parce que, selon toutes les apparences, nous
débarquerions le jour suivant ; & qu'alors nous
pourrions nous reposer tout à notre aise.

Nous descendîmes ensemble dans notre cabane, & là nous recommençâmes notre entretien du soir précédent. Elle me dit enfin,
qu'elle vouloit attendre à reconnoître autrement que par des paroles les obligations qu'elle
m'avoit, jusqu'à ce qu'elle fût plus en liberté,
& dans sa propre patrie ; de peur que je ne
m'imaginasse que le besoin qu'elle avoit de
mon secours fût le seul motif qui l'engageroit à faire quelque chose pour moi. Quand

je me vis en fi beau chemin, je réfolus d'en
profiter. Je lui dis tout ce que ma paffion put
m'infpirer de plus touchant : enfin, à force de
prières, de proteftations & de fermens de la
fidélité la plus inviolable, elle m'avoua qu'elle
s'étoit fentie de l'inclination pour moi dès le premier moment qu'elle m'avoit vu, & qu'elle avoit
cru auffi s'appercevoir alors que je l'aimois ; non
pas, dit-elle, que j'euffe quelque expérience
dans l'art d'aimer, mais j'étois perfuadée que
ce que vous faifiez pour me rendre fervice,
ne pouvoit avoir d'autre motif que cette paffion ; & plus j'y penfe, plus j'ai de penchant
à vous croire fincère.

Ceux qui ont jamais fenti le pouvoir de
l'amour, peuvent juger de l'excès de ma joie
dans ce moment. Je me jettai aux genoux de
cette charmante perfonne, je lui baifai mille
fois la main, & je la ferrai contre mon cœur,
d'un air fi paffionné, que je ne me poffédois
plus. Elle me conjura de me modérer, de peur
qu'on ne nous entendît, ou qu'on ne nous vît ;
car vous devez vous fouvenir, continua-t-elle,
de ce que je vous ai dit en vous faifant l'hiftoire
de mes malheurs, que nous fûmes fur le point
de perdre la vie ou l'honneur, ma pauvre fervante & moi, par une pareille inadvertance.
Cette réflexion réprima ma langue, & mes

tranfports amoureux ; mais elle ne put empêcher mes yeux de parler le langage de mon
cœur.

Nous gardâmes quelque tems le filence,
mais il fut bientôt interrompu par les cris de
joie des mateiots qui découvrirent, dans ce
moment, la terre. Nous crûmes qu'il étoit à
propos d'en aller féliciter l'ambaffadeur ; ce que
nous fîmes, après avoir pris avec nous notre
gentilhomme Italien. Il nous reçut honnêtement, & nous dit, entr'autres chofes, qu'il
étoit ravi de cette nouvelle pour l'amour de
nous ; afin que nous puffions d'autant plutôt
nous remettre, à terre, de la fatigue de notre
voyage, & des peines de notre captivité. Le
capitaine du vaiffeau nous affura que nous arriverions au port de Mammora avant dîné. Je fus
extrêmement furpris de voir que nous étions au
fud de Salé, & par conféquent que la tempête
nous avoit rechaffés plufieurs lieues au-delà de
cette ville. Cependant ç'avoit été un grand bonheur pour nous ; car, fi je n'euffe pas dirigé
Muftapha fuivant mes petites lumières, nous
n'aurions point rencontré ce vaiffeau françois,
& en peu de tems nous ferions rentrés malgré
nous dans le port de Salé. Cela me fit penfer
que, comme ce malheureux renégat entendoit fort bien la navigation, il n'avoit point

ignoré le lieu où nous étions après la tempête, & qu'ainsi il avoit dessein de nous trahir. Je dis ce que j'en croyois à M. de Saint-Olon, qui en jugea de même. Il fit appeller sur le champ le capitaine du vaisseau, & lui ordonna de prendre soin que Mustapha fût étroitement gardé en son absence, & que, s'il venoit des Maures à bord, on ne les lui laissât point voir ; mais que, du reste, on lui donnât tout ce qu'il demanderoit. Dès que nous fûmes entrés dans le port de Mammora, & que nous eûmes jetté l'ancre, on envoya le capitaine à terre pour donner avis aux Maures de l'arrivée de l'ambassadeur de France. Aussi-tôt le fort le salua de vingt-un coups de canon, que notre vaisseau lui rendit coup pour coup. Une heure après, le gouverneur de la place, suivi d'un nombreux cortège, vint à bord le complimenter sur son arrivée, & le prier de demeurer dans le vaisseau jusqu'à ce qu'il en eût informé l'empereur son maître. M. de Saint-Olon, pour répondre aux honnêtetés de ce gouverneur, l'invita à un petit régal qu'il fit préparer sur le champ. Ni lui, ni ses gens ne voulurent boire de vin, selon la loi de Mahomet ; mais, en revanche, ils avalèrent tant de punch, que leur tête s'en ressentit. Quand ils nous eurent quittés pour retourner à terre, notre vaisseau les salua de quelques coups de canon, qui nous furent rendus du fort, auffi-tôt qu'ils eurent débarqué.

Le lendemain, il vint un ordre de l'empereur, de nous rendre inceffamment à Mequinez, lieu de fa réfidence. Ainfi notre ambaffadeur partit le jour fuivant, avec tout fon équipage. Nous l'accompagnâmes, mademoifelle Villars, l'Italien & moi, en qualité de fes domeftiques. Nous étions richement vêtus à l'européenne, & tous montés fur des dromadaires qu'on nous avoit fournis pour faire le voyage, excepté M. de Saint-Olon, à qui l'on avoit donné, par diftinction, un beau courfier d'Arabie. A un mille ou deux de Mequinez, nous vîmes l'empereur à la tête de fon armée, dans une grande plaine. Je crus d'abord que c'étoit pour faire honneur à l'ambaffadeur de France ; mais je ne tardai pas à m'appercevoir que je me trompois fort ; & que ce n'étoit-là qu'un pur accident ; car notre guide nous fit prendre un autre chemin, pour éviter la rencontre de ce prince. Quand nous fûmes arrivés à Mequinez, l'on nous conduifit à une maifon qui appartenoit au conful françois, ou plutôt que le conful françois avoit louée pour cette occafion. A peine y étions-nous entrés, qn'on mit à la porte une garde de Maures, avec ordre de n'en laiffer fortir perfonne, non pas même l'ambaffadeur ni le conful.

Ce procédé me parut fort étrange ; & , comme
la crainte nous rend ingénieux à nous tourmenter , je m'allai mettre dans l'esprit, que
c'étoit à cause de mes compagnons de fortune
& de moi, qu'on avoit donné ces ordres , parce
qu'apparemment on avoit appris que nous nous
étions sauvés de Salé. Mais je revins bientôt
de ma frayeur ; quand M. de Saint-Olon m'eut
dit que c'étoit la coutume des Maures, de ne
point permettre aux ambassadeurs étrangers de
faire ou de recevoir des visites , qu'après qu'ils
ont eu leur première audience de l'empereur.

On nous mit, mademoiselle Villars & moi ,
dans une même chambre , où il n'y avoit qu'un
seul lit, à la manière de ce pays-là. Elle me
dit qu'elle ne pouvoit se résoudre à me laisser
veiller toutes les nuits , comme j'avois fait jusqu'alors, & qu'elle me prioit de coucher avec
l'Italien , qui, sans doute , auroit un lit à lui
seul ; mais il se trouva qu'on lui avoit déja
donné un compagnon , & qu'il n'y avoit pas
moyen d'y rien changer. Ainsi il fallut faire
autrement. Je sortis de la chambre , lorsque ma
maîtresse voulut se déshabiller, & je lui laissai
le tems de se mettre au lit; après quoi , j'é-
tendis un matelas sur le plancher, & je me jettai
dessus dans mes habits; mais ce fut bien en vain,
car je ne pus fermer l'œil de toute la nuit. L'idée

de ma belle, nue dans un lit à deux pas de moi,
alluma dans mon ame des defirs fi violens ; &
les efforts que je fis pour les étouffer, étoient
tels, que je fouffris cruellement. Je prie les lecteurs de m'excufer, s'ils trouvent dans ma ré-
lation quelque chofe qui leur paroiffe un peu
trop libre ; ce font des faits que je raconte, &
je n'ai pas cru devoir les taire, ni pu les exprimer autrement.

Le lendemain, je me levai de bon matin,
& je fortis fur le champ pour laiffer à mon aimable enchantereffe le tems de s'habiller.
Quand je rentrai, elle m'examina fort atten-
tivement, & me dit qu'elle voyoit bien, à mon
air, que j'étois indifpofé, ce qui l'affligeoit d'autant plus, qu'elle étoit perfuadée que cela ne
venoit que de manque de repos : mais, ajouta-
t-elle, je vous demande en grace de vous déshabiller dans le moment, & de vous mettre au
lit ; je vous laifferai dormir tout à votre aife,
& je ferai vos excufes à l'ambaffadeur. Je m'en
défendis long-tems ; mais, à la fin, il fallut
céder à fes tendres follicitations. Elle fortit, &
je me couchai ; mais hélas ! le lieu où je me
trouvois, ne fit que m'embrafer d'une nouvelle
ardeur, & qu'éloigner de moi le fommeil. Au
bout d'une heure, mademoifelle Villars entra
tout doucement dans la chambre, de peur de

m'éveiller, s'imaginant que je dormois. Il s'en
falloit de beaucoup; j'étois dans une si violente
agitation de corps & d'esprit, que je commençai réellement à être mal & à avoir de la fièvre.
Elle s'en apperçut aussi-tôt ; & s'asseyant à côté
du lit, elle me demanda, avec une tendre inquiétude, comment je me portois. Je lui pris la
main ; &, après l'avoir baisée plusieurs fois, je
la remerciai de l'intérêt qu'elle prenoit à ma
santé. J'étois si brûlant, qu'elle jugea bien, en
me touchant, que j'avois la fièvre. Juste ciel,
s'écria-t-elle ! vous êtes fort mal, & c'est moi
qui en suis la cause ! Là-dessus les larmes lui
coulèrent des yeux avec abondance. Sa tendresse me causa une joie inexprimable ; &
comme elle avoit la tête penchée sur moi, je
l'embrassai, & pressant doucement ses lèvres
de corail contre les miennes, je lui dérobai un
baiser qui me ravit en extase. Elle rougit de
ma liberté ; &, sans m'en faire de reproche,
elle me pria de nouveau de tâcher de dormir.
Je lui dis que cela étoit impossible tant qu'elle
seroit auprès de moi ; & là-dessus elle voulut
se retirer ; mais je la retins en l'assurant que si
elle sortoit, il me seroit encore plus impossible
de prendre du repos. Elle me conjura par l'a-
mour que je lui témoignois, s'il étoit sincère ,
de lui déclarer ce que j'avois sur le cœur ; car

elle vit bien que mon efprit n'étoit pas dans fon
affiette naturelle. Elle me preffa tant, que je lui
avouai enfin tout le myftère ; mais eiie fe jetta
auffi-tôt à genoux, & me fupplia de n'en jamais
plus parler, me proteftant qu'elle étoit fi fenfible à tout ce que j'avois fait pour elle, qu'il
n'y avoit que cela au monde qu'elle pût me
refufer. Je lui demandai pardon, & je lui dis
que fi elle ne m'eût pas tant follicité, j'avois
réfolu de mourir plutôt que de découvrir mon
mal ; mais que je lui promettois de garder là-
deffus un parfait filence, jufqu'à ce qu'elle me
permît de le rompre. Mon cher, me repliqua-
t-elle, car je ne rougis point de vous appeller
ainfi, ayez patience jufqu'à ce que nous foyons
arrivés en Angleterre, & je vous jure folemnellement de vous faire mon époux du moment
que vous le fouhaiterez. Elle accompagna cette
proteftation d'un doux baifer, ne confidérant
pas qu'en tâchant d'éteindre le feu qui me con-
fumoit, elle jettoit de l'huile deffus, & ne faifoit que l'augmenter. Je lui dis alors que le véritable amour ne s'arrêtoit pas à de fimples formalités, & que les mariages étoient faits au ciel.
Je l'efpère, me repartit-elle ; mais je vous fup-
plie encore un coup, par tout ce que vous
avez de plus cher, de ne plus parler de cela. Je
l'affurai que je lui obéirois, dût-il m'en coûter

la

la vie. Nous fûmes interrompus par un domeftique de l'ambaffadeur, qui venoit nous inviter
à dîner avec lui : je m'en excufai, difant que
je me trouvois un peu indifpofé. Un moment
après qu'il fe fut retiré, l'ambaffadeur lui même
entra, fuivi de fon médecin, pour voir quel
étoit mon mal. Le médecin me tâta le pouls,
& affura que j'avois la fièvre, mais qu'il ne doutoit point que la faignée ne me tirât d'affaire.
Je lui dis là-deffus que j'efpérois d'être mieux
le lendemain, ou qu'autrement, je fuivrois fon
avis. Cependant M. de Saint-Olon voulut que
M. Villars (c'eft le nom que portoit ma maîtreffe) fût dîner avec lui. Cette charmante perfonne avoit eu bien de la peine à fe remettre du
trouble où l'avoit jettée la vue de mon indifpofition, ou plutôt de l'excès de ma paffion qui
en étoit la caufe. En me quittant, elle me ferra
la main, & me dit : tâchez de prendre quelque
repos, & comptez que vous ferez bientôt
rétabli.

J'étois dans une agitation trop violente pour
profiter de ce confeil : je ne fis que rêver à une
infinité de chofes toutes différentes ; & quelques
efforts que je fiffe fur moi-même, l'amour l'emporta toujours fur la raifon. Mademoifelle Villars, impatiente de favoir comment j'avois paffé
le tems du dîner, quitta la compagnie auffi-tôt

B

que la bienséance le lui permit, & vint dans ma
chambre. Elle entra tout doucement, comptant
que je dormois : mais, quand elle vit que j'étois
encore dans le même état, & que je ne pouvois
modérer l'ardeur de ma passion, elle s'écria en
versant un torrent de larmes : faut-il donc que,
pour vous satisfaire, je me perde pour jamais ?
Juste ciel ! à quelle extrémité suis-je réduite !
Non, madame, lui repartis-je, je fais tous mes
efforts pour réprimer mes désirs ; & j'ai résolu
de vaincre, ou de mourir. Elle demeura auprès
de moi jusqués à souper, & tout notre entretien roula sur la force de l'amour. Quand elle
fut sortie, je me levai & je m'habillai ; mais
le désordre de mon esprit avoit si fort dérangé
ma santé, qu'à peine pouvois-je me soutenir. Je
ne fus pas long-tems seul ; en moins d'une heure,
mon aimable maîtresse revint, & s'appercevant
de ma grande foiblesse, elle me conjura de me
remettre au lit, & qu'elle me veilleroit : je lui
protestai que rien au monde, ni elle-même, qui
m'étoit plus précieuse que le monde entier, ne
me feroit jamais troubler son repos. Au lieu de
me répondre, elle tomba dans une profonde
rêverie. Nous étions assis sur le lit, l'un auprès
de l'autre ; la foiblesse ne me permettant pas
de me tenir debout. Enfin, après avoir gardé
assez long-tems le silence, elle me prit la main ;

&, me regardant d'un air tendre, elle me parla en ces termes :

Mon cher, j'ai enfin gagné fur moi de condefcendre à vos défirs : je ne faurois vous voir plus long-tems dans cet état, fans contribuer à votre repos. Jurez-moi ici folemnellement que vous me prenez pour votre femme, & je vous permets de faire tout ce qu'il vous plaira. Je me flatte que vous êtes un homme d'honneur, & que vous ne refuferez point de m'époufer en face d'églife, dès que cela fe pourra ; c'eft dans cette confiance que je me donne à vous. Rien au monde ne pouvoit me furprendre plus agréablement que ce peu de paroles : j'en fus tout tranfporté de joie. Je me jetai à fes pieds, je lui baifai les mains, & je fis, en un mot, tout ce qu'un amant paffionné peut faire en pareil cas. Madame, lui dis-je, vous me rendez le plus heureux des mortels ; & fi je croyois que mon cœur ne fût pas d'accord avec ma langue, dans la proteftation folemnelle que je vais faire, je m'arracherois tout à l'heure l'un & l'autre. M'étant mis enfuite à genoux, je prononçai ces paroles : Grand Dieu, qui connois le cœur de l'homme, je me foumets à tes jugemens les plus terribles, fi jamais je fais infidélité à cette aimable perfonne, que je prends aujourd'hui en ta préfence pour ma légitime femme, & comme la plus grande bénédiction qui pût m'arriver en ce monde. Et moi, dit mademoiselle Villars, aussi à genoux, je jure de ne donner place dans mon lit ni dans mon cœur à personne qu'à vous; & par ce baiser, continua-t-elle en m'embrassant, je scelle notre union. Je lui dis que rien ne pouvoit être plus fort que cet engagement réciproque, & que l'église ne pouvoit faire autre chose que le ratifier.

Cependant je touchois à l'heureux moment qui devoit me mettre au comble de la joie, par la possession de ce que j'estimois le plus sur la terre : les rois sur leur trône me sembloient au-dessous de moi, & je n'aurois pas changé ma situation contre celle du plus grand monarque de l'univers. Je priai mon épouse, qu'un petit vermillon de pudeur qui lui étoit monté au visage, rendoit encore plus belle, de me permettre de lui servir de femme-de-chambre, & de la déshabiller. Mon amour, ma vie, mon cher mari, me dit-elle, je dois vous obéir en tout ce qui dépend de moi; & si j'y manque jamais, puissé-je, en perdant votre affection, être la plus malheureuse de toutes les femmes ! J'étois trop impatient pour lui répondre quelque chose. Je la déshabillai; je la mis au lit, & vous pouvez compter que je

ne tardai pas à la fuivre. La nuit avoit tiré
fes voiles fur nous, & je me plongeai dans
une mer de plaifirs, trop raviffans, pour pouvoir les exprimer par des paroles.

Le lendemain, l'ambaffadeur remarqua à
notre air que nous étions tous deux contens,
& me félicita de ce que je me portois mieux.
Il n'y eut jamais d'époufe plus tendre que la
mienne ; & je puis dire que la jouiffance, loin
de ralentir ma paffion, ne fit que l'augmenter.
M. de Saint - Olon devoit avoir fa première
audience de l'empereur le jour fuivant, &
nous devions tous être prêts à partir fur les
fept heures du matin. Nous nous levâmes de
bonne heure, ma chère époufe & moi, &
nous mîmes de magnifiques habits neufs qu'on
nous avoit donnés pour ce jour-là. Le gouverneur d'Alcaffar, Hamet-Addo-Riffy, comme
maître des cérémonies, vint nous prendre,
fuivi de plufieurs Maures de qualité, & d'une
troupe de noirs pour nous fervir de gardes. Nous nous mîmes en marche environ
huit heures, dans l'ordre fuivant. 1°. Douze
gardes maures ; 2°. plufieurs gentilshommes,
deux à deux ; 3°. l'ambaffadeur, ayant à fa
droite Hamet-Addo-Riffy (parmi les Maures,
la gauche eft la place d'honneur, parce qu'a-
lors on a à fa difpofition leur épée), & pré-

cédé de deux trompettes & de deux timba-
liers ; 4°. vingt - quatre gentilshommes de la
suite de l'ambassadeur, deux à deux ; 5°. douze
esclaves françois qui portoient les présens ;
6°. douze autres gardes maures. La marche
étoit fermée par la populace, qui nous disoît
cent injures : il y en eut même quelques-uns
d'assez hardis pour nous jeter des pierres ; mais
les gardes les rouèrent de coups de bâton.
Nous étions tous à pied, quoique nous eus-
fions plus d'un mille à faire pour arriver au
palais de l'empereur. La fatigue que ma chère
épouse étoit obligée d'essuyer, me faisoit beaucoup de peine, car il faisoit une chaleur excessive ; encore avions-nous un grand avantage, en ce que, marchant immédiatement
après l'ambassadeur qui nous l'avoit ainsi ordonné, nous étions à l'abri du soleil sous le
parasol qu'on portoit sur sa tête.

Nous entrâmes dans le palais par la porte
de marbre, ainsi appelée, parce qu'elle est
ornée de deux piliers de marbre ; & de - là,
marchant entre deux murs blancs bordés de
gardes noires, nous arrivâmes à un palais magnifique, où l'on nous commanda de faire
halte, jusqu'à ce qu'on eût informé l'empereur de notre arrivée. Après avoir attendu là
quelque tems, nous vîmes venir ce prince

par une des avenues qui conduifent au pavillon, monté fur un cheval blanc. Ses gardes,
qui s'étoient rangés en haie, fe profternèrent
la face contre terre quand il paffa. Il faifoit
affez pauvre figure, & n'avoit pas grand air.
Auffi-tôt qu'il fut arrivé au portique, il donna
une lance qu'il portoit à l'un de fes gardes,
defcendit de cheval, entra dans l'appartement
où nous étions, & s'accroupit fur le plancher,
fans avoir rien fous lui. Il n'avoit rien dans fon
habillement qui le diftinguât du refte de fes fujets ; feulement il étoit enveloppé jufqu'aux yeux
d'un mouchoir couleur de chocolat qui ne paroiffoit pas fort propre. Il avoit les bras & les
jambes nues, le teint bazané, & paroiffoit âgé
d'environ cinquante ans. Il étoit d'une moyenne
taille, & fort maigre. Il avoit les cheveux noirs
tirant fur le gris, les joues enfoncées, les yeux
bleus, un petit nez crochu & les lèvres groffes.
Quelques-uns de fes courtifans s'affirent à fa
droite & à fa gauche, les jambes & la tête nues.
Un noir fe tenoit derrière lui avec un grand
éventail dans fa main pour le rafraîchir & pour
chaffer les moufquites, forte de petites mouches fort incommodes dans la plus grande partie de l'Afrique. Mahomet-Ben-Addo-Otar
fon premier miniftre & fon favori, étoit le
feul qui fe tenoit debout.

Auffi-tôt que ce prince fe fut accroupi fur le plancher, il répéta par trois fois ces mots : *Arabes, tay buou*, c'eft-à-dire, *Vous êtes bien venus*; expreffion dont les Maures fe fervent d'ordinaire quand ils reçoivent un étranger. Alors notre ambaffadeur lui fit un difcours en françois, qu'il avoit préparé pour cette occafion. Ce difcours n'étoit guère qu'un éloge diffus & ennuyeux de Louis XIV & de l'empereur de Maroc; mais les François aiment les longs complimens. Quand l'ambaffadeur eut achevé, l'interprète lut le difcours en arabe au prince, qui l'écouta patiemment jufqu'au bout, quelque long qu'il fût & en françois & en arabe; ce qu'on regarda comme un bon augure. Il s'excufa même fur ce que la fête de leur ramadan ou de leur pâque l'avoit empêché de donner plutôt audience à l'ambaffadeur. Après les complimens ordinaires, M. de Saint-Olon lui préfenta toute fa fuite. Je remarquai que l'empereur prit beaucoup garde à ma femme, & qu'il la lorgna même plufieurs fois; ce qui me caufa une grande inquiétude; car dans le royaume de Maroc, il eft auffi dangereux d'être bel homme que belle femme, fi le brutal de prince en a envie. Dans la crainte de quelque accident, je foupirois après la fin de l'audience.

Lorſque l'ambaſſadeur nous eût préſentés à l'empereur, il ordonna qu'on étalât devant lui ſes préſens : ils conſiſtoient en de belles armes faites à Paris, pluſieurs montres & du drap d'Angleterre, deux magnifiques tapis de Perſe, & deux pièces de brocard d'or & d'argent. L'empereur donna en retour à M. de Saint-Olon quatre jeunes eſclaves, dont trois étoient françois (quoiqu'il les crût tous de la même nation), & le quatrième anglois, & le même homme dont j'ai fait mention au commencement de cette hiſtoire, qui partit avec moi de Londres pour aller à bord du vaiſſeau *le Succès.* Je fus extrêmement ſurpris de le voir, me ſouvenant très-bien qu'il étoit auprès de moi lorſque je tombai dans la mer, & que je fus pris par le corſaire de Salé. J'attendis avec impatience l'occaſion de m'entretenir avec lui en particulier, quoique je ne puſſe pas m'appercevoir qu'il me reconnût, peut-être étoit-ce à cauſe de mon changement d'habit, & parçe que le ſoleil m'avoit terni le teint.

Après avoir donné à M. de Saint-Olon les jeunes eſclaves, l'empereur ſe leva, monta à cheval, & partit. Nous nous en retournâmes dans le même ordre que nous étions venus, ſeulement le premier miniſtre Mahumed-Ben-Addo-Otar nous reconduiſit juſqu'à la porte de marbre. Quand nous fûmes arrivés à la maifon, je dis à ma chère Villars l'angoiffe où j'avois été lorfque l'empereur lui faifoit les doux yeux. Elle me répondit qu'elle s'en étoit bien apperçue, & que cela lui avoit fait une peine extrême ; car, ajouta-t-elle, j'avois oublié, dans ce moment, que j'étois déguifée en homme. Quoi qu'il en foit, nous nous fouhaitions tous deux fur le vaiffeau, & l'ambaffade finie, parce qu'alors nous n'aurions plus rien à craindre.

Le jour fuivant, nous entendîmes un grand bruit dans la rue, & étant courus à la fenêtre pour en favoir la raifon, nous ne fûmes pas peu furpris de voir Hamet, notre renégat irlandois, avec plufieurs prifonniers, les fers aux mains, qu'on menoit à l'empereur, afin qu'il choifît ceux qu'il voudroit pour fes efclaves. Nous nous retirâmes bien vîte, de peur qu'il ne nous apperçût. Sa vue renouvella nos frayeurs, & nous refolûmes de demander fur le champ la permiffion de nous en aller à bord, crainte de quelque revers. Auffi-tôt je m'en fus chez l'ambaffadeur, & je lui déclarai ce que nous avions vu, le priant en même tems de nous permettre de retourner fur le vaiffeau. Il me dit qu'il m'accordoit ma demande pour M. Villars & pour l'Italien ; mais qu'il me fe-

roit obligé, fi je voulois demeurer avec lui,
parce qu'il prévoyoit qu'il auroit grand befoin
de mon fecours; m'affurant qu'au cas qu'il
m'arrivât quelque chofe, il répondoit de ma
liberté. Quoique cela me perçât le cœur, il
n'étoit pas prudent ni poli de le refufer. Je lui
promis de faire tout ce qu'il fouhaiteroit; mais
je le priai de ne m'envoyer dehors que le plus
rarement qu'il fe pourroit. Je retournai auprès
de mon époufe : mes lecteurs fouriront, peut-
être, de ce que je l'appelle ainfi ; cependant je
puis les affurer que nous nous croyions auffi-
bien mariés, que fi le prêtre en eût fait la
cérémonie, quoique nous fuffions réfolus de ne
point la négliger, dès que l'occafion s'en pré-
fenteroit. Je lui communiquai la demande de
l'ambaffadeur, & ma promeffe. Elle convint
que j'avois eu raifon de me rendre à fes inf-
tances, mais elle ne put s'empêcher de verfer
un torrent de larmes à la penfée de notre féparation, quelque courte qu'elle dût être. Son départ & celui de l'Italien étoit fixé au lendemain, & nous pafsâmes la nuit dans les foupirs,
dans les pleurs, & dans un abattement qui ne
préfageoit rien de bon. Cependant il fallut fe
quitter. Je fus plufieurs heures avant que de
pouvoir me remettre du trouble où me jetta cet
adieu, pour paroître devant l'embaffadeur. A

la fin, voyant que je tardois à venir, il m'envoya chercher, & me dit que la raison pour laquelle il avoit souhaité que je restasse avec lui, étoit celle-ci : le roi son maître l'avoit chargé de faire faire quelques observations sur les coutumes & sur les manières de cette partie de l'Afrique ; & il avoit cru remarquer en moi des talens propres à l'assister dans ce dessein. Je lui repliquai qu'il pouvoit me commander, & que je tenois à honneur qu'il me jugeât digne de le servir. Le lendemain nous apprîmes, par la personne qui avoit conduit ma femme & l'Italien au vaisseau, qu'il les avoit vu arriver heureusement à bord : ce qui me consola un peu.

Cependant je priai l'ambassadeur de m'accorder la permission de m'entretenir un moment avec le jeune esclave dont j'ai parlé plus haut, & que l'empereur lui avoit donné. Aussi-tôt il le fit venir, & je lui demandai comment il étoit tombé entre les mains des Maures. Il fut prodigieusement surpris de me voir là, & à peine pouvoit-il en croire ses yeux ; car il n'y avoit personne sur le vaisseau le Succès, qui ne crût que j'avois été tué ou noyé, lors de notre combat avec le corsaire de Salé qui me prit. Il me dit donc que trois jours après que ce vaisseau se fut séparé du navire de guerre espagnol, un autre pirate algérien le rencontra & le prit, après une réſiſtance opiniâtre ; & que le capitaine & pluſieurs autres furent tués dans le combat. Pour moi, ajouta-t-il, j'eus le bonheur d'être vendu pour le ſervice de l'empereur : je l'appelle un bonheur, parce que cela m'a procuré l'avantage d'être donné à M. de Saint-Olon, & que j'eſpère à préſent de me voir bientôt en liberté.

Je répétai à l'ambaſſadeur, en François, ce que ce jeune homme venoit de me conter ; & il eut la bonté de me dire que, pour m'obliger, il vouloit le prendre ſous ſa protection. Le premier miniſtre, Mahumet-Ben-Addo-Otar, lui rendit pluſieurs viſites. Je me ſouvins qu'il avoit été ambaſſadeur en Angleterre, & comme il s'expliquoit en Anglois, & que je lui ſervois d'interprète, ſes diſcours me donnèrent de grandes ouvertures pour le deſſein qu'avoit M. de Saint-Olon ; car il étoit aſſez courtois, quoique, dans le cœur, ennemi des Anglois.

Je crois qu'il ne ſera pas hors de propos de donner ici une idée ſuccincte du gouvernement, des coutumes, & du génie des Maures de Fez & de Maroc, en commençant par leur dernière révolution.

Le préſent empereur, Muley Iſmaël, prétend deſcendre de Mahomet même. Il eſt fils de

Muley Xérif, roi de Taphilet, auquel succéda
Muley Archyd, qui mourut dans une débauche
qu'il fit avec ses courtisans. Cette mort inopinée, qui arriva en 1672, donna lieu à plusieurs de la famille de ce prince d'exciter des
soulèvemens dans leurs différens gouvernemens : mais Muley Ismaël étant le plus aimé
du peuple, & d'un esprit entreprenant, se fit
proclamer roi de Taphilet, & se saisit des
trésors de son frère, n'ignorant pas que l'argent
est le nerf de la guerre. Son neveu, Muley
Hamet, lui donna le plus de peine ; car il s'étoit
fait un grand parti qui l'avoit déclaré roi de
Sus & de Maroc. Il soutint plusieurs combats ;
mais, à la fin, il fut vaincu comme les autres ;
& Ismaël demeura tranquille possesseur de
Taphilet, de Maroc & de Fez. J'ai déja fait
la description de sa personne. Son empire a
quatre cens vingt lieues du nord au sud, & plus
de cent cinquante de l'est à l'ouest.

Les Européens ont trois places fortes sur la
côte d'Afrique. Magazan, sur l'Océan, appartient aux Portugais ; les Espagnols possèdent
Melisse & Ceuta sur la Méditerranée. Ces derniers avoient encore deux forts, savoir Larache
& Mammora ; mais le présent empereur les en
a chassés honteusement. Tanger leur a une fois
appartenu ; mais ils l'abandonnèrent, il y a

quelques années, après en avoir démoli les fortifications.

L'empereur n'a, dans tout son empire, que
neuf ports de mer ; savoir, Sancta - Cruz,
Safy, Salé, Mammora, Larache, Arzille &
Tanger sur l'Océan d'Afrique ; Zaffarine &
Tétuan sur la Méditerranée, quoique Tétuan
soit à deux lieues de la mer.

Santa-Cruz, ou la Sainte-Croix est le premier port vers le midi. La ville a à peu près un
mille de long, & un quart de mille de large.
Les principaux marchands sont des juifs, qui
négocient avec l'Angleterre & avec la Hollande. Leur commerce consiste en peaux, en
dattes, en cuivre, & en cire de mouches à miel.

Safy, ou Sophie paroît ensuite. Cette ville
est située sur une colline : elle fait un plus grand
négoce que Santa-Cruz.

Salé est situé à trente-cinq lieues au sud ouest
du cap de Spartel. Il est partagé en deux villes,
l'ancienne, & la nouvelle ; les natifs du pays
l'appellent Arbat. Il y a un grand port, & un
château fort, bien muni de canons, si les Maures
savoient en faire usage. La ville est grande &
bien peuplée, mais toutes les murailles en sont
renversées. J'y vis les ruines d'une église, le
clocher subsistoit encore ; c'étoit un magnifique bâtiment gothique. Le commerce de Salé

confiste principalement dans le butin que les corsaires de Barbarie y apportent.

Mammora, qui appartenoit autrefois aux Espagnols, est à-peu-près à sept lieues plus loin du côté du nord. Elle est située dans un fond, environné de montagnes, ce qui en rend l'air très-mal-sain, à cause de l'excessive chaleur, qui y règne. La baie est belle, grande, & à couvert de tous vents. Cette ville est, pour ainsi dire, le rendez-vous de tous ceux qui vont à Méquinez, à présent la capitale de Maroc.

L'autre port, du côté du nord, est Larache, ville agréablement située, & bien fortifiée, mais à la honte éternelle des Espagnols, rendue à Muley Ismaël après un siège de cinq mois. Deux mille soldats, & cent officiers y furent faits prisonniers; force plus que suffisante pour défendre cette ville contre toutes les puissances de l'empereur, car il ne leur manquoit ni provisions de bouche, ni munitions de guerre; mais laissons-les, eux, & leur poltronnerie, pour dire quelque chose d'Arzille ou Azilath, qui est environ à douze lieues plus au nord. Cette place n'est fameuse que pour le tabac, dont les habitans font rarement commerce au dehors, parce qu'ils en vendent assez aux natifs de Maroc.

Tanger

Tanger étoit une belle ville, grande, &
bien fortifiée, lorfqu'elle appartenoit aux Anglois ; mais, depuis qu'ils l'ont abandonnée,
& qu'ils en ont rafé les fortifications, les
Maures n'ont pas jugé à propos de la réparer.

Zaffarine eft une place très peu confidérable,
& fur laquelle nous ne ferons aucune remarque
particulière à caufe de cela même.

Le dernier port que nous avons nommé c'eft
Tétuan. Cette ville eft fix milles en terre ,
mais fans aucune fortification. Les habitans
font venus originairement de la province de
l'Andaloufie en Efpagne, comme la plupart
des Maures qui font fur les côtes d'Afrique.
Les hommes font blancs, affez polis, fort honnêtes aux étrangers, & aux chrétiens, &
ayant peu d'égards pour l'empereur de Maroc.

Les habitans de Maroc ont, pour la plupart, le teint bafané. Ils font pareffeux, & fai-
néans, & l'on peut dire qu'ils raffemblent tous
les vices du genre humain. Ils font défians au
fuprême dégré, traîtres, jaloux, & l'ignorance
même. Ils fe difent mufulmans, ou véritables
croyans, & cependant on ne peut jamais faire
fonds fur leur parole. En général, les Maures ne
font pas grands foldats. Les hiftoires efpagnoles
les repréfentent fouvent comme des gens adon-
nés à la galanterie, mais je n'ai jamais pu remar-

C

quer que ce fût-là leur penchant. Il faut avouer
qu'ils manient un cheval avec beaucoup d'a-
dreſſe. Ils ont les chrétiens en abomination ;
juſque-là que le mot même de chrétien ſignifie
chien dans leur langue. Ils ſont toujours après
à chercher tous les moyens imaginables pour
les détruire, parce que Mahomet leur a enſeigné, dans ſon alcoran, que ceux qui mourroient
en combattant contre les chrétiens, iroient immédiatement en triomphe en paradis. Bien
plus, ſi leurs chevaux meurent dans la bataille,
ils ſont auſſi tranſportés, ſur le champ, dans le
ciel, car les Maures eſpèrent d'avoir le plaiſir d'aller là à cheval, tout comme ſur la terre.

   Quoique la poligamie leur ſoit permiſe, ils
ne peuvent cependant épouſer que quatre
femmes, auxquelles ils ſont obligés d'aſſigner
un douaire ; & ſi jamais ils les renvoyent, il
faut qu'ils le leur donnent. Mais ils peuvent
avoir autant de concubines qu'ils jugent à propos ; & ils ont cet avantage, que, quand elles
ne leur plaiſent plus, ils les vendent au plus
offrant : il faut ſeulement qu'ils gardent leurs
enfans. Ils prennent les idiots, & les ſimples
pour des ſaints, lorſque ce ſont des hommes ;
car pour ce qui eſt des femmes, ils croient
qu'elles n'ont pas d'ames, & qu'elles n'ont été
créées que pour la propagation. Ils ne leur

permettent pas d'entrer dans leurs mosquées, parce qu'ils les jugent indignes d'être admises dans le ciel. Ils prient pourtant chez eux. Tous les vendredis, ils s'habillent en bleu, qui est leur deuil, & ils se rendent aux lieux où l'on enterre les morts, pour pleurer sur les tombeaux de leurs amis défunts. Ils louent des gens exprès pour se lamenter, pour crier, ou plutôt pour hurler auprès des sépulchres, comme je l'ai entendu faire aux Irlandois; & ces pleureurs de profession demandent au mort pourquoi il s'est laissé mourir, puisqu'il avoit tout ce qui lui étoit nécessaire dans ce monde. Ils passent leur tems à dormir, à manger, à boire, à folâtrer avec leurs femmes, à aller à cheval, & à réciter leurs prières : récitation, qu'ils font d'une manière si froide, & si indolente, qu'il semble qu'ils soient endormis. Ils n'apprennent jamais à lire, & le jeu leur est défendu.

Ils portent d'ordinaire un chapelet dans la main, comme les catholiques-romains. Pour chaque grain, ils ont une courte prière ; &, en la récitant, ils laissent couler le grain entre leurs doigts. Ces prières ne consistent qu'à exalter les différens attributs de Dieu, comme : Dieu est grand, Dieu est bon, Dieu est infini, Dieu est miséricordieux. L'empereur ne dif-

fère de ces malheureux, qu'en, ce qu'il raſ-
ſemble en lui toutes leurs mauvaiſes qualités,
avec un ſurcroît de cruauté, & d'avarice. On
m'a dit que, dans les vingt ans qu'il a régné,
il a tué de ſa propre main vingt-trois mille
hommes ; & je ſuis porté à le croire ; car,
dans les vingt-un jours que nous reſtâmes à ſa
cour, il en tua quarante-ſept.

Il n'y a perſonne qui ne ſoit étonné de voir
la ſoumiſſion & la patience des ſujets de cet
empereur ſous une tyrannie ſi cruelle. Mais il
faut ſavoir qu'outre leur défaut de puiſſance
pour ſe délivrer de ce joug, on leur enſeigne
à croire que, s'ils meurent par la main d'un
roi qui ſoit Xérif, c'eſt-à-dire, ſucceſſeur de
Mahomet, ils vont immédiatement après au
ciel. Ceux qui n'ont pas envie d'y aller avant
leur tems, n'ont qu'à fuir ce prince quand il eſt
habillé en jaune, qui eſt ſa couleur meurtrière ;
car alors il ne ſe va point coucher qu'il n'ait
teint ſa robe de ſang.

Comme j'étois, un jour, près du palais, à
regarder quelques nouveaux bâtimens, je l'apperçus donnant ſes ordres à ſes travailleurs. Ses
eſclaves conduiſoient des charrettes remplies
de matériaux ; &, comme ils paſſoient devant
lui, il donna des coups de bâton à quelques-
uns, parce qu'ils alloient trop vîte. Il y en eut

d'autres qui, pour corriger cette faute, & éviter le châtiment, voulurent marcher à pas comptés; mais il les battit, parce qu'ils alloient trop lentement. J'en vis un qui, tout tremblant de peur, & se baissant jusqu'à terre, marchoit devant sa charrette; l'empereur blessa son cheval au côté; le cheval fit un saut, renversa l'esclave & lui passa par-dessus le corps. Son camarade, qui le suivoit, accourut pour le secourir; mais ce barbare prince lui lança un dard qui lui entra dans l'épaule. L'esclave, après l'avoir tiré dehors, le présenta à genoux à l'empereur, qui, lorsque ce malheureux fut à quelque distance, le lui jetta de nouveau, & le blessa à l'épine du dos. Le pauvre fou le retira encore, &, tout couvert de son sang, le rendit au roi; mais, comme il se prosternoit en le présentant, il tomba de foiblesse aux pieds du barbare, qui, pour comble de faveurs, l'enfila par le dos, & le cloua à la terre.

Cette vue m'avoit tellement troublé, & m'avoit fait une telle horreur, que je fus long-tems avant de pouvoir revenir à moi-même. Je regardai ce pauvre esclave comme un fou; car, si j'eusse été à sa place, j'aurois, dès la première fois, renvoyé le dard dans le corps de l'empereur; il étoit sûr de mourir, & ç'auroit été, ce me semble, une espèce de consolation, que d'avoir fait faire le même chemin à l'auteur de fa mort.

Ce prince avoit coutume de tuer fes efclaves fur la moindre petite plainte que les Maures lui portoient ; & ces malheureux en faifoient fouvent, par haine, contre les chrétiens. Mais, trouvant que le nombre de fes efclaves diminuoit trop, il prit une autre méthode. A la première plainte qu'on lui fit, il tua l'efclave ; mais il ordonna à celui qui fe plaignoit, de lui payer, fur le champ, le double de ce qu'il lui avoit coûté, ou de lui en trouver dans l'inftant deux autres : ce qu'il fut obligé de faire. Cette manière d'agir leur ferma la bouche pour l'avenir.

On dit qu'il a beaucoup d'efprit & de courage, qu'il eft fort actif & très-adroit à manier un cheval & à lancer un dard. Il ne boit point de vin, parce que fa religion le défend : mais, quand il a pris de l'opium, ou bu un certain mélange qu'il fait lui-même, compofé d'eau-de-vie, de cinamome, de clous de giroffle, de grains d'anis & de noix mufcade, malheur à celui qu'il rencontre dans fon chemin. Il eft fort adonné aux femmes, n'ayant pas moins de quatre cens concubines. Il a cent dix-huit enfans mâles, & environ deux cens filles. Il a donné le nom de Muley-Zeyden à celui de fes

fils qu'il destine pour son successeur. Il l'a eu
d'une noire qui le conseille en toutes choses, &
qu'on regarde comme une femme fort adroite,
& fort politique. Son revenu consiste dans les
présens que lui font les gouverneurs de ses
provinces, & les Arabes qui vivent dans des
cabanes, & qui sont répandus en divers lieux
de ses états. Quand il veut avoir de l'argent,
il envoye chercher un de ces gouverneurs,
qui, sachant bien ce que l'empereur lui veut,
se munit à proportion ; si bien que l'empereur
plume les gouverneurs, & ceux-ci plument le
peuple. Par là, il arrive qu'il n'y a que lui seul
de riche, & cependant il ne sait que faire de
ses richesses, ni à quel usage les employer, car
il les cache ; & le confident du secret est toujours sûr de perdre la vie pour l'avoir aidé à
les cacher.

Méquinez, la capitale du royaume, & le
lieu de la résidence de l'empereur, n'étoit autrefois qu'un petit village ; mais, aujourd'hui,
il y a six cens mille habitans, & les rues y sont
si remplies de monde, qu'à peine y peut-on
passer. La ville est très-médiocre, fort mal
bâtie, & lorsqu'il pleut, la plus sale où j'aie
jamais été. Les rues n'y sont point pavées, &
lorsqu'il fait sec, la poussière vous suffoque.
A la vérité, le palais est fort grand, ayant

C iv

quatre milles de tour, en y comprenant les
jardins, mais il est mal ménagé ; vous y verrez,
par exemple, un beau pilier servir d'appui à
une vieille muraille presque ruinée ; & cependant l'empereur employe presque tout son
tems à bâtir. Pour couper court, son palais
ressemble à une dentelle d'or cousue sur un habit de bure.

Ses écuries font le bâtiment le plus régulier de
tous ; & il ne faut point en être surpris, car
les Maures ont beaucoup de vénération pour
les chevaux. Ils portent autant de respect au
cheval, qui a été en pélerinage à la Mecque,
qu'au pélerin même qui l'a monté. Le roi en
avoit un qui étoit toujours magnifiquement
caparaçonné ; il avoit un esclave exprès pour
le soigner, & qui le suivoit partout avec un
pot & un linge pour le tenir propre. Tous
les chevaux ainsi sanctifiés, font d'ordinaire
exempts de toute sorte de travail, & si celui
qui en a un, est hors d'état de l'entretenir, ce
qui arrive souvent, on le nourrit sur une pen-
sion qui lui est assignée par le mufty.

Les juifs font un grand négoce à Méquinez ;
mais ils payent assez chérement ce privilège ;
car ils sont obligés de porter des bonnets
noirs, afin qu'on les puisse distinguer des naturels du pays. Outre cela, malgré leur grand

commerce, on en agit fort mal avec eux ; ils font obligés de tout fouffrir ; & ils courroient rifque de leur vie , s'ils repouffoient l'infulte qu'il plaira au premier enfant de leur faire.

Les femmes de Maroc, je veux parler de toutes celles que j'ai eu occafion de voir, font fort jolies. Elles ont de beaux grands yeux, le vifage rond , & tous les traits réguliers. Elles font fort amoureufes , & fort adroites à inventer des moyens pour fatisfaire leurs défirs. Un gentilhomme de notre équipage me dit un jour, qu'il avoit une intrigue avec une Maurefque, fille d'un gouverneur de province. Il fe déguifoit pour aller au rendez-vous ; & voici comment : elle lui avoit envoyé par un de fes efclaves françois tout un habillement de femme. Dans le royaume de Maroc les femmes s'habillent prefque toutes également, & , comme elles ont le vifage enveloppé jufques aux yeux, leurs propres maris les rencontrent fouvent dans les rues fans les connoître. Ce gentilhomme , ainfi habillé, entroit chez fa maîtreffe comme une dame qui venoit lui rendre vifite ; de forte qu'il pouvoit la voir fans témoins en toute sûreté : car c'eft la coutume, que toujours un homme , & même le mari , lorfqu'il voit des fandales de femme à la porte de la chambre , fe retire. S'il entre, malgré cet aver-

tiſſement, c'eſt le plus ſanglant affront qu'on
puiſſe faire au ſexe. Ce gentilhomme me dit
encore que la demoiſelle étoit toute charmante,
& qu'elle entendoit l'art d'aimer dans la dernière perfection. Il n'eſt pas étonnant que, dans
ce pays-là, les femmes ſe livrent à l'amour; il
y en a peut-être vingt ou davantage (car cela
dépend de la richeſſe & des moyens de celui
qui les entretient), qui partagent les faveurs
d'un ſeul homme; & elles ſont obligées d'attendre qu'il lui prenne envie de les envoyer
chercher.

Les hommes ſont d'ordinaire habillés en
blanc, qui eſt leur couleur favorite; & ils portent un bonnet rouge ſur la tête lorſqu'ils ſont
mariés, car la jeuneſſe, depuis le prince juſqu'au
mendiant, va la tête découverte. Ils ont toute
la tête raſée, ſous le bonnet, & de fort près;
ſeulement ils ne coupent jamais un petit toupet
de cheveux, qu'ils laiſſent croître ſur le ſommet,
parce qu'on leur a enſeigné que, par ce toupet,
Mahomet doit les enlever dans leur paradis ima-
ginaire. Ils ne ſe raſent que ſous le menton; ils
ne touchent point à leur barbe & à leurs mouſ-
taches, dont ils tirent fort vanité, lorſqu'elles
ſont longues & bien fournies. Celui qui en a le
plus, doit néceſſairement être le plus ſage.

Leurs chemiſes ſont faites comme les chemifes de femmes, avec cette différence que les manches leur pendent par deſſus les mains. Sous la chemiſe ils portent des caleçons de toile, qui leur deſcendent juſqu'aux genoux. Ils ont les jambes toujours nues, & leurs ſouliers ſont ſans talons, comme les ſabots d'Irlande. Par-deſſus la chemiſe, ils portent une veſte ſans manches, qu'ils entourent d'une écharpe de ſoie, de quelle couleur qu'il leur plaît, excepté le verd, qui eſt une couleur ſacrée, & particulière à Maho-met, à l'empereur & au clergé. Ils fourent, dans cette écharpe, des couteaux ou des poignards fort courts. Par-deſſus tout, ils ont un habille-ment qu'ils appellent un hayick, d'environ cinq aunes de long & quatre de large, dont ils s'en-veloppent comme nous faiſons de nos manteaux. Il y en a quelques-uns du bas étage, ſur-tout à la campagne, qui portent des chapeaux de paille de leur propre façon. Ils s'habillent tous de la même manière ; ſeulement il y en a qui couſent une frange d'or ou d'argent au bord de leurs habits.

Pour ce qui regarde la religion, ils ſe lèvent de bonne heure pour aller aux prières ; mais ſemblables aux enfans, ils ne le font que parce qu'ils y ſont obligés. Leur mufti ou chef de leur religion, eſt regardé comme le premier dans l'empire ; & il ne reconnoît point l'autorité de

l'empereur; mais celui-ci trouve pourtant moyen
de le plumer, comme tout le reste de ses sujets,
qui lui obéissent par pure crainte; car s'il y en
avoit un seul qui l'aimât, ce seroit une espèce
de prodige.

Je ne pus pas m'empêcher de rire à la vûe de
la plaisante économie des maures. Me prome-
nant un jour environ à un mille de Méquinez, il
commença à pleuvoir prodigieusement: je me
mis à l'abri sous un arbre, & je vis aussi-tôt plusieurs naturels du pays se déshabiller avec beaucoup de précipitation, faire un paquet de leurs
habits, & s'asseoir dessus tout nuds. Ils prenoient
grand soin qu'ils ne se mouillassent, tandis qu'ils
laissoient leurs corps exposés à l'orage. Quand
la pluie eut cessé, ils se promenèrent jusqu'à ce
qu'ils fussent secs, & alors ils s'habillèrent. Si
un homme faisoit cela en Angleterre, on le regarderoit comme un fou ou comme un enragé;
cependant je crois que les maures ont raison,
car quelque grand que soit l'orage, aussi-tôt
qu'il est passé, ils peuvent continuer leur chemin avec des hardes sèches sur eux. Il est vrai
qu'ils ont cela de commode, qu'ils sont habillés
& déshabillés dans une seconde. Bien plus, on
m'a raconté que ceux qui voyagent sur des cha-
meaux ou à cheval, ont une espèce de coffre
couvert d'une toile huilée, dans lequel ils met-

tent leurs habits en semblable occasion, de sorte
qu'ils vont tout nuds. Je crois que la seule vue
d'une armée de ces gens-là, dans une bouras-
que, inspireroit autant de frayeur à un corps
non discipliné que leurs armes mêmes, & le for-
ceroit enfin à chercher son salut dans la fuite.

L'empereur peut lever cent mille cavaliers, &
cinquante mille fantassins. Lorsque les maures
sont obligés de se faire la guerre entr'eux, ils
n'y vont qu'à contre-cœur; mais ils se battent
contre les chrétiens avec beaucoup de plaisir &
de courage, parce qu'ils gagnent par-là des in-
dulgences pour l'expiation de leurs péchés. Voici
comment ils rangent leurs troupes en bataille ;
ils partagent leur cavalerie en deux corps, & ils
en placent un à chaque aîle : l'infanterie est au
milieu, de manière que toute l'armée forme un
croissant, ou une demi-lune. Avant que de commencer le combat ils font un grand cri, puis une
courte prière, & après cela, ils attaquent avec
beaucoup de furie, mais avec peu d'ordre; si
bien qu'aussi-tôt ils remportent la victoire, ou
ils sont mis en fuite (1).

J'ai dit plus haut qu'il n'y avoit personne de
riche que l'empereur ; aussi les maures ne se ser-

_____

(1) Il n'y a qu'à rompre leurs premiers rangs pour
mettre toute leur armée en désordre.

vent-ils pas des moyens néceffaires pour le devenir, ou s'ils le font, & qu'ils foient fages, ils
le cachent avec foin ; car fi ce prince favoit
qu'ils euffent du bien, ils feroient fûrs de le
perdre.

Aucune monnoie étrangère n'a cours à Maroc, excepté les pièces de huit d'Efpagne, encore ne font-elles reçues qu'au poids ; mais les
juifs prennent, fous main, toute forte d'efpèces,
& je m'imagine qu'ils en difpofent avec la même
circonfpection. Il n'y a que trois fortes de monnoie qui aient cours dans ce pays ; le ducat
d'or de Barbarie ; la blanquille d'argent ; & la
felowze de cuivre. Il n'eft pas permis d'y mettre
l'image de l'empereur, Mahomet l'ayant expref-
fément défendu dans fon alcoran ; mais on les
marque avec des caractères arabes. La manière
de compter des maures eft par once. C'eft là, en
général, ce que j'ai obfervé pendant le peu de
féjour que j'ai fait parmi eux.

M. de Saint-Olon me dit un jour, qu'il craignoit que fon ambaffade n'eût pas tout le fuccès
qu'il auroit fouhaité, ne trouvant que délais,
qu'excufes continuelles, & point du tout de fin-
cérité à la cour de Maroc. On nous informa
que l'empereur avoit deffein de partir au plutôt
pour faire rentrer, dans leur devoir, les maures
de la province d'Oran, qui s'étoient nouvelle-

ment révoltés, & qui avoient mis à mort leur gouverneur à cause de ses rapines, ayant extorqué d'eux de prodigieuses sommes d'argent; & aussi-tôt après ils s'étoient choisis quelqu'un de leur province pour les gouverner. L'ambassadeur ayant appris cette nouvelle, se pressa pour avoir une réponse d'une manière ou d'autre; mais on lui dit que le roi comptoit de partir le lendemain, & qu'il ne pouvoit point encore avoir son audience de congé. Cela le rendit, & nous rendit aussi fort inquiets, car nous ne pouvions pas branler de Méquinez, sans la permission expresse de l'empereur. Enfin, vers les sept heures du soir, le neuvieme de juin 1693, l'ambassadeur eut ordre d'aller prendre sa dernière audience. Nous y fûmes dans le même ordre que la première fois : l'interprète nous dit que le roi étoit de fort mauvaise humeur, & qu'il n'y avoit qu'une heure qu'il avoit tué deux de ses principaux noirs, en leur enfonçant dans le corps un poignard, qu'il portoit toujours à sa ceinture.

Nous entrâmes plus avant dans le palais que la première fois, & nous y attendîmes une demi-heure entière. A la fin, l'empereur approcha, richement habillé, & monté sur un très-beau cheval blanc de Barbarie ; la selle & le reste du harnois étoient travaillés en or, & en-

richis de pierres précieuses. Ce jour-là, il étoit
en jaune ; sa veste fatale étoit arrosée, en plus
d'un endroit, du sang de ceux qu'il avoit tués,
& il me sembloit que son air avoit quelque
chose de plus farouche, & inspiroit plus d'horreur qu'à notre première audience. Il avoit une
lance dans sa main, dont le haut étoit garni de
perles ; &, sur sa tête, un bonnet de plumes
d'autruche, flottant au gré du vent. Toute sa
suite, sachant qu'il avoit sa veste jaune, avoit
fui sa présence ; il n'avoit qu'une douzaine de
gardes qui l'accompagnoient en tremblant. Les
alcaydes & d'autres personnes de qualité ram-
poient autour de nous pendant l'audience.

L'empereur commença par son compliment
ordinaire : Vous êtes les bien venus. Mais il
me sembloit que son air & ses paroles ne s'ac-
cordoient pas trop bien. L'ambassadeur fit tout
ce qu'il put pour terminer heureusement son
ambassade, mais inutilement. Après l'audience,
il me dit : l'empereur n'a pas le moindre égard
pour sa parole ; il désavoue même une lettre
qu'il a écrite au roi de France mon maître ;
c'est pourquoi disposons-nous à partir en deux
jours, & à quitter ce pays rempli de monstres.
Le roi avoit signé le départ de l'ambassadeur, &
celui de tout son équipage, pour ce tems-là.

Cette résolution me charma, espérant de
revoir

revoir bientôt celle que mon cœur aimoit, & dont l'abfence me privoit de toutes fortes de plaifirs. Ces deux jours même me parurent les plus longs de ma vie ; mais enfin ils s'écoulèrent, & nous partîmes fort joyeux, du moins moi, & le refte de l'équipage ; car je ne voudrois pas répondre pour l'ambaffadeur, que, peut-être, le mauvais fuccès de fon ambaffade chagrinoit un peu. Sur la route, je fis tous mes efforts pour diftraire fa mélancolie, & il parut m'en favoir bon gré. Nous couchâmes la première nuit dans des tentes, dont il avoit donné ordre qu'on nous pourvût, comme auffi de vivres ; cette précaution étoit néceffaire, parce qu'il n'y a point d'hôtellerie entre Méquinez & Mammora.

Le lendemain, nous nous levâmes de bon matin, afin d'éviter les ardeurs du foleil. Lorfque nous fûmes à un mille de Mammora, nous vîmes venir à nous notre Italien. Son air mélancolique me fit trembler, dans la crainte de quelque nouvel accident. Quand il fe fut approché de nous, & qu'il eut rendu fes refpects à l'ambaffadeur, il s'adreffa à moi : Je voudrois, me dit-il en françois, je voudrois que quelqu'autre eût voulu fe charger de ma commiffion, car ce que j'ai à vous apprendre, va vous fendre le cœur. Le trouble qui me faifit dans ce

D

moment, attacha, pour ainfi dire, ma langue à mon palais, & me mit hors d'état de lui faire aucune queftion. En un mot, me dit-il, on nous a enlevé votre maîtreffe, par l'entremife du traître Muftapha. En apprenant cette fatale nouvelle, je tombai de mon chameau, fans con-noiffance, & comme à demi-mort; je ne revins à moi-même, que lorfque nous arrivâmes à Mammora. Je fus mille fois prêt de me détruire, & je crois que, dans l'excès de mon défefpoir, je l'euffe fait, fi l'on ne m'en avoit empêché. L'ambaffadeur ne fut pas long-tems fans favoir la cruelle perte que j'avois faite; car, dans mes tranfports, j'avois fouvent appellé mademoi-felle Villars, ma chère femme. Il parut extrê-mement étonné, lorfqu'il eut découvert ce myftère, & il me reprocha, d'une manière polie, de lui en avoir fait un. Je n'étois pas en état de lui demander pardon, & je n'avois per-fonne qui pût me confoler. On me porta à bord, & là je m'informai de la manière dont on avoit enlevé ma femme.

Le capitaine me dit que Muftapha s'étoit évadé par la fenêtre de la chambre, & qu'il s'étoit fauvé à la nage. Je n'en parlai à per-fonne, ajouta-t-il, parce que je crus que ce feroit en vain, & qu'outre cela, fa fuite ne pouvoit avoir d'autre conféquence pour nous, que celle de l'avoir perdu. Il y avoit trois jours qu'il s'en étoit allé, lorſque le quatrième ce malheureux, le gouverneur de Mammora & cent ſoldats ſont venus à bord, & ont ſaiſi ſur le champ mademoiſelle Villars, diſant que c'é-toit la femme d'un corſaire de Salé. J'ai vu qu'il ſeroit inutile de s'oppoſer à leur violence, ſur-tout lorſque je me ſuis apperçu, par ſon ſein, que c'étoit réellement une femme. Malgré ſes cris, & ſes hurlements lamentables, qui nous perçoient le cœur, ils l'ont portée ſur une faïque qui les attendoit, & auſſi-tôt ils ont fait voile au ſud, &, comme nous le ſuppoſons, pour Salé. Ce monſieur, continua le capitaine, parlant de l'Italien, s'eſt chargé de vous faire ſavoir ce déplorable accident auquel je ne vois pas de remède. Cependant l'ambaſſadeur eut la bonté de m'offrir ſon ſecours, dans tout ce qui dépendroit de lui. Je le priaï de me prêter la chaloupe, avec quelques hommes pour la manœuvre. Il me l'accorda de fort bon cœur, & il me dit même, qu'il me prêteroit le vaiſ-ſeau, s'il ne craignoit pas que cela fît naître une querelle publique.

Il me donna dix hommes, quatre patareros, pluſieurs armes à feu, & tout ce dont nous avions beſoin d'ailleurs. Mon obligeant Italien voulut m'accompagner, & le reſte de la troupe

nous suivit de bon cœur. Nous n'employâmes
pas beaucoup de tems à nous préparer pour le
voyage ; & le vent étant bon, nous mîmes à
la voile, & fîmes beaucoup de diligence. La
saïque ne nous avoit devancés que de cinq
heures, ce qui nous faisoit espérer de la joindre
bientôt. J'encourageai tant que je pus mes
compagnons, qui ne discontinuèrent pas de
travailler. Nous fîmes force de voiles & de
rames toute la nuit ; & , lorsque le jour commença à poindre, nous vîmes un vaisseau, que
nous ne doutâmes point être celui que nous
cherchions. Nous redoublâmes nos efforts pour
le joindre, de manière que nous gagnions à
chaque moment sur lui. Avant huit heures,
nous l'eûmes atteint ; & j'apperçus d'abord
Mustapha qui donnoit les ordres pour le combat. Je lui tirai un coup de pistolet, & je le
tuai. Aussitôt ses gens firent feu sur nous ; mais,
malgré toute leur résistance, je sautai dans le
vaisseau, suivi de l'Italien, & de cinq autres
hommes ; & , quoique les Maures fussent en
plus grand nombre que nous, nous les obli-
geâmes à nous demander quartier. La première
chose que je fis, fut de m'informer de ma chère
épouse, ne doutant point qu'elle ne fût à bord
de ce vaisseau ; mais, à mon grand regret, un
esclave anglois qui étoit à la rame, m'apprit que

le capitaine Hamet, notre renégat irlandois, l'avoit prise avec lui sur une galère qu'il commandoit ; & tous m'assurèrent qu'il me seroit impossible de l'atteindre. La douleur que je sentis à cette nouvelle, est inexprimable ; la seule satisfaction que je goûtois, c'étoit d'avoir fait porter à Mustapha la juste peine de sa perfidie. Il fallut donc reprendre la route de Mammora ; mais je fus, pendant tout le chemin, plus mort que vif.

Lorsque nous fûmes arrivés à bord de notre vaisseau, M. de Saint-Olon me témoigna prendre beaucoup de part à ma douleur, & me conjura de la modérer. Je lui dis que la mort étoit ma seule consolation, & que j'espérois qu'elle n'étoit pas fort éloignée.

Notre Italien avoit fait marché pour son passage, à bord d'un vaisseau chargé pour Rome. Il me pria de vouloir l'accompagner en Italie ; & me promit qu'aussitôt qu'il auroit réglé ses affaires, il se rembarqueroit avec moi pour Salé, s'il étoit possible, & qu'il feroit ses derniers efforts pour savoir ce que mademoiselle Villars étoit devenue. Je lui dis que je lui étois bien obligé, & que j'acceptois son offre. J'avois de quoi faire le voyage, ayant tout l'argent & les joyaux que nous avions emportés de la maison de campagne de Hamet. Nous

prîmes congé de l'ambaſſadeur, & nous le re-
merciâmes très-fort des bontés qu'il avoit eues
pour nous : après quoi nous nous en fûmes à
bord du vaiſſeau qui nous attendoit. Nous mîmes
à la voile auſſitôt ; &, en deux mois, nous arrivâmes heureuſement à Rome. Notre Italien
ne voulut point aller à terre de jour ; il attendit
qu'il fût nuit.

Le lendemain de notre arrivée, nous fîmes
débarquer tous nos effets, & nous prîmes un
logement dans un quartier retiré de la ville, où
nous étions bien sûrs de n'être point découverts. Nous demandâmes à notre hôte, qui
étoit François, ce qu'il y avoit de nouveau.
Il nous fit beaucoup de contes bleus, qui ne ſi-
gnifioient rien. A la fin, comme nous en étions
convenus, je m'enquis de lui ſi Hernando Al-
varés étoit en ville ou non. Il me répondit qu'il
étoit mort depuis plus de deux mois, & qu'il
avoit laiſſé de grands biens. Je lui demandai s'il
n'avoit pas auſſi laiſſé une femme pour en jouir.
Non, me repliqua-t-il ; il y a à-peu-près trois
ans qu'il devoit épouſer une jeune dame parfaitement belle, & héritière d'un riche patrimoine ; mais ſon frère le ſupplanta, & gagna
l'amitié de cette dame. Il y en a qui prétendent
qu'ils étoient mariés, d'autres aſſurent que non.
Quoi qu'il en ſoit, elle accoucha d'un beau

garçon. On dit que don Hernando se vengea de son frère d'une manière barbare ; qu'il corrompit un capitaine de vaisseau pour l'enlever, & pour le noyer ensuite dans la mer, en lui attachant une pierre au cou. Mais, pour réparer en quelque sorte cette action inhumaine, il a laissé tout son bien au fils que son frère a eu de cette dame ; & il a choisi le pape, pour son tuteur. Je vous prie de me dire, lui repliquai-je, qu'est devenue la jeune dame. Il me répondit qu'il n'en savoit rien, mais qu'on supposoit qu'elle s'étoit mise dans un couvent.

Pendant que nous parlions ainsi, notre hôte & moi, l'Italien avoit le visage tourné vers la fenêtre, afin que nous ne nous apperçussions point du désordre dans lequel l'avoit jetté notre entretien. Dès que l'hôte s'en fut allé, il se tourna de mon côté, & m'embrassa : Mon cher ami, me dit-il, qu'il m'arrive tout ce qu'il voudra, il sera dans mon pouvoir de vous rendre service ; & je vous ai tant d'obligations, que si la moitié de mon bien peut racheter votre maîtresse, vous n'avez qu'à en disposer. Je lui témoignai la reconnoissance que méritoit une offre si généreuse, mais j'ajoutai que je ne pouvois pas me flatter d'un semblable bonheur. Il ne faut désespérer de rien, me répliqua-t-il. Du moins, lui répondis-je, je vous supplie de ne pas parler de mes affaires, jusques à ce qu'un heureux succès ait terminé les vôtres.

Le lendemain, nous nous achetâmes des habits à l'italienne, & nous résolûmes d'aller à la maison de campagne du cardinal Grimaldi, pour y apprendre, s'il étoit possible, des nouvelles d'Isabelle. Comme il n'y avoit que six milles, nous voulûmes faire le chemin à pied. Quand nous fûmes arrivés à un village qui est à un demi-mille de-là, nous allâmes dîner dans une pauvre hôtellerie, dans l'espérance d'y découvrir quelque chose de ce que nous souhaitions. Je passois pour un marchand françois, & don Antonio, qui étoit assez médiocrement habillé, passoit pour mon valet ; il me servoit aussi d'interprête, & il me récitoit les conversations qu'il avoit avec les gens du pays. Ce gentilhomme, dit-il à notre hôte en me montrant, a quelque chose à communiquer à don Antonio Grimaldi. Il sera difficile, répliqua le bon homme, de lui parler d'affaires à présent : il doit partir ce soir pour Naples avec sa fille, qui veut se mettre là dans un couvent ; car elle est inébranlable, & tout ce que son père a pu lui dire pour la faire changer de résolution, est inutile. Vous pouvez croire que cette nouvelle pressa nôtre départ. Cependant don Antonio ne savoit pas trop bien comment s'y prendre pour se faire

connoître. Ne doutant pas qu'Isabelle ne l'aimât
encore, il craignoit que si, sans l'y avoir pré-
parée, il se montroit à elle, la surprise ne lui
causât quelque fâcheux effet. Nous résolûmes
donc que je paroîtrois le premier, & que j'en-
trerois insensiblement en matière avec elle, car
il m'avoit dit qu'elle parloit fort bon françois.
Quand nous fûmes proche de la maison, Antonio se tint à quelque distance, pendant que
je fus frapper à la porte. Comme nous ne nous
entendions point, le portier & moi, peu s'en
fallût que je ne m'en retournasse aussi savant que
j'étois venu. A la fin, par bonheur, un valet de
la maison, qui entendoit le françois, survint &
me tira de peine. Je lui dis que j'avois un secret
de la dernière importance à communiquer à
dona Isabella. Il me répondit, qu'il en alloit
informer son maître, & là-dessus il me quitta,
& revnt un moment après avec un vieux gentilhomme, qui avoit l'air fort grave, & qui
paroissoit accablé de chagrin. Il me demanda,
en françois, ce que j'avois à dire à sa fille,
parce qu'elle n'avoit point envie de parler à
personne. Je le suppliai de me permettre de
paroître devant elle, étant bien sûr que ce que
j'avois à lui apprendre ne lui déplairoit pas. Don
Antonio Grimaldi sourit gravement, & branla
la tête : non non, monsieur, me dit-il, vous

ne fauriez apporter aucun foulagement à ma douleur, ni à celle de ma fille, excepté que vous ne puiffiez faire revivre les morts. Je lui répliquai qu'il ne favoit pas ce que je pouvois faire ; mais, ajoutai-je, plus vous différez de me faire parler à Ifabelle, & plus vous apportez de délais à votre commun bonheur. Eh bien, dit-il, vous verrez ma fille, ne fut-ce que pour vous convaincre qu'il n'y a rien au monde qui puiffe nous confoler.

Il me conduifit à travers plufieurs appartemens magnifiques, tous tendus de noir ; &, quoiqu'il fût en plein midi, le jour n'y pouvoit pénétrer ; des lampes, jettant une lueur trifte & fombre, tenoient fa place. Enfin nous entrâmes dans une chambre, où l'inconfolable Ifabelle étoit affife. Je m'arrêtai un moment pour la contempler ; &, malgré la profonde mélancolie qui fe remarquoit dans tout fon air, fa beauté me charma. Elle careffoit un enfant qu'elle tenoit dans fes bras. Le père entra le premier, & lui dit en françois : voici un gentilhomme qui a un fecret à vous communiquer, qui vous rendra, affure-t-il, la joie. Ce gentilhomme, repliqua la dame, peut promettre l'impoffible ; mais plutôt que de s'expofer, je le prie de ne pas ouvrir la bouche fur ce fujet. Madame, lui dis-je, je fuis mé-

decin, mais je prétends guérir l'esprit auffi bien
que le corps ; &, pour vous informer de ce
que vous favez déja, vous pleurez la mort
d'un amant que vous croyez avoir été noyé
dans la mer ; mais je puis vous affurer qu'il
a échappé à ce danger, & qu'il eft actuellement
captif en Barbarie, gémiffant fous le poids de
l'indigence la plus accablante, & n'efpérant
de recouvrer fa liberté que par votre moyen.

A ces paroles, Ifabelle regarda tendrement
fon père, & lui dit : mon cher père, ne vous
efforcez plus de me féduire ; vous favez la promeffe que vous m'avez faite, & que mon tems
eft expiré. Ma fille, repliqua le père, je fuis
auffi furpris que vous pouvez l'être ; car je jure
par tout ce qu'il y a de facré, que je n'ai jamais vu ce gentilhomme avant aujourd'hui, &
que je fuis fi éloigné de le croire, qu'avec fa
permiffion, je fuis perfuadé qu'il eft très-mal
inftruit. Mais, pour leur faire voir le contraire,
je leur racontai toute l'hiftoire d'Antonio, depuis le commencement jufqu'à notre rencontre
en Barbarie.

Je remarquai que la belle Ifabelle commençoit à ajouter foi à mon recit ; elle balançoit
entre l'efpérance & la crainte. Enfin elle fe
jetta à mes pieds, malgré tous les efforts que
je fis pour l'en empêcher. Mon cher monfieur,

me dit-elle, ne me montrez pas cette confolante
lueur pour l'éteindre, & pour me replonger
dans mon premier défefpoir. Madame, lui répliquai-je, je jure par toutes les puiffances
céleftes, & par Dieu même, que je l'ai vu il
n'y a pas deux mois, & que ce que je vous
ai raconté, je le tiens de lui même : lorfque
j'eus recouvré ma liberté, je lui promis de
voir fes amis en Italie, & de leur apprendre
fon état. On ne fauroit exprimer les tranfports
& les extafes où ces paroles jettèrent don Grimaldi & fa fille. Ils m'embrafsèrent, ils me
baisèrent, ils m'appellèrent leur libérateur. O
félicité imprévue! s'écria Ifabelle : ciel! tu as
exaucé mes vœux! Il eft donc vrai que mon
cher Antonio vit encore! Je vais m'embarquer
immédiatement pour Barbarie, & je l'irai chercher moi-même; oui, je donnerai tout ce que
je poffède pour fa rançon; mon cher fils même
vendra tout fon bien pour cela. O mon petit
Antonio, dit-elle à cet enfant, le ciel a rendu
la vie à ton père, & j'efpère que nous le ver-
rons encore. Le jeune enfant mêloit fes larmes
de joie avec les leurs. Après leurs premiers
tranfports, ils m'embrafsèrent encore, & me
fupplièrent de leur indiquer les moyens de reconnoître les obligations qu'ils m'avoient. Enfuite ils me demandèrent comment ils devoient

s'y prendre pour procurer la liberté à Antonio.
Je leur dis, que j'avois un valet qui m'attendoit
dehors, & que mon deſſein étoit qu'il accom-
pagnât les perſonnes qu'ils enverroient pour
ménager cette affaire. Ils parurent fâchés de ce
que je ne l'avois pas fait entrer avec moi, &
voulurent immédiatement l'envoyer chercher.
Je les priai de me permettre d'y aller moi-
même, parce qu'étant étranger, il ne pouvoit
pas ſe faire entendre. Là-deſſus, je courus à
Antonio, & je lui dis, en peu de mots, l'état
des affaires. Auſſitôt il me ſuivit. J'entrai le
premier dans la chambre ; &, comme Antonio
Grimaldi alloit l'introduire, il ſe jetta à ſes
genoux. Iſabelle tournant les yeux ſur lui, fit
un grand cri : c'eſt lui, c'eſt lui-même ! dit-elle.
Mon cher Antonio ! la joie lui ôta la parole,
& elle s'évanouit. Il courut à elle ; il la prit
entre ſes bras ; &, à force de la baiſer & de
l'appeller par ſon nom, il la fit revenir à elle-
même. Que l'imagination du lecteur ſe repré-
ſente quels diſcours ils ſe tinrent alors. Enfin
ils ceſsèrent leurs tranſports ; & Antonio dit à
ſa Maîtreſſe, que c'étoit à moi qu'il étoit redevable de ſa liberté ; qu'il avoit envoyé pluſieurs lettres à ſes ſœurs, mais qu'il n'en avoit
jamais reçu de réponſe. On lui apprit qu'elles
étoient allées demeurer à Veniſe avec leurs

époux, & que c'étoit-là, fans doute, la raifon pour laquelle fes lettres ne leur étoient point parvenues. Cela eft bien, dit Antonio, fi feulement mon ami (parlant de moi), étoit heureux, ma joie feroit complette ; que dis-je! elle feroit trop grande, & j'y fuccomberois peut-être ; des tranfports comme les miens doivent être modérés par quelque amertume. Là-deffus, il leur raconta mon hiftoire, & ils plaignirent mon fort. Après cela, il pria fa chère Ifabelle de lui faire le récit de fes malheurs ; ce qu'elle fit en ces termes :

Le jour que vous me quittâtes, l'agitation & le trouble de mon efprit firent tant d'impreffion fur mon corps, que les médecins déclarèrent que j'avois une groffe fièvre, & confeillèrent à mon père de m'envoyer à la campagne ; ce qu'il fit dès le lendemain. La penfée de me voir fi éloignée de mon cher Antonio augmenta tellement mon mal, que l'on craignit pour ma vie. Enfin la fièvre me quitta, après m'avoir mis à deux doigts de la mort. Mon père croyant que mon mariage qui approchoit, étoit la caufe de mon indifpofition fubite, me dit un jour, que fi cela me faifoit tant de peine, & que je ne puffe abfolument m'y réfoudre, il me permettoit de refufer ma main à Hernando Alvarez. Je le remerciai, & je lui dis qu'il

prenoit l'unique voie pour rétablir ma santé ;
que si l'on me forçoit à l'épouser, je serois
toute ma vie malheureuse. Ce père tendre m'as-
sûra que jamais il ne gêneroit mon inclination ;
& cela fit tant d'impression sur moi, que je
commençai dès ce moment à me rétablir.

Votre frère me rendoit souvent visite dans
ma maladie, ce qui retardoit toujours plus ma
guérison. Voyant qu'il n'étoit pas dans mon
pouvoir de l'aimer, mon père le lui dit tout
net, & le pria de discontinuer ses visites,
ayant résolu que sa fille ne donneroit jamais sa
main à celui à qui elle ne pouvoit donner son
cœur. Ils se séparèrent avec quelques paroles
de part & d'autre ; mais mon père persista dans
sa résolution.

Je commençai à m'appercevoir que j'étois
enceinte, & je fus attaquée d'un nouveau genre
de maladie. J'étois persuadée que cela ne pouvoit pas se cacher long-tems, & c'est ce qui
me fit résoudre à vous faire connoître mon état.
J'engageai par plusieurs promesses ma femme-
de-chambre à vous porter une lettre : mais
elle me trahit, & donna ma lettre à votre frère.
Je le soupçonnai, parce que je ne la vis plus.
Alors je pris le parti de déclarer la vérité à
mon père. Il fut fort irrité en apprenant cette
nouvelle ; mais enfin l'amour paternel l'em-

portant fur la colère, il me pardonna, & me
promit de me rendre heureufe avec mon cher
Antonio. Cette promeffe acheva de me rétablir;
& je n'avois point d'autre incommodité que
celle qu'ont d'ordinaire les femmes enceintes.
Mon père fut d'abord à Rome pour favoir ce
qu'étoit devenu don Antonio; mais, quelques
recherches qu'il pût faire, elles furent toutes
inutiles. Cela me donna de nouvelles allarmes.
Mais que devins-je, & de quelles horreurs ne
fus-je pas faifie, lorfque je reçus une lettre de
votre frère, avec une copie de celle que je
vous avois écrite! Voici le contenu de cette
lettre.

« Ingrate! cependant je ne veux plus te faire
» des reproches; que ton crime devienne ta
» punition, & te ferve de fupplice. Je ne don-
» nerai point le nom de frère à celui qui m'a
» trahi; fa mort m'a vengé de fon ingratitude:
» je te le fais favoir, afin que tu partages les
» angoiffes dont tu as rempli l'ame de

» HERNANDO ALVAREZ ».

La lecture de cette lettre m'accabla; j'appellai la mort à mon fecours; c'étoit ma dernière & mon unique efpérance. J'avois réfolu
de ne prendre aucune nourriture, & je me ferois laiffée mourir de faim, fi un bon prêtre

ne

ne m'avoit convaincue, par ses argumens, que mon ame étoit en danger, & que je me rendrois coupable d'un double meurtre, celui de moi-même & celui de mon enfant. Je traînai une vie languiffante & miférable, juſqu'au tems de mes couches, priant le ciel que ce fût le tems de ma mort. Mais il a plu à Dieu de me conferver pour me rendre heureuſe.

La vue de mon cher enfant rappelloit à ma mémoire la perte de ſon père : cependant je ne penſai plus à mourir ; je ne voulus m'occuper que du ſoin d'élever cet enfant. Je priai mon pere de me permettre d'entrer dans un couvent. Après l'avoir ſouvent importuné, il m'accorda ma demande, à condition d'attendre encore deux ans, & que ſi après ce tems révolu, j'étois encore dans la même penſée, je ferois alors ce que je jugerois à propos. Comme ces deux années me paroiſſoient un ſiècle, je n'y conſentis qu'à regret.

Mon père follicita auprès du pape, pour faire rendre compte à votre frère de votre mort ; & je crois que nous l'euſſions fort embarraſſé, ſi nous avions pu avoir des témoins ; mais cela manquant, il fut renvoyé abſous. Peu de tems après, une mélancolie noire le ſaiſit, & ſon repentir parut ſi ſincère, qu'il s'en fallut peu que

E

je ne lui pardonnasse. Il demanda à voir l'enfant, à quoi mon père me fit consentir. Il versa une si grande quantité de larmes en l'embrassant, que nous ne pûmes nous empêcher de pleurer avec lui. Cela, joint à la manière tendre dont il parla de la perte de son frère, effaça tout le soupçon que nous pouvions avoir de la sincérité de sa repentance. Puisque j'ai été assez barbare, dit-il, pour t'ôter un père, il n'est que juste que tu le retrouves en moi. Il venoit souvent le voir; mais il ne put jamais obtenir de moi de recevoir une seule de ses visites. A la fin, le chagrin s'empara si fort de son esprit, que les médecins l'abandonnèrent. Etant dans son lit de mort, il fit son testament, laissa tout son bien à mon enfant, & nomma le pape pour son tuteur. Il mourut fort repentant, & je ne doute point que son ame n'ait été reçue dans le ciel.

Le généreux Antonio ne put refuser quelques larmes à la mémoire de son frère; mais bientôt la joie succéda à la tristesse. Le pape fut informé de l'heureuse rencontre d'Antonio & d'Isabelle, & il envoya les en féliciter. Tout le village en fit des réjouissances; ce qui augmentoit ma douleur, quand je pensois à ma chère Villars.

Un jour, don Antonio me témoigna fort

obligeamment qu'il ne croyoit pas avoir droit
de fe réjouir fans moi. A préfent, dit-il, il n'y
a que votre malheur qui m'afflige; c'eft pourquoi je vais m'attacher à chercher tous les
moyens imaginables pour y remédier. Il y a un
moine de ma connoiffance, qui a fouvent été
employé à racheter des captifs, & qui par-là
même fait comment il faut s'y prendre; nous
l'enverrons à Salé; vous n'avez qu'à lui donner
toutes les inftructions que vous jugerez à propos. Je le remerciai, & je lui dis que j'étois
fâché de la peine qu'il vouloit bien prendre;
mais que j'étois réfolu d'accompagner le moine. Il me repliqua qu'il ne le permettroit abfolument point, & que, loin d'être d'aucune
utilité dans cette affaire, j'y ferois un obftacle,
outre que fi une fois j'étois découvert, je
pourrois éprouver le même fort dont nous
avions déjà fenti toutes les rigueurs, &
peut-être même en fubir un plus déplorable
encore. Quelque peine que cela me fît, je
trouvai fon confeil fi raifonnable, que je réfolus de le fuivre. On envoya chercher le moine, qui fe chargea de la commiffion; on lui
donna toutes les inftructions néceffaires, & on
lui recommanda en même tems de ne rien épar-
gner pour réuffir dans ce deffein. Il devoit avoir
mille écus pour fa dépenfe, & deux mille da-

vantage, s'il avoit un heureux succès. Il en-
treprit ce voyage avec beaucoup de gaieté
& de zèle ; ce qui nous donna de grandes efpérances. Le lendemain, il s'embarqua pour
Gènes, où il pouvoit trouver plutôt qu'ailleurs un vaiffeau pour la Barbarie. Nous lui
fouhaitâmes un heureux retour, & nous le
recommandâmes à la providence.

Don Antonio fit tout ce qu'il put pour diftraire ma mélancolie. Nous allions fouvent à
la chaffe, à la pêche & en compagnie de dames.
En un mot, il me procura tous les divertiffemens dont on peut jouir en Italie. Mais, quoique
je paruffe fouvent affez gai, ma chère Villars
me tenoit toujours trop à cœur, pour que je
le puffe être véritablement. Nous vifitâmes tous
les édifices publics, & les autres raretés de
Rome ancienne & moderne. J'avoue que ces
amufemens affoupiffoient ma douleur ; mais,
lorfque j'avois le tems de réfléchir, elle me
faififfoit de nouveau, & me tourmentoit avec
encore plus de violence.

Je ne parlerai point ici des villes d'Italie que
je vis alors, & dont de meilleures plumes que
moi ont fait la defcription ; je dirai feulement
quelque chofe de Naples, où don Antonio
voulut me mener. Je n'avois pas d'averfion
pour ce voyage, quoiqu'il foit affez long. Ainfi

nous partîmes avec un équipage ; dona Isabella
& son fils nous accompagnèrent ; mais don
Antonio Grimaldi fut obligé de rester à Rome,
pour régler, avec le Pape, les affaires de la
succession de son gendre. J'étois obligé de paroître de bonne humeur, quand ce n'auroit été
que par complaisance pour don Antonio, &
pour son épouse.

Nous arrivâmes à Naples en trois jours, &
nous ne rencontrâmes rien d'extraordinaire sur
la route. Certainement il n'y a point de ville
dans le monde qui puisse se vanter d'une plus
belle situation. Ajoutez à cela ses bâtimens
somptueux ; chaque maison particulière semble
un palais, & chaque palais paroît loger un
grand roi. Les rues sont larges, l'air y est doux
& tempéré, & exempt d'orages. L'art & la
nature ont concouru à en faire une place très-
forte. Pour couper court, si j'étois obligé de
vivre hors de mon pays natal, car tous les
hommes ont plus d'inclination pour leur patrie, que pour tout autre pays, Naples seroit
le lieu que je choisirois. Cette ville a une muraille bien entretenue, avec trois forts presque
imprenables. Le principal est situé sur le mont
Erasme, ainsi appellé parce qu'il y a une chapelle qui lui est dédiée. Au reste, si c'est Erasme
de Rotterdam, je ne comprends pas comment

les catholiques romains ont pu avoir tant de
vénération pour lui ; car tout le monde fait
qu'il ne les aimoit pas beaucoup, du moins
leur donnoit-il fouvent des coups de fouet
dans fes écrits.

Ce fort qui eft le boulevard de la ville, &
du pays d'alentour, fert auffi à les tenir en
refpect. En 1587, la foudre tomba dans le magafin des poudres, & le fit fauter en l'air, ce
qui endommagea beaucoup la ville. Le fecond
de ces forts eft Caftello Nuevo, ou le château
neuf, bâti par Charles, roi de Naples. Ce château commande le port, & eft la demeure ordinaire des vice-rois. Le troifième eft fitué au
fud-eft de la ville, fur un petit roc qui fut joint
au continent par Lucullus le Romain ; on l'appelle quelquefois de ce nom, mais plus fouvent
Caftello del Ovo, ou château de l'œuf, à caufe
de fa forme. Il y a auffi un fort bel arfenal pour
les galères, & qui eft bien entretenu, & bien
pourvu de toute forte de munitions de guerre.
Mais je regarde le mole comme un des plus
beaux ouvrages de la ville. Il défend le port des
vents orageux du fud ; il eft revêtu de chaque
côté, & pavé, fur le haut, de magnifiques
pierres quarrées ; &, dans le milieu, il y a une
belle & grande fontaine de marbre. Il a, en
tout, cinq cens pas de longueur, & dix de

large. Les habitans vantent beaucoup l'antiquité de leur ville, fondée vingt ans après la ruine de Troye, & nommée Parthenope par les anciens poëtes, comme Virgile l'atteste dans ses *Géorgiques*.

Illo Virgilium me tempore dulcis alebat
Parthenope, *studiis florentem ignobilis oti.*

Cette ville a souffert plusieurs révolutions. La plus extraordinaire est celle qui arriva en 1640, lorsqu'un pauvre pêcheur, qui n'avoit pas des souliers à ses pieds, se vit maître de tout Naples dans l'espace de cinq jours; il auroit pu même se soutenir dans son usurpation, si ses sentimens eussent changé avec son état, mais il resta toujours pêcheur. Son élévation fut trop inopinée pour pouvoir durer; il devint la victime des fureurs & des ravages dont il étoit lui-même l'auteur.

Les églises de Naples sont superbes & ornées de peintures faites par les meilleurs maîtres. La lupart des femmes y sont belles, mais mon eur étoit trop occupé ailleurs pour être ché de leurs charmes. La ville est gouvernée p de bonnes loix; une chose sur-tout contribu beaucoup à la tranquillité qui y règne, c'est qu'o ne permet de porter l'épée qu'à ceux de la ga son; de sorte que, s'il s'élève quelque quere dans les rues, un combat à coups de

poings la finit ordinairement, quoiqu'on puisse
louer là, à aussi bon marché qu'à Rome, des
assassins de profession, qui se piquent même
d'honneur. En voici un trait : deux gentil-
hommes Napolitains s'étant querellés, l'un
d'eux loua un de ces coupe-jarrets pour assassiner l'autre ; mais, quelques amis les ayant
raccommodés, celui qui avoit fait marché avec
le coquin, lui envoya dire qu'il n'avoit plus
besoin de son service, qu'il n'avoit qu'à garder
l'argent. Il n'est pas en mon pouvoir, répondit-
il, de le rendre, & je ne suis pas homme à
le garder sans l'avoir mérité ; ainsi il faut, de
toute nécessité, que j'expédie mon homme. Le
gentilhomme employa tous les moyens imaginables pour le dissuader ; il le menaça même ;
mais en vain. Voyant qu'il ne pouvoit rien gagner sur son esprit, il lui dit qu'il informeroit
la personne avec qui il avoit eu querelle de
son dessein, ce qu'il fit affectivement. Malgré
tout cela, ce malheureux trouvant l'occasion
dès le soir même, laissa le pauvre gentilhomme
pour mort sur le mole : cependant il se rétablit, après avoir traîné long-tems. Le coquin,
voyant qu'il n'avoit pas réussi, eut l'impudence
d'aller chez celui qui avoit voulu l'employer,
& lui demanda pardon de ce qu'il n'avoit pas
été aussi bon que sa parole ; mais qu'une au-

trefois il prendroit si bien ses mesures, que
son homme ne lui échapperoit pas. Enfin il
parut si obstiné dans sa résolution, que ce gentilhomme fut obligé d'en louer un autre du
même mêtier, pour le dépêcher, avant qu'il
pût exécuter son dessein ; &, le lendemain,
il fut trouvé mort devant la porte de celui
qu'il avoit dessein d'assassiner , attendant ,
comme on le supposa , l'occasion pour faire
son coup.

Après avoir vu tout ce qu'il y avoit à voir
dans la ville, nous allâmes visiter le fameux
Vésuve, ou la montagne brûlante, à une lieue
& demie de la ville, du côté de l'est. Les Napolitains l'appellent la Chambre à lit du Soleil,
parce que cet astre leur paroît se lever du
sommet de cette montagne. Au pied, & tout
autour, il y a là le plus excellent morceau de
terre qui soit dans le monde ; je n'en excepte
pas même les mines de Potosi, puisque la re-
colte qu'on y fait en vin , produit tous les
ans douze cens mille ducats. Des châtaigniers
& plusieurs autres arbres fruitiers forment, sur
le milieu de la montagne, un ombrage fort
agréable. Son sommet est double, ou plutôt
elle a deux pointes. Celle qui est du côté du
nord se termine dans une plaine , fort bien
cultivée. L'autre , qui est au sud, & où se

trouve le volcan, s'élève beaucoup plus haut.

Lorſque nous eûmes gagné le ſommet, nous deſcendîmes inſenſiblement dans l'ouverture de la montagne, par de grandes marches taillées exprès. Ce volcan a cauſé autrefois, par ſes ſoudaines irruptions, beaucoup de dommage au pays d'alentour; mais, aujourd'hui, il ne fait que préſager quand il doit pleuvoir, par les nuées épaiſſes dont le ſommet eſt alors couvert.

Après avoir ſuffiſamment ſatisfait notre curioſité à Naples, nous fimes un tour à Putzol ou Poſuolo, en paſſant au travers d'un rocher percé à jour, & dont l'ouverture a un mille de long, & ne reçoit point d'autre lumière que celle qui entre par les deux extrémités & par un trou qu'il y a au ſommet, dans le milieu du rocher. Ce paſſage ſouterrain eſt pavé de pierre d'un bout à l'autre; &, dans l'endroit où il eſt le plus étroit, il a pourtant plus de dix verges de large. Environ au milieu, il y a une petite chapelle dédiée à la Vierge-Marie. Nous viſitâmes toutes les raretés de ce lieu, en particulier le tombeau de Virgile, qui eſt preſque tout couvert de lierre. On m'avoit parlé d'un laurier qui avoit crû naturellement deſſus; mais, ſans prétendre diminuer la gloire de cet homme incomparable, dont les ouvrages

méritent des lauriers immortels, je ne pus rien
voir de semblable. Nous vîmes auffi le lac
Agnano, ainfi appellé à caufe de la quantité de
ferpens qui y tombent des montagnes voifines,
qui font fort efcarpées. L'eau de ce lac a deux
qualités différentes : elle eft douce & fraîche fur
la furface ; au fond, elle eft un peu falée &
âpre : apparemment que cela vient des miné-
raux qui l'environnent.

Au midi du lac, il y a une étuve formée par
la nature, qu'on appelle l'étuve de faint Germain ; mais nous n'eûmes ni affez de curiofité
pour y entrer, ni affez de foi pour croire la
ridicule fable qu'on en raconte, quoiqu'elle
ait un faint pour garant de fa vérité. Voici le
fait, j'en laiffe le jugement au lecteur. On con-
feilla à faint Germain d'aller à cette étuve pour
fe guérir d'une maladie dangereufe. Lorfqu'il
y fut arrivé, il y trouva l'ame d'un fort honnête homme qu'il avoit connu, tourmentée par
la chaleur du lieu. Comme il entendoit le langage des ames, il demanda à celle-ci pourquoi, ayant eu tant de piété dans cette vie,
elle étoit condamnée à une peine fi févère dans
l'autre. L'ame lui répondit fort civilement, que
c'étoit parce qu'elle s'étoit rangée du parti de
Laurentius, qui s'oppofoit à ce que Symacus
parvînt au pontificat ; mais je fuis perfuadée,

ajouta-t-elle, que vos prières auront affez d'ef-
ficace pour me tirer d'ici. Là-deffus, faint Germain pria avec inftance & avec fuccès, car il
délivra l'ame du pauvre homme de ce maudit
féjour. Perfonne ne put nous dire où elle s'en
fût après cela; mais le lieu a toujours été nommé depuis, l'étuve de faint Germain.

A l'orient de la montagne voifine, il y a un
lieu qu'on appelle l'antre, ou la caverne de la
mort; parce que tout ce qui a vie, & qui fe
hafarde d'y entrer jufqu'au fond, tombe, à
ce qu'ils difent, mort fur la place. Cependant
un homme qui demeuroit dans un village voifin, y alloit, quand on vouloit, pour une
pièce d'argent. Nous eûmes la curiofité d'en
faire l'expérience. Lorfqu'il fortit de la caverne, il étoit tout en fueur, & il fût cinq
ou fix minutes avant que de pouvoir fe tenir
debout. Après être revenu à lui-même, il tira
un chien d'un fac; &, par le moyen d'un inftrument de bois fait exprès, il le pouffa jufqu'au fond de la caverne, & l'en retira mort
en apparence. Quand il l'eut laiffé quelque tems
dans cet état, pour que nous le viffions, il le
prit par les pieds de devant, & le jetta dans le
lac Agnano; à peine y fût-il entré, qu'il en
fortit à la nage, & s'enfuit à toutes jambes.
Don Antonio me dit qu'il étoit fort difficile de

trouver un chien là, parce qu'auſſitôt qu'ils voyoient un étranger, ils s'alloient cacher dans les bois, de peur d'être jettés dans la caverne, pour ſatisfaire leur curioſité ; & que c'étoit pour cela que l'homme qui étoit entré dans cet antre, ſe pourvoyoit toujours d'un chien pour l'occaſion.

Nous fûmes enſuite à la cour de Vulcain, à un mille delà. Ce lieu eſt aſſez déſagréable ; il y fume toujours, & les vapeurs chaudes qui ſortent de la terre, penſèrent m'étouffer. En quelques endroits, l'eau ſort à gros bouillons des creux ; &, lorſque nous y jettions une pierre, elle rebondiſſoit comme ſi nous l'euſſions jettée contre un pavé. On compte que ce lieu a la vertu de guérir pluſieurs indiſ-poſitions, ſur-tout le mal de tête & des yeux. On dit même qu'il rend les femmes fécondes. On fit paſſer dona Iſabella par-deſſus dans une chaiſe à porteur, ſelon la coutume, quoiqu'elle n'eût guère beſoin de ce prétendu remède, comme il paroit aſſez par ſon hiſtoire.

Six ſemaines s'écoulèrent dans cet agréable amuſement ; &, comme nous en étions preſque raſſaſiés, nous revînmes à Rome. Dès-lors la mélancolie s'empara tellement de moi, qu'il ne me fut plus poſſible de la cacher. Don Anto-nio & toute ſa famille parurent y prendre beau-

coup de part. Mon état les touchoit vivement,
& je fuis bien perfuadé qu'ils n'auroient rien
épargné pour me rendre tranquille. Mais il n'y
a point de médecin pour les maladies de l'efprit. Enfin nous reçûmes une lettre du moine,
qui ne nous apprenoit que fon heureux retour
à Gènes, & qu'il comptoit de s'embarquer en
peu de jours pour Rome. Cette relation im-
parfaite acheva de m'abattre, & nous ôta toute
efpérance, perfuadés que, s'il avoit eu un heureux fuccès dans fon voyage, fon premier foin
auroit été de nous en informer. Cette réflexion
m'accabla de douleur jufqu'à me rendre malade. Une groffe fièvre me prit, & me conduifit prefque au tombeau. Je fouhaitois de
mourir ; mais la mort, femblable aux faux
amis, me refufa fon fecours dans le befoin.

Don Antonio & fa femme abandonnoient
rarement le chevet de mon lit ; &, quand j'aurois été leur frère, ils n'auroient pas pu avoir
plus d'égards pour moi. Cependant la force de
mon tempérament prévalut enfin, & je guéris
en quelque façon malgré moi. Pendant ma maladie, on m'avoit bien fait part de l'arrivée
du moine, & du mauvais fuccès qu'il avoit
eu ; mais on n'étoit entré dans aucun détail là-
deffus ; fi bien que, pour être inftruit exactement de tout, je priai qu'on envoyât chercher

ce père. Il vint, & voici ce qu'il me dit en
françois : Aussitôt que j'arrivai à Salé, je rencontrai Hamet, le renégat Irlandois. D'abord,
il me reçut d'une manière assez brutale ; mais,
lorsque je lui dis que je venois pour lui payer
la rançon d'un de ses esclaves qui s'étoit sauvé,
il commença un peu à se radoucir, & à me
traiter mieux. Il parla fort bien de don Antonio ; mais, lorsque je fis mention de vous, il
devint comme un furieux, & s'exhala en reproches les plus amers. Il me dit que vous étiez un
infâme imposteur, que vous l'aviez lâchement
trompé, & même volé doublement en lui emportant, & sa maîtresse, & son argent. Je lui
répondis que je venois pour rançonner la dame,
& pour faire bon de tous les dommages qu'il
avoit soufferts. Pour ce qui regarde la dame,
me repliqua-t-il, il y a long-tems qu'elle sert
de nourriture aux poissons ; car, plutôt que de
consentir à mes desirs, elle se jetta dans la
mer avant que nous eussions gagné le port,
lorsque je l'eus prise sur la saïque, dans laquelle
un de mes esclaves l'avoit emmenée de Mammora ; &, malgré tous nos efforts pour la sauver, elle se noya. Elle est donc périe ! m'é-
criai-je. O preuve d'un amour constant & vertueux ! que j'eusse été heureux, si j'avois partagé
sa destinée !

Je ne pus plus réſiſter à un récit qui me
perçoit le cœur. Je tombai en défaillance.
Lorſque je fus revenu à moi-même, le moine
continua de la ſorte : J'eſpérois d'abord que
ce que le renégat me diſoit, n'étoit qu'un
conte de ſa façon, pour ne pas rendre votre
maîtreſſe ; mais tout le monde m'aſſura que le
fait étoit véritable. Le juif, entr'autres, de qui
vous aviez acheté pluſieurs choſes pour votre
voyage, me dit que Hamet arriva ſans avoir
de femme avec lui ; qu'il le vit débarquer en
fort mauvaiſe humeur ; & que, pour vous avoir
aſſiſté, il porta des plaintes contre lui à ſon
ſupérieur à Méquinez, qui lui avoit bien lavé
la tête. Tout cela ne me perſuadant que trop
de la vérité de ce que m'avoit dit le corſaire,
je preſſai mon départ. Je ſuis fâché d'avoir ſi
mal réuſſi ; mais il faut obéir à l'ordre du deſ-
tin ; & j'eſpère que vous vous ſoumettrez pai-
ſiblement à la volonté du ciel, qui vous en-
voie cette affliction pour vous éprouver.

Le bon moine me fit pluſieurs exhortations
ſalutaires ; mais je n'étois pas dans un état à
pouvoir y déférer. Comme depuis la mort de
ma chère femme, il n'y avoit plus rien dans le
monde qui pût m'attacher ; je devins ſans ſouci
pour toutes choſes. Je ne penſai point à retourner en Angleterre, quoique je ne manquaſſe
pas

pas d'occasion pour le faire. Je pris la résolution d'aller dans quelque pays éloigné, pour m'y
confiner, dans la pensée que plus je m'éloi-
gnerois de ma patrie, plus mes chagrins se
dissiperoient. Mais, hélas! la douleur est une
compagne trop fidèle, & la mienne étoit d'un
genre à ne pouvoir finir que par la mort.

Je priai don Antonio, que, s'il entendoit
parler d'un vaisseau prêt à faire un long voyage,
il voulût avoir la bonté de m'en informer. Il
me le promit, après avoir vu qu'il entreprenoit
vainement de me dissuader de ce dessein. Deux
mois se passèrent, sans que j'entendisse parler
de vaisseau. Je commençois à être fort inquiet,
& je dis à Antonio, que j'avois envie de faire
un voyage à Gènes, où je trouverois infailliblement ce que je voulois. Lorsqu'il vit que je
persistois dans ma résolution, & que rien
n'étoit capable de m'arrêter : dans quelle partie
du monde, me demanda-t-il, souhaitez-vous
aller? Cela m'est indifférent, repliquai-je. Eh
bien, dit-il, mon père & moi nous vous équi-
perons un vaisseau du port que vous voudrez,
soit en guerre, soit en marchandise. Je le remerciai, & je lui dis que, s'il le vouloit bien,
je souhaitois qu'il fût pour l'un & l'autre, &
que je serois leur surveillant, s'ils jugeoient à
propos de me confier une place de cette impor-

F

tance. En un mot, on acheta à Naples, d'un marchand anglois, un bon navire tout neuf, de deux cens cinquante tonneaux, monté de vingt-six canons; & nous y mîmes cent hommes d'équipage, presque tous anglois, qui, entendant que j'avois dessein d'aller à la mer du sud, furent ravis de l'occasion. Don Antonio eut soin de nous pourvoir de toutes les choses nécessaires pour le commerce, & je fus fait capitaine & surveillant. Je lui dis qu'en peu d'années, j'espérois lui rendre bon compte de sa cargaison: & j'espère, moi, répondit-il obligeamment, que vous reviendrez d'accord avec vous-même, & alors je me croirai heureux. Le pis de l'affaire étoit que nous n'avions point de commission, & je ne voulus pas souffrir qu'Antonio m'en procurât une. Mais, comme de braves Anglois, nous résolûmes de nous battre seulement contre les ennemis de nôtre nation.

Je donnai à mon vaisseau le nom d'*Isabelle*, par respect pour la femme d'Antonio, & nous arborâmes le pavillon d'Angleterre. Lorsque le jour qu'il fallut aller à bord fut venu, nous versâmes bien des larmes de part & d'autre; Je ne pouvois, sans regret, me séparer d'un aussi bon ami qu'Antonio; & je suis très-persuadé que leur douleur étoit aussi sincère que la mienne.

Nous partîmes d'Ostie, où étoit notre vaisseau, le deuxième de Mars 1693, dans le dessein de faire route en droiture pour l'Amérique. Notre bâtiment se trouva être un excellent voilier; car nous gagnâmes le détroit en douze jours. Lorsque je vis la côte d'Afrique, cela me rappella tous mes malheurs passés; & je soupirai après une occasion favorable pour me venger des Maures. Le lendemain, nos gens découvrirent deux vaisseaux, ayant le vent de nous. Nous nous crûmes trop bien armés pour fuir. Nous continuâmes notre route, & nous apperçûmes qu'il n'y avoit qu'un des vaisseaux qui nous suivoit. Je demandai à mes gens s'ils avoient envie d'en venir aux mains, & ils me répondirent tous d'une voix : de tout notre cœur. Nous fîmes toute la diligence imaginable pour nous préparer au combat, de peur que ce ne fût un vaisseau de Barbarie. Nous arborâmes le pavillon d'Angleterre, & eux en firent de même. Lorsque nous vîmes cela, nous les attendîmes, pour apprendre des nouvelles de notre patrie. Mais aussitôt qu'ils nous eurent donné le côté, ils mirent bas leur pavillon anglois, & arborèrent celui de Maroc, nous criant de nous rendre dans l'instant, ou que nous nous en trouverions plus mal. Nous fûmes d'abord un peu surpris d'avoir été trom-

pés ; cependant mes gens me prièrent de commencer le combat. Nous n'avions point encore
ouvert notre fabord, & je leur défendis de le
faire, jufques à ce que je leur donnaffe le
mot. J'envoyai iffer le pavillon d'artimon, afin
que le corfaire crût que nous allions amener.
Nous étions bien pourvus d'armes & de toute
forte de munitions de guerre. J'ordonnai à mes
gens de fe tenir à leurs poftes, de ne point
paroître que quand ils entendroient un coup
de fifflet, & alors d'ouvrir leur fabord, & de
faire feu fur l'ennemi, du canon & de la moufqueterie. Le corfaire s'impatienta de ce que
nous étions fi long-tems à amener. Il nous
cria une feconde fois, que fi nous ne nous
rendions pas dans l'inftant, il alloit nous couler à fond. Là-deffus, je donnai le coup de
fifflet, & mes gens m'obéirent ponctuellement ;
ils ouvrirent leur fabord, ils pointèrent le
canon, & ils envoyèrent au pirate une bordée,
avec une décharge générale de leur moufqueterie. Comme les ennemis n'attendoient aucune
oppofition de notre côté, cela les mit fort en
défordre ; & je fuis fûr que nous leur tuâmes
beaucoup de monde, car, croyant que nous
deviendrions leur proie fans combattre, ils
s'étoient affemblés en foule fur le tillac.

J'avois déja viré & donné une autre falve au

corſaire, avant qu'il nous eût rendu la première. Mais il ne reſta pas long-tems en arrière. Il tira ſur nous promptement, & avec
beaucoup de vigueur. Mes gens firent fort bien
leur devoir, & le combat fut très-chaud pendant une demi-heure. Je commençois à croire
que nous n'en aurions pas bon marché, lorſque, jettant les yeux ſur le tillac du corſaire,
je découvris le renégat Hamet, donnant les
ordres. Sa vue me ſurprit & me réjouit en
même tems, mais elle remplit mon ame de fureur & de rage. Nous étions ſi près l'un de
l'autre, que je pouvois entendre tout ce qu'il
diſoit, quoique je ne le compriſſe point, parce
qu'il parloit maure. Comme nous étions occupés à mettre à l'autre bord & à charger de
nouveau, je me montrai à lui. Je lui dis qu'il
étoit le ſeul homme dans le monde que je
haïſſois, & que ce jour-là même il feroit mon
eſclave, ou que la mort me vengeroit de lui.
Il parut étonné, & ne me répondit qu'en vo-
miſſant un torrent d'imprécations & d'injures.
J'encourageai mes gens à ſe bien battre, en leur
diſant que ſi nous tombions entre les mains de
l'ennemi, il ne nous feroit point de quartier.
Auparavant, je tirois à tout haſard, c'eſt-à-
dire, à la première perſonne que je voyois;
mais, dès-lors, je pointai toujours à Hamet,

& lui à moi. A la fin, j'eus le bonheur de
l'abattre. A la vue de sa défaite, je ne pus
m'empêcher de jetter un cri de joie, qui fit tant
d'impression sur ceux de mes gens qui étoient
autour de moi, qu'ils se battirent comme des
désespérés. Enfin, après un combat opiniâtre
qui dura deux heures, nos ennemis amenèrent. Nous rendîmes graces à Dieu de cette
victoire, & je m'en fus immédiatement à leur
bord, où nous avions fait un terrible carnage,
puisqu'ils avoient perdu, selon leur propre
compte, quatre-vingt-dix-sept hommes.

Je leur demandai quel étoit le vaisseau qui
se tenoit à quelque distance, & qui n'avoit
pas voulu se battre. Ils me dirent que c'étoit
une prise qu'ils avoient faite, il y avoit quelques jours, & que ce vaisseau étoit chargé de
vin & d'autres denrées. Cette nouvelle me fit
penser à un stratagême pour m'en rendre maître.
Je fis amener notre pavillon, & arborer, à
la place, celui des Maures; après quoi nous
nous mîmes à touer notre vaisseau. La prise
nous voyant faire ce manège, crut que le corsaire nous avoit vaincus; elle fit force de
voiles pour nous joindre, & bientôt nous en
fûmes assez près pour envoyer à son bord notre
chaloupe armée.

Il n'y avoit que douze Maures sur ce vaisfeau, fans les prifonniers qui étoient enfermés fous l'écoutille. Lorfque nos gens s'en furent affurés, je m'y tranfportai; j'ordonnai qu'on relâchât les prifonniers, & je fis prier leur capitaine de monter fur le tillac. Les Maures n'avoient encore rien ôté de la cargaifon de ce navire. J'ai dit ci-deffus, qu'il étoit chargé de vins d'O-porto, & de jarres d'huile. C'étoit un bâtiment de quatre-vingt-dix tonneaux, qui alloit à Leverpool. Je dis au maître, qu'il n'avoit qu'à pourfuivre fon voyage, quand il le jugeroit à propos. Le pauvre homme fut quelque tems avant que de pouvoir croire que je parlois férieufement. Mais enfin, lorfqu'il en fut convaincu, il me fit des remercîmens proportionnés à la faveur que je lui faifois. Et, pour me témoigner plus amplement fa reconnoiffance, il me fit préfent d'un couple de muids de vin, de deux jarres d'huile, & de deux caiffes de raifins, outre fix de chaque forte, qu'il voulut donner à mon équipage. J'avois eu dix-fept hommes tués dans la mêlée, & onze bleffés. Je remplis ce nombre en prenant autant d'efclaves du vaiffeau d'Hamet, qui choifirent tous de me fuivre. Je recommandai au maître les autres qui ne fe foucièrent pas de faire un fi long voyage; & il me promit de les débarquer tous en Angleterre.

Nous pillâmes le corsaire, & nous lui prîmes jusqu'à la valeur de deux mille livres sterling en effets, que j'entrai dans les livres du vaisseau, pour le compte de ma société. Nous ne savions pas bien que faire de l'équipage ; car, quoique ces gens-là méritassent la mort, il me sembloit que de la leur infliger de sang froid, ç'auroit été une action inhumaine. Je les relâchai donc du consentement de nos officiers, sous cette condition, qu'ils feroient, de ma part, un présent de cinquante livres de leur monnoie à Mirza, premier eunuque d'Hamet : ce que celui qui les commandoit, me jura, par Mahomet, d'accomplir. Lorsque nous eûmes pris dans leur vaisseau tout ce qui pouvoit nous être de quelque utilité pour notre voyage, nous les laissâmes aller, & nous continuâmes notre route.

Nous touchâmes aux Canaries ou îles Fortunées, pour y faire de l'eau ; & nous y vendîmes les marchandises que nous avions prises aux Maures. J'en partageai l'argent entre les matelots, m'en réservant une quatrième partie pour moi & pour les propriétaires du vaisseau, comme je les appellois. Je leur permis ensuite d'aller à terre, & ils y furent à tour de rôle par le sort. Ils eurent bientôt employé leur argent à ce dont ils avoient besoin ; mais comme nous avions un long voyage à faire, ils se pourvurent principalement de vin & d'eau-de-vie.

Nous fûmes obligés de quitter l'île, plutôt
que nous n'avions dessein, parce que notre pi-
lote tua malheureusement un Portugais, & que
le gouverneur nous menaçoit d'arrêter nôtre
vaisseau, si nous refusions de le lui livrer. Je
compris que le défunt avoit tout le tort; ainsi,
plutôt que de courir risque de perdre notre pi-
lote, nous partîmes de-là le dixième d'avril. On
tira sur nous du château plusieurs coups de canon chargés à cartouches pour nous arrêter,
mais nous n'y eûmes point d'égard, & nous
poursuivîmes notre voyage.

Nous ne rencontrâmes rien qui méritât d'être
remarqué, jusqu'à notre arrivée à l'île de Saint-
Vincent, l'une de celles du Cap-Verd, où nous
jettâmes l'ancre sur dix brasses d'eau, fond de
beau gravier. Ces îles sont les Hespérides des
anciens. Les naturels du pays sont noirs, pauvres & misérables. Ils nous apportèrent quelques
tortues, pour lesquelles nous leur donnâmes de
vieilles nipes, & ils en furent contens. Le ruis-
seau où l'on fait de l'eau, pouvoit à peine nous
en fournir, étant presque sec; mais nous fîmes
assez de bois. Toute l'île n'a pas plus de deux
lieues & demie de long, & une demi-lieue de
large. Elle est fort stérile en fruits, en herbes ou
en plantes, & même en animaux. Je n'y vis que
quelques ânes sauvages, & quelques chèvres

qui étoient ou trop agiles pour que nous les puffions atteindre, ou trop éloignées pour qu'elles
valuffent la peine que nous confumaffions en
vain du plomb & de la poudre.

L'île de Saint-Antoine, à-peu-près à deux
lieues de là, au nord, eft bien peuplée. Elle appartient à la couronne de Portugal. Nous avions
pris la réfolution d'y aller mouiller ; mais le
vent fe trouvant favorable, nous pourfuivîmes
notre route. Nous paffâmes dans la nuit près de
l'île del Fogo, dont nous vîmes le volcan, qui
jettoit du feu comme la flamme d'une verrerie.
Vingt jours après nous paffâmes la ligne, où,
comme à l'ordinaire, nous plongeâmes dans la
mer ceux qui n'y avoient jamais été. Cependant
j'en fauvai la plus grande partie, en payant pour
eux un ankre d'eau-de-vie. Le lendemain nous
enfevelîmes deux de nos gens, qui moururent
des bleffures qu'ils avoient reçues dans le dernier combat : tout le refte fe rétablit heureufement. Nous tirâmes trois coups de canon, &
nous les abandonnâmes aux flots.

A 22 degrés de latitude méridionale, nous
vîmes un grand nombre d'oifeaux ; cela nous
fit juger que nous ne pouvions pas être fort loin
de terre ; auffi découvrîmes-nous bien-tôt l'île
de l'Afcenfion, environ à deux lieues au nord.
Nous ne voulûmes pas nous y arrêter ; & deux

jours après nous jettâmes l'ancre fur fix braffes
d'eau, à l'île de Sainte-Catherine, qui eft environ à un demi-mille du continent du Brefil.

Cette île eft située à 27 degrés 30 minutes de
latitude méridionale. C'eft prefque un bois perpétuel ; & il n'y a que quelques Portugais, &
quelques negres qui l'habitent. Excepté la nour-
titure, tant bonne que mauvaife, qui y eft affez
abondante, tout le refte y manque. Les habitans
font affez civils ; ils ne voulurent point prendre
d'argent pour ce que nous avions eu d'eux; nous
les payâmes en linge & en laine. Après m'être
pourvu de tout ce dont j'avois befoin pour le
vaiffeau, je leur vendis pour quatre cent livres
fterling de denrées, qu'ils me payèrent en or. Ils
ne font jamais en paix avec les Indiens du continent; & comme ils font fi près les uns des autres,
ceux-ci ont fouvent fait des incurfions dans l'île,
& en ont enlevé des hommes : mais à la fin les
Portugais s'en font mis à couvert, en bâtiffant
plufieurs redoutes, où ils font conftamment la
garde. Ils ne payent point d'autres taxes que les
dîmes de l'églife, qu'elle ne laiffe jamais perdre.
Lorfque j'étois-là, ils n'avoient qu'un moine
pour les inftruire dans la religion ; & l'on me
dit que fa principale occupation étoit celle de
recueillir fes droits.

A ce propos un françois me raconta une plai-

fante histoire d'un des habitans, homme adroit
& rufé, mais qui, malgré fon induftrie & fon
adreffe, avoit beaucoup de peine à mettre bout-
à-bout de quoi aller jufqu'à la fin de l'année. Il
avoit dix enfans fur les bras ; & ce qui le chagrinoit encore, c'étoient les dîmes & l'argent
du prêtre. Souvent il vouloit lui perfuader de
l'oublier pendant un an ou deux ; mais point de
nouvelles, le père faifoit la fourde oreille. Un
jour que ce dernier lui rendit vifite pour recevoir fes droits, le pauvre homme l'affura ingénuement qu'il n'étoit pas dans fon pouvoir de
les lui payer, mais le moine n'en voulut point
démordre. Ainfi, voyant fon obftination, il lui
dit à la fin qu'il ne favoit qu'un moyen pour le
fatisfaire ; mais qu'il craignoit que l'églife ne
voulût pas permettre qu'il l'employât. Le prêtre repliqua qu'il étoit meilleur juge dans ce
cas que lui, & qu'il lui dît de quoi il étoit queftion. Un homme, répondit le rufé paroiffien,
qui demeure fur le continent, a plufieurs co-
chons de lait fort gras, & de bonne race ; lorfque je reviens de mon travail, je pourrois en
apporter un avec moi, fans être apperçu de perfonne ; & un tel (nommant fon voifin) m'en
payera bon prix. Après une petite paufe, le
moine lui fit cette réponfe : c'eft certainement
un péché de voler, mais c'eft un plus grand pé-

ché encore de voler les droits de l'église ; ainfi,
faites votre chemin, je vous donnerai l'abfolu-
tion, mais apportez-moi directement le cochon
de lait, car fi c'eft une bonne marchandife pour
votre voifin, elle n'eft pas moins bonne pour
moi. L'homme lui dit qu'il pouvoit compter
qu'il le lui apporteroit ce foir-là même ; fi je
ne fuis pas à la maifon, repliqua le moine, je
donnerai ordre à mon valet qu'il en ait foin. Le
bon père ne demeuroit pas là conftamment ; les
miffionnaires n'y viennent que de tems en tems
de Lagoa, qui eft une ville fur le continent, environ à dix lieues de l'île au fud-fud-oueft, où
il y a une miffion ; & d'ordinaire on leur en-
voie là leurs dîmes dans une petite barque qu'on
garde exprès pour cet ufage. En cas que ce petit
manège fe découvrît, le moine, pour pouvoir
jurer en bonne confcience qu'il n'en favoit rien,
prit grand foin de n'être point au logis, lorfque
l'homme viendroit avec le cochon de lait ; mais
il donna ordre à fon valet de porter immédiatement à bord de la barque tout ce qu'on lui re-
mettroit pour fon compte. A l'heure marquée
le paroiffien vint, & apporta, dans un panier à
anfe, ce qu'il avoit promis au prêtre. Le valet
exécuta les ordres de fon maître, & fut porter
à bord le panier : mais avant qu'il pût arriver au
havre, ce qu'il y avoit dedans commença à

crier. Le pauvre garçon fut fort étonné de voir
que c'étoit un enfant. Cependant craignant, à
cause que son maître l'en avoit chargé si positi-
vement, qu'il ne fût intéressé dans l'affaire, il se
dépêcha tant qu'il put de se rendre à bord. Le
vaisseau mit à la voile cette même nuit ; de sorte
qu'il arriva le lendemain avec son paquet à Lagoa, & le délivra fort secrettement à la con-
frairie.

Le prêtre de Sainte-Catherine étant retourné
au logis, & voyant que son valet ne revenoit
point, crut qu'il l'avoit volé, & qu'il s'étoit
enfui ; car il avoit porté plusieurs autres choses
à bord, avant que d'y porter l'enfant. Cela le
rendit fort inquiet ; & le vent continuant à être
favorable, il s'embarqua sur un vaisseau & arriva à Lagoa un jour après son valet. Mais quelle
fut sa surprise, quand il vit qu'on lui avoit
fait présent d'un enfant à la mamelle, au lieu
d'un cochon de lait ? Il en enragea de dépit, &
ne manqua point d'en informer la sainte con-
frairie. Aussi-tôt il fut résolu de renvoyer l'enfant ; mais soit faute de soin ou fatigue du voyage,
il mourut en chemin. La première fois que le
moine revint à Sainte-Catherine, il courut sur
le champ, tout en colère, chez le pauvre homme,
& lui jura qu'il feroit excommunié pour avoir
fait un tel affront à l'église. Mais le drôle lui dit,

fans fe démonter, qu'il favoit qu'il aimoit affez
qu'on lui payât fes dîmes, & qu'ayant dix enfans, & que neuf étant déja plus qu'il n'en pouvoit entretenir, il avoit réfolu de lui donner
le dixième, qui étoit fon dû. Il ajouta même que
s'il s'avifoit de faire du bruit pour cela, il diroit
à tout le monde comment il l'encourageoit à
voler fes voifins. Le bon père voyant que cet
homme avoit trop d'efprit pour fe laiffer mener
par un prêtre, crut qu'il valoit mieux le laiffer
en repos, & garder le filence ; mais cela n'empêcha pas que l'hiftoire ne fût fue, & que le pauvre moine n'en eût fon faoul de mortification :
car toutes les fois qu'il alloit recueillir fes dîmes,
il fe trouvoit des gaillards qui lui demandoient,
en riant, s'il ne vouloit pas auffi fa dîme de co-
chons de lait. En un mot, on lui en fit tant qu'il
quitta l'île, & que la miffion fût obligée d'envoyer un autre prêtre en fa place, qui eut encore fouvent le chagrin d'entendre répéter le
même conte, avec des réflexions malignes contre l'ordre.

Nous mouillâmes d'abord à un trait d'arba-
lêtre de l'île des perroquets, fur fept braffes
d'eau ; mais l'on nous dit que le meilleur endroit
pour faire de l'eau étoit à deux lieues par-delà
l'île de Sainte-Catherine. Nous en pouvions bien
avoir du confinent dans cet encrage, mais pas

affez pour notre provifion; ainfi, nous réfolûmes d'aller à l'aiguade, dans la baie d'Arazatiba,
dont on nous avoit parlé. Nous naviguâmes entre
l'île & le continent, & nous vîmes de chaque
côté, tout le long du chemin, de jolies maifons
environnées de bocages, ce qui faifoit une agréable perfpective. Comme nous approchions de la
baie d'Arazatiba, nous apperçumes un vaiffeau
qui portoit pavillon d'Angleterre, & qui avoit
fon ancre à pic pour venir favoir qui nous étions.
Je fis fur le champ même pavillon, & j'ordonnai cependant à mes gens de fe tenir prêts en cas
d'attaque, m'imaginant que c'étoit quelque pirate Anglois, ou un vaiffeau François qui n'étoit
pas moins à craindre pour nous, parce qu'il y
avoit alors guerre entre les deux nations. Mais
je fus agréablement furpris de voir que c'étoit
un capre Anglois, commandé par le capitaine
Dampier, qui me vint faire vifite, après avoir
hélé fur notre vaiffeau. Il fit tout ce qu'il put
pour m'engager à me joindre à lui, me promettant de partager avec moi, par égale portion,
tout le butin que nous ferions; mais je lui dis
que j'avois d'autres affaires qui m'en empê-
choient abfolument. Je le régalai auffi bien qu'il
me fût poffible, après quoi il me quitta, &
m'invita à dîner le lendemain fur fon vaiffeau:
je le lui promis, & je tins parole. Il me traita
fplendidement;

splendidement ; & là nous convînmes de donner conjointement une fête à terre à nos officiers,
dans deux jours, & le lendemain une autre au
reste de l'équipage.

Pour cet effet je fis dresser, sur le rivage, une
tente capable de contenir cinquante personnes,
& nous y envoyâmes des provisions, le capitaine Dampier & moi, à l'envi l'un de l'autre.
Nous eûmes la musique de nos deux vaisseaux ;
mais la mienne fut trouvée la meilleure, étant
toute composée d'Italiens : cela n'empêcha pas
qu'elles ne jouassent en concert, & qu'elles ne
s'accordassent fort bien. Après le dîné, le capitaine me dit que s'il ne pouvoit pas me régaler
d'une musique italienne, il avoit en échange un
eunuque Anglois qui chantoit admirablement,
du moins pouvoit-il assurer qu'il n'avoit jamais
entendu une plus belle voix. En même-tems il
le fit appeller : mais jugez de ma surprise, je ne
l'eus pas plutôt envisagé, que je reconnus en lui
l'amant de la femme de mon ancien maître, que
son ami le chirurgien avoit ainsi ajusté d'un seul
coup. Il ne changea point de contenance en me
voyant ; ce qui me fit comprendre qu'il ne se
souvenoit plus de moi, & effectivement il n'étoit
guère possible qu'il s'en souvînt, car il ne m'a-
voit vu qu'une seule fois, & encore étoit-il alors
si occupé d'autres choses, qu'il n'eut pas le tems

G

de prendre garde à ma figure. Pour moi, qui avois l'esprit plus tranquille, j'observai très-bien comment il étoit fait ; & les tristes suites qu'eut cette aventure, me frappèrent tellement, qu'il avoit toujours été depuis présent à mon esprit.

Il chanta si bien, que j'en fus tout extasié : je demandai au capitaine par quel hasard il étoit eunuque ; mais il me répondit qu'il n'en savoit rien, & qu'il n'avoit jamais pu l'engager à lui en faire confidence. Là-dessus je dis à ce pauvre diable que j'étois un peu devin, & que je me faisois fort, si cela ne lui faisoit point de peine, d'instruire le capitaine de la cause de son malheur. Il rougit à ces paroles, & parut déconcerté ; cependant, s'imaginant qu'il n'étoit pas possible que je susse rien de son aventure, il consentit à me laisser dire tout ce que je voudrois, quoiqu'avec chagrin, prévoyant bien qu'il seroit la risée de toute la compagnie. Mais quand j'eus commencé à faire le récit de son aventure, & qu'il m'entendit nommer le maître chez qui j'avois été en apprentissage, il fut dans une si grande confusion, qu'il me fit pitié, & que je lui dis que je m'arrêterois-là s'il le souhaitoit. Il me répondit en mauvais François, pour être entendu de moins de personnes, qu'il ne s'opposoit pas à ce que je fisse son histoire, pourvu que ce ne fût pas

en préfence de tant de gens ; car , ajouta-t-il , je
vois bien que vous la favez parfaitement. Je lui
promis de n'en pas ouvrir la bouche qu'au capitaine feul , mais à condition qu'il m'appren-
droit la fin de cette aventure , que j'ignorois ; ce
qu'il s'engagea de faire. Ainfi , nous nous féparâmes , le capitaine , lui & moi , du refte de la
compagnie ; & nous étant un peu éloignés ,
comme pour nous promener le long de la rivière , qui eft un endroit fort agréable , je lui dis
que je tenois fon hiftoire , du porteur qui l'avoit
fuivi à la pifte (car je ne jugeai point à propos
de lui faire connoître que j'euffe eu aucune part
à cette découverte) , & que l'ayant vu paffer
en caroffe dans Lombard-ftreet , fon vifage ne
m'étoit pas inconnu. Mais , ajoutai-je , puifque
nous fommes ici feuls , faites-nous vous-même
le récit de votre malheureufe aventure ; je pourrois en avoir oublié quelques circonftances , ou
n'avoir pas été tout-à-fait bien informé. Il répondit qu'il le feroit pour nous obliger , quelque
peine qu'il eût à s'y réfoudre , & reprenant fon
hiftoire de plus haut , il commença ainfi.

Mon père , qui étoit un procureur de Linéolns-
Inn , à Londres , m'avoit élevé pour le barreau.
En mourant il me laiffa un petit patrimoine , que
j'eus bientôt dépenfé en affez mauvaife compagnie. Je vécus dans une diffipation affreufe , fans

penſer à m'appliquer à quoi que ce ſoit, juſqu'à ce que la néceſſité m'y força. Alors je commençai à ouvrir les yeux, & à me reprocher mes excès; je pris logement dans Cliffords-Inn, qui eſt un collège d'avocats, & je réſolus de ſuivre ma profeſſion. En peu de tems j'eus trouvé des cliens, à cauſe du nom de mon père, qui étoit fort connu; & entendant très-bien toutes les chicanes du barreau, je gagnai aſſez d'argent pour ſatisfaire même aux plus folles dépenſes. J'avois toujours beaucoup aimé le ſexe, & j'avois eu le bonheur ou plutôt le malheur de réuſſir dans la plupart de mes petites intrigues.

La première fois que je vis celle qui a été la fatale cauſe de mon infortune, ce fut à l'égliſe de ſaint Dunſtan, où j'avoue à ma honte que je n'aſſiſtois que trop ſouvent ſans dévotion. Je la trouvai fort belle, & je ne lui déplus pas: nos yeux furent bientôt les interprêtes de nos ſentimens; & dans la ſuite j'affectai de me ſeoir dans un banc qui touchoit le ſien; mais ne ſachant comment m'y prendre pour l'inſtruire plus poſitivement de ma paſſion, je fus quelque tems que je déſeſpérois preſque de pouvoir faire connoiſſance avec elle.

Un dimanche que le clerc avoit entonné le pſeaume, elle ſe leva & me pria de vouloir lui prêter mon livre, diſant qu'elle avoit oublié de

prendre le sien à la maison. Je le lui donnai avec
un empressement qui lui fit plaisir ; & quand
elle en eut fait elle me le rendit, & me remercia. Cela me redonna de l'espérance, & je résolus aussi-tôt de lui offrir, en sortant de l'é-
glise, de l'accompagner jusques chez elle; mais
j'en fus empêché par son époux futur, qui me
prévint. De retour à la maison, je tirai de ma
poche mon livre de prières: & m'appercevant
qu'il ne fermoit pas comme à l'ordinaire, je
voulus voir ce que c'étoit. Mais que je fus agréablement surpris d'y trouver un petit billet de
ma belle, qu'elle avoit attaché avec une épin-
gle au dernier feuillet, & où elle m'invitoit à
un rendez-vous, ce soir-là, à six heures !

Je n'eus garde d'y manquer, & je la trouvai
qui m'y attendoit. Je lui en fis excuse ; & après
quelques explications d'amour, nous fûmes de la
meilleure intelligence du monde; car avant que
de la quitter, j'en obtins tout ce que je souhaitois, & je goûtai des plaisirs qui furent bientôt
suivis des plus grandes amertumes. Elle me dit
qu'il y avoit long-tems qu'elle avoit conçu de
l'amour pour moi ; que quoiqu'elle eût résisté de
toute sa force aux progrès de cette passion, elle
n'en avoit jamais pu être la maîtresse, & qu'elle
s'étoit enfin vue forcée à m'en faire la déclaration. Elle m'apprit aussi qu'elle alloit être mariée

dans peu à la perſonne qui l'avoit conduite au
ſortir de l'égliſe, bien que ce fût contre ſon inclination, mais qu'elle étoit obligée d'obéir à ſa
mère, qui le vouloit abſolument.

Depuis ce tems-là nous eûmes pluſieurs rendez-vous; elle vint même quelquefois dans mon
propre appartement, juſques-là que mes voiſins
s'en apperçurent: & quand elle fut mariée, nous
ne laiſſâmes pas de nous rencontrer ſouvent,
tantôt dans un endroit, & tantôt dans un autre;
& auſſi ſouvent elle me fit de beaux préſens.
Alors le pauvre miſérable nous raconta comment il avoit été ſurpris en faction avec elle dans
la maiſon de mon maître, par un de ſes appren-
tifs qui étoit moi-même; mais comme il avoit
auſſi-tôt tourné le viſage contre la fenêtre pour
n'être pas reconnu, il ne m'avoit point vu, ni ne
pouvoit par conſéquent ſe ſouvenir que ce fût
moi. Il nous dit ce qui lui arriva enſuite, de la
même manière que je l'ai conté au commencement de cette relation: & il ajouta qu'après que
l'opération, qui avoit fait tout le malheur de
ſa vie, fut achevée, & que mon maître & ſon
ami furent partis, la belle voyant qu'il avoit
perdu ce qu'elle eſtimoit le plus en lui, le
quitta ſans lui dire un ſeul mot. Quand j'eus
recouvré, continua-t-il, aſſez de force pour
écrire, j'envoyai chercher quelques-uns de mes

intimes amis, & entr'autres un chirurgien à qui je communiquai mon défastre. Il m'examina ; &, me trouvant en grand danger, il me fit mettre au lit. Je demeurai plusieurs jours dans ce cabaret ; & enfin je guéris comme par miracle, & je retournai à mes affaires. Mais mon aventure étant devenue publique, je fus bientôt la risée de tous ceux qui me connoissoient ; de sorte que la vie me devint à charge, & que je pris la résolution d'aller en quelque endroit du monde où je fusse absolument inconnu. Heureusement j'appris que le capitaine Dampier alloit partir pour les Indes, & je fus lui offrir mes services. Comme il connoissoit ma famille, il me reçut fort gracieusement, & me fit même munitionnaire de son vaisseau. J'avois appris à chanter étant jeune ; & ma voix, qui s'est éclaircie par la perte que j'ai faite, m'a donné lieu de rappeller le peu de musique que je savois, & de m'exercer dans cet art, où l'on dit que je ne réussis pas tant mal. J'aurois caché mon malheur à tout l'équipage, si je n'avois pas reçu, à la cuisse, un coup de flèche d'un Indien, il y a environ une année, sur les côtes de la Floride : car le chirurgien étant venu pour me penser, dans le tems que l'extrême douleur que je ressentois m'avoit presque fait perdre la connoissance, il

G iv

s'apperçut bientôt de ce qui me manquoit, & le dit à ceux qui étoient là préfens. Cependant je fuis affez heureux pour que perfonne n'en prenne occafion de m'infulter ou de me railler.

L'hiftoire étant finie, nous rejoignîmes notre compagnie, & nous pafsâmes le refte du jour en réjouiffance, comme nous l'avions commencé. Le lendemain, mon équipage feul fut à terre, pour en faire autant ; car nous changeâmes notre premier plan, dans la crainte que fi nos deux compagnies de matelots faifoient la fête enfemble, ils ne fe querellaffent, & qu'il n'arrivât du défordre. Et le jour fuivant, l'équipage du capitaine Dampier fut régalé à fon tour.

Sur le midi, comme j'étois à lire dans ma chambre, j'entendis tirer plufieurs coups de fufil. Auffitôt je courus fur le pont, & je montai moi-même fur la grande hune, d'où je vis mes gens qui étoient allé faire de l'eau à la rivière des Perroquets, environnés d'une troupe d'Indiens qui paroiffoient réfolus à ne leur faire aucun quartier. Dans le moment, je fis lâcher les cables ; & , ayant un bon vent frais en poupe, nous forçâmes de voiles, & portâmes en droiture dans l'embouchure de la rivière, au hafard de ce qui en pourroit arri-

ver. J'avois ordonné à nos matelots de s'armer
chacun d'un fufil, & de fe tenir fur le pont,
prêts à faire feu au premier commandement ;
& j'avois fait charger tous nos canons à cartouches. Hêureufement pour nous, c'étoit prefque haute marée, de forte que nous remontâmes aifément la rivière, jufqu'à l'endroit où
nos gens fe défendoient le mieux qu'ils pouvoient. Ils s'étoient fait un rempart de leurs
tonneaux vuides ; &, avec leurs armes à feu,
ils avoient empêché les Indiens d'approcher.
Cependant la poudre & le plomb commençoient à leur manquer, & ils avoient déja réfolu
de fe rendre. Mais, dès qu'ils nous apperçurent, ils fe mirent à courir à toutes jambes
du côté de notre vaiffeau. Les Indiens voulurent
les fuivre ; mais nous les arrêtâmes bientôt par
une décharge de notre moufqueterie & de notre
canon, qui en tua plus de cinquante, & mit le
refte en fuite. Nous prîmes nos gens à bord,
& nous voulûmes defcendre la rivière ; mais
la marée commençoit déja à être baffe ; &,
avant que nous fuffions à l'embouchure, notre
vaiffeau échoua : de forte que nous fûmes obligés d'attendre que la marée remontât. Cet accident me fit beaucoup de peine, & j'ordonnai auffi-tôt à mon lieutenant de prendre la
chaloupe, & d'en aller informer le capitaine
Dampier.

Cependant, pour ne pas demeurer là oififs,
j'envoyai vingt hommes armés à terre, avec
ordre de faire la garde, pendant que d'autres
rempliroient nos tonneaux d'eau douce : ce qui
fut exécuté en peu de tems ; après quoi ils
chargèrent les tonneaux fur la barque ; mais je
ne voulus point qu'on les pouliât dans notre
vaiffeau, de peur qu'on ne l'endommageât,
pendant qu'il touchoit, quoique ce fût fur un
fond d'argille. Une heure avant la nuit, nous
vîmes un Indien qui couroit de toute fa force
de notre côté, & qui nous cria de loin, en
portugais, de le prendre fur notre vaiffeau :
ce que nous fîmes avec toute la diligence poffible. Dès qu'il fut à bord, il nous dit que les
Indiens, au nombre de mille, avoient réfolu
de venir fur le minuit, & qu'ils defcendroient
la rivière dans leurs canots, fachant bien que
nous ne pouvions pas partir de l'endroit où
nous étions, que la marée ne remontât.

Cet homme, que nous prîmes d'abord pour
un Indien, étoit un Portugais que les Indiens
avoient fait prifonnier une année auparavant.
Comme il entendoit leur langage, & qu'il étoit
préfent à leur délibération, il n'avoit pas eu
de peine à favoir leur deffein ; &, ayant pris le
tems qu'ils étoient occupés à affembler leur
monde, il s'étoit évadé pour venir nous en

inftruire. Je lui fis dire qu'il feroit bien récom-
compenfé de fon avis ; & j'affemblai fur le
champ tous nos officiers, pour voir ce qu'il y
avoit à faire dans un danger fi preffant. Nous
convînmes d'envoyer demander du fecours au
capitaine Dampier, qui vint auffitôt dans fa
chaloupe, avec cinquante hommes bien armés ;
&, par fon avis, dès qu'il fut nuit clofe, nous
mîmes à terre fix canons, & nous élevâmes,
fans bruit, une petite batterie qui donnoit obli-
quement fur la rivière. Nous plaçâmes deux
autres canons, chargés à cartouches, à l'arrière
de notre vaiffeau ; & nous poftâmes nos gens
derrière une efpèce de parapet de terre que
nous fîmes de chaque côté de l'eau, avec ordre
de ne point faire feu fur les canots des Indiens,
qu'ils ne fuffent tous paffés.

A une heure après minuit, nous entendîmes
le bruit que leurs pagayes, qui font les avirons
de leurs canots, faifoient dans l'eau ; &, bientôt après, nous apperçûmes environ deux cens
canots qui defcendoient la rivière. Nous les
laiffâmes venir à la diftance de cinquante pas
de notre vaiffeau, fans tirer un feul coup ;
mais alors nous fîmes un fi terrible feu fur eux,
que nous les taillâmes prefque tous en pièces.
Nous prîmes un canot, où il y avoit douze
Indiens avec leur chef. Quand le jour com-

mença à paroître, nous fûmes étonnes de voir
le carnage que nous avions fait de ces malheureux ; les bords mêmes de la rivière étoient
teints de fang , & j'en fus faifi, tout-à-la-fois,
d'horreur & de pitié. Pour nous, nous n'avions
pas perdu un feul homme. Je donnai au Portugais qui nous étoit venu avertir du deffein
des Indiens , cent livres fterling, & deux habits complets tout neufs , l'un de toile , &
l'autre de laine, pour le récompenfer du fervice qu'il nous avoit rendu ; & je m'en fervis
en qualité d'interprète. Il nous dit que nous
avions, parmi les prifonniers , un de leurs ca-
ciques, ou un des rois de leur nation. Je lui
ordonnai de demander à ce cacique , pourquoi
ils étoient fi animés contre nous , puifque nous
ne leur avions jamais fait de mal. Il répondit
qu'ils nous avoient pris pour des Efpagnols ou
pour des Portugais , deux nations qu'ils haïf-
foient à la mort, à caufe des mauvais traitemens
qu'ils en avoient reçus. Mais il ajouta qu'il étoit
très - fâché de cette méprife, puifque nous
étions Anglois , & ennemis des Efpagnols auffi-
bien qu'eux ; & qu'il nous paieroit largement fa
rançon , fi nous voulions lui donner la vie &
la liberté. Nous lui dîmes qu'oui , moyennant
cent livres pefant de poudre d'or, & vingt livres
pefant d'or en lingot : & auffitôt il envoya un

Indien de fa fuite les chercher. Cependant la
marée étant remontée, nous en profitâmes pour
fortir de la rivière, afin d'aller jetter l'ancre
dans l'endroit où nous étions auparavant.

Le lendemain, environ midi, nous vîmes
arriver deux canots, dont l'un portoit l'or,
& plufieurs perfonnes de qualité qui venoient
pour faire honneur à leur roi, & l'autre étoit
chargé de fruits & d'autres provifions de bouche que je fis diftribuer, par égale portion, à
nos deux équipages. Je pris l'or en lingot pour
mes affociés, & nous partageâmes la poudre
d'or entre nous, en obfervant les proportions
ordinaires. Le capitaine Dampier & fes gens
furent fort fatisfaits de ce qu'ils reçurent à leur
part, & me prefsèrent encore inftamment de ne
pas les quitter. Mais je le leur refufai tout net ;
feulement je leur promis que quand j'aurois vifité
plufieurs places maritimes dans la mer du fud,
je reviendrois à Saint-Salvador, & que je les
attendrois là deux mois, fi je ne les y rencon-
trois pas.

Nous mîmes les Indiens à terre, & le lendemain nous levâmes l'ancre, & faluâmes le
capitaine Dampier d'onze coups de canon. Il
nous rendit le même falut, & nous portâmes
le cap fur le détroit de Magellan, voulant paffer par-là pour aller dans la mer du fud, parce

que je croyois que c'étoit le plus court chemin, & que d'ailleurs, j'étois curieux de faire cette route. Cependant mon lieutenant me dit que nous ferions bien de nous arrêter à Buenos-Ayres, ville appartenante aux Espagnols, où il étoit assuré que nous pourrions vendre sous main nos marchandises avec avantage. Je communiquai la chose à tout l'équipage, qui convint unanimement que c'étoit le meilleur parti que nous pussions prendre. Ainsi nous rangeâmes la côte, & nous fîmes route pour Rio de la Plata, ou la rivière de Plate, où nous arrivâmes en vingt jours, sans aucun accident. Comme nous étions alors en guerre avec la France & l'Espagne, nous arborâmes pavillon de France, pour pouvoir négocier plus sûrement.

Buenos-Ayres est situé à cinquante lieues de la mer, sur la rivière de la Plata, qui porte le nom de Paraguay, au-delà de cette ville, & qui a sa source fort avant dans les terres. La province qu'elle arrose est appellée, à cause de cela même, la province de la Plata, & elle est habitée par une nation nombreuse d'Indiens qui trafiquent quelquefois avec les Espagnols, & qui les tuent encore plus souvent, quand ils les rencontrent seuls & sans armes; car ils sont animés contr'eux d'un esprit de vengeance qui passe des pères aux enfans, & qu'ils sucent,

pour ainſi dire, avec le lait. Delà vient qu'ils
regardent comme une œuvre méritoire d'en
expédier quelqu'un, & auſſi en ſont-ils généralement récompenſés par leur cacique.

La ville de Buenos-Ayres, ou de Bon-Air,
eſt ainſi appellée à cauſe de la bonté de ſon
air, & de ſa ſituation. Il n'y vient qu'une fois
l'année des vaiſſeaux d'Europe qui y apportent
aux habitans les marchandiſes dont ils ont beſoin, & qui prennent en retour leur or, qu'on
y eſtime moins que le fer, parce qu'il y eſt
moins néceſſaire. Quand nous fûmes à deux
lieues du port, nous jettâmes l'ancre dans une
crique, ou petite baye, ſur huit braſſes d'eau,
fond de ſable. Nous ne jugeâmes pas à propos
de nous approcher davantage de la ville, de
peur qu'il ne prît fantaiſie au gouverneur de
nous empêcher de ſortir du port quand nous
le voudrions.

Quoique nous ne fuſſions pas à la vûe de
Buenos-Ayres, à peine y avoit-il quelques heures que nous avions jetté l'ancre, qu'il nous
vint à bord, *incognito*, des marchands, même
des plus riches, pour s'informer de ce que
nous avions à vendre. L'un d'eux me dit
qu'il croyoit que ſi je voulois faire un petit
préſent au gouverneur, il ne me feroit pas difficile de diſpoſer de toute ma cargaiſon à profit,

Je fuivis fon avis, & j'envoyai fur le champ
au gouverneur, par mon munitionnaire, une
pièce de toile d'Hollande & fix pièces d'étoffes
de foie d'Italie. Il les reçut fort bien, comme
un préfent de valeur, & me fit affurer qu'il
ne m'inquiéteroit point, pourvu que je ne tra-
fiquaffent pas trop à découvert. Je compris
bien ce que cela vouloit dire ; & pour agir
plus fecrétement, je ne vendois qu'à une feule
perfonne à la fois, & je ne laiffois pas même
venir à bord deux marchands enfemble ; l'un
étoit obligé d'attendre que l'autre fût expédié.

En deux jours de tems j'eus vendu toute ma
cargaifon, plus avantageufement que je ne l'aurois jamais pu efpérer ; après quoi je permis à
mes géns de difpofer, comme ils voudroient,
des marchandifes qui leur appartenoient, ce
qui leur fit grand plaifir à tous. Le lendemain
j'invitai le gouverneur , avec quelques-uns des
principaux marchands de la ville, à venir à
bord de notre vaiffeau, où je les régalai auffi
bien que je pus ; & en revanche, il me pria
à dîner au château le jour fuivant. J'y fus ;
mais comme je ne me fiois pas trop aux Efpagnols , je donnai des ordres fecrets à mon
lieutenant pour me tirer d'affaire , au cas qu'on
s'avifât de m'arrêter.

Quand

Quand nous fûmes entrés dans la ville, elle
me parut affez peu de chofe, ne confiftant
qu'en deux rues, bâties en croix, & ceintes
d'un mur de torchis. Le château même n'avoit
pas grande apparence ; mais cela n'empêcha
point que je n'y fuffe régalé magnifiquement.
Le gouverneur étoit un homme beaucoup plus
libre dans fes manières, & plus ouvert que les
Efpagnols ne le font généralement. En prenant
congé de lui, il me fit préfent de deux efclaves Italiens & d'une barre d'or qui pefoit
trois livres & deux onces. Quand je fus retourné à bord de notre vaiffeau, j'affemblai
les officiers pour favoir quelle route nous pren-
drions d'abord ; car nous n'avions plus que
faire d'aller à la mer du fud pour trafiquer nos
marchandifes, puifque nous les avions déja
vendues. Nous fûmes quelque tems à délibérer
là-deffus, mais enfin nous convînmes unanimement de faire voile pour le détroit de
Magellan, & de paffer dans la mer du fud pour
y croifer fur les vaiffeaux François & Efpagnols. Nous communiquâmes notre deffein à
tout l'équipage qui parut en être fort aife.

Je commençai alors à me repentir de ne
m'être pas affocié avec le capitaine Dampier ;
car je n'avois pas affez de monde pour entreprendre quoi que ce fût d'un peu confidérable ;

H

mais je ne défespérai pas de le rencontrer dans nos courfes. Nous levâmes l'ancre, & nous partîmes avec un vent favorable. Un matin mon valet vint m'éveiller, & me dit qu'on découvroit un vaiffeau qui faifoit force de voiles pour nous joindre, & le lieutenant entra au même moment, & me demanda ce qu'il devoit faire. Auffi-tôt je me levai, je montai fur le pont, & avec ma lunette d'approche je vis que c'étoit un vaiffeau qui portoit pavillon d'Angleterre ; mais croyant que ce n'étoit que pour nous donner le change, je fis arborer pavillon de France, ce que les autres n'eurent pas plutôt apperçu qu'ils en firent autant. J'ordonnai qu'on préparât toutes chofes pour le combat, fans précipitation ; je défendis à mes gens de paroître fur le pont, & je gouvernai de même, mettant toutes nos voiles au vent, pour faire croire à ceux qui nous pourfui-voient, que nous les craignions, & que nous prenions chaffe. Cependant nous fîmes fauffe roufe, fi bien qu'infenfiblement ils gagnèrent fur nous. A trois heures après midi, ils n'é-toient qu'à une demi lieue de notre vaiffeau, tirant chaque quart-d'heure un coup de canon, pour nous faire connoître qu'ils étoient amis.

Tout d'un coup nous mîmes à l'autre bord, nous arborâmes pavillon Anglois, & nous por-

tâmes sur eux. Ils furent étrangement surpris ;
& cependant ils continuèrent à faire pavillon
de France, & semblèrent se préparer au combat, quoiqu'ils nous fussent fort inférieurs.
Quand nous leur eûmes donné le côté, nous
hélâmes sur eux ; & ayant avoué qu'ils étoient
François, je leur commandai de se rendre ;
mais ils ne me répondirent que par une bordée de leur canon qu'ils m'envoyèrent, & que
je leur rendis au double, & avec tant de succès, qu'ils amenèrent aussi-tôt, & qu'ils demandèrent quartier. J'ordonnai au capitaine de venir à bord, ce qu'il fit, & il me dit que son
vaisseau, qui s'appelloit la Félicité, appartenoit
à M. de Gennes, & qu'il y avoit trois jours
que le vent les avoit séparés du reste de la
flotte. Je le traitai aussi honnêtement que je
pus, pour l'amour de M. de Saint-Olon. Je le
chargeai d'une lettre & d'un petit présent pour
ce seigneur, & je le renvoyai sans lui prendre
quoi que ce soit, ni exiger de lui aucune rançon. Je m'apperçus bien-tôt que ma générosité
ne plaisoit point à mes gens, & ne voulant pas
qu'ils eussent à se plaindre de moi, je les fis
tous venir sur le pont, & je leur dis les obligations que j'avois à l'ambassadeur de France
à Maroc, & que d'ailleurs, comme c'étoit un
vaisseau de guerre, il n'y avoit pas grand bu-

tin à faire. J'ajoutai que pour les dédommager
en partie, je voulois leur donner cinq cents
livres sterling, que je partagerois entre eux :
mais il n'y en eut aucun qui ne refusât de
prendre seulement un sou ; de sorte que je fus
charmé de leur générosité, & je les assurai qu'à
l'avenir je ne serois pas si honnête envers les
François, s'ils nous tomboient entre les mains.
Cette déclaration leur fit plaisir, & il y en eut
même quelques-uns qui louèrent ce que j'avois
fait ; car quoique les matelots soient généralement grossiers & brusques dans leurs manières,
cela n'empêche pas qu'ils ne sachent admirer
à leur mode, une action généreuse, aussi bien
que le reste du monde.

Nos officiers me dirent qu'ils craignoient que
nous ne rencontrassions l'escadre de M. de
Gennes, qui, étant composée de cinq voiles,
seroit certainement trop forte pour nous ; d'ailleurs, nous avions appris du capitaine du vaisseau la Félicité, qu'elle avoit fait route pour le
détroit de Magellan. Leur crainte me parut bien
fondée, & je compris que ce seroit une action
également téméraire & extravagante que de
vouloir en venir aux mains avec un ennemi
qui nous étoit si supérieur : car quoique la vie
me fût, en quelque manière, à charge, cependant l'humanité me défendoit d'exposer, sans

néceffité, à un péril évident, celle de tant de
gens qui n'étoient pas encore raffafiés de ce
monde. Ainfi je réfolus de renoncer pour cette
fois, à la curiofité que j'avois de paffer le détroit de Magellan, & de faire voile pour celui
de le Maire, ce qui fut auffi-tôt exécuté. Après
cinq jours de navigation, nous découvrîmes
ce détroit, fi connu aux matelots par trois rocs
qu'on appelle les trois frères, à caufe de leur
proximité & de leur reffemblance.

Quand nous y fûmes arrivés, nous fentîmes
un courant rapide qui portoit au nord, & un
branlement continuel & extraordinaire dans
le vaiffeau; cependant nous paffâmes heureufement en deux jours, & nous entrâmes dans
la mer du fud. Le lendemain de notre paffage,
nous apperçûmes les nuées de Magellan, ce qui
nous fît juger que nous étions vis-à-vis de ce
fameux détroit. Ces nuées, qui font fi remarquables pour les navigateurs, paroiffent toujours dans le même dégré & dans la même
forme, qui eft une forme orbiculaire. Nous
fîmes droite route, voulant nous tenir hors de
la vue des terres pour n'être pas découverts;
en quoi le tems qui continuoit à être embrumé,
nous favorifa beaucoup.

A une heure de nuit environ, nous entendîmes le bruit d'une trompette, que nous con-

jecturâmes venir de quelque vaisseau qui étoit
en mer, parce que nous étions à une trop grande
distance de la terre. Là-dessus je fis faire sur le
champ fanal de tous nos feux, & gouverner
du côté que nous entendions le son, qui servit
à nous conduire droit au lieu d'où il partoit.
En une demi-heure de tems, nous découvrîmes, quoiqu'il fît assez obscur, un vaisseau qui
naviguoit tranquillement, & dont l'équipage
paroissoit être dans la joie. Mais ce fut bien
autre chose quand nous les eûmes atteints, que
nous pointâmes notre canon, & que nous hélâmes sur eux. Ils nous firent entendre qu'ils
étoient Espagnols, & je leur ordonnai de se
rendre sur le champ, & d'envoyer leur com-
mandant à bord, ou qu'autrement je ne leur
ferois aucun quartier. Aussi tôt ils amenèrent le
pavillon & mirent leur esquif à la mer, sur lequel le capitaine vint à bord de notre vaisseau.
Il s'appelloit dom Juan Villegro, & son navire
le feu Grégeois. Le vice-roi du Pérou lui avoit
donné la commission de transporter les criminels à Baldivia, qui est le lieu où l'on envoye en exil la plupart des voleurs, ou autres
coquins de l'Amérique. Mais, ce qui nous in-
téressoit de plus près, il nous apprit qu'il avoit
à bord le réal stituado, qui est une somme d'argent que le vice-roi du Pérou envoye de tems

en tems pour payer & habiller la garnison, aussi bien que pour réparer les fortifications de Baldivia. Cette somme monte ordinairement à quatre cents mille écus; cependant nous n'en pûmes trouver que deux cents cinquante mille; mais nous fûmes bien dédommagés de ce qui manquoit, par une grande quantité de riches marchandises des Indes Orientales, que leur vaisseau la Manille avoit apportées de-là, & que l'on avoit ensuite chargées sur ce navire. Car c'est la coutume des marchands du Pérou de mettre tout ce qu'ils destinent pour Baldivia, dans le vaisseau qui y porte l'argent pour la garnison; l'occasion étant alors plus favorable que jamais pour vendre leurs marchandises à profit.

Une si riche prise transporta mes gens de joie, & je craignis qu'ils ne crussent qu'ils en avoient assez, & que l'envie ne leur prît de retourner en Europe. Mais j'eus bientôt le plaisir de voir que cela avoit produit un effet tout contraire, & qu'ils regardoient cet heureux commencement comme un bon augure qu'ils feroient tous dans le voyage que nous avions entrepris, une assez haute fortune pour n'envier le sort de personne.

Je traitai fort humainement les prisonniers qui étoient au nombre de quarante-six, en y

comprenant quinze malfaiteurs qui furent ravis
de changer de maîtres, fe flattant d'éprouver
moins de rigueur de notre part que de la part
des Efpagnols de Baldivia, où on les tranfpor-
toit pour y fubir la peine de leurs crimes. Il
y avoit, entr'autres, un certain Roberts, Anglois de nation, qui, à ce que j'ai appris, a
été exécuté depuis, pour avoir fait le métier
de pirate : je le pris à mon fervice avec deux
Francois, quatre Efpagnols & le trompette, qui
étoient dans le même cas; j'en renforçai mon
équipage qui en avoit grand befoin, & j'appris
que tout leur crime n'étoit qu'un fimple foupçon
de piraterie, ce qui me perfuada qu'ils étoient
bons matelots. Mais ce qui m'embarraffoit extrêmement, c'étoit de favoir ce que je devois
faire du vaiffeau & du refte de l'équipage. Si
je les relâchois, il étoit certain qu'ils ne manqueroient pas d'allarmer tout le pays, & de
faire qu'on armeroit en courfe contre nous;
& fi je les gardois, je prévoyois que nous aurions bien-tôt befoin de nouvelles provifions;
car ils n'en avoient pris que pour un mois de
tems, ce qui étoit cependant plus qu'il ne leur
en falloit pour leur voyage.

Le capitaine ayant appris mon embarras, me
fit dire par un interprête, que j'en avois fi bien
ufé avec lui, qu'il me promettoit fur fon hon-

neur, de faire route pour quelque port que je
voudrois, & de publier, si je le souhaitois,
que j'étois retourné à la mer du nord. Je lui
répondis que quoique je pusse compter sur sa
parole, il ne pouvoit pas s'assurer que ses gens
fussent de même sentiment. Enfin, après avoir
bien rêvé aux moyens de lui faire prendre le
change, de même qu'aux autres prisonniers, je
me servis de ce stratagême. Au premier quart
de la nuit, nos prisonniers étant tous sous
l'écoutille, je montai sur le tillac, & je dis
à nos matelots, qui étoient en fonction, le
danger qu'il y avoit & à les garder & à les
laisser aller : ainsi nous convînmes qu'ils feroient semblant de se soulever le lendemain,
déclarant unanimement qu'ils vouloient retourner par le détroit de la mer du nord. Quand
le premier quart fut levé, je communiquai à
l'autre moitié de notre équipage les mesures
que nous avions prises, & je l'engageai à y
entrer ; après quoi je fus me coucher. Je ne
fis que rêver toute la nuit à ma chère Villars ;
je songeai que je la voyois entre les bras du
rénégat Hamet, faisant effort pour s'en débar-
rasser, & m'appellant à son secours ; mais qu'a-
vant que je pusse lui en donner, la mort étoit
venue la délivrer des mains de ce scélérat. Ce
songe me frappa si fort, que je me réveillai en

furſaut dans la dernière affliction ; & je ne ſais
quand j'aurois mis fin à mes ſoupirs & à mes
gémiſſemens, s'ils n'euſſent été interrompus par
les cris & le bruit confus des matelots que
j'entendis ſur le pont. Je me levai avec précipitation, & je courus voir ce que c'étoit ; je
trouvai mes gens qui ſe mutinoient comme
nous l'avions concerté. D'abord je fus tout allarmé, mon ſonge m'ayant fait oublier que ce
n'étoit qu'une feinte , mais cela ne dura pas
long-tems , & je fis comme ſi la choſe eût été
bien ſérieuſe. L'idée de ma chère moitié en
proie à la paſſion d'un brutal , avoit répandu
ſur mon viſage une ſi grande triſteſſe, qu'un des
quartiers-maîtres me dit enſuite que mon air
ſeul ſuffiſoit pour en impoſer à tout le monde.

Les Eſpagnols eurent la permiſſion de demeurer tout le jour ſur le tillac , & l'on prit
grand ſoin de les inſtruire de la prétendue mu-
tinerie de nos matelots. A dîner je dis à leur
capitaine, car & lui & les marchands que nous
avions faits priſonniers , mangeoient toujours
avec moi, qu'il m'avoit bien prophétiſé le jour
précédent , puiſque j'étois obligé de céder à
l'obſtination de mon équipage , & de retourner
à la mer du nord. Il me répondit qu'il en étoit
fâché , & qu'il me ſouhaitoit un heureux
voyage, quelque route que je priſſe. Pour mieux

couvrir notre jeu , nous revirâmes effectivement , & nous fîmes voiles au sud. L'après-midi Robert vint me dire qu'un des Espagnols qui étoit content de demeurer avec nous , s'engageoit de m'apporter dans dix jours dix mille piéces de huit , si je voulois lui donner le vaisseau que nous leur avions pris, avec un nombre suffisant de matelots pour la manœuvre. Là-dessus j'envoyai chercher l'homme & je le fis questionner par Roberts qui entendoit fort bien l'Espagnol. Il dit qu'il me prioit de ne me point informer de rien que l'affaire ne fût faite ; mais que pour m'assurer de sa fidélité , je pouvois envoyer avec lui qui bon me sembleroit, pourvu seulement que je lui permisse de prendre un de ses compagnons qui étoit du secret , & qui devoit agir de concert avec lui dans cette entreprise. Ainsi j'ordonnai sur le champ à vingt matelots & à un officier de notre équipage de le suivre, & de lui obéir, pendant l'expédition , comme s'il étoit leur capitaine.

Nous convînmes de les attendre les dix jours marqués , à la même hauteur où nous étions alors. Je fis dire au capitaine espagnol , par un truchement , qu'un de ses gens, qu'on lui nomma , étoit parti avec son vaisseau pour quelque expédition secrète , & qu'aussitôt qu'il seroit de retour, nous continuerions notre route. Il répon-

dit que, quelque chofe que ce fût, il croyoit
qu'il réuffiroit dans fon deffein, parce qu'il ne
manquoit ni d'adreffe, ni de courage. Il ajouta
qu'il avoit déja été tranfporté une fois auparavant à Baldivia, mais qu'il avoit trouvé le
moyen de fe fauver; & qu'il ne doutoit point
que, s'il y étoit de nouveau condamné, il
ne s'échappât encore, donnant à entendre en
même tems, qu'il pourroit bien jouer d'un tour
dans cette entreprife. Cela me fit un peu craindre; & j'aurois fur le champ rappellé le vaiffeau, s'il n'eût pas été trop tard; mais, efpérant que tout iroit bien, je pris le parti de
croifer en attendant que les dix jours fuffent
expirés.

J'avois fait habiller fort proprement, à l'Européenne, les deux Indiens que le gouverneur
de Buenos-Ayres m'avoit donné; & je leur
avois appris en très-peu de tems l'anglois, qu'ils
parloient fort bien. Je les traitai avec toute la
douceur poffible; &, ils en étoient fi recon-
noiffant, que je crois qu'ils fe feroient facrifiés
pour moi. Je leur trouvai beaucoup d'adreffe,
de docilité & de bon naturel: ce qui me per-
fuade que fi l'on en ufoit bien avec les Indiens
de l'Amérique en général, on ne tarderoit
pas à les rendre amis des Européens & des Anglois en particulier. D'ailleurs, c'eft grand dom-

mage qu'un peuple fi nombreux vive dans
une entière ignorance du vrai Dieu ; car,
quoique les Efpagnols envoient des miffionnaires dans ce pays-là pour y enfeigner le chri-
tianifme , ces eccléfiaftiques ne fongent qu'à
s'y enrichir aux dépens des Indiens qu'ils ac-
cablent d'impofitions exorbitantes, au lieu de
les inftruire dans la foi. On m'a même affuré
qu'en quelques endroits de l'Amérique , ces
pauvres gens donnent à la miffion tout ce qu'ils
gagnent par leur travail ou par leur induftrie,
ne fe réfervant que ce qu'il leur faut juftement pour vivre d'un jour à l'autre. J'inftruifis
moi même des principes de la religion les
deux que j'avois avec moi , & je les baptifai,
nommant l'un Robert qui étoit mon nom , &
l'autre Jofeph , du nom de mon père. J'efpère que ce baptême , quoique je fuffe un
laïque , eft bon devant Dieu , fur-tout quand
on ne peut pas avoir d'eccléfiaftique pour
l'adminiftrer ; & je ne doute point que fi ces
jeunes gens vivent conformément à leur profeffion, ils ne trouvent le chemin du ciel tout
auffi bien que s'ils avoient été baptifés dans
l'églife par un prêtre orthodoxe.

Trois jours avant le tems marqué pour le
retour de notre Efpagnol, nous découvrîmes
deux vaiffeaux qui venoient à nous ; & ne

fachant ce que ce pouvoit être, nous nous pré-
parâmes au combat. Mais nous apperçûmes bientôt que c'étoit le vaiffeau que nous avions pris,
avec un autre que nous ne connoiffions point ;
ce qui nous réjouit fort. Quand ils nous eurent
joints, l'Efpagnol vint à bord, & me dit qu'il
avoit encore mieux réuffi qu'il ne penfoit, &
qu'il apportoit tant en argent qu'en marchandifes environ 80000 écus. Voici le récit qu'il
nous fit de fon expédition.

La dernière fois, dit-il, que j'étois prifonnier à Baldivia, l'on me fit travailler pour un
riche Négociant, nommé Dom Sancho Ramirez, mais le plus avare, le plus jaloux, & le
plus malicieux coquin que j'aie jamais connu.
Il avoit coutume d'attendre à une maifon de
campagne qu'il avoit fur le bord de la mer,
l'arrivée du vaiffeau le Réal Situado, qui eft le
même que vous nous avez pris, & d'aller fecrétement à bord, trafiquer avec les marchands.
Comme j'étois inftruit de cela, j'ai formé le
deffein de cette expédition, autant pour me
venger des coups que ce vieux vilain m'a fouvent donné fans aucune raifon, que pour
gagner de l'argent. Quand nous fûmes arrivés à
une demi-lieue de l'endroit, nous apperçûmes
une barque qui étoit à l'ancre. Je demeurai
quelque tems en fufpens de ce que je devois

faire, craignant qu'on ne nous découvrît, mais
à la fin je résolus de tenter la fortune. La barque
leva l'ancre, & vint à nous ; ce qui me causa
une nouvelle surprise, qui se changea en joie
quand je vis Dom Sancho lui-même sur le pont.
Il héla sur nous, & nous pria de carguer nos
voiles, afin qu'il pût venir à bord, ce que nous
fîmes ; & étant entrés dans une petite baye
qu'il y avoit tout proche de là, nous y jettâmes
l'ancre. Je ne voulus point paroître d'abord,
parce qu'il me connoissoit trop bien ; ainsi mon
compagnon, qui étoit du secret, tint ma place,
& lui parla comme s'il eût été le Capitaine du
vaisseau. Dès que ce vieux pécheur fut à bord,
il demanda où étoit Dom Juan Villegro, qui
avoit coutume de commander le Réal Situado ;
mais on lui répondit qu'il étoit si mal, qu'il
n'avoit pas pu faire le voyage. Ensuite il voulut
parler aux marchands, disant que le Gouverneur avoit découvert qu'il trafiquoit avec eux
en secret avant toute autre personne, & qu'ainsi
il avoit pris le parti de nous rencontrer dans un
de ses propres vaisseaux, qui étoit actuellement
chargé pour Buenos Ayres, & qui n'attendoit
que notre arrivée pour mettre à la voile. Je fus
ravi d'apprendre cela, ayant résolu d'en faire
une prise. Mon camarade Espagnol le pria d'entrer dans sa chambre, & pendant qu'il y resta,

je m'en fus avec dix hommes armés à bord de
sa barque, dont je n'eus pas de peine à me
rendre maître, n'y ayant que cinq hommes &
un garçon; le reste de l'équipage étoit à terre.

Je coupai le cable de cette barque, & celui
de notre vaisseau; & nous prîmes le large.
Quand nous fûmes sous voiles, je fis saluer le
vieux Dom, & je lui fis entendre en peu de
mots qu'il étoit mon prisonnier, & ce que je
venois de faire. Cette nouvelle le frappa si fort,
que je crus pendant quelque tems qu'il alloit
expirer; mais je le fis un peu revenir en lui
montrant la boîte où étoit son cœur & son ame,
c'est-à-dire son argent. Il voulut se jetter sur
moi pour me l'arracher, mais on le retint: cependant pour le mettre encore de meilleure
humeur, je lui lus son connoissement, & je
lui dis net, que si ses marchandises ne s'y trou-
voient pas conformes, je ne voulois point
traiter avec lui. Quand il vit qu'il ne lui servoit
de rien de se fâcher & de faire du bruit, il
m'offrit la moitié de son argent si je voulois lui
restituer son vaisseau & sa cargaison. Je lui répondis que puisque j'avois le tout en mon pouvoir, je ne me soucieie plus de faire de marché
avec lui, à moins que ce ne fût pour sa propre
rançon, que je mettois à dix mille pièces de
huit d'avantage, & dont je ne rabattrois pas une
obole.

obole. Il fut frappé de cette déclaration comme
d'un coup de foudre, & n'eut pas la force d'ouvrir la bouche pour me répondre : il garda
même si long-tems le silence, que je crus presque qu'il ne parleroit plus jamais; pour le consoler un peu par l'agréable aspect de la mer, je
le menai sur le pont ; car nous étions alors hors
de la vue des terres. Quand il vit qu'il ne pouvoit ni m'échapper, ni m'engager à lui rien
restituer, son cœur commença à s'attendrir, &
se jettant à genoux, il me supplia, les larmes
aux yeux, de lui accorder au moins sa liberté,
si nous voulions absolument le voler. Ce mot
que le désespoir où il étoit de perdre ses effets
lui fit lâcher, me mit dans une furieuse colère,
& je lui ordonnai de s'en rétracter sur le
champ ; ce qu'il ne put gagner sur lui de faire,
qu'après que je lui eus fait donner cent coups
d'étrivières. Je lui dis ensuite, qu'il falloit qu'il
vînt rendre ses devoirs à votre grandeur; &
c'est pour cela que je vous l'amene.

Je ne pus m'empêcher d'admirer l'adresse de
l'Espagnol, quoique je n'approuvasse point son
action, car si même le vaisseau qu'il amenoit
étoit de bonne prise, par rapport à nous, c'é-
toit, à mon avis, une pure volerie par rapport
à lui. Cependant je ne laissai pas de le remercier
pour notre intérêt commun, & de l'assurer

I

qu'il feroit bien récompenfé de fon expédition.
Un moment aprés, on m'amena Dom Ramirez
plus mort que vif; & comme il avoit appris que
nous étions Anglois, il me parla en cette langue, & me conjura de le mettre en liberté. Je
lui dis qu'il n'avoit rien à craindre, que je ferois
ce qu'il fouhaitoit, & que j'efpérois qu'il feroit
content de moi. Il me remercia auffi bien que
fa douleur pouvoit le lui permettre; & je l'invitai à dîner, ce qu'il accepta avec affez de plaifir.

Cependant j'ordonnai qu'on tranfportât dans
notre vaiffeau la cargaifon de fa barque, qui
étoit fort confidérable, & la meilleure partie
des provifions, craignant que ce ne fût ce dont
nous aurions le plus de befoin. Pour l'autre
vaiffeau que nous avions pris, comme il appartenoit au roi d'Efpagne, qui pouvoit bien en
fupporter la perte, je réfolus de le garder. Je
rendis à Dom Ramirez fa barque, & plufieurs
balles de marchandifes qui ne pouvoient pas
nous être d'un grand ufage, mais dont il pouvoit tirer bon parti; je lui aurois même volontiers reftitué le tout, jufqu'à fon argent, fi je
n'avois appréhende de faire crier mon équipage;
car, comme je l'ai déja dit, il me fembloit que
c'étoit un bien mal acquis. Néanmoins, je lui
donnai vingt mille réales, ce qui ne montoit
pas à la fomme qui nous devoit revenir à mes

I

affociés & à moi, de cette prise. Il me remercia mille fois de ma bonté ; & pour me témoigner fa reconnoiffance, il me fit préfent d'un
très-beau diamant, qu'on ne lui avoit pas pris,
m'affurant qu'il regarderoit toujours les Anglois
comme de généreux ennemis.

Je fis mettre avec lui fur fa barque tous les
Efpagnols que nous avions faits prifonniers,
leur laiffant la liberté de prendre la route qu'ils
voudroient, à la réferve des deux qui avoient
entrepris la dernière expédition, & qui choifirent de demeurer avec nous. Ils me rendirent
mille graces de la manière honnête avec laquelle je les avois traités, proteftant que fi
jamais la fortune conduifoit chez eux quelqu'un
de mes compatriotes, ils lui rendroient la pareille avec ufure. J'avoue que cela me fit beaucoup de plaifir. Un homme éprouve toujours
au dedans de lui une fatisfaction fecrète, lorfqu'il a fait un acte d'humanité & de générofité ;
comme, au contraire, s'il eft coupable de quelque lâcheté, le remors & la crainte ne manquent guère de s'emparer de fon efprit.

Le jour après que nous nous fûmes féparés,
j'affemblai tous mes gens fur le pont, & leur
ayant fait le récit de l'expédition de l'Efpagnol,
je leur demandai quelle récompenfe ils vouloient que je lui donnaffe. Ils convinrent auffi-

tôt qu'il devoit avoir cinq mille pieces de huit,
son compagnon cinq cens, & qu'on joindroit le
reste au butin que nous avions fait auparavant;
ce qui fut exécuté sur le champ. L'Espagnol me
remercia fort poliment en françois, car il avoit
appris que j'entendois cette langue. J'avois de-
ja remarqué en lui beaucoup d'esprit & de
bonne humeur, un grand usage du monde, &
plus de générosité & de candeur qu'on n'en
devoit naturellement attendre d'un homme
comme lui, qu'on croyoit être de basse extrac-
tion. Il paroissoit âgé d'environ trente ans, &
n'avoit rien des manieres empesées des Espagnols, quoiqu'il fût né à Seville. Je lui dis
que je comptois qu'il me feroit en peu de mots
l'histoire de sa vie. Il me répondit qu'il tiendroit à honneur de m'obéir, en cela comme en
toute autre chose, mais qu'il me prioit d'attendre qu'il fût un peu plus familier avec moi;
car, ajouta-t-il en souriant, mon histoire a
quelque chose de si gaillard & de si comique,
que je la réciterois mal si j'entreprenois de le
faire à present. Ainsi il fallut remettre la partie
à une autre fois.

Nous fimes route au Nord pour aller à Panama, comptant que les prisonniers, que nous
avions renvoyés, ne manqueroient pas de
repandre le bruit que nous étions retournés à la

mer du Nord. Après quelques heures de navigation, nous découvrîmes un vaisseau qui faisoit voiles du même côté que nous. J'ordonnai
à notre prise de lui courir dessus, & avant la
nuit elle le prit. C'étoit une barque chargée de
suif & de cuirs pour la Conception. Je me repentis de l'avoir attaquée, parce qu'elle se
trouva si pesante de voiles, qu'elle ne pouvoit
pas nous suivre, & que cependant il n'étoit
point à propos de la laisser aller.

Dom Pedro Aquilio (c'étoit le nom de notre
rusé Espagnol) me dit qu'il entreprendroit volontiers de vendre avec avantage la barque & la
cargaison, si je ne savois que faire des matelots
qui la conduisoient, & qui n'étoient en tout
que quatre, savoir trois Indiens & un Espagnol.
Les Indiens furent bien aises d'entrer à notre
service; & cependant nous leur promîmes une
demi-portion de tout le butin que nous ferions
dans la suite. Pour l'Espagnol, nous résolûmes
de le garder jusqu'à ce que nous eussions fini
nos cours, & qu'alors nous le relâcherions.
Ainsi, comptant sur l'habileté de dom Pedro,
je le laissai partir avec la barque, & je lui
donnai trois Espagnols pour le seconder dans
son dessein, sous la promesse qu'il me fit de
revenir le lendemain. Nous n'étions qu'à cinq
lieues de la Conception, & nous résolûmes

d'attendre-là son retour, demeurant à vue de
Mamelles de Biobio, ou des mammelles de Biobio, deux rochers qu'on appelle ainsi.

Le jour suivant, nous vîmes venir notre
homme dans une pirogue, petit vaisseau espagnol, qui n'a qu'une voile. Il m'apportoit un
beau présent de fruits, & il en avoit assez,
outre cela, pour tout l'équipage. Hé bien! me
dit-il, serez-vous content de mon marché? Je
n'ai pû tirer de notre prise, que vingt mille
pièces de huit. Ce vieux coquin de gouverneur
ne m'en a pas voulu donner davantage. Quand
il en auroit eu moins, je n'aurois pas laissé
d'être content de son expédition, & de l'en
louer. Il m'apprit que le gouverneur de la Conception enlevoit tout le suif & tous les cuirs
qu'on apportoit dans cette ville, & obligeoit
ensuite ceux qui les détailloient, de les lui
acheter au prix qu'il vouloit; de sorte qu'il
s'étoit adressé hardiment à lui, & lui avoit
vendu la cargaison avec la barque. Cependant
don Pedro nous conseilla de croiser pour découvrir le vaisseau de Manille, qu'on attendoit
tous les jours, dans l'espérance que nous pourrions nous en rendre maîtres. Son avis fut ap-
prouvé de chacun, & nous résolûmes, sur le
champ, de faire du bois & de l'eau pour le
voyage. Ainsi nous portâmes le cap sur Juan

Fernando, où nous arrivâmes le 5 de Septembre 1685. Comme c'est un jour remarquable
pour moi, je m'en souviens très-bien ; car, du
reste, je ne saurois donner un journal suivi,
ayant perdu mon livre de mémoire par un accident singulier. Nous ne demeurâmes que deux
jours à faire l'eau & le bois dont nous avions
besoin, & à tuer des chèvres qui sont là en
grande quantité.

Il y a trois îles qui portent le nom de Jean
Fernando, qui les a le premier découvertes,
quoiqu'elles ne soient point habitées. On trouve
au nord une grande baye, capable de contenir
cinq cens voiles, & où l'on mouille sur seize
brasses d'eau, fond de sable. Nous en partîmes
avec un vent favorable pour notre dessein, &
nous rangeâmes la côte en tirant au nord. Le
premier de janvier, nous n'avions encore rien
découvert ; & il étoit à craindre que nous
n'eussions manqué notre coup ; car le vaisseau
la Manille arrive ordinairement à Acapulco environ Noël. Cependant nous résolûmes d'attendre encore vingt jours, & si, au bout de
ce tems, nous n'en avions aucune nouvelle,
de retourner à la mer du nord, en croisant le
long de la côte ; &, pour n'être point découverts, nous nous tînmes toujours hors de la
vue des terres.

Le sixième de janvier, nous apperçûmes deux
vaisseaux, & nous leur donnâmes chasse. Don
Pedro nous assura que c'étoit la Manille & un
vaisseau de conserve. Nous tînmes sur le champ
conseil, où nous résolûmes que la barque atta-
queroit la Manille, pendant que notre vaisseau
engageroit le combat avec le navire de guerre.
Et la raison que don Pedro allégua pour cela,
fut que la Manille étoit si pesante de voiles,
que la barque pourroit aisément la canonner en
flanc d'un & d'autre côté ; d'autant plus que
n'étant pas, à beaucoup près, si grande, elle
seroit à couvert du canon des ennemis, qui ne
pouvoient se servir que de celui qu'ils avoient
sur le pont le plus élevé. Le vaisseau de guerre
voyant que nous leur donnions chasse, serra
de voiles pour nous attendre & se préparer au
combat, dans la pensée que nous l'attaquesions
tous les deux à la fois : mais il se trompa. Notre
barque passa outre, sans lui tirer un seul coup ;
& , pour nous, dès que nous pûmes lui pré-
senter le flanc, nous lui envoyâmes une bordée
en faisant un grand cri de joie. Il nous la rendit
aussitôt ; mais nous revînmes à la charge avec
tant de vigueur, & nous le serrâmes de si près
qu'il commença à prendre chasse. Nous le poursuivîmes ; & , venant à son stribord, nous lui
envoyâmes une nouvelle bordée, qui abattit

son grand mât, de sorte qu'il amena sur le champ, & se rendit.

La mer étant fort calme, quoiqu'il fît un bon vent frais, je pris la chaloupe, & je fus à bord de ce vaisseau avec quarante hommes bien armés. Je leur ordonnai de se saisir des matelots, & de les renfermer sous l'écoutille ; mais je fus fort surpris de n'en trouver que seize en tout, outre huit qui avoient été tués dans le combat ; & parmi eux, pas un seul homme qui eût l'air d'un Officier. Ils nous dirent que leur Capitaine, avec cent cinquante hommes de son équipage, étoit allé à bord de la Manille, des qu'ils nous avoient apperçu le matin, parce que la plupart des matelots de ce navire étoient malades.

A ce récit, nous jugeâmes bien que notre barque avoit besoin de notre secours, n'ayant pas plus de trente-cinq hommes d'équipage : ainsi nous prîmes le parti de couper le gouvernail du vaisseau de guerre, & de l'abandonner à la merci des vents, après en avoir pris six matelots, qui, voyant que nous étions Anglois, parurent fort disposés à nous servir, & auxquels je promis, pour les y engager encore davantage, leur portion du butin, si nous réussissions. Ces six matelots étoient des Espagnols, vieux chrétiens, comme ils s'appellent, s'enti-

mant beaucoup pour cela feul, & méprifant les
criolles. Nous fîmes force de voiles, & nous
eûmes bientôt atteint le vaiffeau la Manille;
car notre barque l'avoit fi chaudement attaqué, qu'il n'avoit pas pu s'éloigner beaucoup,
quoiqu'elle eût rencontré une vigoureufe réfiftance, & quoique fes agrets fuffent fort en-
dommagés, elle n'avoit pourtant pas perdu un
homme; elle avoit été obligée feulement de
virer pour raccommoder fon cordage. Nous
avions placé tout notre canon fur un des côtés, &, quand nous fûmes fous la poupe de
ce vaiffeau, nous lui en envoyâmes une décharge, & nous mîmes auffitôt à l'autre bord
pour recharger. Dans ce moment, j'apperçus
un batteau occupé à quelque chofe à l'arriere;
mais je ne pouvois deviner à quoi; je me pré-
parois à tailler de la befogne à ceux qui y
étoient, & à les empêcher de retourner à bord,
quand je vis, à ma grande furprife, que c'étoit
notre batteau, & don Pédro dedans, qui,
profitant de la fumée de notre décharge,
clouoit le gouvernail de la Manille pour l'empêcher de virer. Cela fait, il retourna en toute
diligence à bord de la barque, qui avoit alors
raccommodé fes cordages, & avec fa moufqueterie il empêcha les ennemis de venir, avec
leur chaloupe, déclouer le gouvernail, comme

ils se mettoient en devoir de le faire. En même
tems, nous nous hasardâmes à donner le côté à
leur vaisseau, malgré son énorme grandeur, &
nous lui envoyâmes une bordée qui fut bientôt suivie d'une seconde, & puis d'une troisième, de sorte qu'à la fin, il amena le pavillon,
& se rendit. J'ordonnai à tous les officiers qui
qui y étoient, de venir à bord de notre vaisseau: ce qu'ils firent. Je les reçus fort civilement, & je m'en fus sur le champ visiter la
prise. Je fus étonné de sa grandeur prodigieuse;
elle avoit sept ponts; & la construction en étoit
si forte, que notre canon n'avoit point pu la
percer de part en part. Cependant j'y trouvai
plus de soixante hommes tués au travers des
sabords & autres ouvertures. Pour nous, ce qui
est surprenant, nous n'eûmes que deux blessés,
& pas un d'homme tué.

Il y avoit à bord de la Manille au delà de
cent malades; de sorte que ce vaisseau ressem-
bloit à un hôpital. Il étoit fort richement chargé; puisque l'on estimoit sa cargaison plus de
1 800 000. Nous n'y trouvâmes pourtant
que peu d'argent monnoyé, outre la vaisselle
du gouverneur de Luconia une des îles Philip-
pines, qui retournoit à Mexico, lieu de sa
naissance & sa patrie. Quoique ce fût-là la
plus riche prise que nous eussions encore faite,

nous en étions presque embarrassés ; il étoit
impossible, avec le peu de monde que nous
avions, de la mener à la mer du nord ou aux
Indes orientales ; car nous avions le double
plus de prisonniers que de matelots à notre
service. Ainsi il fallut chercher, avec dom
Pedro, les moyens de remédier à cet incon-
vénient. Il nous conseilla d'envoyer à Acapulco,
& d'y demander la rançon du vaisseau & de
l'équipage. Cet expédient nous parut également
difficile & dangereux ; mais il soutint qu'il
n'étoit ni l'un ni l'autre, & que, si nous voulions lui en remettre le soin, il répondoit du
succès. Cependant, comme la chose étoit d'une
très-grande conséquence, nous le priâmes de
nous dire, auparavant, de quelle manière il
concevoit qu'elle pût se faire. Je prendrai, me
répondit-il, la barque avec le capitaine du
vaisseau de guerre, le gouverneur de Luçonia,
& quelqu'un des autres des plus apparens de
l'équipage espagnol, qui feront savoir le cas
à la ville d'Acapulco, mais pas autrement
que par lettres ; car je n'en mettrai qu'un à
terre, qui sera le porteur de la nouvelle ; &,
s'il arrivoit qu'on voulût envoyer des forces
contre nous, je ferai si bien, jusque vous en
aurez avis assez à tems pour les éviter ; quoiqu'il n'y ait point de danger de ce côté, parce

que je sais que les Espagnols n'ont aucun vaisseau de guerre à plus de deux cens lieues de là, & que celui que vous leur avez pris, étoit le seul qu'ils eussent pour garder leurs côtes. Nous trouvâmes son projet bon, & nous lui confiâmes le soin de l'exécuter. Ainsi il partit le lendemain avec les personnes dont il nous avoit parlé ; & par l'avis de notre équipage, nous le suivîmes de près, étant bien persuadés, sur le rapport des Espagnols eux-mêmes, qu'il n'y avoit rien à craindre. J'avois fait raccommoder le vaisseau de guerre, & je résolus de le garder & de vendre notre barque ; de sorte que, quand nous fûmes à vue de terre, j'en fis transporter tous les effets à bord de ce vaisseau, qui se trouva être un très-bon voilier.

Le jour suivant Dom Pedro revint avec plusieurs marchands & diverses personnes de qualité, pour traiter de la rançon de la prise ; & nous convînmes enfin de la restituer, moyennant la somme de 120000 écus, après en avoir ôté plusieurs bales de riches marchandises. Cette somme devoit nous être payée dans six jours ; & nous attendîmes qu'ils fussent écoulés à la même hauteur où nous étions alors, ne me souciant point d'approcher trop de la terre, crainte de quelque accident. Nous renvoyâmes, avec les gens de la ville, tous les

malades, & les bleſſés qui étoient à bord de
la priſe ; & nous échangeâmes notre barque
contre des proviſions, & autres choſes néceſ-
ſaires. Au tems marqué, les Eſpagnols nous
apportèrent l'argent dont nous étions convenus,
& nous leur rendîmes leur vaiſſeau avec ſa
cargaiſon. Après cela, nous réſolûmes, d'un
commun conſentement, de mettre fin à nos
courſes, & de nous retirer dans notre patrie ;
car nous étions tous, juſqu'au moindre matelot, aſſez riches ; cependant nous voulions toucher à Saint-Salvador, ſur la côte du Breſil
(après avoir paſſé le détroit de Magellan), pour
y faire quelques proviſions, auſſi bien que pour
vendre nos marchandiſes, & pour radouber nos
vaiſſeaux.

Nous portâmes donc le cap ſur le détroit de
Magellan, & nous fîmes toute la diligence poſſible. Le 3 de Mai, nous découvrîmes ces fa-
meuſes nuées qui ſervent de guide aux matelots :
les montagnes voiſines étoient couvertes de
neige, & il faiſoit extrêmement froid ; mais
nous avions eu le ſoin de nous pourvoir de
bons habillemens & de liqueurs fortes. Nous
mouillâmes au port Famine, appellé autrefois
la Baye des Chevaliers ; les Hollandois lui donnèrent ce nom dans un voyage qu'ils firent
en 1598, avec une flotte de cinq voiles. Comme

ils furent obligés de relâcher dans cette baye,
qu'ils y essuyèrent bien des peines, & qu'ils
étoient les premiers de leur nation qui eussent
pénétré si avant; l'amiral, pour en conserver
la mémoire, fit chevaliers six de ses officiers,
sous le titre de chevaliers du lion furieux. Le
serment qu'ils prêtèrent à cette cérémonie, les
engageoit à ne jamais rien faire, ni consentir
que l'on fît aucune chose contre leur honneur,
ou qui pût préjudicier au voyage qu'ils avoient
entrepris; à exposer leur vie pour le service
de leur république, & à mettre tout en œuvre
pour chasser les espagnols de leurs riches acqui-
sitions dans ce nouveau monde. Ils furent ins-
tallés sur le rivage; on leur donna une jarre-
tière de couleur de verd de mer; & l'on grava
leur nom sur une table de pierre, qu'on éleva
exprès pour cela.

Nous vîmes plusieurs habitans de ces côtés,
& quelques sauvages qu'ils soient, ils se lais-
sèrent aisément persuader de venir à bord de
nos vaisseaux; mais je ne marquai rien d'extraordinaire dans leur taille, comme l'ont dé-
bité certains voyageurs. Le plus grand homme
que je pus voir parmi eux, n'avoit pas plus de
six pieds de haut. C'est un peuple, sans contredit, fort misérable, & fort ignorant, mais
simple & sans malice; & je ne doute point que

les contes qu'on a faits ci-devant de leur extrême cruauté, aussi bien que de leur taille
monstrueuse, ne soient de pures fables.

Après avoir passé le détroit de Magellan,
nous entrâmes dans la mer du Nord, & insensiblement nous nous trouvâmes dans un climat
plus chaud. Mais une terrible tempête nous
surprit, précisément comme nous étions à vue
de l'île de Pepy, & nous jetta vis-à-vis du
port de Desir, sur le continent; de sorte que
nous crûmes que le plus sûr pour nous étoit
d'y entrer, ce que nous fîmes sans perdre de
tems; & nous y mouillâmes sur dix-sept brasses
d'eau. Au sud de ce port, est l'île de Penguin,
ainsi appellée, à cause de la grande quantité d'oiseaux de ce nom, qu'on y trouve. Nos matelots y descendirent, & en trois heures de tems
ils en apportèrent cinq cens, & plusieurs
milliers de leurs œufs, qui nous parurent délicieux. On les appelle Penguins, non pas à
cause de leur graisse, comme quelques auteurs
le prétendent; mais à cause de leur couleur
blanche, mêlée de noir. Ils sont à-peu-près
de la grosseur d'une oye; ils pèsent de neuf
à quatorze livres, & quoiqu'ils vivent principalement de poisson, ils n'en ont pas le goût.
Leur peau est fort épaisse, leur bec est comme
celui des corbeaux, mais pas tout-à-fait si-
crochu;

crochu ; leur cou est court & gros , & le reste
de leur corps ressemble à l'oye, excepté leurs
ailes, qui ne sont composées que d'un seul tronc,
couvert de plumes, dont ils se servent pour
nager. Leurs pieds sont noirs, comme ceux
des cignes, ils font leurs petits dans des trous
de rochers, qui sont en si grand nombre,
qu'on court risque d'y tomber à tout moment,
si l'on n'y prend garde. Quand ils se promè-
nent sur le rivage, ils se dressent extrêmement &
baissent leurs ailes, de sorte qu'ils ressemblent
dans cette posture à de petits pigmées. Nous ne
demeurâmes là que deux jours, & nous fîmes
route pour Rio Janeiro, ou la rivière de Janvier,
dans le dessein de toucher premièrement à Saint-
Sébastien, & puis à Saint-Salvador, au cas que
nous ne trouvassions pas à nous y accommo-
der. Quand nous y fûmes arrivés, les Portugais ne voulurent point nous laisser entrer
dans la baie, & nous tirèrent plusieurs coups
de canon de leurs forts, pour nous obliger à
passer outre. Nous ne pouvions pas comprendre
quelle en étoit la raison, cependant nous ne
jugeâmes pas à propos de nous en informer,
& nous continuâmes notre route pour Saint-
Salvador. Au bout de vingt-un jours, nous découvrîmes Praya de Zumba, qui est un endroit qu'on reconnoît fort aisément, au grand

K

nombre de taches blanches qu'il y a, & qui
paroissent de loin, comme du linge qu'on auroit étendu pour blanchir, ou pour secher.

Nous passâmes devant le fort Saint-Antoine,
& nous le saluâmes d'onze coups de canon,
qu'il nous rendit coup pour coup; après quoi
nous fûmes jetter l'ancre à une demi-lieue de
la ville, que nous saluâmes aussi d'onze coups;
mais elle ne nous en rendit que sept. Par l'avis
de nos officiers, nous donnâmes à chaque matelot mille pièces de huit, pour leur portion
du butin que nous avions fait; ce qui les réjouit
tous extrêmement. Le lendemain je fus faire la
révérence au Gouverneur de Saint-Salvador,
& lui demander sa protection. Il me reçut fort
honnêtement, & me retint même à dîner avec
lui. Le repas fut très-magnifique, & accompagné d'une excellente musique. Après le dîner, je lui offris les présens que nous étions
convenus de lui faire, & il les accepta avec
beaucoup de civilité; mais quand je lui demandai la permission de vendre nos marchandises,
dans la ville, il me la refusa tout net, me
disant que tout commerce avec les étrangers
étoit défendu, par les ordres exprès du roi de
Portugal. Il voulut même me rendre mon présent; mais je le pressai si fort de le garder,
qu'à la fin il le fit, & me dit en françois, qu'en

faveur de ma générosité, il passoit par-dessus
toute sorte de considérations & m'accordoit ma
demande. Sur le champ il envoya chercher
quelques-uns des principaux marchands de la
ville, &, après leur avoir parlé en particulier,
il revint à moi & me dit, que ces messieurs-
là vouloient aller à bord de nos vaisseaux examiner nos marchandises, & que si nous pouvions nous accorder pour le prix, il me répondoit du paiement. Il y en avoit un entr'eux
qui me parut plus affable & plus franc, que
les Portugais ne le sont généralement; quoiqu'à Saint Salvador, la plupart affectent les
manières françoises. Nous eûmes bientôt fait
marché, & l'homme, dont je viens de parler,
m'invita fort obligeamment à souper chez lui
ce soir là, ce que je ne crus point devoir lui
refuser; ainsi je le suivis, accompagné seulement de mes deux Indiens, qui parloient déja
assez bien l'anglois.

Quand nous fûmes arrivés à la maison, qui
étoit très-belle, il nous conduisit à un joli pavillon qu'il y avoit au bout du jardin, où il
meut que nous devions souper. Et pour vous
convaincre, ajouta-t-il, que vous êtes le bien
venu, ma femme & ma fille vous tiendront
compagnie; ce qui est, comme vous le savez,
une chose fort extraordinaire parmi nous. Mais

K ij

j'ai été en Angleterre & en France, & je trouve
que les femmes n'en sont pas moins sages, pour
avoir leur liberté. Je lui dis que j'étois persuadé que la contrainte ne faisoit qu'enflammer
leurs desirs, & que les rendre plus ingénieuses à
trouver les moyens de les satisfaire. Je suis
de votre sentiment, me répliqua-t-il ; c'est pourquoi je laisse à ma femme & à ma fille toute
la liberté qu'elles peuvent souhaiter, & jusqu'ici je n'ai point de raison de m'en plaindre.
Un moment après, elles vinrent nous joindre.
Je les trouvai toutes deux fort belles & même
fort blondes, malgré la chaleur du climat. La
mère paroissoit âgée d'environ 35 ans, & la
fille d'environ 16. Comme elles parloient très-
bon françois, nous eûmes bien-tôt lié conversation ; j'y fournis de mon mieux, & quelques
momens suffirent pour me convaincre qu'elles
avoient beaucoup d'esprit. Je leur en fis compliment, & je leur dis que j'étois tout extasié
de trouver des dames si accomplies dans un pays
si éloigné.

Après le souper, le marchand, qui s'appelloit
dom Jacques, me dit que c'étoit sa coutume
de retenir à coucher ceux qu'il invitoit à souper, & qu'il espéroit que je ne me ferois point
prier pour cela. Je lui répondis que j'acceptois son offre avec d'autant plus de plaisir,

qu'elle me fourniroit l'occasion de jouir plus
long-tems de sa bonne compagnie & de celle
de ces dames. Ainsi, après avoir fait un tour
ou deux de jardin, nous nous retirâmes chacun dans notre appartement. Le lendemain
matin nous bûmes le chocolat tous ensemble,
& j'invitai dom Jacques, avec sa femme & sa
fille, à dîner le jour suivant sur notre bord;
ce qu'il me promit. Enfuite je pris congé de
mes hôtes; mais comme il faisoit fort chaud,
l'on m'avoit préparé un palanquin de foie, qui
est une espèce de machine où l'on se met, faite
à-peu-près comme un branle, couvert d'un dais
ou d'un ciel quarré, & porté par deux noirs,
qui ont chacun une pièce de bois pour la soutenir d'espace en espace, pendant qu'ils repren-
nent haleine. On ne se sert point d'autre voiture, pour aller d'un lieu à l'autre, à Saint-
Salvador, à cause de l'inégalité, & de la roi-
deur du terrein sur lequel cette ville est
bâtie.

Je me préparai à recevoir ma compagnie le
lendemain, aussi bien qu'il m'étoit possible.
Elle me tint parole, & dès qu'elle fut arrivée
à bord, nous nous mîmes à table. Dom Jacques, sa femme & sa fille furent agréablement
surpris de la variété des plats qu'on servit,
& qui étoient accommodés à la manière an-

gloise &... pour augmenter le plaisir de la fête,
je... donnai la musique, que... furent charmés. Nous bûmes à diverses fois les santés des
rois d'Angleterre & de Portugal, au bruit du
canon de notre vaisseau. Et quand la compagnie voulut se retirer, je fis à la mère & à
la fille un présent de quelques étoffes de soie.
Dom Jaques s'en apperçut, & me dit fort agréablement, monsieur, cela n'est point juste, nous
ne vous payâmes pas hier pour le plaisir de
votre compagnie, & cependant je crois qu'elle
valloit bien la nôtre, ou du moins pour ce qui
me regarde, car à l'égard de ces dames, je
n'en dirai rien, elles peuvent répondre pour
elles-mêmes. Ce compliment m'en attira d'autres... par... ces deux aimables personnes; mais comme je ne suis pas grand ama-
teur de ces sortes de civilités, je les oublie facilement assez bien: cependant les... Et quand
... Un jour ou deux ensuite, dom Jaques vint
... me dit que mon argent pour les
marchandises que j'avois vendues étoit prêt,
mais que je ne l'aurois point, que je ne fisse
le recevoir moi-même. Ainsi j'allai chez lui,
je soupai... comme la première fois, avec sa
femme & sa fille, & où je couchai. Le lendemain il me dit, en me quittant, qu'il verroit
bientôt quelque autre chose que l'argent, pour

K iv

voir m'engager à le revenir voir, je lui répondis que pour l'en convaincre, j'en viendrois
dîner avec lui le jour suivant, ce que je fis.
Après le repas, je lui témoignai l'envie que
j'avois de voir la ville. Aussi-tôt il se mit en
devoir de satisfaire ma curiosité ; & m'ayant donné
ordre qu'on tînt prêts deux palanquins pour nous
porter, nous partîmes.

Saint Salvador, capitale du Brésil, est située
sur la baye de Tous les Saints, environ au 12e
degré 4 minutes de latitude méridionale. Elle
est divisée en deux villes, la haute & la basse.
Les rues en sont droites, & assez larges,
la plûpart fort roides, & l'on y charge & décharge en très-peu de tems les vaisseaux, par
le moyen de certaines machines faites exprès.
Elle appartenoit autrefois aux Espagnols, mais
les Hollandois la leur prirent en 1624, & la
fortifièrent assez bien : cependant les Espagnols
trouvèrent le moyen de la reprendre l'année
suivante. On n'a pas pu me dire précisément
combien il y a que les Portugais en sont en
possession : tous ceux à qui je m'en suis informé, conviennent qu'il y a plus de 50 ans.
Ils en ont fait une place régulière, & très-
forte ; car elle a cinq forts, outre la citadelle,
& elle est bien pourvue de canon & d'autres
munitions de guerre, & d'armes pour dix mille

hommes. C'est la résidence ordinaire des vice-
rois du Brésil; lorsque j'y étois, il n'y en avoit
point; mais on en attendoit un tous les jours.
La cathédrale est un magnifique bâtiment, richement orné, & peint à la moderne. L'église
des jésuites ne lui cede point en magnificence,
étant toute bâtie de marbre d'Europe; il y a
aussi de très-belles orgues, dont les tuyaux
sont dorés. On compte encore dans Saint Salvador vingt autres églises assez considérables,
outre plusieurs couvens.

Cette ville est aussi le siege d'un évêque qui
y a un très-beau palais; & pour ce qui est
des religieux, je n'en ai jamais tant vu en aucun
endroit, pour la grandeur du lieu, comme bé-
nédictins, franciscains, carmes, augustins,
capucins, dominicains, & autres moines déchaussés. A propos de déchaussés, je ne dois
pas oublier de dire que la plupart des gens, sur-
tout parmi le petit peuple, n'y portent point
de bas. Il y a aussi trois couvens de religieuses,
bien remplis de nonnes qu'on ne voit jamais;
ce qui est commun à presque toutes les autres
femmes, à la reserve des filles publiques & des
esclaves noires; car les Portugais tiennent leurs
femmes & leurs filles sous la clef, avec autant
de soin que leur argent; & ils ne voudroient
pas que personne ne les vît qu'eux-mêmes. Je

dois pourtant en excepter mon ami don Jacques,
ce qui est d'autant plus extraordinaire en lui.

Saint Salvador fait un grand commerce en
Guinée & en d'autres pays, & passe pour une
des plus riches villes qui soient sous la domination du Portugal. Suivant un calcul modéré, il
peut y avoir vingt mille blancs (je devrois dire
Portugais, car ils ne sont pas des plus blancs),
& environ le triple d'esclaves noirs. Don Jacques
me fit employer cinq jours à voir ce qu'il y a
de plus remarquable dans la ville, & me retint tout ce tems-là chez lui, sans me laisser
aller une seule fois à bord. Nous y passâmes une
partie du tems à jouer à l'ombre, qui est fort en
vogue parmi les Espagnols & les Portugais, &
qui a été inventé par les premiers, à ce qu'on
dit, pour prévenir tous les inconvéniens des
tête-à-tête, que les jeux qu'on peut jouer à
deux, favorisent. Mais hélas ! je crains bien
que les femmes qui veulent en profiter, n'y
aient plutôt gagné que perdu.

Cependant nos affaires étant finies, & toutes
nos provisions faites, il fallut se préparer à
partir. Don Jaques me témoigna qu'il étoit fort
fâché de me perdre, & certes, je ne le quittai
point sans regret ; car ses honnêtetés & la douceur de sa conversation m'avoient fait insensiblement concevoir pour lui beaucoup d'amitié,

Je fus prendre congé du gouverneur, qui me
fit préfent de confitures de l'Amérique, & qui
me pria de dîner avec lui: ce que je ne pouvois
honnêtement lui refufer. Après le dîné, don
Jacques me preffa, d'une manière fi obligeante,
de vouloir fouper, pour la dernière fois, avec
lui, que je ne pus m'en défendre; mais je lui
dis que ce feroit à condition qu'il ne me re-
tiendroit point à coucher, felon fa coutume; ce
qu'il me promit. J'envoyai un de mes Indiens
à bord, donner ordre qu'on vînt me prendre à
terre, avec le bateau, à dix heures du foir.

Quand l'heure fut venue, je pris congé de
don Jacques & de fa famille, après l'avoir comme
forcé d'accepter une montre d'or, & avoir fait
préfent à fa femme & à fa fille d'une bague à
diamant, que le gouverneur de Luconia m'avoit
donnée, en reconnoiffance de ce que je lui
avois rendu fa vaiffelle & fes joyaux, lorfque
nous prîmes le vaiffeau l'Acapulco dans la mer
du fud. Eh bien, dit don Jacques, je vois que
vous voulez payer, en dépit de moi, ce que
vous avez bu & mangé dans ma maifon; mais
j'aurai ma revanche. Cependant la mère & la
fille ne purent s'empêcher de répandre des larmes en me voyant partir. J'avoue que j'en fus
fenfiblement touché; & cela me rappellant
l'idée de ma chère femme, répandit fur mon

vilage un air si mélancolique, que don Jaques
ne douta point que ce ne fut le chagrin que
j'avois de le quiter. Je vois, me dit-il, que
l'amitié, comme l'amour, peut se contracter en
peu de jours, sur-tout lorsqu'il y a correspon-
dance de sentimens. Je fus charmé qu'il le prit
de cette maniere, & je n'eus garde de l'en
désabuser.

Nous convinmes d'entretenir ensemble un
commerce de lettres & d'autres choses, & je
m'engageai à lui envoyer quelques marchandises d'Europe, si Dieu me faisoit la grâce d'y
arriver sain & sauf. Enfin je lui dis adieu, quelque violence que je me fisse pour cela, le tems
de me retirer en étant déja passé. Il m'embrassa
tendrement, me parut si affligé, que je ne pus
m'empêcher de l'être à mon tour par une espéce de sympathie. Il voulut même me suivre,
sans penser à ce qu'il faisoit, mais j'ordonnai à
ses domestiques, que j'avois largement récom-
pensés de la peine que je pouvois leur avoir
donnée, de fermer la porte après moi.

Je repris le chemin du port, marchant avec
une espéce de précipitation, quoiqu'enseveli
dans une profonde rêverie; mais un de mes
Indiens m'en tira bientôt, en me criant de
prendre garde à moi. Je me retournai, & je
vis quatre Portugais qui nous pourfuivoient.

Sur le champ, je mis l'épée à la main, & je m'enveloppai le bras de mon manteau, pour mieux parer les coups qu'on me porteroit. Ils m'attaquèrent tous quatre à la fois; mais mes Indiens, à qui j'avois ordonné de porter des épées lorsqu'ils me suivroient à terre, tombèrent sur eux, & en étendirent, dans un moment, deux sur la place. Je vins à bout d'en expédier un troisième, non sans recevoir plusieurs blessures; & le quatrième se voyant seul, prit la fuite. Mais mes gens, qui étoient vîtes comme des daims, l'atteignirent bientôt, &, l'empoignant par les cheveux, ils le traînoient dans la boue pour me l'amener, tandis que le coquin crioit, de toute sa force, *misericordia! misericordia!* Au bruit que nous faisions, les matelots qui m'étoient venus chercher, & qui m'attendoient dans mon bateau, accoururent, armés de pistolets & de coutelas, craignant qu'il ne me fût arrivé quelque chose; & la garde de la ville étant arrivée en même tems, & voyant mes Indiens qui traînoient un Portugais, tomba sur nous. Mais mes matelots & mes valets la chargèrent si vigoureusement, qu'ils la mirent en fuite, quoiqu'elle fût trois fois plus nombreuse. Cela ne nous servit pourtant pas de grand'chose, car toute la garnison, avertie du désordre, survint dans ce moment.

J'ordonnai alors à mes gens de se rendre sans plus de résistance, ne doutant point qu'on ne nous relâchât bientôt, puisque nous étions innocens.

Cependant don Jacques entendant le chamaillis, se fit accompagner de ses domestiques dans l'endroit où nous étions. Il arriva fort à propos, car les Portugais commençoient à nous maltraiter. Quand il vit mon état, & que je lui eus conté de quelle manière la chose s'étoit passée, il en fut fort affligé, & ne négligea rien pour engager la garnison à nous laisser aller. Dans ces entrefaites, il vint un gentilhomme de la part du gouverneur, qui nous ordonna de le suivre. Aussi tôt je me mis en devoir de lui obéir, accompagné de don Jacques ; mais je perdois tant de sang par les blessures que j'avois reçues, qu'on fut obligé de me porter à la maison de ce généreux ami, & d'envoyer sur le champ chercher un chirurgien. Heureusement il n'y avoit pas à craindre pour ma vie, mais j'étois dans une foiblesse extrême par les efforts que j'avois faits, & par la grande quantité de sang que j'avois perdue.

Don Jacques s'en fut chez le gouverneur, & l'informa de toute l'affaire & de l'état où je me trouvois. Mais le gouverneur n'étant pas encore pleinement convaincu de mon innocence, ordonna qu'on mît une garde à la porte de la maison où j'étois. Cependant on avoit laissé aller mes matelots qui s'en furent sur le champ à bord, & y jettèrent d'alarme en récitant ce qui m'étoit arrivé. Aussitôt nos deux vaisseaux levèrent l'ancre, & vinrent aussi près de la ville qu'il leur fut possible, résolus de la canonner sans quartier, si l'on ne me relâchoit incessamment. Ayant été informé de leur dessein, je leur fis dire que c'étoit pour me mettre à couvent des insultes des Portugais, qu'on m'avoit donné une garde, jusqu'à ce que cette affaire fût finie. Cela ne les satisfit point, & cent hommes de l'équipage, avec les officiers & dom Pedro, vinrent à terre, tous bien armés, & firent vœu de ne point retourner à bord que je ne fusse avec eux. Cependant le gouverneur se transporta chez dom Jacques, pour savoir plus exactement de moi-même le détail de cette fâcheuse aventure, & je l'en instruisis aussi bien que ma foiblesse pouvoit me le permettre. En examinant les corps morts des Portugais que nous avions tués, on ne fut pas peu surpris de trouver celui du neveu du dernier goulette. Cette découverte aigrit extrêmement les esprits, & l'on eut bien de la peine d'empêcher la populace, qui s'étoit assemblée devant la maison,

d'y entrer, & de me mettre en pièces ; car,
quoique les Portugais fissent assez peu de cas
du neveu, ils conservoient une grande vénération pour l'oncle qui s'étoit toujours conduit
d'une manière fort intègre dans son poste, &
dont ils regrettoient encore, par cette raison,
la perte. Le gouverneur appaisa les plus animés
en leur disant que si j'étois coupable on ne
me feroit aucune grace, quelle qu'en pût être
la conséquence. Et, sur le champ, il assembla
la justice pour me faire mon procès, quoiqu'il
fût passé minuit ; & l'on m'y porta dans un
palanquin, tout foible que j'étois. Mais auparavant je fis appeller mon lieutenant, & je
lui dis qu'il n'y avoit rien à craindre, & que
je voulois qu'il renvoyât son monde à bord.
Quand je fus arrivé au lieu où se tenoit la
cour, le gouverneur ordonna qu'on me donnât
un siège : l'affaire fut bientôt terminée en ma
faveur ; car le Portugais que nous avions arrêté, & qui étoit domestique du neveu du
gouverneur défunt, avoua que son maître avoit
dessein de me tuer, parce qu'il avoit appris
que j'étois son rival à l'égard de la charmante
dona Bianca, fille de don Jacques, dont il étoit
passionnément amoureux. Cette déclaration me
surprit étrangement, de même que don Jacques, qui ne m'avoit point quitté ; & nous

proteſtâmes tous deux aux juges, que ce n'étoit qu'une pure imagination de ce gentilhomme, cauſée par ſa fetile jalouſie, ce qu'ils crurent aiſément; de ſorte qu'ils me renvoyèrent ab-ſous.

Le gouverneur me fit en particulier mille honnêtetés, me diſant qu'il étoit très-fâché que cette affaire m'eût cauſé tant d'embarras & privé du repos dont j'avois beſoin. Je le re-merciai de ſa bonté, & je l'aſſurai que je n'é-tois pas moins fâché d'être la cauſe, quoi-qu'innocente, d'un ſi fâcheux accident dans un pays où j'avois été ſi bien reçu. Don Jacques me pria de retourner chez lui, & d'y demeurer juſqu'à ce que mes bleſſures fuſſent guéries : mais le gouverneur nous tirant à part, lui dit, en françois : je ſais que c'eſt l'amitié que vous avez pour le capitaine (parlant de moi), qui vous fait ſouhaiter de l'avoir chez vous ; ce-pendant ſi j'avois un conſeil à lui donner, ce ſeroit d'aller de ce pas à bord de ſon vaiſſeau; car, quoiqu'il ſoit dans le fond très-innocent, je crains que quelques-uns des amis ou des parens du défunt, qui ſont en grand nombre, ne cherchent les moyens de lui ôter la vie ſans avoir aucun égard à la juſtice. En effet, la plupart des Portugais ſont jaloux, méchans, vindicatifs, & ſe mettent fort rarement en peine

peine de suivre envers les autres les règles les
plus communes de l'équité.

Je remerciai le gouverneur de son bon avis,
que don Jacques ne put s'empêcher d'approuver, malgré l'envie qu'il avoit de me mener
chez lui. Ainsi, je me fis porter sur le champ à
bord : & comme il faisoit grand jour, le gouverneur m'offrit obligeamment de m'accompagner avec sa garde ; mais je le priai de ne point
se donner cette peine, d'autant plus qu'il n'y
avoit rien à craindre. Pour don Jacques, je ne
pus l'empêcher de me suivre, & même de venir jusqu'au vaisseau. En chemin il me dit qu'il
pensoit à aller demeurer en Angleterre, qu'il
avoit assez de bien, & qu'ainsi il vouloit dans
deux ou trois ans se retirer du commerce, pour
vivre tranquillement le reste de ses jours. Il me
pria de lui écrire dès que je serois arrivé en Europe, & de lui apprendre le lieu que j'aurois
choisi dans ma patrie pour mon séjour ordinaire, m'assurant qu'il y viendroit, quand ce
ne seroit que pour le plaisir de me voir. Je le
remerciai d'une si grande marque d'amitié ; &
après nous être embrassés tendrement, nous nous
quittâmes les larmes aux yeux.

A peine étoit-il parti, que le vent étant favorable, nous levâmes l'ancre, & nous sortîmes
de la baye. Lorsque nous fûmes en pleine mer,

L

ov m'apporta une lettre écrite en françois, dont voici le contenu.

Monsieur,

» J'ai voulu vous éprouver avant que de me
» livrer à vous, comme à un intime ami ; & je
» suis maintenant si convaincu de la droiture de
» votre cœur, & de la sincèrité de vos dis-
» cours, que je n'hésite point à vous confier un
» secret qui intéresse particulièrement mon re-
» pos. Avant que de me marier, j'ai eu une in-
» trigue d'amour qui a produit le porteur de
» cette lettre. J'ai trouvé le moyen, jusqu'à pré-
» sent, de le cacher à ma famille ; mais la per-
» sonne à qui j'avois confié le soin de son édu-
» cation, & ce secret, étant morte, j'ai craint
» qu'on ne découvrît bientôt toute l'affaire, s'il
» demeuroit plus long-tems dans cette ville :
» ainsi, comptant sur la bonté de votre cœur,
» & sur votre amitié, je vous l'envoye avec
» une somme suffisante pour fournir aux frais
» de son éducation, que je souhaite qui soit sor-
» table au bien qu'il est en mon pouvoir de lui
» donner ; & je vous supplie de le prendre avec
» vous, & de l'honorer de votre bienveillance.
» Je vous en aurai une obligation éternelle ; &
» je m'estimerai fort heureux si je puis jamais
» vous en donner des preuves. En attendant, je

» vous conjure de me croire le plus sincère de
» vos amis & de vos serviteurs,

» JACQUES DE RAMIRES ».

Il faut que j'avoue que cette lettre me surprit
extrêmement, & que je ne pouvois m'imaginer
quelles raisons avoit eu don Jacques pour me
cacher jusques-là cette affaire. J'ordonnai qu'on
fit venir le jeune homme ; & aussi-tôt je vis entrer dans ma chambre un des plus beaux garçons
que j'eusse jamais vûs. Il paroissoit âgé d'environ quinze ans ; il avoit de longs cheveux
blonds, qui tomboient à grosses boucles sur ses
épaules, & tous les traits de son visage étoient
si réguliers & si agréables, que je fus un moment
en admiration. A la fin je le pris par la main, &
je l'embrassai, l'assurant qu'en considération de
son père, il me seroit désormais aussi cher que
mon propre fils. Je lui dis cela en Anglois ; &
comme je vis qu'il ne me répondoit rien, je le
lui répétai en François, m'imaginant bien qu'il
ne m'avoit pas entendu. Il me remercia très-
humblement, me disant qu'il ne doutoit point
que je ne le traitasse avec bonté, & qu'il feroit
tout ce qui dépendroit de lui pour s'en rendre
digne.

Un moment après il me remit une cassette
pleine de joyaux, pour la valeur de cinq mille

piftoles, & une petite boîte où il y avoit mille moidores (1). Je l'affurai que j'en aurois autant de foin que fi elle m'appartenoit : cela eft deftiné, me dit-il, pour fournir à mon entretien & aux frais de mon éducation. Enfuite il fit apporter une autre boîte, & l'ayant ouverte, il me pria d'accepter ce qu'elle renfermoit, comme un préfent que fon père me faifoit. Quand je l'examinai, j'y trouvai fix grands plats d'argent, & trois douzaines d'affiettes du même métal ; une douzaine de couteaux, de fourchettes & de cuillers d'or, & une demi-douzaine de plats pour mettre des confitures, auffi d'or. Cette boîte étoit accompagnée d'une autre beaucoup plus grande, où il y avoit toute forte de conferves & de cordiaux ; & j'appris que don Jacques avoit, outre cela, fait un petit préfent à chaque officier du vaiffeau, & donné affez de viande fraîche & de boiffon pour régaler les matelots pendant toute une femaine. Je fus furpris de cet excès de genérofité ; car le préfent qu'il me fit étoit affurément digne d'un prince ; & je crus qu'il étoit de mon devoir de témoigner toute l'affection poffible au fils d'un fi bon père. Ainfi, j'ordonnai qu'on mît dans ma chambre

(1) C'eft une monnoie d'or de Portugal, qui vaut environ fix écus.

un petit lit-de-camp pour lui , voulant l'avoir toujours auprès de moi : & certes , toutes ses manières étoient si engageantes , que je me sentis bientôt autant de tendresse pour lui que s'il eût été mon propre enfant. Comme il me dit qu'il savoit un peu de chirurgie, je voulus qu'il prît soin de mes blessures : à la vérité elles n'étoient pas dangereuses , & j'avois d'ailleurs à bord un très-bon chirurgien , qui lui fournit tout ce qu'il lui falloit, & qui eut toujours l'œil sur la manière dont il me pansoit. Il s'en acquitta fort bien pour un jeune homme de son âge ; & en peu de tems je fus tout-à-fait guéri. J'aurois voulu qu'il fût allé quelquefois sur le tillac pour prendre l'air , & un peu de récréation ; mais il me dit qu'il aimoit mieux s'occuper à lire dans la chambre où il avoit des livres françois , & où j'en avois aussi , dont il pouvoit faire usage comme des siens ; entr'autres , une grammaire, & un dictionnaire françois & anglois, que j'avois achetés par occasion à Saint-Salvador, & qui lui faisoient beaucoup de plaisir , parce qu'il avoit grande envie d'apprendre l'anglois. Je lui donnai, à cet égard , tous les secours dont j'étois capable ; & en échange il m'apprit le portugais ; de sorte qu'en peu de tems nous pûmes nous entretenir dans l'une & l'autre langue.

Nous avions résolu d'aller en droiture à l'île

de Tercère, la principale des Açores ; & après cinquante jours de navigation, nous découvrîmes la pointe d'une de ces îles, qu'on appelle Pic à cause de la montagne qui est fort haute. Cette pointe est faite en forme de pyramide, & l'on peut la découvrir d'aussi loin que le pic de Teneriffe ; car nous en étions alors à trente lieues, & cependant nous pouvions la voir distinctement. Deux jours ensuite nous côtoyâmes l'île de Saint-Michel. Nous fûmes ravis de nous voir enfin entrés dans cette partie du monde qu'on appelle Europe, où nous avions presque tous été élevés, & que nous pouvions, par cette raison, regarder comme notre commune patrie ; mais ce qui nous faisoit encore plus de plaisir, c'est que nous avions tous fait notre fortune, & que nous l'emportions avec nous.

Le 19 d'août 1696, nous jettâmes l'ancre dans la baye d'Angra, capitale de l'île de Tercère, & par conséquent de toutes les Açores. Je ne dirai rien de ce port, sinon qu'il est assez mauvais, & qu'on n'y est point en sûreté dans la tempête. Aussi ne nous y arrêtâmes-nous qu'autant de tems qu'il nous en falloit pour faire de l'eau, & pour acheter de nouvelles provisions. La ville est située au fond de la baie, & au pied d'une montagne qu'on appelle monto de Brasil, ou la montagne de Bresil, je ne sais pour quelle raiſon. Elle eſt très-bien fortifiée, ayant deux bons châteaux, & outre cela huit batteries où il y a des canons de trente livres de balle : mais la garniſon en eſt très-mauvaiſe ; car elle n'étoit compoſée, quand nous y paſſâmes, que de deux cens hommes, ſi mal entretenus, qu'il y avoit trois ans qu'on ne les avoit habillés. Cette ville eſt fort agréable : un petit ruiſſeau, qui a pluſieurs milles de cours, la traverſe d'un bout à l'autre, ce qui contribue beaucoup à ſa propreté & à la commodité des habitans ; & il y a auſſi, dans tous les quartiers, des fontaines publiques, dont l'eau eſt excellente. C'eſt delà que viennent les plus beaux ſerins de Canarie ; car quoiqu'ils ſoient plus petits que ceux qu'on apporte des Canaries mêmes, ils les ſurpaſſent de beaucoup par la beauté de leur chant. L'argent eſt fort rare dans cet endroit, & par conſéquent on y a tout à bon marché. J'y achetai pour deux mois de proviſion de biſcuit, à beaucoup meilleur compte que je n'aurois pu faire dans aucun port d'Europe. La principale marchandiſe des habitans c'eſt le bled, qu'ils envoyent en Portugal ; le commerce qu'ils font d'ailleurs eſt ſi peu de choſe, que je crois que le roi de Portugal n'en retire pas grand profit.

J'avois fait aſſez de progrès dans la langue Portugaiſe pour pouvoir la parler ; ce qui m'ouvrit un chemin à l'Espagnole, dont j'appris aussi quelque chose avec le secours de don Pedro, qui, de son côté, s'étoit si bien appliqué à l'Anglois, qu'il le parloit coulamment. Nous fîmes connoissance dans la ville avec un père Cordelier, qui nous fit voir les églises, & les autres choses remarquables. La cathédrale est un très-beau bâtiment, bien peint, qui porte le nom de Saint-Salvador, qui, de même que celui de Saint-Antoine, est fort commun parmi les Portugais. Il y a vingt autres églises, outre la cathédrale, & huit couvens, dont quatre ont des chapelles magnifiquement ornées. Quand nous eûmes fait toutes nos provisions, nous mîmes à la voile dans le dessein de ne toucher nulle part jusqu'au détroit de Gibraltar ; & comme il ne nous arriva rien de singulier dans notre voyage, je vais, pour divertir le lecteur, lui donner l'histoire de mon compagnon de fortune dom Pedro Aquilio, telle qu'il nous la récita lui-même.

Histoire de don Pedro Aquilio.

MON père, qui demeuroit en France dans le tems que les troubles du royaume commencèrent par la mésintelligence entre le roi & le parlement, se trouva engagé dans les intérêts du cardinal de Retz, en épousant une de ses nièces, qui lui apporta de grands biens. Il eut part à la plus grande partie des affaires secrètes de ce tems-là ; & s'en étant un peu trop mêlé pour son repos, il fut contraint de se retirer en Espagne, sa patrie. Prévoyant ce qui arriveroit, il vendit le bien qu'il avoit en France ; il fit partir ma mère pour Séville, lieu de sa naissance, & il la suivit de près. Le roi d'Espagne, qui l'estimoit beaucoup, lui donna plusieurs emplois honorables & lucratifs ; & lorsque je naquis, il étoit la première personne de la ville. Le long séjour qu'il avoit fait en France lui avoit fait contracter les manières des François ; & les formalités des Espagnols lui paroissoient aussi étranges que s'il fût né dans tout autre pays. Il eut plusieurs enfans, mais aucun ne vécut que moi. Quand j'eus atteint l'âge où les préjugés de l'éducation commencent à être à craindre, il m'envoya à Paris au collége des Quatre-Nations,

pour y achever mes études. La première chofe
que j'y appris, fut de me défaire des manières
Efpagnoles, & j'en vins d'autant plus aifément
à bout, qu'elles n'avoient pas fait de profondes
impreffions fur mon efprit, parce que j'avois
remarqué que mon père ne les aimoit point.
J'eus bientôt lié amitié avec plufieurs jeunes
feigneurs François de mon âge; car l'égalité de
l'âge eft le premier pas à l'amitié.

Quand j'eus quinze ans accomplis, je commençai à penfer à une maîtreffe, pour achever
mes études dans les règles. Et comme je vis que
c'étoit la coutume parmi mes compagnons de fe
fupplanter l'un l'autre en fait d'amour fans animofité, je m'y pris fi bien, qu'il n'y eut pas une de leurs
donfelles dont je ne gagnaffe les bonnes graces
en peu de tems. Cela donna lieu à quantité de
complots & de ftratagêmes pour me débufquer:
mais ils ne purent en venir à bout, parce que
les belles aimoient les préfens, & que je leur
en faifois plus que les autres. Nous recevions,
tous les quartiers, une certaine fomme fixe,
pour nos menus plaifirs. Un jour qu'on nous
avoit payés, j'engageai tous mes compagnons
dans le jeu, & j'eus le bonheur de leur gagner jufqu'au dernier fou. Ils parurent un peu
chagrins de fe voir ainfi enlever leurs maî-
treffes, & leur argent; & j'eus beau dire,

pour les confoler, que, comme j'étois chargé
des belles, j'avois par-là même plus befoin
d'efpèces qu'eux, cela ne les contenta point,
& ils me fupplièrent inftamment de leur prêter
la moitié de ce qu'ils avoient perdu, avec promeffe de me le rendre le quartier fuivant : ce
que je fis ; après quoi nous nous remîmes à
jouer. Mais la fortune m'abandonna, & je perdis, en peu de tems, tout ce que j'avois gagné,
& mon propre argent. Le bonheur en voulut
à l'un de la compagnie qui nous dépouilla tous,
& qui nous refufa enfuite, tout à plat, de
nous prêter un fou. Cela nous mit de fort
mauvaife humeur ; & le drôle s'en appercevant, fut fe renfermer dans fa chambre, pour
éviter nos importunités. Il eft aifé de juger de
la confternation où il nous laiffa, n'ayant pas
un denier en poche ; &, ce qui nous mor-
tifioit le plus, c'eft que les fêtes approchoient,
tems où nous avions coutume d'aller battre
l'eftrade. Celui qui avoit gagné notre argent,
étoit le dernier que nous avions admis dans
notre faciété ; & quoiqu'il n'y eût pas long-
tems, nous commencions à nous laffer de lui,
autant à caufe de fa mauvaife humeur, que de
fa poltronnerie. A la fin, pour nous venger,
je m'avifai d'un expédient que tous mes compagnons approuvèrent. Quand les fêtes furent

venues, nous lui dîmes que nous voulions
aller nous divertir à la campagne, & que nous
avions trouvé de l'argent pour cela ; mais,
comme il n'étoit pas homme à nous en croire
fur notre parole, il nous déclara qu'il n'iroit
point avec nous, fi nous ne lui produifions
chacun une certaine fomme. C'étoit-là la grande
difficulté ; car nous n'avions pas le fou, ni ne
favions où en trouver : je dis notre embarras
à mon valet, qui étoit un maître gonnin, &
qui m'offrit auffi-tôt dix louis d'or qu'il avoit ;
heureufement que je lui avois payé fes gages
avant que de jouer. J'acceptai fon offre avec
beaucoup de plaifir, & je courus montrer les
dix louis à notre taquin ; après quoi je les donnai à mes compagnons, qui allèrent, chacun
à leur tour, en faire autant. C'eft fort bien,
dit-il, ne fe doutant point de la fupercherie,
foixante louis d'or feront notre affaire (car
nous étions fix, en l'y comprenant) ; mais
qui aura la bourfe ? Nous n'avions garde de
l'en charger, quelque envie qu'il en eût ; ainfi
voyant notre réfolution, plutôt que de s'en
fier à nous, il propofa qu'on en remît le foin
à mon valet. Nous n'eûmes pas de peine à y
confentir ; & le drôle, pour en impofer à
notre compagnon, ne manqua point, en conféquence, d'écrire fur fon livre de poche,

qu'il lui montra, tant d'argent en banque reçu
de tels & de tels, quoiqu'il n'eût en tout que
vingt louis d'or.

Cela fait, nous prîmes des chevaux, & nous
nous en fûmes à six lieues de Paris, à l'endroit
où nous avions résolu d'exécuter notre projet.
Nous devions payer tous les soirs la dépense
que nous aurions faite pendant le jour, & la
coucher ensuite par écrit dans le livre de mon
valet. Mais quand nous voulûmes l'appeller, la
nuit même que nous arrivâmes, il ne se trouva
point, selon les instructions que nous lui avions
données en particulier. On fit toutes les perquisi-
sitions possibles, mais inutilement ; ainsi nous
conclûmes unanimement qu'il avoit pris cette
occasion de nous voler, & qu'il s'étoit enfui
avec notre argent. Nous priâmes notre taquin
de payer pour tous, lui disant que nous le lui
rendrions, & qu'il n'y avoit pas d'autre moyen
de nous tirer d'affaire : mais il nous protesta
qu'il n'avoit pas deux écus en poche : ce que
nous savions fort bien ; car il avoit cousu tout
son argent dans sa veste. Puisque cela se rencontre
si mal, dis-je alors, ne faisons pas connoître
aux gens de la maison, que nous sommes à sec ;
allons nous coucher, &, demain matin, nous
consulterons ensemble sur les moyens de nous
tirer d'ici. On suivit mon avis, & nous nous

féparâmes. Je couchai avec notre pince-maille ,
de peur que l'envie ne lui prît de décamper
pendant la nuit. Quand il fut bien endormi , je
me levai tout doucement , j'empaquetai fes habits , & je les jettai , par la fenêtre , à mon
valet qui s'étoit mis en fentinelle dans la rue.

Le matin étant venu , je dis à mon camarade
de fe lever , pour voir avec les autres comment
nous pourrions fortir d'intrigue ; mais il n'y
avoit point d'habits pour lui. Il commença auffi-
tôt à tempêter & à jurer comme un charretier
embourbé. Je fis femblant de ne rien favoir , &
de compatir à fa peine. Au bruit qu'il faifoit ,
les autres vinrent dans la chambre , & ne
purent prefque s'empêcher de rire de le voir
nud & s'agitant comme un poffédé. Dans les
accès de fa frénéfie , il nous dit qu'il avoit perdu
tant d'argent coufu dans fa vefte. Nous lui re-
prochâmes fa taquinerie, de n'avoir pas voulu
nous en prêter pour nous tirer d'embarras ,
comme nous l'en avions prié : mais tout cela ne
fervit de rien. Il menaça d'aller chez le prévôt,
& de faire arrêter l'hôte ; & il l'auroit affurément fait , s'il n'eût pas été nud. Après avoir
bien pefté & extravagué , il fut obligé de fe
remettre au lit pour ne pas prendre de froid.
Il nous demanda ce qu'il devoit faire ; mais tous
les avis que nous lui donnâmes , ne furent pas
capables de le tranquillifer.

Il étoit fort grand & fort gros ; & , à cause de cela, nous l'appellions, par dérision, l'Enfant. Il proposa de vendre son cheval pour s'acheter des habits : ce que nous fîmes ; mais sa taille étant assez extraordinaire, nous supposâmes que , malgré tous nos soins, nous n'avions rien pu trouver qui pût lui convenir. Ce fut bien pis un moment après ; car, quoique le cheval eût été vendu vingt pistoles , nous fîmes ensorte que l'hôte se saisît de tout l'argent pour le paiement de notre écot. Il pensa crever de chagrin & de rage. Je fis semblant d'être fort touché de son malheur, pendant que les autres ne faisoient qu'en rire. Je me fâchai contr'eux , protestant que je ne négligerois rien pour remédier à tout. Je dis alors, que je me souvenois que j'avois un ami dans la ville , à-peu-près de la taille de l'Enfant , & que je m'en allois lui demander à emprunter un habit complet. Le pauvre diable fut tout réjoui à cette nouvelle ; car il avoit bien résolu de faire arrêter l'hôte pour vol , dès qu'il pourroit sortir.

Là-dessus , je le quittai, comme pour aller où j'avois dit ; & , après avoir demeuré quelque tems en bas, je remontai dans la chambre avec un paquet sous le bras, paroissant fort fâché de n'avoir pas eu le succès que j'espérois. Je lui dis que mon ami étoit allé à Lyon pour des affaires de conséquence, & qu'il avoit pris avec lui tous ses habits, excepté un habit de masque que j'apportois, croyant que cela valoit mieux que rien. Il parut un peu satisfait, dans la pensée qu'au moins il ne seroit pas obligé de demeurer au lit. C'étoit un habit de satyre, que nous avions fait faire exprès à Paris. Quand il s'en fut affublé, mes camarades ne purent s'empêcher d'éclater de rire de voir la grottesque figure qu'il faisoit ; & j'avoue que j'eus toutes les peines du monde à m'en abstenir. Cela le mit encore plus de mauvaise humeur ; & peu s'en fallut qu'il ne jettât l'habit par la fenêtre.

Cependant on servit le dîné ; nous nous mîmes à table ; & nous mangeâmes de bon appétit, à la réserve de notre satyre malgré lui, qui étoit dans la dernière affliction. Nous cherchâmes divers expédiens pour nous sauver sans payer ; mais aucun n'étoit praticable. A la fin, je leur dis que j'avois pensé à une chose qui pourroit nous tirer d'affaire avec honneur, & réparer même toutes nos pertes, si l'Enfant vouloit y consentir. Il répondit aussitôt qu'il n'y avoit rien qu'il ne fît pour cela. Eh bien, repliquai-je, si vous voulez permettre que nous vous montrions dans cet habit pour de l'argent, comme un monstre nouvellement arrivé des Indes, je réponds du succès. Il fit

d'abord

d'abord un peu de difficulté ; mais, amorcé
par l'espérance du gain, il y consentit enfin, à
condition qu'on lui déguiseroit aussi le visage.
Je lui dis que je m'en allois quérir le masque
qui accompagnoit l'habit, que j'avois vu dans
la chambre de mon ami ; & là-dessus je sortis.
Je revins un moment après, & je lui donnai
celui dont nous nous étions pourvus nous-
mêmes ; il le mit aussitôt, & parut très-satis-
fait de mon expédient.

Malgré le bruit que nous avions fait, personne dans la maison, excepté l'hôte, ne savoit rien de notre petit manège ; mais le lendemain, nous fîmes publier dans tous les
carrefours, qu'on pourroit voir, en payant, un
monstre, l'après-midi, dans notre cabaret. Pour
mieux couvrir notre jeu, nous avions attaché
le pauvre diable de satyre avec une chaîne,
comme un animal dangereux ; & nous lui
avions appris à faire plusieurs singeries capables
d'en imposer au petit peuple. A l'heure marquée, il y eut un si grand concours de monde
pour voir notre monstre, parce que c'étoit dans
les fêtes, que le profit que nous fîmes nous
réjouit tous : car ce que nous avions reçu se
trouva monter à vingt-trois pistoles ; & le drôle
joua si bien son rôle, que les spectateurs s'en
retournèrent tous satisfaits.

Nous l'avions averti de prendre un air &
des manières féroces, de peur que quelqu'un
ne s'approchât de lui d'assez près pour découvrir la fourbe. Nous nous divertîmes beaucoup
des badauderies de ces campagnards. L'un d'eux
me demanda quel âge avoit ce monstre. Je lui
répondis qu'il avoit quatre ans, trois mois &
cinq jours. Bonté! miséricorde! s'écria-t-il
tout haut, quand il en aura vingt, il n'y a
point de maison qui puisse le contenir. Enfin
nous le montrâmes si long-tems, & avec tant
de succès, que nous amassâmes au-dessus de
cent pistoles, toute notre dépense payée. Le jeu
lui plaisoit si fort, qu'il l'auroit bien voulu
continuer jusqu'à la fin des fêtes ; mais nous
en avions disposé autrement sans le lui dire.

Un beau matin, nous le plantâmes-là, en-
chaîné au poteau de la fenêtre, comme à l'ordinaire ; &, après avoir payé grassement notre
hôte, nous lui dîmes comment il falloit qu'il
fît. Nous nous en fûmes tous au plus prochain
village ; nous y laissâmes nos chevaux ; nous
revînmes à pied, l'un après l'autre, au cabaret,
&, sans être apperçus de personne que de
l'hôte qui avoit le mot, nous montâmes dans
la chambre qui touchoit celle de notre satyre,
& nous fîmes de petits trous à la cloison, pour
voir ce qu'il feroit. Le pauvre diable voyant

que nous demeurions plus long-tems à revenir
qu'à l'ordinaire, commença à faire un grand
bruit : ce que le cabaretier entendant, il envoya un de ses domestiques qui ne savoit rien
de l'affaire, pour voir ce que c'étoit. Quand
l'Enfant le vit entrer dans la chambre, il lui fit
plusieurs signes ; mais le valet, qui croyoit
bonnement que ce fût un monstre, en fut tout
effrayé, & redescendit bien plus vîte qu'il n'é-
toit monté.

Cela acheva de dépiter notre pince-maille ;
il s'assit à terre, se rongeant les ongles de rage ;
car il voyoit bien qu'il étoit vendu. Après avoir
demeuré quelque tems dans cette attitude, il
se leva, & fit tous ses efforts pour se débar-
rasser de ses chaînes ; mais, comme elles étoient
attachées ferme à une poutre dans la muraille,
& cadenassées dans les endroits où elles l'em-
brassoient, il lui fut impossible d'en venir à
bout. Nous avions toutes les peines du monde
de nous empêcher d'éclater de rire. Quand il
vit que tous ses efforts étoient inutiles, il devint comme un furieux ; & le bruit qu'il fit
en frappant des pieds, & secouant ses chaînes
de rage, obligea enfin les valets de monter, armés de broches & d'autres instrumens de cui-
sine pour le faire taire. Ils ouvrirent la porte
de sa chambre avec précaution, craignant que,

M ij

peut-être, il ne se fût détaché ; &, malgré tout
leur courage, ils n'eurent pas plutôt vu son air
menaçant, que la peur les saisit ; ils s'enfuirent
avec tant de précipitation, qu'ils se jetterent
les uns sur les autres en bas de l'escalier.

Quand nous crûmes qu'il étoit tems d'en
venir à une conclusion, nous lui envoyâmes
le cabaretier, muni d'un bon fouet, & avec
une lettre à la main. Dès qu'il fut entré dans
sa chambre, il lui dit d'un ton de maître : » J'ai
» toujours bien cru que tu n'étois qu'un in-
» signe fourbe ; mais à présent que j'en suis
» pleinement convaincu, je vais commencer
» par te châtier, & puis je raisonnerai avec
» toi à la manière des juges criminels, qui pu-
» nissent premierement, & qui examinent en-
» suite les démérites des accusés, de peur
» que la justice ne souffre quelque retard ».
Ces paroles furent suivies de quelques coups
de fouet bien sanglés, qui ouvrirent une scène
des plus comiques & des plus lugubres tout
ensemble ; car les cris horribles de l'Enfant,
ses sauts & ses gambades, la voix rauque du
cabaretier qui s'échauffoit dans son harnois,
& le sifflement du fouet qui marchoit d'importance ; tout cela faisoit un charivari affreux,
& nous divertit à merveille, tandis que le pauvre misérable souffroit mort & passion : & il

faut avoüer que notre homme s'acquitta de sa commission au-delà de nos espérances.

Après avoir fait une petite pause, il commença à raisonner avec son patient, qui, n'en pouvant plus, s'étoit jetté sur le lit, & il lui remit la lettre que nous lui adressions, & où nous lui découvrions tout le complot. Il en fut frappé comme d'un coup de foudre, & fit mille imprécations contre nous, jurant qu'il s'en vengeroit; mais le cabaretier redoublant les coups de fouet, lui imposa silence. Cependant nous commencions à nous lasser de cette comédie; pour y mettre fin, nous lui envoyâmes ses habits, quoique quelques-uns de mes camarades eussent voulu qu'on l'eût laissé retourner à Paris dans l'équipage où il étoit.

A peine étions-nous rentrés dans le collége qu'il nous intenta un procès, nous accusant de l'avoir volé; mais les juges voyant que ce n'étoit qu'un tour de gaillardise, se contentèrent de nous condamner à six livres d'amende chacun, dépens compensés. Cela ne fit que l'irriter davantage, & dès-lors il commença à méditer une cruelle vengeance; il s'affermit dans son dessein quand il vit qu'il étoit devenu la risée du public, & qu'il ne pouvoit pas sortir sans être suivi d'une bande d'enfans qui se moquoient de lui.

Un soir mon valet, qui avoit une intrigue
en ville, & qui, pour n'être pas reconnu,
s'étoit avisé de mettre mes habits, revenant à
la maison assez tard, reçut par derriere un
coup de pistolet qui lui traversa le corps, précisément comme il mettoit le pied sur le seuil
de la porte du collège. On le crut mort; cependant il en réchappa, après avoir été plusieurs jours dangereusement malade. Comme il
n'avoit pas vu celui qui avoit fait le coup, il
ne pût donner aucune lumiere sur cet accident.
Je ne laissai pas que d'en être fort inquiet, car
il étoit tout clair que c'étoit à moi qu'on en
vouloit, & que cela venoit de l'Enfant, qui
avoit quitté le collège après la perte de son
procès. Ce fut un avertissement pour moi de
me tenir sur mes gardes, & je ne sortis plus
que de jour & bien escorté.

Cependant je commençai à me repentir du
tour que je lui avois joué, & je lui écrivis un
billet pour lui en faire excuse, lui renvoyant
en même-tems ma portion de l'argent que nous
lui avions pris. Il reçut avec plaisir les espèces,
& me répondit qu'il me pardonnoit de tout
son cœur. Je crus qu'il parloit sincerement, &
je sortis comme à l'ordinaire, seulement j'avois
soin de me retirer de bonne heure. Un soir
que je revenois de souper en ville, quatre

hommes masqués, qui s'étoient cachés derrière la muraille d'une maison qu'on bâtissoit, m'attaquèrent le pistolet à la main, & après m'avoir tous quatre lâché leur coup, ils s'enfuirent. La frayeur m'avoit saisi à un tel point que je me crus mort ; mais étant revenu peu à peu à moi-même, je trouvai que je n'avois point de mal. Cela me parut tout-à-fait extrordinaire, car les coquins étoient si proche de moi que j'eus plusieurs grains de poudre dans le visage. Une lettre que je reçus le lendemain matin, m'expliqua tout le mystère ; elle étoit conçue en ces termes ;

» Monsieur,

» Je suis un de ces malheureux qui, faute
» de meilleure occupation pour vivre, ven-
» dent à prix d'argent le sang humain, quoi-
» que je puisse protester en conscience que je
» n'ai point encore mis en pratique ma pro-
» fession. Hier matin M. Gomberville, com-
» munément appellé l'Enfant, m'envoya cher-
» cher, & m'engagea, avec deux autres de
» mes amis, moyennant une certaine somme
» qu'il devoit nous compter, à vous assassiner
» ce soir-là même ; & pour être plus sûr de
» l'exécution, il voulut faire le quatrième.
» Mais comme je devois fournir des pistolets,

» & les charger moi-même, j'eus soin de n'y
» point mettre de plomb, ne pouvant me ré-
» soudre à ôter la vie au fils de dom Ferdi-
» nand Aquilio, que j'ai connu dans ce pays
» sur le pied d'un homme également illustre
» par sa naissance & par ses grandes qualités.
» Je vous prie, pour l'amour de moi, de gar-
» der la chambre, & de faire courir le bruit
» que vous êtes dangereusement blessé. Il n'est
» pas nécessaire que je vous avertisse de vous
» tenir bien sur vos gardes, car la haine de
» l'Enfant me paroît implacable. On ne révèle
» point ces sortes de choses, autrement nous
» savons comment punir ceux qui sont assez
» imprudens pour le faire; ainsi que personne
» ne sache ce que je vous écris, & n'oubliez
» pas que vous devez la vie à

» JACQUES MARRIOT. «

Quand j'eus lu cette lettre, je dis à mon
valet de faire entrer celui qui l'avoit apportée,
& je compris bientôt, par les discours de cet
homme, qu'un peu d'argent feroit grand plaisir
à M. Marriot; ainsi je lui envoyai dix pistoles, l'assurant que je ferois exactement ce qu'il
me marquoit. Je commençai alors à penser sé-
rieusement au danger où je me voyois exposé
par un simple tour de gaillardise, & je vis

bien qu'il n'y avoit rien de bon à attendre du
reſſentiment de l'Enfant. Je fis dire dans le
monde que j'étois dangereuſement bleſſé ; &
pour qu'on en doutât moins , je fis appeller
un chirurgien de mes amis à qui je communiquai la choſe , & qui vint me voir régulie-
rement tous les jours. Lorſque j'eus gardé la
chambre autant de tems qu'il en falloit pour
guérir mes prétendues bleſſures , je m'aven-
turai de ſortir, mais non ſans être eſcorté de
quatre ou cinq de mes amis, & je revins de
bonne heure à la maiſon.

Pendant ma maladie feinte , j'avois reçu
des lettres de condoléance de pluſieurs de mes
maîtreſſes ; & quand elles eurent appris mon
rétabliſſement, j'en reçus d'autres de reproche
de ce que je ne les allois point voir. Il y en
avoit une, en particulier, qui étoit ma favorite, qui me preſſoit extrêmement de lui donner un rendez-vous, & cela, diſoit-elle, pour
la dédommager par ma préſence , des affronts
qu'elle avoit reçus de l'Enfant à mon occaſion.
Je lui répondis , que je ne manquerois point
d'aller chez elle le dimanche ſuivant à l'entrée
de la nuit. Je tins parole, & m'étant dépouillé
de toutes les marques du collége , je ſortis ſe-
crètement & j'arrivai ſain & ſauf à la maiſon
de ma belle.

Après avoir bien soupé, & bu deux ou trois bouteilles de vin de l'hermitage, nous nous mîmes au lit ; & quand nous y eûmes pris nos ébats, ma maîtresse s'endormit. J'aurois bien voulu en faire autant, mais il me fut impossible, & plusieurs heures se passèrent sans que je pusse fermer l'œil. Sur le minuit il me sembla que j'entendois parler tout bas dans la chambre voisine, ce qui m'allarma extrêmement ; mais ma frayeur redoubla bien quand, regardant au travers d'une fente qu'il y avoit à la porte par où l'on pouvoit passer d'une chambre à l'autre sans sortir, j'apperçus l'Enfant avec quatre coupe-jarrets, qui répandoient de la sciure sur le plancher, tenant un masque à la main. Je compris aussi-tôt ce que cela vouloit dire, & je songeai à pourvoir à ma sûreté autant que j'en étois capable dans le trouble où se trouvoit mon esprit.

J'allois toujours bien armé depuis la dernière rencontre, ayant deux paires de pistolets de poche, une bonne épée & un stilet. Mais quel fut mon étonnement lorsque, voulant prendre mes habits où tout cela étoit, je ne les trouvai point ? Je commençai alors à penser tout de bon à la mort, & je demandai ardemment à Dieu le pardon de tous mes pé-

chés , persuadé qu'il n'y avoit plus moyen
d'échapper , nud comme j'étois , & sans armes
pour me défendre. Cependant je me souvins
qu'il y avoit dans la chambre un petit cabinet
dont la fenêtre donnoit sur la Seine ; & quoique ce fût au troisième étage , néanmoins ,
comme je savois nager , je crus qu'il valoit
encore mieux me confier à la providence en
me jettant dans l'eau , que d'attendre tranquillement qu'on vînt me couper la gorge. Je m'en
fus donc à cette fenêtre , mais , à ma grande
consternation , je la trouvai fermée de manière
que je ne pus jamais l'ouvrir : heureusement
à force de tâtonner de côté & d'autre dans
l'obscurité , je trouvai enfin mes habits ; je les
mis au plus vite , & ayant préparé mes armes ,
je résolus de ne pas mourir seul.

Il se passa encore quelque tems avant que
les coquins , qui en vouloient à ma vie , en-
trassent dans la chambre. Quand ils eurent ouvert la porte , je les vis venir l'un après l'autre
masqués , à la faveur d'une lanterne sourde que
le premier portoit. Je ne jugeai point à propos
d'attendre qu'ils vissent que je n'étois pas au
lit , mais je me jettai sur le premier à qui je
cassai la tête d'un coup de pistolet ; en deux
secondes j'en couchai par terre deux autres ,
& j'aurois tout aussi vite expédié les deux qui

reſtoient s'ils ne m'euſſent dans le moment, demandé quartier à genoux. Je le leur accordai, à condition que l'un lieroit l'autre, ce qui fut exécuté ſur le champ , après quoi je liai moi-même le dernier. Cela fait, je voulus auſſi m'aſſurer de ma perfide maîtreſſe ; mais jugez de ma ſurpriſe, je la trouvai expirante dans le lit : cependant elle eut encore aſſez de force pour me dire qu'elle étoit tombée dans le piége qu'elle m'avoit tendu, & que ſon valet ayant apparemment pris une bouteille pour l'autre, lui avoit donné, à ſouper, du vin empoiſonné qu'elle avoit préparé pour moi.

Je lui demandai la raiſon d'un procédé ſi barbare, ne me ſentant coupable de rien à ſon égard. Elle me répondit que l'Enfant l'avoit aſſurée que je lui étois infidèle, ce qui l'avoit fait paſſer dans un inſtant de l'amour à une haine implacable ; de ſorte qu'elle avoit réſolu, pour ſe venger, de m'ôter elle-même la vie, ne ſe ſouciant pas de confier à perſonne ſon deſſein , dans la crainte qu'il n'échouât. Il faut que j'avoue que j'étois épris des charmes de cette malheureuſe , & j'avois auſſi pluſieurs preuves qu'elle m'aimoit ſincérement ; mais malgré tout cela, elle étoit d'une humeur ſi inégale & ſi emportée , qu'indépendamment de la noire trahiſon qu'elle venoit de me faire, je fus peu touché de son état. Elle me pria de lui pardonner, & un moment après elle rendit le dernier soupir.

Quand elle eut expiré, j'examinai les deux drôles qui étoient liés, & je trouvai que c'étoient des valets de l'Enfant qui avoient été obligés de faire ce qu'ils avoient fait; ainsi je résolus de leur pardonner. Je fus une fois sur le point d'aller informer le prévôt de toute cette affaire; mais l'un de ces malheureux m'ayant dit qu'il étoit proche parent de leur maître & qu'il l'aimoit beaucoup, je changeai de sentiment dans la crainte que la passion ne l'emportât chez lui sur la justice. Ainsi je résolus de quitter Paris sans perdre de tems, pour me rendre en toute diligence en Espagne; je partis avant le point du jour, après avoir donné ordre à mon valet de régler mes petites affaires & de me suivre incessamment.

Je me mis en chemin avec cette réflexion, que les moindres accidens, que de simples gaillardises peuvent avoir des suites terribles; & qu'une femme irritée est de plus dangereux ennemi qu'un homme puisse avoir.

Je ne rencontrai rien d'extraordinaire dans mon voyage. Arrivé à Séville, j'appris que mon père, qui en étoit gouverneur, étoit à une maison de campagne qu'il avoit à six lieues de là. Quoique je fuſſe extrêmement fatigué, je réſolus d'y aller ce ſoir-là même. Je pris une mule de louage, ne me convenant pas d'avoir une meilleure monture dans l'équipage où j'étois; car j'ai oublié de dire que je m'étois ſauvé avec les habits de mon valet, pour n'être pas reconnu. Je partis ſur le champ, mais ma bête marchant fort lentement, je perdis patience, & je la laiſſai à un village à une lieue de notre maiſon de campagne. Je continuai mon voyage à pied, quoiqu'il fût déja nuit, & qu'il fît même fort obſcur; mais j'étois impatient de revoir mon père, & d'ailleurs, je connoiſſois parfaitement le chemin. J'atteignis dans un défilé, deux hommes qui, m'entendant venir, m'appellèrent, & me demandèrent d'où vient que je demeurois ſi long-tems, & où étoit dom Louis. A ce mot je ſoupçonnai d'abord dom Louis de quelque mauvais deſſein contre mon père, ſachant que c'étoit ſon mortel ennemi. Je ne répondis rien, incertain ſur le parti que je devois prendre; de ſorte que ces deux hommes vinrent à moi. Ils s'apperçurent auſſi-tôt de leur erreur, & me demandèrent où j'allois à ces heures-là; je leur dis que j'allois chez mes parens à Saragoſſe, un gentilhomme que j'avois ſervi pluſieurs années à Cadix, m'ayant renvoyé, parce que j'avois fait un enfant à sa servante ; & que comme je n'avois point d'argent pour payer ma couchée, j'étois obligé de marcher toute la nuit. Ils me firent plusieurs autres questions auxquelles je répondis avec la même ingénuité : & après avoir causé quelque tems ensemble, deux autres hommes nous joignirent, & demandèrent aux premiers qui c'étoit qu'ils avoient avec eux. Là-dessus ils marchèrent tous quatre quelques pas devant moi, & s'étant parlé un moment à l'oreille, celui qui paroissoit le chef de la bande revint à moi, & me dit que si je voulois me joindre à eux dans une entreprise qu'ils avoient résolu d'exécuter cette nuit-là, il me récompenseroit bien, & me prendroit même à son service ; mais que si je refusois de les suivre, après qu'il m'auroit communiqué la chose, ils me tueroient sur la place.

Je lui répondis que je ne demandois pas mieux, n'y ayant rien au monde que je ne fisse pour m'assurer du pain. Je m'en vais donc, me répliqua-t-il, vous instruire de notre dessein ; mon nom est dom Louis, je hais mortellement dom Ferdinand Aquilio, gouverneur de Séville : j'ai cherché pendant plusieurs années l'occasion de me venger ; mais je n'ai pu la trouver qu'à présent. Il a pris à son service

un de mes anciens domeſtiques que j'ai gagné,
& qui doit nous introduire cette nuit dans ſa
maiſon où je veux éteindre dans ſon ſang la
haine que je lui porte : & pour diſſiper,
ajouta-t-il, la crainte que vous pourriez avoir
que nous ne trouvions de la réſiſtance, je vous
dirai qu'il n'y a dans toute la maiſon que deux
autres valets que le drôle a ſoulés, & qui ſe
trouveront chargés du meurtre de leur maître,
par la manière dont il diſpoſera les choſes.

Ce fut un bonheur pour moi qu'il faiſoit fort
obſcur, autrement ce vieux coquin ſe ſeroit
apperçu, à mon air, du trouble où m'avoit
jetté ſon diſcours. Cependant je lui dis d'un
ton ferme, que je me tiendrois honoré de le
ſervir dans cette occaſion & dans toute autre.
Grand-merci, me répondit-il ; & pour t'encourager voici quelque choſe que je te donne :
en même-tems il me mit dans la main une
poignée d'écus. Je vous laiſſe à penſer le plaiſir
que cet argent pouvoit me faire ; il fallut pourtant le prendre, tout en rêvant aux moyens
de prévenir un attentat dont la ſeule idée me
faiſoit friſſonner d'horreur.

Quand nous fûmes arrivés à la maiſon de
mon père, nous trouvâmes le ſcélérat de valet qui attendoit dom Louis à la porte. Dès
qu'il l'apperçut, il lui dit tout bas : je ſuis bien-
aiſe

aife que votre grandeur foit venue, mais dom
Ferdinand eft dans fon cabinet, & ne fe cou-
chera point de toute la nuit, parce qu'il doit
être demain de grand matin à Séville, & il a
fermé la porte fur lui. Eh bien ! dit dom Louis,
nous l'enfoncerons ; mais, répliqua le valet, il
a des armes toutes prêtes dans fon cabinet, &
je crains qu'il ne foit un peu difficile d'en venir
à bout, car c'eft un vieux routier à qui il ne
fait pas bon fe frotter. Sur cela mon homme
demeura quelque tems interdit, ne fachant quel
parti prendre, ce qui me donna le loifir de
penfer à un expédient pour tirer mon pauvre
père de danger. Monfieur, dis-je à ce vieux
pêcheur, laiffez moi faire, & je vous réponds
du fuccès. Le valet n'a qu'à venir avec moi
jufqu'à la porte du cabinet, à laquelle il frappera comme pour parler à fon maître ; & au
moment que ce feigneur ouvrira, je me jet-
terai fur lui avant qu'il ait le tems de fe reconnoître, & je l'aurai bientôt expédié. Ton
projet eft fort bon, répliqua dom Louis, & fi
tu l'exécutes comme il faut, je te récompen-
ferai bien.

Là-deffus nous entrâmes dans la maifon, &
le coquin de valet me conduifit tout doucement en haut. Le cabinet étoit à l'extrêmité
d'une grande chambre dont je verrouillai la

N

porte par dedans auffi-tôt que nous y fûmes
entrés, & en même-tems je plongeai mon
poignard dans le fein de ce malheureux, qui
tomba mort à mes pieds. Au bruit qu'il fit en
tombant, mon père cria qui eft-là? & fortit
brufquement de fon cabinet avec un piftolet
à la main. C'eft votre fils, répondis-je, qui
vient vous fauver la vie. Vous pouvez juger
de la furprife où il fut en me voyant, & en
voyant devant moi un de fes valets noyé dans
fon fang. Je le priai de rentrer dans fon cabinet, ce qu'il fit fans dire une feule parole;
& là je l'inftruifis en peu de mots du deffein de
dom Louis, & de la manière dont je l'avois découvert.

Sans perdre de tems nous prîmes chacun un
moufqueton & une paire de piftolets, & nous
defcendîmes par l'efcalier dérobé pour mieux
furprendre dom Louis & fes gens. Je me préfentai le premier dans la falle baffe où ils m'at-
tendoïent. Dès que ce vieux coquin m'apperçut, il me cria: eh bien, mon enfant, as-tu
expédié l'homme? Oui, Monfieur, lui dis-je,
& je l'ai même traîné en bas afin que vous
voyez comment je l'ai ajufté. A ces mots il
fit un faut de joie, & vint en courant à moi
pour raffafier fa vue de cet agréable fpectacle.
Mais quelle ne fut pas fa furprife, quand il

vit mon père qui s'avançoit avec son moufqueton? Il demeura immobile comme une fla-
tue. Dans le même moment je déchargeai le
mien fur les trois autres, qui, ayant apperçu
ce dont il s'agiffoit, faifoient effort pour fe
fauver, & j'en étendis deux fur le carreau.
Le bruit du coup fit tomber à la renverfe dom
Louis, qui fe crut mort; & le troifième voyant
qu'il lui étoit impoffible d'échapper, devint
furieux. Il tira de fa poche un ftilet, & fe jetta
fur moi comme un lion; & quoique je lui euffe
percé l'eftomach de deux balles, il me bleffa
en trois endroits. Comme je faifois de grands
efforts pour me dégager, nous tombâmes tous
deux fur dom Louis que cette chûte fit revenir
à lui-même; & ce moment auroit été le dernier de ma vie fi mon père ne fût accouru à
mon fecours, & n'eût paffé fon épée au travers du corps de ce malheureux.

Cependant le bruit de nos armes à feu réveilla les deux valets qui étoient fouls, & qui
vinrent à nous tout effrayés, ne fachant ce que
ce pouvoit être. Leur fecours nous étoit fort
inutile, n'y ayant plus que dom Louis qui,
voyant la mort devant fes yeux, fe jetta aux
genoux de mon père, & lui demanda quartier.
Toi, infâme, lui dit mon père, comment
peux-tu te flatter que je te donne la vie après

que tu as attenté à la mienne d'une manière
si lâche, sans que je t'aie jamais fait le moindre
tort? Il répliqua qu'il ne s'y attendoit point,
qu'il prioit seulement qu'on lui accordât un
prêtre & le tems de se confesser, & qu'il mourroit avec un sincère repentir de son crime.

Malheureux! reprit mon père, tu vois combien le ciel a en horreur ton barbare dessein,
par la manière dont il l'a fait échouer. Ce jeune
homme que tu voulois faire servir à ta scélé-
ratesse, est mon propre fils, qui est venu ici
comme si c'eût été un ange envoyé du ciel
pour me sauver la vie. Il est vrai, répliqua
dom Louis, la providence s'est déclarée en
votre faveur, & je suis un malheureux qui ne
mérite pas de vivre : cependant si vous voulez
me pardonner & oublier tout le passé, je vous
regarderai toujours comme mon libérateur, je
vous aimerai autant que je vous ai haï; & pour
serrer encore davantage les noeuds de notre
amitié, je donnerai ma fille, avec une riche
dot, à votre fils que voilà. Puissent-ils vivre
long-tems heureux ensemble! Mon père avoit
trop de générosité pour tuer un homme de
sang-froid; quoique s'il l'eût fait dans cette
rencontre, il avoit assez de quoi se justifier.
D'ailleurs, la fille de dom Louis étoit un très-
riche parti, fort au-delà de ce que je pouvois
espérer.

Ainſi, après y avoir penſé un moment, il lui
répondit : Monſieur, vous ſavez que ſelon les
loix, vous devez perdre la vie pour avoir attenté à la mienne ; mais comme je puis pardonner les injures qu'on a voulu me faire, ſi
vous exécutez votre première promeſſe, j'ou-
blierai tout le paſſé. Je vous ſuis ſi redevable de
ce que vous voulez bien me donner la vie, répliqua dom Louis tout tranſporté de joie, que
je ne ſortirai point de votre maiſon que je n'aie
ſigné les articles du mariage ; & je puis dire
que rien ne me donne plus de confuſion de
mon crime que la généroſité avec laquelle vous
me traitez. Mon père le pria de prendre bien
garde dans la ſuite de ne pas ſe laiſſer aller
auſſi aiſément à la haine qu'il l'avoit fait à ſon
égard ; car il faut ſavoir que ſa paſſion n'avoit
d'autre ſource qu'un malheureux procès que
mon père avoit eu avec lui, & qu'il avoit
gagné ; & l'honneur que le roi lui avoit fait
de lui donner le gouvernement de Séville que
dom Louis ſe flattoit d'obtenir.

Le lendemain nous eûmes ſoin de répandre
dans le monde que les gens que nous avions
tués étoient des voleurs qui avoient deſſein de
piller notre maiſon pendant la nuit. Le vieux
gentilhomme tint parole, on dreſſa les articles
du mariage, il les ſigna avant que de ſortir,

& dès-lors j'eus la liberté de voir la belle auſſi
ſouvent que je le ſouhaiterois. Mais je fus obligé
de retourner auparavant à Séville pour me
mettre dans un équipage convenable à cette
occaſion, & dom Louis ſuivit de près avec ſa
fille.

J'avoue qu'elle me charma la première fois
que je la vis; le jour de nos nôces fut fixé,
& tout Séville ſe réjouit de voir que deux des
plus illuſtres familles de la ville alloient, par
ce mariage, enſevelir dans un éternel oubli
leur ancienne inimitié. Dans les viſites que je
rendis à ma future épouſe, je pris toutes les
libertés honnêtes que me pouvoient permettre
les termes où nous en étions enſemble; & je
crus remarquer qu'elle ne me haïſſoit pas, ſi
bien que je me flattai de trouver dans ſa poſ-
ſeſſion tout le bonheur que je pouvois ſouhaiter.

La ſemaine avant que nous duſſions célébrer
notre mariage, je fus un matin pour lui rendre
viſite, mais l'on me dit qu'elle n'étoit pas
encore ſortie de ſa chambre; ainſi je pris le
parti de m'aller promener dans la grande place
de la ville, en attendant qu'elle fût habillée.
Comme je ſortois j'apperçus ſa femme-de-
chambre qui parloit à un payſan, & je remarquai que ma préſence lui cauſa quelque

embarras, Mon cœur me dit auſſi-tôt que j'étois
intéreſſé là - dedans , de ſorte que j'allai me
poſter au coin de la rue pour voir quand le
payſan ſortiroit, & le chemin qu'il prendroit.
Il ne demeura pas long-tems après moi, & il
s'en fut par la porte qui donne ſur le chemin
de Cordoue.

J'avois mon valet avec moi à qui je dis ce
que je ſoupçonnois , & je lui ordonnai de
ſuivre le drôle à la piſte, & de tâcher de ſavoir de lui, à quelque prix que ce fût, ce qu'il
étoit venu faire à la maiſon de dom Louis ,
l'aſſurant que j'allois monter à cheval & que
je ne tarderois pas à le joindre. Auſſi-tôt il ſe
mit à courir après le payſan ; de mon côté je
fis toute la diligence poſſible , & je les atteignis tous deux à une lieue & demie de Séville.
Dès que mon valet m'apperçut, il prit un petit
panier que le manant portoit, & s'enfuit avec
à travers les champs. Je jugeai par-là qu'il avoit
ce qu'il ſouhaitoit , je tournai bride & je le
ſuivis.

Quand je l'eus joint , nous nous en fûmes
enſemble derrière une touffe d'arbres un peu
loin du chemin ; & là il me dit qu'il avoit fait
croire au payſan que Théreſe (c'étoit le nom
de la femme-de-chambre à qui je l'avois vu
parler) l'envoyoit après lui pour l'avertir qu'il

feroit pourfuivi par un cavalier qui l'obligeroit à lui remettre ce qu'elle lui avoit donné, & qui, peut-être, l'affaffineroit s'il faifoit la moindre réfiftance ; de forte qu'il falloit qu'ils confultaffent enfemble les moyens de mettre & fon panier & fa vie en fûreté.

Le pauvre diable qui n'avoit pas plus d'efprit qu'il ne lui en falloit, & qui trembloit de peur que le cavalier ne fût déja à fes trouffes, découvrit bien-tôt à mon valet tout le pot aux rofes, & entra dans toutes les mefures qu'il lui propofa ; de forte que dès qu'il m'apperçut, il lui donna de grand cœur fon panier, & s'enfuit à toutes jambes au village voifin où il lui avoit dit de venir le rejoindre quand je ferois paffé, & qu'il verroit qu'il n'y auroit plus rien à craindre. Cependant nous ouvrîmes le panier & nous y trouvâmes quatre melons, dans l'un defquels il y avoit une lettre fort artiftement cachée : je la pris, & tout tremblant j'y lus ce qui fuit :

» Vie de ma vie, & tréfor de mon ame, j'ai
» reçu votre lettre qui m'a donné toute la
» confolation que je fuis capable de recevoir
» dans la détreffe où je me trouve. Cependant
» le moment fatal s'approche où je ferai obligée
» de donner à un autre qu'à vous, mon corps,
» mais non mon cœur que vous poffédérez

» toujours tout entier, à moins que par votre
» ingratitude vous ne le forciez à reprendre ſa
» première indifférence. Mais, mon cher, ne
» vous affligez point ; car, malgré mon tyran
» de mari, je ſaurai bien trouver les moyens
» de voir le plus tendre objet de mes vœux,
» & d'oublier dans les tranſports de ſa jouiſ-
» ſance, les fades embraſſemens d'un époux.
» Ne venez pas plus tard, ce ſoir, que dix
» heures ; vous trouverez au lieu ordinaire celle
» qui vous attend avec toute l'impatience que
» peut inſpirer l'amour le plus vif, & qui eſt
» toute à vous,

ISABELLE.

Je fus frappé comme d'un coup de foudre,
à la lecture de cette lettre ; cependant je bénis
cent fois mon étoile de m'avoir conduit à la
découverte de cette noire intrigue avant la
célébration de notre mariage. Et quoiqu'Eſpagnol, la jalouſie ne s'empara point de mon
eſprit ; toute la vengeance que je réſolus de tirer
d'un ſi ſanglant affront, fut de tâcher de jouir
de mon infidèle ſans avoir recours aux cérémonies de l'égliſe. Je m'y déterminai avec d'autant plus de facilité, qu'elle mandoit à ſon
amant, par apoſtille, de venir dans ſon déguiſe-
ſement ordinaire & dans l'obſcurité. Ainſi j'allai

dans une maison qui étoit près de là , & j'y écrivis la lettre suivante que je mis dans le melon à la place de l'autre.

» Mon cher,

» Je n'ai pas le tems de vous écrire moi-
» même ; mon père & mon tyran d'époux futur
» m'obsèdent si fort, que je suis obligée d'em-
» ployer Thérese. Ne venez point au rendez-
» vous ordinaire, que vous n'ayez reçu plus
» au long de mes nouvelles, ce qui fera certai-
» nement demain. Adieu, mon cœur & ma vie.

» ISABELLE.

Juques-là , tout alloit bien ; mais il s'agissoit de savoir si le paysan étoit instruit de la manière dont le galant se déguisoit pour aller voir la belle , & où étoit le lieu du rendez-vous ; car, sans cela , mon dessein échouoit. Je laissai à mon valet, qui en savoit assez pour vendre vingt manans comme celui-là , le soin d'en tirer les éclaircissemens que je souhaitois ; &, sans attendre qu'il eût expédié sa commission, je repris le chemin de Séville, partagé entre l'espérance & la crainte. Deux heures après être arrivé, mon valet entra dans ma chambre, & me fit le récit de la plaisante conversation qu'il avoit eue avec le pauvre diable de paysan,

qui s'eſtimoit fort heureux de m'avoir échappé,
& qui, ne ſoupçonnant rien du tour qu'on lui
jouoit, s'étoit mis à dégoiſer.

Il me dit donc que le galant d'Iſabelle ſe dé-
guiſoit en payſan, & que ſa femme-de-chambre
l'introduiſoit à l'heure marquée, par le jardin
de derrière la maiſon de dom Louis, dans ſon
appartement, où il n'y avoit point de lumière
pour plus de ſûreté. Tout cela étoit ſelon mes
deſirs ; &, par la deſcription qu'il me fit de
cet amant fortuné, nous étions à-peu-près de
même âge & de même taille. Pour le reſte,
l'obſcurité me favoriſoit ; de ſorte que je
n'avois point à craindre d'être reconnu.

J'eus bientôt trouvé un habit tel qu'il me
le falloit ; je le mis, & je m'en fus, un peu
avant l'heure marquée, au lieu du rendez-vous.
A peine y étois-je arrivé, que je fus introduit
par la trop fidèle confidente. Elle me mena
au travers du jardin, dans un petit cabinet
qu'il y avoit à l'entrée de la maiſon, où je
découvris d'abord, quoique dans l'obſcurité,
mon indigne maîtreſſe : elle étoit dans un dés-
habillé fort léger, & tout propre à l'amoureux déduit. Elle me ſauta auſſi-tôt au col,
ſans me dire un ſeul mot, & je vis bien, par
ſes careſſes, qu'il n'étoit pas queſtion de paroles, mais d'effets ; ainſi je m'en donnai au

cœur-joie. J'eus tout lieu de m'applaudir de mon expédition ; car, avant que de nous séparer, elle me donna à entendre que j'avois fait des merveilles, fort au-delà de ce qu'elle attendoit. Quand nous eûmes paffé enfemble environ quatre heures dans les plus doux plaifirs, la femme-de-chambre vint nous avertir qu'il étoit tems de fe quitter ; ce que nous fîmes, non fans offrir encore une petite libation à Vénus.

Je m'en fus fur le champ chez moi ; je me mis au lit, & je n'eus pas befoin de rien prendre pour me faire dormir. Le lendemain, je commençai à réfléchir férieufement fur cette aventure, & fur la manière dont je devois m'y prendre quand je ferois avec mon infidèle ; mais je ne pus me déterminer à rien, & je réfolus d'attendre que je viffe comment elle me recevroit. Je fus la voir environ midi, & je la trouvai beaucoup plus gaie & plus obligeante à mon égard qu'à l'ordinaire, en un mot, j'en fus fi charmé, que je formai dans le moment le deffein de lui rendre cette nuit-là même une feconde vifite *incognito*, & pour cela d'être le premier au rendez-vous ; en cas que le galant de la campagne s'avisât d'y venir. A l'heure marquée, ma conductrice m'ouvrit la porte du jardin ; mais comme elle la re-

ferma avec trop de précipitation, mon habit
s'y trouva pris, & pour furcroît de malheur,
elle laiffa tomber la clef qu'elle avoit dans fa
main. Je voyois bien où elle étoit ; mais je ne
pouvois pas me baiffer pour la prendre, à caufe
que j'étois retenu par mes habits, ni je n'ofois
parler, de peur d'être reconnu. A la fin, à
force de chercher, elle la trouva, & auffi-tôt
elle ouvrit la porte pour me mettre en liberté ;
mais dans ce moment mon rival parut ; & fe
voyant précédé d'un autre lui-même, il entra
de force, & fe jetta fur moi.

A la vue de deux Sofies, Thérèfe ferma la
porte toute effrayée, & s'enfuit, en criant
comme une folle : ainfi nous eûmes le plaifir de
nous trouver feuls, le galant & moi, renfer-
més dans le jardin. Cependant, pour me tirer
d'affaire avec lui du mieux qu'il m'étoit poffible, je le renverfai par terre, & je le bourrai
d'importance à coups de poings ; car heureufement nous n'avions ni l'un ni l'autre aucune
arme offenfive. Les cris de la femme-de-chambre, joints au bruit fourd que nous faifions
en nous chamaillant, réveillèrent un gros mâ-
tin anglois qui gardoit la maifon ; il s'en vint
d'abord à nous, & fans dire gare, il faifit mon
rival par le bras, & le houfpilla à merveille.
Quelques raifons que j'euffe de le laiffer faire,

j'eus pitié du pauvre diable, & me jettant sur le chien, je le tuai, c'est-à-dire, que je lui serrai si fort la gorge avec les mains, que je l'étranglai, & qu'il rendit le dernier soupir en lâchant prise.

Mon rival, se voyant délivré par mes mains contre toute attente, me rendit mille graces de ma générosité; mais il n'eut pas plutôt ouvert la bouche (car jusques-là nous n'avions pas desserré les dents ni l'un ni l'autre), que je le reconnus pour un de mes particuliers amis. Quoi ! c'est vous, don Juan ! m'écriai-je : par quel hasard êtes-vous ici dans ce déguisement ? Je pourrois vous faire la même question, me repliqua-t-il; mais, pour couper court, je vous dirai que si j'eusse su que vous aviez quelque prétention dans cette maison, je n'y aurois jamais rien entrepris à votre préjudice. Il n'y a pas de mal, lui dis-je; je ne suis point fâché que la chose soit comme elle est. Ainsi nous ne fîmes que rire de notre aventure, qui ne se seroit peut-être pas terminée entre tout autres gens de notre nation, qu'il n'y eût eu du sang répandu. Cependant il étoit question de nous sauver sans perdre de tems; car toute la maison avoit pris l'alarme, & venoit à nous armée de bâtons, de fourgons, de pêles à feu, de broches, &c.

Mon ami me conduifit à un endroit du jardin où la muraille étoit plus baffe qu'ailleurs:
nous y grimpâmes ; & quand nous eûmes gagné le haut, nous apperçûmes un homme qui
l'efcaladoit, droit au-deffous de nous ; mais
dom Juan le jetta par terre en defcendant.
Auffitôt l'inconnu fe releva, & courut fur lui
comme un furieux, le poignard à la main,
dont il lui donna plufieurs coups : à la fin, mon
ami lui faifit le bras, & lui arrachant fon poignard, il le lui enfonça dans le fein.

Dès qu'il eut expédié fon homme, nous nous
retirâmes en diligence ; mais nous n'eûmes pas
fait une centaine de pas, qu'il tomba mort de
fes bleffures. Je fus fort touché de cet accident ; &, de peur qu'on m'accufât d'y avoir
quelque part, fi l'on me trouvoit auprès de
lui, je doublai le pas, & je fus me renfermer
chez moi. Je me mis d'abord au lit, quoique je
fuffe dans une fi grande agitation, que je ne
pus fermer l'œil de toute la nuit. Mais quelle
ne fut pas ma douleur, lorfque mon valet vint
le lendemain matin, me dire qu'on avoit
trouvé mon père & mon ami dom Juan affaffi-
nés, en habits de payfan, au pied de la muraille
du jardin de dom Louis. J'en perdis la parole,
& prefque la raifon. Je voulus me tuer plus
d'une fois ; &, fans mon fidèle domeftique, je

l'aurois certainement fait. Mais, quand je
fus un peu revenu à moi-même, je commençai à réfléchir tranquillement sur cette
étrange aventure; & bien que j'eusse une douleur inexprimable d'avoir perdu un si bon
père, je n'étois pas homme à m'affliger long-
tems de quoi que ce fût. D'ailleurs les grands
biens dont je me voyois par-là maître, se pré-
sentoient à mon esprit sous une face si riante,
qu'ils firent bientôt tarir mes pleurs.

Toute la ville crut que mon père avoit été
assassiné par l'ordre de dom Louis, vu l'ancienne inimitié qu'il y avoit entr'eux : &, ce
qui fortifioit ce soupçon, c'est qu'on l'avoit
trouvé si proche de la maison de ce Seigneur.
J'étois le seul qui fût persuadé du contraire.
Cependant les valets qui apportèrent à la maison le corps de mon père, me remirent plusieurs papiers qu'ils avoient trouvés dans ses
poches, & entr'autres deux lettres qui me découvrirent en partie le secret de cette malheureuse aventure. La première étoit conçue en
ces termes :

« Monsieur,

» Je ne saurois résister plus long-tems à vos
» offres généreuses; mais, si je les accepte, ce
» n'est qu'à condition que vous romprez le
                » mariage

» mariage de votre fils avec dona Isabella ma
» maîtresse. Pourvoyez-vous d'un habit de
» paysan, & demain je vous enverrai un petit
» billet, où je vous marquerai plus au long ce
» que vous devez faire.

» Votre, &c. THÉRESE ».

Voici la seconde :

« Trouvez-vous à l'extrémité du jardin du
» côté du couchant, à une heure après minuit,
» & montez par une échelle, que vous verrez
» attachée à la muraille, & que vous aurez
» soin de tirer après vous. Quand vous serez
» entré, mettez vous sous un berceau qu'il y
» a dans le coin, & attendez-là que je vienne
» vous prendre pour vous conduire vers l'ob-
» jet de vos vœux. J'aurai soin que vous ne
» soyez point interrompu dans vos plaisirs ;
» seulement prenez garde de ne pas ouvrir la
» bouche ; car, si vous parlez, nous sommes
» perdus tous les deux.

Le dénouement de cette malheureuse affaire
me jetta dans un trouble inexprimable ; &, à
force d'y rêver, je me souvins que, dans la
dernière conversation que j'avois eue avec mon
père, il me dit qu'il croyoit que c'étoit encore
un peu trop tôt pour me marier, & qu'il feroit
de mon intérêt de différer nos nôces ; qu'il

O

avoit de bonnes raisons pour cela, & que j'en conviendrois moi-même, quand il me les diroit dans quelques jours. Quelles que fussent ces raisons, je me doutois fort peu de la véritable. J'envoyai une lettre à Thérèse pour l'engager à m'instruire plus en détail de toutes les particularités de cette aventure; mais, craignant qu'on ne découvrît la part qu'elle y avoit, comme on le découvrit en effet, elle avoit pris soin de se cacher.

Cependant dom Louis vint me faire des complimens de condoléance sur la mort de mon père; mais je remarquai qu'il étoit, dans le fond, bien aise de me voir actuellement en possession d'un riche héritage qu'il m'étoit tout au plus permis d'espérer auparavant. Quoique sa visite fût courte, je la trouvai encore trop longue; car, comme je n'avois aucune intention d'épouser la fille, je me souciois fort peu de l'amitié du père, & j'aurois voulu rompre avec lui dès ce moment-là même. Cependant je lui fis espérer que, lorsque les premiers mois de mon deuil feroient passés, j'aurois soin de remplir mes engagemens avec Isabelle.

Après que j'eus fait les funérailles de mon père, je me mis à examiner l'état de ses affaires, & je ne fus pas peu surpris de voir que la meilleure partie de ses biens étoit hypothé-

quée à diverses personnes pour douze ans ;
de sorte qu'au lieu de me trouver riche de
vingt mille écus de rente, comme je le croyois,
à peine en avois-je trois mille bien clairs. Il
est certain que mon père faisoit une très-grosse
figure, sa maison étant toujours ouverte à tout
le monde ; cependant l'on croyoit généralement qu'il ne dépensoit pas la moitié de son
revenu. Cela me fit soupçonner qu'il falloit
qu'il y eût là-dessous quelque mystère, mais je
ne pus jamais rien découvrir. Ainsi, peu satisfait
de ma situation présente, & voulant rompre
entièrement avec Isabelle, je formai le dessein
de m'exiler moi-même d'Espagne, & de m'en
aller courir le monde jusqu'à ce que le terme
de douze ans, fixé pour les hypotheques, fût
expiré.

Je fus rendre visite à dom Louis, & je lui
communiquai mon dessein & les raisons que
j'avois pour cela. Il ne pouvoit manquer de
l'approuver ; car il étoit aisé de voir qu'il n'a-
voit en vue que l'intérêt en me donnant sa
fille. Il ne me pressa point de la voir, & je
n'insistai pas non plus là-dessus ; &, après
quelques assurances réciproques de nous souvenir l'un de l'autre, nous nous séparâmes.

Il faut que j'avoue que j'aurois bien voulu,
avant que de partir, rendre encore une visite

nocturne à Isabelle; ce n'est pas que j'eusse aucune
inclination pour elle : mais les plaisirs dérobés
que j'avois goûtés avec elle m'avoient si fort
enchanté, que je languissois d'en jouir une seconde fois. Cependant, comme la chose étoit
impratiquable, il fallut s'en passer. En peu de
semaines, j'eus mis ordre à toutes mes affaires,
& je n'attendis plus que le départ de la flotte
destinée pour les Indes occidentales; car j'avois
résolu d'aller au Mexique, où j'avois un oncle
fort riche, qui avoit souvent témoigné, dans
les lettres qu'il écrivoit à mon père, un grand
desir de me voir. J'avois trouvé le moyen de
lever six mille écus sur mes biens délabrés,
sans toucher à la vaisselle ni aux ameublemens
de la maison, dont je confiai le soin, de même
que celui de tous mes papiers, à un de mes
proches parens, supérieur d'un monastère de
Séville.

Un jour que j'allois me promener à environ
deux lieues de la ville, la sangle de mon cheval
se rompit, ce qui m'obligea à m'arrêter à la
boutique d'un sellier pour la faire raccommoder. Le maître me pria honnêtement d'entrer
dans son jardin, & d'y faire un tour de promenade pendant qu'il travailleroit à ce que je
souhaitois, ce que je fis. Au bout d'une allée
qui traversoit ce jardin, il y avoit un joli ber-

ceau, où je vis une femme assise, qui lisoit.
Dès qu'elle m'apperçut, elle fit un grand cri,
& voulut se retirer; mais je l'arrêtai; &, comme
je lui demandois pardon de mon incivilité, &
que j'eus le tems de l'examiner de plus près,
je ne fus pas peu surpris de voir que c'étoit
Thérèse, la femme-de-chambre de mon ancienne maîtresse. Cependant je résolus de profiter de cette rencontre pour tâcher de découvrir quelque chose de l'intrigue de mon père
avec Isabelle, où je ne voyois pas encore bien
clair.

La pauvre créature étoit toute hors d'elle-
même, s'imaginant que j'étois venu-là pour la
faire saisir; mais je la désabusai bientôt avec
quelques bonnes paroles; & avec une couple
de pistoles que je lui donnai, je l'engageai à me
déclarer tout ce qu'elle savoit.

Monsieur, me dit-elle, j'espère que vous
voudrez bien me pardonner; car, ce que j'en
ai fait, n'a point été pour vous trahir, mais
j'ai été séduite par le brillant éclat de l'or. La
première fois que votre père vit ma maîtresse,
il m'avoua que son cœur étoit pris, & que sa
raison l'abandonnoit; &, depuis ce tems-là,
il m'a souvent protesté que, s'il ne pouvoit
pas en obtenir les dernières faveurs, il se donneroit la mort pour ne point survivre à son in-

O iij

fortune. Quand je lui repréfentois qu'il vous feroit un fanglant affront, il me difoit qu'il avoit deffein de rompre votre mariage, d'autant plus qu'il étoit bien affuré que vous n'aviez pas une forte inclination pour Ifabelle, & qu'il y avoit à Séville des filles de qualités, auffi riches qu'elle, qui fe feroient un honneur de fon alliance.

Cependant il me fit des préfens fi confidérables & en fi grand nombre, pour me mettre dans fes intérêts, que je ne pus y réfifter. Cette fatale nuit où il perdit la vie, étoit celle que je lui avois marquée pour l'accompliffement de fes defirs. Mais, continua Thérèfe, après avoir fait une petite paufe, il y a une chofe qui me paffe. Qu'eft-ce que c'eft, madame ? lui dis-je. Monfieur, me répondit-elle, puifque je fuis parfaitement inftruite des fentimens de ma maîtreffe à votre égard, je vous dirai que vous n'étiez pas l'amant favorifé, & qu'un autre jouiffoit, tout à fon aife, des plaifirs que vous croyiez, peut-être, réfervés pour vous feul. C'eft auffi ce qui me fit condefcendre plutôt à ce que votre père fouhaitoit de moi, car je réfolus de le faire déguifer en payfan, comme ce gentilhomme l'étoit toujours, & de l'introduire auprès de ma maîtreffe, d'abord après que celui-ci fe feroit retiré. Pour préve-

nir la furprife où cela devoit naturellement la
jetter, j'aurois fuppofé que fon amant ne pouvant fe réfoudre à la quitter fitôt, revenoit
paffer encore un quart d'heure avec elle. Il étoit
d'autant plus facile de lui faire cette fupercherie, qu'elle avoit coutume de le recevoir dans
l'obfcurité, & que dom Louis fon père couchant dans la chambre voifine, il falloit de néceffité garder le filence. Mais ce qui me confond, comme je le difois tout-à-l'heure, c'eft
qu'en ouvrant la porte à l'amant de ma maîtreffe, une autre perfonne s'y préfenta dans le
même déguifement, & entra de force avec
lui ; &, comme je fuis bien affurée que ce
n'étoit pas votre père, je ne faurois m'imaginer
qui ce pouvoit être. Je l'eus bientôt éclaircie
fur ce point, & je lui appris en même tems de
quelle manière j'avois fupplanté mon rival.

Cette découverte la furprit extrêmement ;
mais elle fut bien aife de voir qu'elle n'avoit
rien à craindre de ma part : car c'étoit la principale raifon qui lui avoit fait quitter fa maîtreffe, s'imaginant bien que j'aurois trouvé les
lettres qu'elle avoit écrites à mon père. Ainfi
elle réfolut de retourner à la maifon de dom
Louis, d'où elle apprenoit tous les jours des
nouvelles de la famille, & en particulier d'Ifabelle, qui fouhaitoit fon retour pour fe con-

soler avec elle de la perte de dom Juan son
cher amant. Mais elle m'avoua ingénuement
qu'elle n'en étoit pas fort fâchée, parce qu'il
étoit un peu dur à la desserre ; & vous savez,
monsieur, me dit-elle, qu'il faut que nous fas-
sions nos orges pendant que nous le pouvons.

Eh bien, lui dis-je, puisque je sais ce que
vous aimez le mieux, si vous voulez renouer
l'intrigue nocturne avec Isabelle, je vous fais
présent de vingt pistoles. Vous n'avez qu'à l'assurer que dom Juan n'est point mort comme on
l'avoit publié ; qu'après une longue & dange-
reuse maladie, il est parfaitement guéri de ses
blessures ; mais qu'il ne veut pas qu'on le sache
dans le monde, de peur que je ne le poursuive
en justice pour avoir tué mon père. Monsieur,
me repliqua-t-elle, je ne saurois rien vous refuser pour une somme aussi considérable que
celle-là, & j'approuve si fort votre stratagème,
que j'ose vous répondre du succès. Je vais y
travailler incessamment, car aussi-bien je m'impatiente de tenir les vingt pistoles. Si cela vous
fait tant de plaisir, lui dis-je, les voilà d'a-
vance ; & quand l'affaire sera faite, je vous
en donnerai encore autant. Elle fut toute char-
mée de ma générosité ; &, après m'avoir fait
bien des remercîmens, elle marqua la troisième
nuit ensuite pour l'exécution de son dessein ; &

me dit de me trouver au lieu & à l'heure ac-
coutumée, dans le même déguisement qu'auparavant. Là-dessus, je la quittai ; &, étant
remonté à cheval, je continuai ma promenade.
Je me divertis très-bien le reste du jour avec
mes amis, & je revins le soir à la maison.

A la fin, l'heureux moment que j'attendois
avec impatience arriva. Ma mercenaire de confidente s'étoit mise en sentinelle. Dès qu'elle
m'apperçut, elle me fit entrer, & je pris une
seconde fois possession de ce que j'estimois plus
dans ce moment, que tous les trésors du monde.
Comme je croyois bien de n'y plus revenir,
je m'en donnai au cœur joie ; & la belle en
fut si satisfaite, qu'elle ne put s'empêcher de
me le dire à l'oreille.

J'avois préparé une lettre où je lui décou-
vrois tout le mystère. Sur le point de me retirer, elle me demanda tout doucement par quel
hasard je m'étois trouvé engagé dans la malheureuse aventure dont j'ai parlé plus haut. Je
lui répondis, aussi bas qu'il me fut possible, que
comme je me doutois bien qu'elle me question-
neroit là-dessus, & qu'il étoit dangereux de
parler, j'avois apporté par écrit le détail de
cette affaire ; &, en disant cela, je lui donnai
ma lettre, qu'elle prit avec empressement,
après quoi je lui dis adieu, non sans quelque

regret de ne pouvoir pas continner mes visites
nocturnes; car le lendemain je devois m'embarquer pour les Indes. En traversant le jardin
pour sortir, je demandai à Thérèse qui me re-
conduisoit, combien de tems il y avoit que
dom Juan faisoit l'amour à sa maîtresse : environ deux ans, me répondit-elle; & voici quelle
en fut l'occasion.

Un jour dom Juan allant à sa maison de
campagne qui est à deux lieues de distance de
celle de mon maître, fut attaqué par des voleurs qui le blessèrent dangereusement ; & il
seroit mort sur la place, si dom Louis ne fût
heureusement survenu, accompagné de ses domestiques, qui donnèrent la chasse aux assassins.
Il étoit dans un si pitoyable état, qu'on ne jugea
pas à propos de le porter chez lui, à cause du
trop grand éloignement : ainsi mon maître le fit
conduire à sa maison, où ses blessures le re-
tinrent long-tems. Quand il eut recouvré assez
de forces pour pouvoir se promener, il passoit
ordinairement son tems dans le jardin ; & ma
maîtresse ayant occasion de l'y voir souvent,
elle en devint amoureuse à la fureur. Elle me
fit confidence de sa passion ; &, comme j'étois
fort propre à ménager une affaire de cette nature, je lui conseillai de se laisser voir à dom
Juan ; & pour cela, de s'y prendre de cette
manière.

Il y avoit à l'extrémité du jardin un berceau
où j'avois remarqué que ce gentilhomme alloit
s'asseoir tous les jours à une certaine heure. Je
dis à ma maîtresse de s'y rendre quelque tems
avant lui, dans l'habillement le plus propre à
inspirer de l'amour, de s'y mettre dans la posture d'une personne qui dort, & de laisser à sa
bonne fortune le soin de faire le reste. Elle
suivit mon conseil de point en point ; & il eut
tout le succès qu'elle pouvoit souhaiter ; car
dom Juan étant entré dans le berceau, & la
voyant dans cette attitude, la prit pour la
déesse de l'amour, s'approcha tout doucement,
& lui déroba un baiser. Elle se réveilla en apparence toute effrayée, & fit semblant d'être
fort en colère, & de vouloir se retirer : mais
le galant la retint, & s'y prit si bien, qu'avant
que de se quitter, ils furent en parfaite intelligence.

Ce berceau fut dans la suite le rendez-vous
de nos deux amans, qui ne laissoient échapper
aucune occasion de s'y voir. Mais dom Juan
ayant parfaitement recouvré sa santé, quoiqu'il
affectât pendant quelque tems d'être fort foible, fut enfin obligé de prendre congé de mon
maître & de toute la famille. Cependant,
comme l'amour est ingénieux, il eut bientôt
trouvé le moyen de revoir sa chère Isabelle

dans le même lieu, en l'absence de dom
Louis; &, lorsque nous revînmes en ville, il
fut résolu que je l'introduirois de nuit dans les
habits du paysan qu'il envoyoit de tems en
tems à la maison, avec des présens de fruits
pour ma maîtresse: ce qui n'étoit qu'un prétexte pour avoir occasion de s'écrire.

Quand Thérèse eut achevé sa petite histoire,
je lui donnai les vingt pistoles que je lui avois
promises, & je lui dis adieu pour la dernière
fois. Elle m'arrêta un moment pour me dire
qu'elle étoit fort en peine comment elle se
tireroit d'affaire avec sa maîtresse, quand elle
verroit que dom Juan ne revenoit point, &
qu'elle n'auroit plus lieu de douter de sa mort;
cependant, ajouta-t-elle, ce qui me console,
c'est qu'elle n'oseroit s'en plaindre à personne,
de peur de se trahir elle-même. Mais la pauvre
créature ne pensoit guère qu'Isabelle seroit
instruite de tout dès le matin, par la lecture de
la lettre que je lui avois remise en la quittant.
Je lui dis de prendre courage, & que tout iroit
bien; & là-dessus je me retirai. Le lendemain,
j'envoyai mon équipage à bord du vaisseau sur
lequel je devois m'embarquer, qui étoit à
Cadix; & je suivis de près; mais le vent ayant
changé, nous ne pûmes mettre à la voile. Je
me repentis alors d'avoir donné ma lettre à

Isabelle ; car, par le moyen de mon argent auprès de Thérèse, j'aurois pu passer encore
quelques nuits avec elle.

Comme j'avois tout à craindre de son ressen-
timent, je ne jugeai point à propos de retourner à terre. Ainsi j'attendis patiemment sur
notre vaisseau, que le vent nous devînt favorable. Un jour que j'étois seul dans ma cabane,
occupé à lire, mon valet m'apporta une lettre
dont voici le contenu :

» Monsieur,

» Ayant appris que vous allez à Mexico,
» le lieu de ma naissance, je vous serai infini-
» ment obligé, & ce sera pour moi un très-
» grand honneur, si vous voulez bien me pren-
» dre sous votre protection. Mon père étoit
» un riche marchand de cette ville, qui en
» partant pour l'autre monde, m'a laissé un
» bien considérable dans celui-ci. Ceux qui ont
» eu le soin de mon éducation dans ce pays,
» semblent en vouloir à ma fortune ; c'est ce
» qui m'a fait prendre la résolution de m'éva-
» der, & de retourner dans ma patrie. Mais il
» faudra que je me rejette entre les mains de
» mes traîtres, si vous n'avez pas la bonté de
» me servir de tuteur jusqu'à Mexico, où je tâ-
» cherai de reconnoître les obligations infinies
» que je vous aurai ».

Je demandai à mon valet, qui avoit apporté
cette lettre, & il me dit que c'étoit un jeune
nègre : je lui ordonnai de le faire entrer. Je fis
plufieurs queftions à ce jeune homme, auxquelles il répondit fans héfiter. Il m'affura que
fon père, quoique nègre, étoit fort riche, &
qu'il l'avoit envoyé, lorfqu'il étoit encore enfant, à Séville, pour y être élevé avec foin :
il ajouta que fa lettre m'inftruifoit fuffifamment
du refte. Je pris beaucoup de plaifir dans fa converfation, & je le reçus fort civilement, l'affurant que je le remettrois fain & fauf à fes amis
à Mexico.

Quand nous fûmes feuls, il me dit qu'il avoit
un plus grand fecret encore à me confier ; mais
qu'il fouhaitoit de n'être point interrompu. Là-
deffus j'ordonnai à mon valet d'aller dans la ville
m'acheter quelques provifions ; & après avoir
fermé la porte, je dis à mon gentilhomme noir
que nous n'avions que faire de craindre que
perfonne vînt nous troubler de quelques heures.
Il garda quelque tems le filence, comme une
perfonne qui feroit dans une profonde rêverie,
& tenant les yeux baiffés, il commença ainfi :

Je n'aurois jamais ofé faire la démarche que
je fais aujourd'hui, fi je ne favois que vous êtes
parfaitement inftruit de ma foibleffe. Mais faites
attention à ma jeuneffe, au climat du pays, à

l'occasion qui s'est offerte comme d'elle-même ;
& vous conviendrez qu'il y a bien peu de personnes de mon sexe qui ne succombassent à une
pareille tentation. Ne soyez pas surpris de voir,
dans ce déguisement, la fille de dom Louis, qui
éprouve à un tel point les caprices de l'amour,
qu'elle se sent forcée de vous ouvrir le fond de
son cœur. La lettre que vous me remîtes, en me
quittant, a produit sur moi un effet tout contraire à celui que vous vous imaginiez sans
doute ; une passion infiniment plus douce que
la colère & la vengeance, s'est emparée de
mon ame ; & la découverte d'une trahison qui
auroit rempli de rage tout autre que moi, m'a
inspiré une tendresse inexprimable pour don
Pédro ; ce n'est pas que je me flatte de quelque
retour ; je prévois bien que ma conduite passée,
& peut-être même la déclaration que je viens
de vous faire, vous porteront à rejetter avec
mépris un cœur qui veut se donner à vous.
Cependant, si vous croyez qu'il y ait en moi
quelque reste de sincérité, après la foiblesse que
j'ai eue, j'ose vous assurer que vous pouvez
compter sur la protestation que je vous fais,
de n'en aimer jamais d'autre que vous. Je ne
parle pas de mariage ; je m'en suis rendue indigne à votre égard ; mais, si vous voulez de
moi comme je suis, vous me trouverez aussi

prête à vous servir que le moindre de vos esclaves.

J'étois si partagé entre le plaisir & l'étonnement que me causoit cette aventure, que je
crus que tout ce que j'avois oui & vu étoit un
songe. Mais, ayant tout lieu d'être convaincu
de la sincérité d'Isabelle, je lui dis, en retour,
tout ce que la passion la plus tendre pouvoit
me suggérer, sans me donner le tems de penser
à la bizarrerie de son procédé, & aux consé-
quences d'un engagement avec elle. Il me suffisoit de trouver en elle tout ce que mon imagination me représentoit d'aimable dans une
femme; je n'avois d'autre inquiétude que celle
de savoir comment je pourrois la dérober aux
perquisitions de son père, & à la connoissance
des matelots à bord; car il étoit très-incertain
quand nous partirions.

Ma maîtresse me dit que si la démarche
qu'elle venoit de faire n'eût pas eu l'heureux
succès qu'elle voyoit, elle avoit résolu de se
faire religieuse; mais que, puisque ses vœux
étoient exaucés, elle laissoit à d'autres à en
prendre l'habit. Elle m'apprit encore qu'elle
s'étoit évadée sans le secours ni la participa-
tion de qui que ce soit que de Thérèse; & que
l'absence de son père qui étoit allé pour dix
jours

jours à la campagne, avoit beaucoup favorifé l'exécution de fon deffein. Elle ajouta que cependant elle craignoit que, quand il feroit de retour à la maifon, il n'effrayât Thérèfe par des menaces pour lui faire avouer la vérité, ou qu'il ne la gagnât par des promeffes, ce qui n'étoit pas fort difficile, puifqu'elle aimoit l'argent à un tel point, qu'elle vendroit fon père pour cinq fols. Pour prévenir tout accident de ce côté-là, nous réfolûmes ma maîtreffe & moi, qu'elle iroit toujours habillée en homme, avec fon teint naturel, fans fe noircir davantage la peau, comme elle avoit fait pour fe déguifer en nègre.

Dans ce deffein, nous allâmes enfemble à la ville, où elle s'équipa de tout ce qu'il lui falloit ; après quoi nous revînmes à bord, où je la fis paffer pour un de mes parens qui s'étoit mis en tête de me fuivre, & de courir même fortune que moi. Le lendemain, le vent étant favorable, nous mîmes à la voile, & nous laifsâmes derrière nous toutes nos craintes. Cependant je crus qu'il étoit néceffaire d'inftruire mon valet de toute cette aventure, fachant très-bien que s'il venoit à en découvrir quelque chofe par lui-même, comme il étoit difficile que cela n'arrivât une fois ou l'autre, ce ne feroit pas long-tems un fecret : quoique le

P

drôle gardât très-fidélement les fecrets qu'on lui confioit.

Nous touchâmes aux îles de Madère ; nous doublâmes le Pic de Ténériffe, nous pafsâmes fous la ligne, & nous ne rencontrâmes rien d'extraordinaire pendant cinquante-trois jours ; au bout de ce tems, nous arrivâmes à Saint-Domingue, ou Saint-Dominique, capitale de l'île Hifpaniola.

Je fus charmé de trouver un aufli agréable féjour que celui-là, après les fatigues d'un affez long voyage. Nous prîmes un logement, ma maîtreffe & moi, chez un bon Efpagnol qui nous traita fort bien pour notre argent. Peu de jours après notre arrivée, elle me dit qu'elle commençoit à fentir les effets de notre familiarité. Cela ne me plut pas beaucoup, & je tâchai de lui perfuader que je n'y avois aucune part ; mais elle foutint le contraire, & m'en donna même quelques preuves qui ne me permirent plus d'en douter. J'étois fort embarraffé à trouver les moyens de cacher fa groffeffe ; car elle commençoit à avoir des maux de cœur, fymptômes ordinaires de cette indifpofition naturelle. D'ailleurs je craignois que fa grande beauté ne découvrît bientôt fon fexe.

Durant notre voyage, elle avoit eu foin de

se tenir renfermée dans ma cabane, pour ne pas
être vue des matelots, qui n'auroient pas manqué d'en venir avec elle aux dernières extrémités, s'ils avoient sû ce qu'elle étoit ; & il
n'y avoit pas moins de danger pour une aussi
belle femme qu'elle, à se montrer en public
dans cette partie du monde ; où il y en a très-
peu qui puissent seulement passer pour jolies.
Ainsi j'étois sur les épines jusqu'à ce que nous
nous fussions rembarqués pour Mexico ; mais
la flote demeurant là plus long-tems que je ne
croyois, j'allai faire un tour dans les endroits
les plus considérables de l'île. Et, comme je
comprends par votre histoire, que vous n'y
êtes point allé, je vais vous en donner une
petite description.

Hispaniola est située entre le 17 & le 19
degré de latitude ; elle a environ 120 lieues de
longueur & 50 de largeur. L'air y est à-peu-
près, pour la chaleur, comme à Séville en
Espagne ; les fruits y sont délicieux, & il y en
a qu'on ne trouve point ailleurs. La capitale
est Saint-Domingue, comme je l'ai déja dit,
qui a une charmante vue sur la campagne qui
est toute entre-coupée de beaux jardins & de
rivières. C'est là que le gouverneur de l'île
fait sa résidence, & que sont toutes les cours
de justice ; & c'est aussi là que les habitans

du pays viennent de toutes parts faire leurs provifions.

Il n'y a que deux autres villes dans toute l'île : favoir, Saint-Jaques & Notre-Dame de Haute-Grace, dont la dernière eft au fud, & fameufe pour le meilleur chocolat du monde.

La cathédrale de Saint-Domingue eft un beau bâtiment, & les autres églifes fe reffentent de la richeffe des habitans, dont il n'y a pas juf-qu'aux moindres artifans qui ne foient fort à leur aife. Les moines y vivent auffi graffement qu'en aucun pays du monde, & ont bien fu choifir, à l'imitation de leurs frères par-tout ailleurs, les plus beaux endroits de la ville pour leur demeure.

Cette île fut découverte par Chriftophe Colomb en l'an 1492, & a toujours appartenu aux Efpagnols depuis ce tems-là ; au lieu que prefque toutes leurs autres acquifitions ont paffé aux Anglois, aux François & aux Hollandois. Si même les François y poffèdent quelques plantations, c'eft par droit d'achat, & non par droit de conquête ; &, comme leur principale occupation eft la chaffe, & qu'ils ne font pas riches, les Efpagnols ne penfent point à leur ôter ce qu'ils ont.

Il n'y a point d'île qui puiffe fe vanter d'a-voir des ports plus commodes que celle-ci ; &

dans chaque port se déchargent de belles rivières qui abondent en excellent poisson ; mais
aussi il y a grand nombre d'alligators (espèce
de crocodile) qui font beaucoup de mal. Un
jour, j'en vis un sur le bord de la mer, qu'on
eût pris pour une souche de bois. Un buffle vint
là pour boire ; aussitôt l'alligator se jetta sur
lui, le tira au fond de l'eau & le dévora. Cependant il est facile de les éviter, à cause de
l'odeur aromatique qui s'exhale de leur corps,
& qui se fait sentir de loin.

Je fus extrêmement surpris de trouver, dans
la plupart des maisons, des serpens qui tiennent lieu de chats, & qui font encore plus
ennemis qu'eux des rats & des souris ; mais ce
qu'il y a de plus admirable, c'est qu'ils ne
font jamais de mal, n'ayant point de ve-
nin. Seulement ils aiment la volaille, & en
détruisent autant que les renards, si on ne les
veille de près. On trouve aussi dans cette île
la scolopendre des Grecs, & de fort grands
scorpions ; mais, par un effet de la bonté de
Dieu, ni les uns ni les autres ne font malfai-
fans de leur nature.

Je ne vous fatiguerai pas d'une plus ample
description de cette île, parce qu'il n'y a rien
de remarquable qu'on ne trouve sur le continent, excepté quelques herbes particulières ;

mais , comme je ne fuis pas botanifte , je ne m'y arrêterai point.

Le tems de nous rembarquer vint enfin , & je quittai Saint-Domingue avec quelque regret, m'imaginant que je ne trouverois plus de lieu fi agréable en Amérique. Pendant le voyage , ma maîtreffe fut fort incommodée. Nous arrivâmes heureufement à Vera-Crux ; & , comme nous n'y avions rien à faire , nous partîmes fur le champ pour Mexico , par terre. Lorfque je fus arrivé dans cette ville , je m'enquis de mon oncle ; mais l'on me dit qu'il étoit allé demeurer à Lima. Cela me fit d'autant plus de peine , que je craignois de ne pas trouver un endroit propre à nous loger , dans l'état où étoit ma maîtreffe ; & qu'elle approchoit trop de fon terme pour pouvoir entreprendre un nouveau voyage.

Un ami particulier de mon oncle , qui entretenoit correfpondance avec lui , ayant appris mon arrivée , vint me voir , & me fit mille honnêtetés à fa confidération. Il me régala chez lui , & je lui trouvai plus de franchife que les Efpagnols n'en ont généralement : feulement il avoit la même vanité que tous les vieux chrétiens de cette nation , qui s'eftiment beaucoup plus que les autres par cet endroit. Je lui communiquai l'état de ma maîtreffe ; & ,

par le moyen de fa femme, nous lui fîmes
reprendre l'habillement qui convenoit à fon
fexe. Cependant elle garda toujours la maifon
pour n'être vue de perfonne. Don Manuel,
c'étoit le nom de cet ami, nous offrit un logement chez lui, que nous acceptâmes avec plaifir, dans la penfée que ma chère Ifabelle pourroit y faire fes couches plus fecrettement &
plus commodément qu'ailleurs.

Quand fon terme fut venu, elle mit au
monde un beau garçon qui mourut au bout de
trois femaines. Je ne doutai point que je n'en
fuffe le père ; car il me reffembloit comme
deux gouttes d'eau. Ma maîtreffe fut fort foible
pendant long-tems. Un jour que j'étois feul
avec elle, elle me dit que don Manuel lui avoit
fait faire fecrettement, par fa garde, de grandes
offres, fi elle vouloit condefcendre à l'amour
qu'il avoit conçu pour elle. Je lui appris que
fa femme m'avoit auffi fait de pareilles avances;
mais quoiqu'elle ne fût pas défagréable, & qu'elle
pût même paffer pour une beauté dans un pays
où les femmes blanches font fi rares, je ne me
fentois aucune tendreffe pour elle. Après plufieurs réflexions fur ce bizarre accident, il me
vint une penfée dans l'efprit, que je crus qui
pourroit nous divertir en nous tirant d'intrigue.
Je priai ma maîtreffe de donner quelque efpé-

nance à don Manuel, & de me laisser faire le reste.

Le gaillard trouva bientôt l'occasion, que je lui fournis moi-même, de la voir en particulier. Elle suivit mes instructions, & le transporta si fort de joie, qu'il ne put plus se contenir ; il oublia sa gravité espagnole, & se mit à faire des cabrioles comme un maître à danser. J'en ris de bon cœur, quand ma maîtresse me le conta, & je la priai de continuer à le bien recevoir, & de lui promettre même un rendez-vous, pour la huitaine, dans le pavillon du jardin. Elle le fit comme je lui avois dit.

Cependant j'eus un entretien particulier avec la femme ; &, pour répondre à ses avances, je lui dis de se trouver, la même nuit & à la même heure que j'avois marquées à ma maîtresse, dans le même pavillon, mais de ne point parler, parce qu'il étoit sur l'eau, & qu'il passoit continuellement du monde tout auprès. La bonne femme fut aussi transportée de joie que son mari l'avoit été ; &, pour mieux couvrir mon jeu, je dis dans la maison, que je devois aller, avec quelques messieurs, à la chasse du buffle pour deux ou trois jours. Je priai mon hôte, comme je l'appellois par gaillardise, d'avoir soin de ma femme en mon absence ; & j'assurai en particulier ma bonne hôtesse, que

ce n'étoit qu'une feinte pour empêcher qu'on
ne foupçonnât rien de notre rendez-vous.

Ma maîtreffe avoit fait précifément le même
marché avec le mari ; &, quand l'heure marquée fut venue, nous laifsâmes le bon homme
& la bonne femme enfemble fatisfaire tout à
leur aife, du moins en idée, leur paffion amoureufe. La chofe réuffit à merveille. Le lendemain à dîner, don Manuel jetta maintes œuil-
lades à ma maîtreffe, & fa bonne femme à moi,
ne fe doutant point du tour que nous leur
avions joué. Sur le foir, comme j'étois à lire
dans le jardin, je fus tout furpris que la pauvre
amante vint à moi dans une colère effroyable,
& me chanta pouille, me difant que je l'avois
lâchement trahie, puifque j'avois donné à fon
mari la bague dont elle m'avoit fait préfent la
nuit précédente. Je compris par-là qu'elle lui
en avoit donné une, s'imaginant d'être avec
moi, & qu'elle venoit de la voir à fon doigt.
Elle m'en dit tant à cette occafion, qu'enfin je
fus obligé de lui découvrir tout le myftère,
pour me débarraffer d'elle & de fa folle paffion;
mais j'eus bientôt lieu de m'en repentir ; car
elle me fauta aux yeux, de rage d'avoir été
fi cruellement jouée, & avec fes ongles elle
me déchira tout le vifage, quelques efforts que
je fiffe pour m'en garantir : tant un amour

méprifé eft capable de rendre une femme furieufe.

Cette aventure me fit prendre fur le champ la réfolution de quitter Mexico. Le mari eut quelque foupçon de ce qui s'étoit paffé ; mais, comme il croyoit encore avoir eu les dernières faveurs de ma maîtreffe, cela arrêta fon reffentiment. Pour fa femme, elle fut implacable ; &, quelque foin que j'y apportaffe, je ne pus jamais lui faire entendre raifon. Ainfi je pris le parti de l'éviter, autant que la bienféance pouvoit me le permettre. Quelques jours après cette malheureufe aventure, étant feul à fouper avec ma maîtreffe, elle me dit que la femme de don Manuel lui avoit fait préfent d'une bouteille d'eau cordiale. Je ne lui avois point parlé de ce qui m'étoit arrivé avec elle, de peur que cela ne lui causât du chagrin. Mais, dans ce moment, je foupçonnai qu'il y avoit quelque chofe qui n'alloit pas bien ; la peur me faifit, & je la priai de ne point goûter de cette eau. Hélas, mon cher, me dit-elle, j'en ai déja bu, & j'efpère que vous en boirez auffi ; car c'eft la plus agréable liqueur que j'aie goûté de ma vie.

Ces paroles me jettèrent dans un trouble inexprimable ; &, deux heures après, mes craintes ne fe trouvèrent que trop bien fon-

dées. Ma maîtreffe tomba tout d'un coup en
convulfion; &, malgré tout l'art des médecins,
elle expira dans mes bras, perfonne ne doutant
qu'elle n'eût été empoifonnée. J'avois, dans les
tranfports de ma fureur & de mon défefpoir,
déclaré à don Manuel que fa femme étoit l'auteur d'une fi noire action; &, quand il voulut
favoir où elle étoit, on lui dit qu'elle étoit
fortie avant la nuit, & que, fans doute, elle
étoit allée à la ville de Saint-Jago fur le lac,
chez une de fes parentes. Le pauvre homme,
tout défolé, envoya fur le champ après elle,
mais on ne la trouva point. Il parut auffi affligé
de la perte de ma chère Ifabelle que moi-
même; & je fuis bien certain que, s'il avoit
rencontré fa femme dans ce moment-là, il
l'auroit facrifiée aux mânes de la mienne.

Peu s'en fallut que je ne fuccombaffe à la
douleur que me caufa la fin tragique de cette
aimable perfonne; car j'avois toutes les raifons
du monde d'être perfuadé que fon amour pour
moi étoit fincère. Vous jugez bien que je ne
pouvois pas demeurer plus long-tems dans la
maifon où ce cruel défaftre étoit arrivé. Mais
comme je me difpofois à en fortir, le corregidor m'envoya chercher pour l'informer au
jufte de la chofe. Je parus devant lui, & je lui
dis toute la vérité; l'affurant, au furplus, que

c'étoit ma femme que j'avois perdue. Don Manuel, quoique je déclaraffe qu'il étoit innocent, fut faifi & mis en prifon, parce qu'on fuppofoit qu'il avoit favorifé l'évafion de fa femme. Mais, peu de jours après, on eut nouvelle qu'on l'avoit trouvée dans les bois, affaffinée, fans doute par des Indiens, comme elle cherchoit à fe dérober aux pourfuites de la juftice. C'eft ainfi qu'elle reçut la jufte récompenfe de fa barbarie envers une femme qui ne lui avoit jamais fait de mal ; quoiqu'à dire le vrai, ce fût proprement à moi qu'elle en voulût.

Quelques jours après cette fatale aventure, j'appris que des marchands avoient deffein de traverfer le continent avec une bonne efcorte, pour aller à la mer du fud. Je fis connoiffance avec eux ; je fournis mon contingent pour les frais du voyage, & nous partîmes enfemble de Mexico, dont le féjour m'étoit devenu infuptable, depuis que j'y avois perdu le feul objet de mes vœux fur la terre. Et il faut que je vous avoue que, malgré toute ma philofophie, je ne puis point encore penfer quelque tems à cette cruelle perte, fans que le cœur me faigne. J'ai fait tout ce que j'ai pu pour diffiper ma douleur ; & il eft vrai que le tems & la bonne compagnie l'ont beaucoup foulagée ; mais il s'en faut bien que je fois tout-à-fait guéri ; c'eft un feu caché fous la cendre ; & je crois fermement que les charmes du beau fexe ne troubleront plus jamais mon repos.

Nous nous mîmes en chemin avec une ef-corte de cinquante foldats Efpagnols, pour nous défendre contre les Indiens qui faifoient métier de fe jetter fur les Européens qui traverfoient le continent, s'ils n'étoient pas trop forts pour eux.

Je n'ai pas befoin de vous dire que Mexico eft une des plus belles villes du monde, qu'elle eft fitué fur un lac, & qu'il n'y a d'autre che-min pour y aller que trois grandes chauffées qui répondent à autant de villes dans les terres. Mais une chofe fort extraordinaire, c'eft qu'une partie du lac eft falée, mal-faifante, & qu'on n'y trouve aucun animal vivant, & l'autre eft douce, faine & abondante en excellent poiffon. Comme l'on a plufieurs bonnes relations du continent de l'Amérique, & de là conquête qu'en fit mon illuftre compatriote Fernand Cortez, je ne vous en dirai rien de plus. J'ajou-terai feulement que César & Alexandre n'ont été, au prix de ce fameux capitaine, que de petits conquérans; il n'y a qu'à lire fon hiftoire pour s'en convaincre.

Nous ne rencontrâmes aucun Indien qui

nous fît la moindre infulte , parce que nous
étions bien efcortés , & nous arrivâmes heureufement à Ségovie, qui eft une ville encore
dans les terres, environnée de rochers, & affez
mal bâtie. Une quinzaine de mes compagnons
de voyage voulurent s'y arrêter, & je ne fus
pas fâché de me joindre à eux pour me remettre de la fatigue du chemin ; car il nous
avoit fallu traverfer des montagnes efcarpées,
& plufieurs rivières fur des radeaux, ce qui
eft quelquefois dangereux, quoique nous paffâmes par-tout fans aucun accident.

Je demeurai quinze jours à Ségovie. Je fus
fort furpris de ce que me dirent quelques habitans , que l'année précédente environ deux
cents Anglois, flibuftiers, avoient paffé, avec
un riche butin, de la mer du fud dans celle du
nord, malgré toute l'oppofition des Efpagnols
qu'ils avoient battus à diverfes reprifes, quoiqu'ils fuffent dix contre un , & qu'ils euffent
même tout l'avantage du vent. Ces bonnes gens
en parlent comme de tout autant de diables ,
& foutiennent qu'il falloit qu'ils fuffent aidés
des malins efprits pour faire ce qu'ils ont fait.
Mais la vérité eft que vos compatriotes mé-
prifent la mort , & s'expofent avec un courage intrépide aux plus grands dangers.

Après nous être bien remis de notre fatigue,

nous partîmes de Ségovie & nous continuâmes notre route pour la mer du fud avec une efcorte d'Indiens au fervice des Efpagnols, qui relevèrent la première : & il faut avouer qu'il n'y a pas de gens dans le monde plus fidèles que ces pauvres miférables qui reconnoiffent la domination de l'Efpagne. Nous traverfâmes un pays fertile, uni & fort agréable fur des mules qui font une très-bonne monture pour le voyage. Nous nous divertîmes en chemin à tirer des finges qui nous faifoient cent petites niches, courant fur les arbres quand ils nous voyoient, & nous piffant fur le nez, ou quelquefois même nous régalant de quelque chofe de pis.

Quand nous fûmes arrivés à Sancta Fé, petite ville qui a un port fur la mer du fud, nous eûmes le bonheur de trouver un vaiffeau prêt à mettre à la voile pour Lima. Nous nous rendîmes inceffamment à bord, & nous levâmes l'ancre ce foir-là même. Après un voyage de vingt-cinq jours, nous arrivâmes heureufement à Lima. Nous débarquâmes à Calao, qui eft un des plus beaux ports de la mer du fud, & celui où fe rend la flotte Efpagnole qui va tous les ans au Pérou. Le bourg eft fitué fur une pointe de terre qui s'avance dans la mer; il y a de bonnes fortifications & une forte garnifon

très - bien entretenue. J'envoyai d'abord mon
valet à Lima pour informer mon oncle de
mon arrivée, & lui dire que j'aurois l'honneur de le voir le lendemain; mais je fus tout
surpris qu'au bout de quatre ou cinq heures
je vis venir son carrosse avec quelques-uns de
ses domestiques pour me conduire chez lui.
Mon oncle étoit juge civil de Lima, & avoit
un grand pouvoir dans cette ville. Il m'envoya son major-dôme pour m'accompagner,
& pour me dire qu'il s'impatientoit de me
voir, & qu'il feroit venu lui-même me chercher si la goutte ne l'obligeoit pas de garder
la maison. Je ne m'arrêtai qu'autant de tems
qu'il m'en falloit pour changer de linge & d'habit, après quoi je montai en carrosse avec le
major-dôme, & à la nuit nous arrivâmes chez
mon oncle, il me reçut avec de grandes dé-
monstrations de joie, & me fit toutes les car-
resses imaginables.

Je lui fis l'histoire de la mort tragique de
mon père, mais sans lui parler de son amour
pour Isabelle. Il fut extrêmement frappé de
cette nouvelle; & il m'avoua que la principale
raison qui lui avoit fait prendre le parti de retourner en Espagne, c'étoit l'avantage de vivre
avec un frère qu'il aimoit si tendrement. Je
lui dis alors que comme cela ne pouvoit plus

être,

être, je fuppofois qu'il changeroit de réfolution ; mais il me répondit qu'il y avoit déja
deux mois qu'il avoit envoyé devant la plus
grande partie de fes effets, de forte qu'il falloit
néceffairement qu'il fuivît. Je lui donnai à entendre qu'il n'étoit pas en mon pouvoir de
l'accompagner. Il fit tout ce qu'il put pour m'y
engager ; mais quand il vit que cela étoit inutile, il me dit que puifque j'avois réfolu de
demeurer en Amérique, il me laifferoit un petit
bien à Lima, qui pourroit m'y faire vivre honnêtement. Cependant il m'introduifit dans la
plupart des meilleures familles de la ville. Le
vice-roi lui-même me prit fous fa protection,
& lui promit d'avoir foin de moi.

Le jour du départ de mon oncle pour l'Efpagne étant venu, je l'accompagnai à bord du
vaiffeau fur lequel il devoit s'embarquer ; &
là nous nous dîmes adieu, non fans répandre
des larmes. Je me fuis repenti bien des fois de
ne l'avoir pas fuivi ; mais l'on ne fauroit fuir
fon deftin, quelque chofe que l'on faffe. Il me
laiffa une belle maifon bien meublée, & une
plantation dont le revenu fuffifoit pour me faire
vivre felon ma qualité, avec promeffe qu'à
fa mort il me donneroit le refte de fes biens;
car il n'étoit pas marié, & il n'avoit point de
plus proche parent que moi.

Q

Je profitai de tous les plaifirs innocens que le féjour de Lima peut procurer ; & à dire le vrai, il n'y manque rien que la liberté de voir le beau fexe, quoique par rapport à moi, cela m'étoit prefqu'indifférent. Le vice-roi me témoigna toujours beaucoup de bonté ; mais étant mort fubitement, je n'eus que trop de fujet de regretter fa perte ; car celui qui lui fuccéda fe trouva être d'une toute autre difpofition à mon égard. Il changea généralement tous ceux à qui le défunt avoit donné des places, & je fus un des fouffrans. Non content de cela, il profita de toutes les occafions de me témoigner du mépris, & fouvent il me fit des affronts fi fenfibles qu'il ne falloit rien moins que fa dignité pour le mettre à couvert de mon reffentiment. A fon exemple, plufieurs de fes créatures commençoient à me maltraiter ; mais je réfolus fermement de ne plus fouffrir leurs infultes.

Un jour, revenant de ma plantation, monté fur ma mule, & fuivi feulement de mon ancien valet, je rencontrai dans un chemin étroit le neveu du vice-roi, qui alloit à la campagne en chaife roulante. Comme je n'avois pas grande envie de lui faire place, nous demeurâmes quelque tems à nous regarder. A la fin voyant que je ne me mettois point en devoir de lui céder,

il entra dans une telle colère qu'il se jetta de
sa chaise & enfonça son épée dans le corps de
ma mule qui tomba roide morte. Il n'en falloit
pas tant pour exciter ma bile ; je mis l'épée à
la main, & du premier coup que je lui portai
je l'étendis sur le carreau, & je le laissai dans
le même état que ma bête. Il avoit plusieurs
personnes à sa suite, qui se jettèrent aussi-tôt
sur moi & sur mon valet, nous saisirent de
force, & nous traînèrent devant le vice-roi.
Ce malheureux, ravi d'avoir un prétexte
d'exercer sur moi sa cruauté, me condamna à
être transporté à Baldivia pour toute ma vie,
malgré l'intercession du peu d'amis qui me restoient.

Il auroit été inutile de me plaindre du maudit tour que la fortune me jouoit : & pour
achever de me désespérer, le coquin de vice-
roi donna ordre que l'on me remît à dom
Sanche Ramirez, qui étoit son parent & son
associé en fait de commerce. C'est le même
que je vous ai amené, & dont je ne pouvois
me venger d'une manière plus sensible, puisqu'il fait son Dieu de son argent. Ce vieux
pécheur m'occupoit aux emplois les plus ser-
viles, mais je trouvois moyen de m'en dis-
penser le plus souvent en payant ; car je recevois toutes les années mon petit revenu de

Lima, je veux dire celui de ma plantation, parce que le vice-roi s'étoit saisi de tous mes biens meubles, & il en auroit fait autant de ce fonds de terre, si l'honnête Indien à qui j'en avois remis le soin, n'avoit soutenu fortement qu'il appartenoit à mon oncle.

Don Ramirez avoit une fille fort belle, qui aimoit un colonel de la garnison de Baldivia. Ce colonel, malgré ma condition, ne se faisoit point de honte de me fréquenter, & me disoit souvent tout ce qu'il souffroit pour la jeune demoiselle. Je lui demandai un jour si elle étoit instruite de sa passion ; il me répondit qu'oui, & qu'il se flattoit même de quelque retour, quoiqu'ils ne se fussent jamais parlé autrement que des yeux, lorsqu'elle venoit à une galerie qui donnoit sur la cour des gardes. Je lui dis là-dessus, que, s'il vouloit lui écrire une lettre, j'engagerois ma vie, que je la lui ferois tenir sûrement, & que j'en aurois même une réponse, si elle avoit du penchant à en donner. Il m'embrassa & me remercia de mon offre ; après quoi il écrivit un billet doux à la belle, & il me le remit. Je l'accompagnai d'un autre, où je l'assurai que j'étois tout dévoué à son service pour l'affaire en question. Deux jours après, je trouvai une réponse dans un arbre creux du jardin, où je lui avois fait signe d'aller chercher les deux billets que j'y avois mis. Je portai cette réponse au colonel, qui en fut transporté de joie.

Cependant, à force de s'écrire, ils en vinrent à une conclusion ; & la bonne demoiselle résolut enfin de se livrer à la discrétion du colonel. Pour cela, nous prîmes une échelle de corde, assez grande pour atteindre de sa fenêtre à la terrasse de la cour des gardes ; & nous fûmes dans la nuit, à l'heure que nous lui avions marquée, sur cette terrasse. Elle ouvrit aussitôt sa fenêtre, & je lui jettai un peloton de ficelle dont un bout étoit attaché à l'échelle, afin qu'elle pût la tirer en haut : ce qu'elle fit ; après quoi, elle la lia ferme à un coffre de fer qu'il y avoit dans sa chambre, & elle s'aventura dessus. Mais, comme elle descendoit en tremblant de peur, les secousses qu'elle donna à l'échelle firent remuer le coffre de fer de sa place. A ce bruit, son père s'éveilla tout effrayé, s'imaginant que les voleurs étoient dans la maison. Aussitôt il se leva, & fit lever tous ses domestiques pour savoir ce que c'étoit ; mais le colonel avoit déja décampé avec sa maîtresse.

Quand ce vieux ladre eut assemblé tout son monde, la première chose qu'il fit, fut de courir à la chambre où étoit son argent ; mais voyant qu'on n'y avoit pas touché, il commença à se remettre un peu de sa frayeur. Je vous avoue que j'aurois souhaité de toute mon ame que nous eussions pu enlever son argent aussi bien que sa fille, tant je le haïssois. Il fut quelque tems sans aller dans la chambre de la belle, ne se défiant de rien de ce côté-là ; mais, lorsqu'il vit qu'elle étoit partie, & qu'elle avoit emporté la donation par écrit d'un bien assez considérable, qu'une vieille tante lui avoit laissé, il entra dans une colère effroyable. Pour moi, je fus ravi qu'elle ne s'en fût pas allée les mains vuides ; car j'estime que l'argent est le nerf de l'amour aussi-bien que de la guerre.

Le pauvre diable ne pouvant deviner de quel côté avoit tiré sa fille, se mit à courir dans l'enceinte du château comme un furieux, avec une douzaine de nous à ses trousses (car j'étois rentré dans la maison au premier bruit que j'avois entendu). Et quand nous fûmes tout près du fossé, où il n'y avoit point alors d'eau, parce que la marée étoit descendue, mais où il y avoit, en échange, beaucoup de vase. Quelques-uns des valets crurent voir quelque chose au fond ; aussitôt notre vieux taquin voulut y regarder ; &, comme la vue commençoit à lui manquer, il se baissa si fort pour mieux se satisfaire, que le diable me poussant dans ce

moment , je lui donnai du genoux dans les
feffes , & je le fis tomber fur fon nez au beau
milieu du foffé. Je fus le premier à crier au
fecours ; mais je ne me hâtai pas beaucoup de
lui en donner ; à la fin , on apporta des cordes ;
& , après qu'il fe fut bien débatu dans la vafe
pendant un gros quart d'heure , nous le tirâmes
en haut dans un joli état.

Heureufement il ne crut point que cela eût
été fait à deffein , mais par pure mégarde. Le
lendemain , j'eus occafion de voir la demoifelle
& le colonel , qui avoit obtenu du prêtre la
permiffion de coucher avec elle. Cet amant
fortuné étoit fi charmé du fervice que je lui
avois rendu , qu'il me promit de me faire avoir
ma liberté , ne doutant point qu'il n'en vînt à
bout , dès-là que l'argent étoit le fouverain bien
de don Ramirez. Mais nous ne fûmes pas peu
furpris qu'il le refufât tout net ; parce que
le vice-roi du Perou lui avoit donné là-deffus
des ordres fi exprès , qu'il étoit plus de fon
intérêt de me garder , que de me relâcher , à
quelque prix que ce fût. Cependant la propofition du colonel ouvrit les yeux à ce vieux
ladre , & lui fit comprendre qu'il falloit que je
fuffe du fecret dans l'affaire de fa fille. Il en
fut fi irrité , qu'il me fit attacher à la jambe ,
avec un cadenas , une groffe pièce de bois ,

que j'étois obligé de traîner par-tout après moi.

Le colonel & fa femme, qui, par parenthèfe, avoient trouvé le fecret de retirer des mains de don Sanche le bien qui venoit à cette dernière, furent fort fâchés de me voir traiter fi mal, & mirent tout en ufage pour me faire avoir ma liberté : mais ce fut inutilement. Je paffai trois ans dans ce miférable état, pendant lefquels j'eus la confolation d'apprendre que mon implacable ennemi, le vice-roi du Perou, avoit été rappellé en Efpagne, pour y rendre compte de fes malverfations. A cette nouvelle, l'efpérance que j'avois d'abord conçue de me voir un jour libre, commença à fe réveiller ; mais elle s'évanouit prefque auffitôt. Le vieux coquin de Sanche avoit réfolu de m'immoler à fa vengeance, & je demeurai encore deux ans dans ce trifte efclavage, quoique, graces au ciel, rien ne fût jamais capable de m'abattre tout-à-fait.

Cependant le colonel trouva le moyen de me dire qu'il y avoit un vaiffeau dans la rade, chargé pour Lima, & que le capitaine étant un de fes bons amis, il l'avoit engagé à me prendre fur fon bord, fi je pouvois, par quelque expédient, me tirer des griffes de mon arabe de maître. Je fis tous les efforts imagi-

nables pour en venir à bout , mais en vain ;
& je me crus encore une fois livré à une éternelle fervitude. La nuit de ce même jour-là ,
comme je tâchois de me tranquillifer , & de
prendre un peu de repos , j'entendis tout-à-
coup un grand bruit dans la cour du château ;
& un moment après , je fus fort furpris de voir
entrer un officier & une bande de foldats , qui
me faifirent comme fi j'euffe confpiré contre
l'état , & qui me menèrent de force chez le
colonel. Mais ma furprife fe changea bientôt
en joie, quand il m'eut dit que ce n'étoit qu'un
ftratagême pour me procurer ma liberté. Je lui
en témoignai la plus vive reconnoiffance, l'affurant qu'il m'avoit rendu au triple l'obligation
qu'il difoit m'avoir ; mais j'ajoutai que je ne
voulois pas accepter ma liberté , que je ne viffe
de quelle manière don Sanche prendroit la
chofe, parce que j'en craignois les fuites. Il me
répliqua qu'il favoit les moyens de l'appaifer ,
& que je n'avois qu'à le laiffer faire. Je m'en
fus donc à bord fur le champ , & nous mîmes à
la voile dès la même nuit. Notre voyage ne
fut pas des plus heureux, car nous effuyâmes
plufieurs tempêtes ; à la fin, pourtant, nous
arrivâmes fains & faufs à Calao.

Avant que de paffer outre , je vous donnerai
une courte defcription de Baldivia , parce

qu'on permet à peu d'étrangers d'entrer dans
ce port.

Baldivia ou Valdivia eft ainfi appellé du nom
de fon fondateur, qui étoit un Efpagnol. La
vieille ville étoit fituée un peu plus avant dans
les terres que la nouvelle, mais elle a été entièrement détruite par les Indiens. Pierre Baldivia & fes gens exerçoient fur eux une telle
tyrannie, qu'ils prirent enfin courage; &, les
ayant fait tomber dans une embufcade, il les
exterminèrent fans qu'il en échappât un feul.
Pour la nouvelle ville, elle eft fi bien fortifiée,
que les Efpagnols n'ont rien à craindre de ces
peuples, non plus que des étrangers, qui ont
fouvent entrepris de les en chaffer, mais fans
fruit. Comme c'eft le lieu de toute l'Amérique
où font les plus riches mines d'or, la nature
en a rendu l'accès fort diffiicile; car il y a un
banc de fable fi grand à l'entrée de la baye,
que les vaiffeaux font obligés, pour l'éviter,
de fe tenir à plus de cinq cens verges du bord,
qui eft encore défendu par un bon fort. Cependant, quand une fois on y a jetté l'ancre,
il n'y a point de vent à craindre, quelque
tempête même qu'il faffe, tant c'eft un bon
abri.

Les habitans de Baldivia font prefque tous
des gens qu'on a exilés pour leur mauvaife con-

duite. On les fait ordinairement travailler aux
mines pendant un certain nombre d'années ;
&, quand ce terme eſt expiré, on leur donne
en propre tant d'acres de terre inculte. La plupart trouvent moyen de s'y enrichir : mais je
vous laiſſe à juger ſi la fripponnerie n'y a point
de part. La campagne aux environs eſt très-
fertile, & produit en particulier des pommes
en abondance, dont on fait d'excellent cidre ;
mais, pour le vin, il y eſt fort rare, & ceux
qui veulent en avoir, ſont obligés de le payer
à un prix exorbitant.

On regarde cette ville comme la clef de la
mer du ſud. Le gouverneur & les officiers
de la garniſon y ſont généralement envoyés
de Lima ; mais les ſoldats ſont pris de ceux
qu'on y tranſporte par punition ; &, s'il y en
a peu qui n'y viennent qu'à regret, l'on peut
dire qu'il y en a auſſi peu qui ſe ſoucient de
quitter le pays, quand une fois ils y ſont éta-
blis. Quoique ces gens-là ne s'embarraſſent
guère de religion, il y a ſept égliſes & trois
monaſtères, mais qui paroiſſent bien délabrés.
Et je ne doute pas que ceux qui paſſeront là
dans un ſiècle ou deux, ne les trouvent entièrement ruinés.

Pour revenir à mon hiſtoire, j'ai dit que
nous arrivâmes ſains & ſaufs au port de Calao.

J'avois résolu d'y demeurer incognito , jusqu'à
ce que je me fuſſe informé de la diſpoſition où
l'on étoit à mon égard dans la ville. Pour cet
effet, j'écrivis une lettre à mon fermier indien,
où je lui donnois avis de mon arrivée. Il
vint auſſitôt, & fut ravi de me voir en liberté.
Je l'envoyai chez pluſieurs de mes amis pour
leur faire ſavoir mon état. Ils coururent en informer le vice-roi, & le ſolliciter en ma faveur ; &, comme c'étoit un galant homme,
qui n'entroit point dans les reſſentimens de ſon
prédéceſſeur qui m'avoit exilé, il m'accorda
ſur le champ la permiſſion de rentrer à Lima,
& d'y vivre avec la même liberté qu'autrefois.

Je parus donc de nouveau dans cette grande
ville ; j'y vis mes anciennes connoiſſances ,
dont je fus très-bien reçu, & je commençai
à m'y divertir comme auparavant. Peu-à-
peu, je m'inſinuai dans les bonnes graces du
vice-roi, qui me donna un emploi fort lucratif;
& je paſſai une année entière, eſtimé du public,
& très-content de mon état. Mais au bout de
ce tems, le vice-roi, dégoûté de ſon poſte,
trouva moyen de ſe faire rappeller en Eſpagne.
Cependant, comme il me recommanda à ſon
ſucceſſeur, je conſervai mon emploi : du reſte,
ce fut toute la faveur que je reçus de ce nouveau maitre ; car c'étoit un homme inconſtant,

fier & vindicatif. Il s'étoit nouvellement marié
à une très-riche veuve de Lima, qui avoit une
fort belle fille, à ce qu'on difoit, car je ne
l'avois jamais vue que voilée, & encore à
l'églife, le feul endroit où on lui permit d'aller. J'appris qu'on la deftinoit au grand juge,
quoique bien contre fon inclination, à caufe
qu'il étoit beaucoup plus âgé qu'elle : difpa-
rité qui fuffit affurément pour empoifonner tous
les plaifirs du mariage ; mais aujourd'hui l'on
ne confulte à cet égard que l'intérêt.

Cependant je reçus une lettre de mon oncle,
de Séville, par laquelle il me follicitoit de retourner en Efpagne ; me promettant, pour m'y
engager, de me faire fon héritier. J'avoue que
je commençois à me dégoûter de l'Amérique ;
& le terme pour lequel j'avois hypothéqué mon
patrimoine, étant prêt d'expirer, je n'eus pas
de peine à me difpofer à partir. Pour cet effet,
je vendis ma plantation à mon fidèle Indien,
beaucoup au-deffous de ce qu'elle valoit, voulant reconnoître les obligations que je lui avois.
Je réfignai mon emploi entre les mains du vice-
roi, parce que je ne pus point obtenir la permiffion d'en difpofer à mon gré. Je convertis
tous mes effets en poudre d'or, que j'envoyai
devant moi à mon oncle, & je n'attendis plus
que compagnie pour aller par terre à Vera-

Crux, qui eſt un port dans la mer du nord,
d'où je pourrois commodément m'embarquer
pour l'Eſpagne.

Je commençai alors à penſer férieuſement à
m'établir; & certes il en étoit bien tems, car
j'avois au-delà de vingt-huit ans, âge auquel
les feux de la jeuneſſe devroient, ce me ſemble,
être paſſés; car, ſi un homme ne revient pas
de ſes folies avant que d'avoir atteint ſa tren-
tième année, il eſt fort à craindre qu'il ne ſoit
incorrigible tout le reſte de ſa vie. D'ailleurs
tout me promettoit un établiſſement auſſi avan-
tageux que je pouvois le ſouhaiter, ayant du
bien de moi-même, & pouvant compter ſur
celui de mon oncle, qui avoit alors quatre-
vingt-trois ans.

Me voici preſque arrivé à la fin de mon hiſtoire; mais, auparavant, je veux vous donner
une courte deſcription de Lima, telle qu'elle
eſt aujourd'hui, parce que ç'a été, en quelque
façon, le théâtre de mes malheurs.

Lima, capitale du Pérou, eſt ſituée dans une
magnifique plaine entre-coupée de collines à
quelque diſtance les unes des autres, à deux
lieues du port de Calao, à 12 degrés 6 minutes
de latitude méridionale, & à 29 degrés 45 minutes de longitude occidentale. François Pi-
zarro en jetta les fondemens en 1535, & l'ap-

pella la Ciudad de los Reges, ou la Cité des
Rois ; mais, dans la suite, on lui a donné le
nom de Lima, qui est une corruption de celui
de Rimac que portoit une idole que les Indiens adoroient autrefois dans ce lieu-là. Après
Mexico, c'est la plus belle ville de toute l'A-
mérique. Toutes les rues en sont tirées au cor-
deau, & à-peu-près de la même longueur &
de la même largeur, c'est-à-dire, d'environ
cinquante verges d'étendue. Dans le centre, il
y a un quarré, le plus beau que j'aie jamais
vu ; &, au milieu de ce quarré, une fontaine
de cuivre, ornée de huit lions qui jettent continuellement de l'eau que fournit une rivière
qui passe aux extrémités de la ville, & sur laquelle on a bâti un magnifique pont de pierre
par où l'on va aux fauxbourgs. Il y a, dans
ces fauxbourgs, une belle promenade publique,
toute plantée en allée d'orangers, où le beau
monde de la ville se rend tous les soirs. On ne
compte pas moins de cinquante-sept églises ou
chapelles à Lima, en y comprenant celles des
monastères, outre vingt-quatre couvens d'hommes & douze de femmes. La cathédrale est
magnifique, comme le sont aussi la plupart des
autres églises, quoiqu'elles soient, depuis le
premier étage en haut, principalement bâties
de bois, à cause des tremblemens de terre, qui

font fort communs dans cette ville. Il y en arriva un en 1682, qui la renverfa prefque entièrement ; & c'eft une chofe furprenante, qu'elle ait pu être fi bien rebâtie en fi peu de tems.

Le vice-roi du Pérou y fait fa réfidence, & y exerce un pouvoir fi defpotique, qu'il a bien de la peine à reconnoître le roi d'Efpagne pour fon maître. C'eft-là que fe tiennent toutes les cours de juftice, & entre autres la cour fuprême de laquelle on ne peut point appeller. Il y a auffi une inquifition qui eft pire, fur mon honneur, qu'en Efpagne. Le ciel en préferve toute bonne ame ; car, dans ce tribunal, le délateur fert de témoin, & ne paroît point ; &, pour raccommoder la chofe, on ne confronte jamais les témoins à l'accufé. Lima eft encore le fiège d'un archevêque & d'une univerfité qui a trois grands collèges bien remplis, quoique ceux qui étudient, y faffent, pour la plupart, peu de progrès dans les fciences : car j'en ai fouvent trouvé qui étoient affez ignorans. Il y a, outre cela, douze hôpitaux, dont l'un eft pour les Indiens en particulier.

La garnifon de cette ville eft de deux mille hommes de cavalerie, & de fix mille d'infanterie, mais tous pauvres foldats, fur-tout s'il s'agiffoit de fe défendre contre un ennemi étranger ;

étranger ; car ces troupes font principalement composées de créoles & d'Indiens. Les créoles, qu'on appelle ainsi à cause qu'ils sont nés en Amérique, quoique de parens Européens, font pour la plupart fiers, pareffeux, ignorans, & tout autant de petits tyrans, quand ils ont le pouvoir en main. Ils entendent affez bien le négoce, & ne se font point scrupule de tromper les gens avec qui ils trafiquent, quand ils le peuvent. Ils font tous enclins aux plaisirs de l'amour, & prêts à tout sacrifier pour contenter cette passion. Les femmes, qui font réellement fort belles, demeurent, pour l'ordinaire, tout le jour, à la maison, affises les jambes en croix, & muettes comme des poiffons ; mais, dès que la nuit vient, elles courent les rues, voilées, & font auffi hardies à demander la courtoisie, que les hommes peuvent l'être chez nous. En voici un exemple qui vous frappera.

Un foir que j'étois occupé dans ma chambre à expédier des lettres pour l'Espagne, j'entendis frapper doucement à ma porte. Mon valet étoit sorti : ainsi je me levai pour ouvrir ; mais quelle fut ma surprise de voir une femme voilée, qui, fans faire de compliment, entra & s'affit fur un lit de repos ! Après y avoir demeuré un moment, elle ôta son voile, & me

R

découvrit un des plus beaux visages que j'eusse
jamais vu. J'en fus si frappé, que je demeurai
quelque tems immobile; & je fus prêt à me
jetter à ses pieds pour l'adorer comme une di-
vinité. Mais elle me dit ingénument, monsieur,
je ne suis point venue ici pour le seul plaisir
d'être admirée; je vous trouve à mon gré; &,
si vous me trouvez au vôtre, je crois que vous
ne me traiterez pas mal.

Madame, lui répondis-je, je ne sais qu'un
moyen de vous convaincre que vous me plai-
sez infiniment. En disant cela, je la menai dans
une alcove où nous devînmes bientôt les meilleurs amis du monde. Nos petites affaires finies,
elle me pria de la laisser aller, sous promesse
de me rendre une seconde visite le lendemain
à la même heure; mais, ajouta-t-elle, s'il vous
arrivoit de me rencontrer en quelque endroit,
ne me regardez point, de peur que vos yeux
ne vous trahissent, & que cela ne vous soit
funeste, aussi-bien qu'à moi. Je lui promis de
suivre ses ordres, & là-dessus elle me quitta.
Je fus curieux de savoir qui elle étoit; &,
dès qu'elle fut sortie de la maison, je pris mon
manteau & mon épée, & je la suivis de loin.
Après avoir marché quelque tems, je la vis
entrer dans le palais du vice-roi. D'ailleurs elle
étoit habillée de manière que je compris bien

que ce n'étoit pas une femme du commun; ainſi,
tout fier de ma nouvelle conquête, j'attendis
avec impatience le plaiſir de la revoir. Elle
tint parole, & me rendit viſite à l'heure marquée : nous ne perdîmes point le tems en
complimens, non plus que la première fois,
mais nous l'employâmes du mieux que nous
pûmes ; &, ſi je fus charmé de ma belle incon-
nue, elle m'avoua qu'elle n'étoit pas moins
ſatisfaite de moi, & que la ſeule choſe qui
l'inquiétoit, c'étoit la crainte de me perdre,
ayant appris que j'avois deſſein d'aller en
Eſpagne. Je lui dis que cela étoit vrai, &
que rien ne ſeroit capable de m'en détourner,
que l'amour que j'avois pour elle. A force de
careſſes, je l'engageai enfin à m'avouer qu'elle
étoit la belle-fille du viceroi : elle me dit de
plus, qu'il y avoit long-tems qu'elle ſe ſen-
toit de l'inclination pour moi, & qu'elle étoit
partagée entre ſon amour & ſon devoir ; mais
que le premier l'avoit à la fin emporté. Elle
m'apprit que ſon mariage avec le grand juge
de Lima devoit être célébré dans peu de jours,
& elle ajouta que l'avantage qu'elle avoit de
me connoître ne feroit qu'augmenter l'averſion
qu'elle avoit d'abord conçue pour lui. Nous
eûmes dès-lors pluſieurs autres rendez-vous
de cette nature, & toujours à la grande ſatis-

faction des intéressés. Elle me fit divers présens de joyaux, que j'ai précieusement conservés pour l'amour d'elle, malgré tous les malheurs qui me sont arrivés depuis. A mesure que le jour de ses noces approchoit, nos rendez-vous devenoient moins fréquens, ce qui me chagrinoit fort. Pour dissiper ma mélancolie, j'allois souvent me promener sous les orangers dans la place publique dont j'ai parlé plus haut, où il m'arrivoit même quelquefois, par distraction, de demeurer assez tard.

Un soir, revenant à la maison, j'entendis un grand cliquetis d'épées, à quelque distance de moi ; &, un moment après, je vis un homme qui couroit de mon côté, en criant ; pour la vierge Marie, monsieur, ayez la générosité de me prêter votre épée pour me défendre contre un coquin qui m'a traité de la manière du monde la plus indigne. Je ne lui répondis rien ; mais, voyant qu'il avoit l'air d'un homme de qualité, je lui donnai mon épée, & je le suivis. A peine eus-je tourné dans la rue voisine, que je le vis aux prises avec son ennemi, qu'il étendit sur le carreau en moins de deux minutes. Aussitôt il prit la fuite, & me laissa seul : je ne m'en apperçus point ; &, comme le monde s'assembloit, & que je me trouvai dans ce moment tout près du mort, l'on me faifit, fuppofant que j'avois fait le coup. Et ce qui fembloit le confirmer fans replique, c'étoit mon épée qui étoit demeurée dans le corps du défunt. J'eus beau dire comment la chofe s'étoit paffée, & protefter que je n'y avois aucune part ; on me mena chez le corregidor. Cependant, comme il n'y avoit point de témoin qui dépofât m'avoir vu aux prifes avec don Rodrigue (c'étoit le nom de celui qui avoit été tué), & qu'il fe trouva même heureufement un homme qui déclara que ce n'étoit pas moi qui l'avois attaqué, je fus fimplement condamné à être tranfporté de nouveau à Baldivia. Je maudis mille fois mon étoile, & j'eus un chagrin mortel d'être obligé de quitter mon aimable maîtreffe; mais le tems le diffipa peu-à-peu.

Cependant on me retint en prifon dans le château, jufques à ce que le vaiffeau, fur lequel je devois être embarqué, fût prêt à partir. Durant ma détention, un gentilhomme vint me voir, & me demanda une demi-heure de converfation particulière. J'avois fi bien gagné l'efprit de mon geolier par mes libéralités, & mon humeur joviale, que je crois que fi je lui avois demandé de favorifer mon évafion, il l'auroit fait ; de forte qu'il introduifit avec plaifir ce gentilhomme dans ma chambre qui , quoiqu'affez mauvaife , étoit pourtant bien la meilleure de la prifon ; il nous laiffa même feuls pour être plus en liberté. L'inconnu, après s'être affis, me demanda fi je voudrois prendre quelque rafraîchiffement ; mais lui ayant répondu que non, il marmotta quelque chofe entre fes dents, & me tint ce difcours.

Monfieur, vous voyez devant vous l'infortuné qui eft la caufe de votre emprifonnement. Je ne vous parlerois pas fi librement, fi je n'étois perfuadé de votre inclination généreufe & bienfaifante. Encore un coup, je vous dis que vous voyez devant vous celui qui a commis l'action dont vous devez porter la peine. Je fuis gentilhomme de naiffance, & fi même je n'ai pas eu le bonheur de recevoir le jour en Efpagne, j'ai cette confolation que mon père & ma mère en font fortis, étant tous deux nés à Cordoue ; mais la fortune les ayant obligés, par fes revers, à venir dans cette partie du monde, elle rougit enfin de leur avoir été fi contraire, & leur fut toujours depuis très-favorable. En peu d'années, Plutus, le dieu des richeffes, leur rendit une vifite, & leur en promit de fréquentes. Il leur tint parole, & bientôt la fortune devint pour eux du genre neutre ; c'eſt-à-dire, que croyant n'avoir plus beſoin d'elle, ils ceſsèrent de lui ſacrifier.

Monſieur, lui dis-je alors, dès qu'ils vous plaira de parler naturellement & ſans figure, je vous comprendrai. Eh bien donc, repliqua-t-il, pour ne pas vous laiſſer plus long-tems en ſuſpens, je ſuis la perſonne à qui vous eûtes la bonté de prêter votre épée, pour me venger d'un infâme coquin qui méritoit de ſouffrir éternellement pour avoir fait la plus lâche de toutes les trahiſons à la meilleure de toutes les femmes. Et puiſque je vois que vous n'aimez pas les longs diſcours, ni les fleurs de rhétorique, je vous ferai mon hiſtoire auſſi ſuccinctement, & auſſi ſimplement qu'il me ſera poſſible.

Ma mère mourut il y a environ ſept ans, & laiſſa mon père dans une affliction ſi grande, que le reſte de ſa vie ne fut preſque autre choſe qu'un délire continuel. Enfin la mort prenant pitié de ſon état, vint à ſon ſecours, il y a près de deux ans ; & par là je me vis maître d'un bien très-conſidérable. Comme il étoit déjà fort âgé & fort infirme, & qu'après tout il faut néceſſairement payer le tribut à la nature, je me conſolai bientôt de ſa perte ; &, ſix mois après, je devins éperdûment amoureux d'une jeune demoiselle d'une beauté incomparable, du moins à mes yeux. Les grands biens que je possédois me donnèrent aisément accès auprès d'elle, & j'eus bien-tôt le plaisir de m'appercevoir qu'elle n'avoit point d'éloignement pour moi. Tout répondant à mes désirs, je la demandai en mariage, & je l'obtins. Nous passâmes plusieurs mois dans tous les plaisirs de l'amour conjugal, & je puis dire que la possession ne ralentit point l'ardeur dont je brûlois pour ma tendre epouse. Tous mes vœux se bornoient à elle, & chaque moment de jouissance me sembloit nouveau. Mais enfin le cruelle jalousie s'empara de mon esprit, & troubla la parfaite union qui avoit jusque-là régné entre nous. Voici comment cela arriva.

J'avois un ami qui partageoit avec moi la fortune dont je jouissois. Nous désirions, nous aimions, & nous haïssions de même. Ainsi je ne me crus point heureux que je ne lui eusse fait voir l'idole de mon cœur. Mais helas! que d'angoisses ce moment fatal ne me coûta-t-il point? Il fut frappé de sa beauté, & dans un instant il perdit son repos & sa liberté. Je lui permis (car qu'est-ce que j'aurois pu refuser à un ami que je regardois comme un autre moi-même!) je lui permis de rendre visite à ma femme, lorsque mes affaires m'appelléroient ailleurs. Il en fut bien profiter, & fouvent il lui fit connoître fa paffion par fes foupirs amoureux & par fes regards languiffans. Quand mon époufe s'apperçut qu'il pouffoit les chofes trop loin? elle le menaça de m'en avertir; mais il la prévint, & me dit un jour: je croyois que votre femme feroit comme les autres, inconftante & légère; voilà pourquoi j'ai fait femblant, en votre abfence, d'en être paffionnément amoureux, pour voir fi elle vous feroit fidèle; & je fuis ravi de pouvoir vous affurer que vous avez fait un très-digne choix.

Je vous avoue que je fus charmé de la démarche de mon ami, ne doutant point qu'elle ne procédât de l'intérêt particulier qu'il prenoit à ce qui me regardoit; mais j'eus beaucoup de peine à engager ma femme à recevoir fes vifites comme auparavant. Quelquefois, elle ne pouvoit s'empêcher de me dire : je fouhaite que votre ami foit fincère, mais pour moi j'en doute fort. Peu de tems après, je m'apperçus que don Rodrigue (c'étoit le nom de cet ami) devenoit tout mélancolique. Je fis tout ce que je pus pour favoir quelle en pouvoit être la raifon, mais inutilement pendant quelque tems. Enfin un jour que nous étions allés enfemble prendre l'air à cheval, & qu'il paroiſſoit encore plus triſte que de coutume, je lui dis que je ne le regarderois plus comme mon ami , s'il ne vouloit pas m'apprendre quelle étoit la cauſe de ſon chagrin. Après s'en être long-tems défendu , il me dit que la bonne opinion qu'il avoit d'abord conçue de ma femme ſe trouvoit malheureuſement fauſſe , car il ſavoit de bon lieu qu'elle ne m'étoit pas fidèle.

Vous pouvez penſer que cette déclaration fut pour moi un coup de foudre , partant d'un ami que je croyois incapable de me dire une fauſſeté. Je demeurai quelque tems ſans pouvoir ouvrir la bouche , & le coquin me parut ſi fâché de m'avoir fait cette découverte , que je ne doutai plus qu'il ne m'eût accuſé juſte. Quand je fus un peu revenu à moi , je le conjurai de me dire ſur quoi il fondoit ſes ſoupçons; mais il me pria de l'excuſer juſqu'à ce qu'il eût une preuve plus convaincante de l'infidélité de ma femme , ce qu'il ne doutoit point d'avoir bientôt , quoi qu'il ſouhaitât de toute ſon ame d'y être trompé. Il ajouta qu'il me conſeilloit de ne lui en rien témoigner , & d'agir avec elle comme auparavant; car , me dit-il , ſi vous faiſiez connoître la moindre choſe , vous ne viendriez jamais à bout de ſavoir la vérité. Je lui promis

de fuivre fon confeil, & je retournai chez moi,
mais Dieu fait dans quelle agitation.

Quelques efforts que je fiffe pour la cacher
à ma femme, elle s'en apperçut, & me pria
inftamment de lui dire ce que j'avois. Elle s'em-
preffa même de la manière du monde la plus
tendre à diffiper mon chagrin par fes carreffes
& par fa bonne humeur; mais comme je pris
tout cela pour artifice & pour diffimulation,
je n'eus garde de lui ouvrir mon cœur, & je
m'enfonçai toujours de plus en plus dans la mélancolie. Il y avoit pourtant des momens où
je la croyois fincère, & où je doutois de la
fidélité de mon ami; mais toutes les fois que
ce perfide en trouvoit l'occafion, il ne manquoit point de m'affermir dans mes foupçons.
Il enflamma même fi fort ma jaloufie que je
commençai à fouhaiter que celle qui en étoit
la caufe ne fût plus au monde: & fi ce n'avoit
été pour me venger du compagnon de fon prétendu crime, je crois certainement que j'aurois cherché les moyens de m'en défaire au
plutôt.

J'avois des affaires qui m'obligeoient d'aller
toutes les années à Ségovie; & le tems de mon
voyage approchant, mon ami me dit qu'avant
que je fuffe de retour il fe faifoit fort de me
fournir des preuves authentiques de l'infidélité

de ma femme ; car, ajouta-t-il, votre abfence lui procurera les moyens de fe fatisfaire, & comptez qu'elle n'en laiffera pas échapper l'occafion.

Il fallut bien du tems pour me réfoudre à faire réellement ce voyage ; car d'abord je voulois fimplement feindre de l'entreprendre pour revenir fur mes pas lorfque mon époufe ne s'y attendroit point, & pouvoir ainfi me convaincre par moi-même de fon infidélité ; mais mon ami, à qui il importoit que je fuffe quelque tems abfent, me dit tant de raifons pour m'en détourner, que je m'y rendis enfin. Il ajouta qu'il falloit que je donnaffe ordre qu'il pût entrer librement chez moi, afin d'obferver de plus près tout ce qui s'y pafferoit. La porte de ma maifon, lui répliquai-je, ne vous a jamais été fermée, & vous pouvez y aller auffi fouvent qu'il vous plaira. Il eft vrai, reprit-il, mais vous favez que depuis que j'ai fait une fauffe déclaration d'amour à votre femme, elle m'a regardé plutôt comme fon ennemi que comme fon ami, voyant bien que je n'étois pas fincère ; car quelque débauchées que foient les femmes, elles ne fauroient fouffrir qu'on doute le moins du monde de leur vertu. Hé bien donc, lui dis-je, fi vous voulez nous fouperons enfemble ce foir, & je prendrai occafion de mon départ pour donner ordre à mon infidèle époufe de vous accorder en mon abfence, la même liberté de venir chez moi, que vous avez à préfent. Cela étant, répliqua-t-il, ne foyez point furpris de ce que je lui dirai, pour lui faire prendre le change.

Là-deffus nous nous quittâmes, & je revins à la maifon difpofer toutes chofes pour mon voyage. A dîné je parlai de mon ami à ma femme, & je lui dis que je fouhaitois qu'elle le reçût familièrement pendant mon abfence. Je remarquai qu'elle changea de couleur à ce difcours, & qu'elle fut dans la dernière confufion, mais je fis femblant de n'y pas prendre garde. Après s'être un peu remife, elle me dit que fi je le trouvois bon elle avoit deffein de vivre retirée, & de ne recevoir aucune vifite tant que je ferois dehors ; car, ajouta-t-elle, le monde ne manquera pas de médire, & vous favez que nos manières Efpagnoles ne me permettent point de voir un homme en votre abfence. Cependant comme elle vit que je voulois abfolument que la chofe fût ainfi, elle changea de difcours, feulement elle parut fort inquiéte tout le tems que nous fûmes à table, & elle eut bien de la peine à retenir fes larmes. Cela, loin de me toucher, me mit dans une furieufe colère, & ce fut tout ce que

je pus faire que de m'empêcher d'éclater ; car
je crus fermement que fon chagrin ne venoit
que de ce qu'elle voyoit que mon ami me fer-
viroit d'efpion auprès d'elle.

Cependant dom Rodrigue vint à l'heure
marquée, & durant le foupé je dis à ma femme
qu'elle devoit le regarder comme le feul ami
que j'euffe, & le recevoir en mon abfence
comme un autre moi-même, fachant bien qu'il
ne feroit jamais rien de contraire à l'étroite
amitié qui étoit entre nous deux. Monfieur,
me dit là-deffus ce perfide, je fuis très-fâché
de ne pouvoir fuivre à cet égard mon inclination, mais j'ai reçu des lettres d'un de mes
proches parens de Panama, qui me prie de m'y
rendre au plutôt parce qu'il doit fe marier, &
que, pour des raifons de famille, le contrat de
mariage ne peut fe faire que je ne fois fur les
lieux ; ainfi il faut que je parte inceffamment,
& je doute que je puiffe être de retour avant
fix femaines. Je fus d'abord très-furpris de cette
prompte réfolution, & j'allois lui en parler
lorfqu'il me fit figne de l'œil. Alors je me rappellai ce qu'il m'avoit dit le matin, que je ne
devois pas prendre garde à ce qu'il diroit le
foir ; mais je remarquai que cela diffipa peu-à-
peu le chagrin de ma femme, & répandit fur
fon vifage un air de contentement qui me fem-

bloît être une preuve parlante de son infidélité. J'en fus si irrité que je ne pus m'empêcher de le faire paroître par mes discours &
par mes actions ; cependant je conservai encore
assez de raison dans ma folie (car on ne sauroit appeller autrement la passion qui me pos-
sédoit alors) pour en taire la véritable cause.

Ma pauvre femme fut toute confondue de
me voir si peu d'accord avec moi-même , &
dans une colère dont elle me croyoit incapable ; quand mon ami s'en fut allé elle me
conjura les larmes aux yeux de lui en dire la
raison, étant bien persuadée qu'il falloit qu'il
y eût quelque chose de fort extraordinaire pour
me rendre si méconnoissable. Mais je demeurai
ferme dans la résolution que j'avois prise de
ne lui rien découvrir , & le lendemain matin
je partis pour Ségovie, l'esprit plein d'idées
tragiques qui me présageoient ce qui devoit
m'arriver.

Le chagrin qui me minoit depuis quelque
tems, m'avoit si fort affoibli que j'eus toutes
les peines du monde à me tenir sur mon cheval ;
& dès que je fus arrivé le soir à l'hôtellerie,
il fallut me mettre au lit avec une violente
fièvre. Toute la nuit je ne fis que rêver ; &
mes valets effrayés de me voir dans cet état,
envoyèrent aussi-tôt chercher un médecin. Il

vint ; & comme dans mon délire je dis bien
des choses qui marquoient de la jalousie, il ne
tarda pas à comprendre que mon mal venoit
du désordre de mon esprit plutôt que de la
mauvaise disposition de mon corps. Quand le
transport eut cessé, je ne fus pas peu surpris
d'entendre ce médecin me parler en ces termes :

Monsieur, il y si long-tems que j'exerce ma
profession, que je sai bien distinguer les maladies du corps de celles de l'esprit ; & ne vous
étonnez point si je vous dis que j'ai souvent
guéri ces dernières, sur lesquelles notre art ne
peut rien, par de bons conseils. Vous êtes encore jeune, & peut-être vous êtes-vous mis
des chimères dans la tête ; si vous voulez bien
me dire votre cas, je vous donnerai mon avis
sans qu'il vous en coûte rien ; & ne trouvez
pas mauvais que je vous fasse une telle pro-
position, j'ai plus d'expérience que vous. Vous
pouvez me taire votre nom & celui des personnes qui sont intéressées dans l'affaire qui
cause votre chagrin ; & si mon conseil ne vous
plaît pas vous n'avez qu'à le laisser, vous n'en
ferez pas plus mal : je garderai aussi fidèle-
ment votre secret que si j'étois votre confes-
seur. Vous pouvez croire que je fus extrêmement étonné de ce discours du médecin ; ce-

pendant

pendant j'y remarquai tant de franchise & d'inclination à me soulager que j'en fus charmé ;
je lui contai, sans me faire presser davantage,
toute mon histoire, à peu-près comme je viens
de vous la faire.

Après avoir gardé un moment le silence, il
me dit que ce que je venois de lui conter ne
faisoit que le confirmer dans l'opinion qu'il
avoit d'abord eue de ma maladie, & selon laquelle il alloit me donner son avis : là-dessus
il me parla en ces termes : Pensez bien, monsieur, me dit-il, à ce que vous allez faire.
Vous m'avez dit que votre ami vous avoit
avoué qu'il avoit fait semblant d'aimer votre
femme pour l'éprouver ; mais je ne vois pas
qu'il vous ait communiqué son dessein avant
que de le mettre en exécution. Et pour vous
dire franchement ce que j'en pense, je crois
qu'il vous trahit, & qu'il aime réellement votre
femme. Le chagrin que vous avez remarqué
en elle ne venoit que de la haine qu'elle lui
porte, & de l'amour qu'elle a pour vous. La
déclaration qu'il vous a faite, après avoir attenté à son honneur, n'a été que pour vous
prévenir, ne doutant point qu'elle ne vous en
parlât une fois ou l'autre. Si elle vous en a
fait un secret, c'étoit pour ne pas vous cha-
griner ; & si ce faux ami vous a dit ensuite

S

qu'il croyoit avoir raifon de foupçonner fa
vertu, c'eft qu'il vouloit, ou fe venger de ce
que votre époufe avoit méprifé fa paffion, ou
fe procurer les moyens de la fatisfaire en votre
abfence.

Je fuis affuré que le tems vérifiera ma conjecture qui eft toute naturelle, & qu'il n'y a
point de perfonne défintéreffée qui n'en portât
le même jugement. La paffion vous a aveuglé,
mais fi vous pouviez vous donner le tems de
réfléchir tranquillement fur ce que je viens de
vous dire, je ne doute point que vous ne fuf-
fiez bientôt de mon opinion. Une chofe que je
fais bien, c'eft que la jaloufie eft une marque
certaine d'amour; & fi dans la chaleur de cette
paffion vous vous portiez à quelque fâcheufe
extrêmité, quels regrets n'en auriez-vous pas
enfuite ! chaque moment de votre vie devien-
droit pour vous un vrai fupplice. Les amans
voyent fouvent tout de travers, & ne font que
trop fujets à fe forger des chimères. Appel-
lez la raifon à votre fecours ; penfez à loifir
à ce que je vous confeille. Les amis auffi bien
que les femmes, peuvent être infidèles ; &,
après tout, il vaut mieux courir le rifque de
perdre les premiers que d'en ufer mal fans
preuves, avec les dernières.

A mefure que ce médecin me parloit, il me

fembloit que j'entendois un oracle ; lorfqu'il eut fini fon difcours, je ne pus m'empêcher de condamner mes foupçons. Je repaffai dans ma mémoire toute la conduite de ma femme, & je n'y trouvai rien qui pût autorifer le moins du monde la mauvaife opinion que j'avois fi témérairement conçue d'elle. Je rendis à cet honnête homme mille graces de fon confeil falutaire, & je voulus lui payer fa vifite, mais il le refufa abfolument. Non, monfieur, me dit-il, fi je prenois votre argent, je montrerois que, femblable aux avocats, j'aurois plaidé pour mon honoraire. Toute la récompenfe que je vous demande, c'eft de me faire favoir fi j'ai bien ou mal rencontré, quand vous en viendrez au dénouement, qui fera, j'efpère, tout à l'avantage de votre époufe. Et permettez-moi de vous donner encore un petit avis ; fi vous trouvez que l'ami en qui vous avez eu tant de confiance, vous trahiffe, ne cherchez point à vous en venger autrement que par le mépris, & laiffez le refte à la Providence. Je lui promis de fuivre de point en point fes fages confeils, & là-deffus nous nous féparâmes avec beaucoup de confidération l'un pour l'autre.

Cependant je pris le parti de ne point continuer mon voyage, mais de retourner fur mes

pas en toute diligence, & de confidérer, chemin faifant, comment je devois m'y prendre,
réfolu de laiffer au tems à démêler cette fâcheufe affaire. Je dis à mes valets que je voulois me rendre au plutôt chez moi, n'ayant
pas la force d'aller plus loin, ce qui, dans le
fond, étoit très-vrai; car je me trouvois extrêmement foible, & je puis dire par ma propre
expérience, que le défordre de l'efprit caufe
plus de dérangement dans le corps que beaucoup de maladies actuelles. Pendant une partie
du chemin je ne pus prendre aucune réfolution
qui me fatisfit, de forte que je crus qu'il valoit
mieux coucher encore une nuit fur la route,
dans l'efpérance qu'elle me donneroit confeil.
En arrivant à l'hôtellerie un de mes valets me
dit que don Rodrigue venoit d'y mettre pied
à terre dans le moment : je n'eus pas entendu
proférer fon nom que mon fang fe glaça dans
mes veines, & auffi-tôt je commençai à foupçonner qu'il y avoit quelque chofe qui n'alloit
pas bien.

Je demandai à mon valet fi don Rodrigue
m'avoit vu, il me dit que non, & qu'il paroiffoit fe cacher & ne pas fe foucier qu'on le
le connût. Cela augmenta mes foupçons; & je
ne doutai prefque plus qu'il n'eût deffein de
faire quelque mauvais coup, ou qu'il ne l'eût

peut-être déja fait, de forte qu'il fe fauvoit. J'ordonnai à mes gens de ne point paroître ; &
quand le foupé fut prêt, je fis prier l'hôte de
me tenir compagnie. Il vint auffi tôt, & après
avoir parlé de la pluie & du beau tems, je
lui demandai quelles gens il avoit dans fa maifon. Il ne fe fit point de peine de me le dire ;
& quand il vint à don Rodrigue, il m'avoua
naturellement qu'il ne l'agréoit pas beaucoup,
parce qu'il avoit remarqué qu'il vouloit être
en particulier avec fes valets, & qu'il les avoit
vus fe parler fouvent à l'oreille. Ils ont deffein,
me dit-il, de partir demain de grand matin,
mais je ne fai point quelle route ils prennent.
Je fis ce que je pus pour cacher le trouble où
me jettoit cette découverte, mais je réfolus
bien en moi-même d'être en campagne auffi-
tôt que don Rodrigue, & pour en être plus
certain, de ne point me coucher, quoique
j'euffe grand befoin de repos.

Sur le minuit j'entendis des gens qui parloient tout bas dans la chambre voifine, &
je pus diftinguer la voix de mon traître d'ami.
Bien qu'il ne me fût pas poffible de favoir ce
qu'ils difoient, j'ouïs plus d'une fois prononcer
mon nom & celui de ma femme. A la pointe
du jour je m'apperçus qu'ils fe difpofoient à
partir ; mais quoique je fiffe affez de diligence,

ils décampèrent avant que je puſſe être à cheval avec mes valets. J'en fus extrêmement
fâché, & ne ſachant quel chemin ils avoient
pris, je crus que le plus ſûr étoit toujours de
me rendre au plutôt chez moi. Mais quelle ne
fut pas ma ſurpriſe quand je rencontrai, à deux
lieues de Lima, mon épouſe en carroſſe avec
ſa ſervante & deux valets Indiens ! Dès qu'ils
me virent ils furent tout tranſportés de joie,
& ma pauvre femme n'eut pas la force de me
rien dire de quelque tems. Cela me fit retomber dans ma première jalouſie, m'imaginant
qu'elle ſuivoit don Rodrigue, & qu'elle étoit
au déſeſpoir de me rencontrer.

A la fin elle ouvrit la bouche dans une eſpèce d'extaſe. Bon Dieu, me dit-elle, mon
cher, eſt-ce bien vous, & ne me trompai-je
point? Je lui demandai la raiſon de ſon voyage
& de ſa grande ſurpriſe. Monſieur, me répondit-elle, cette queſtion me confond ; n'ai-je
pas reçu une lettre de votre part pour vous
aller joindre en toute diligence ? La voici,
continua-t-elle en la tirant de ſa poche, je la
pris & j'y lus ce qui ſuit :

» Ma chère,

» J'ai eu le malheur en chemin de tomber
» de cheval, & de me caſſer un bras, ce qui

» m'empêche de vous écrire moi-même. Cette
» chûte a été fuivie d'une violente fièvre qu'on
» me dit être fort dangereufe. J'ai différé juf-
» qu'à préfent de vous faire favoir mon état
» pour ne pas vous effrayer, efpérant toujours
» que ce ne feroit rien ; mais comme le mal
» empire bien loin de diminuer, je vous prie
» de faire toute la diligence poffible pour vous
» rendre où je fuis, de peur que vous ne trou-
» viez plus en vie

        » Votre affectionné époux.

  Il ne falloit pas être grand forcier pour deviner cette énigme ; & je vis à l'air de ma
femme, quand je lui eus dit que cette lettre
étoit fuppofée, qu'elle en connoiffoit auffi bien
que moi le vrai auteur. Cependant le cocher
profitant de ce moment, avoit quitté fon fiége
& fe fauvoit à la dérobée ; mais ma femme qui
s'en apperçut, fe mit à crier qu'on l'arrêtât,
parce que c'étoit celui qui lui avoit apporté
la lettre, & qui lui avoit dit qu'il avoit ordre
de la conduire au lieu où j'étois ; circonftance
qui avoit plus contribué à la tromper que toute
autre chofe, vu que notre cocher s'étoit noyé
peu de tems avant que je partiffe, & que nous
n'en avions point encore pris d'autre. Ce co-
quin-là, pour donner encore plus de couleur

à fon impofture , avoit ajouté que j'avois fait
prier fon maître , qui étoit un gentilhomme des
environs du lieu où j'étois malade, de me l'accorder pour mener le carroffe dans lequel ma
femme devoit venir , me trouvant alors fans
cocher. Je courus après lui , je le ramenai &
je l'obligeai à conduire le carroffe dans un
village voifin , chez un gentilhomme de ma
connoiffance. Quand nous y fûmes arrivés nous
l'enfermâmes dans une chambre, & avec lui
deux de mes valets pour le garder à vue. Je
dis à mon ami tout ce qui venoit de nous arriver, & que notre vifite étoit purement ac-
cidentelle. Il nous affura que nous étions les
bien-venus, quel que pût être le motif qui
nous amenoit chez lui.

Dès que je pus être feul avec ma chère
époufe, je l'embraffai tendrement, je lui demandai pardon d'avoir eu la foibleffe de la
foupçonner de m'être infidèle , & je lui contai
ingénuement l'origine & les progrès de ma jaloufie, fans en omettre la moindre circonftance.
Elle rendit graces au ciel de l'avoir tirée d'un
fi mauvais pas, & elle m'apprit de quelle manière elle avoit été trompée par le coquin qui
lui avoit apporté la lettre. Cinq jours après
votre départ , me dit-elle , comme j'étois à
rêver dans le jardin , ma fervante vint me dire

qu'un homme qui avoit une lettre à me remettre de votre part, demandoit à me parler.
Cela me jetta dans un étonnement, & dans
des craintes que je ne saurois exprimer ; j'en
fus toute troublée, & à peine me resta-t-il assez de force pour dire qu'on m'amenât cet
homme. Il vint, & me présenta votre prétendue lettre ; mais quelle ne fut pas ma douleur
en la lisant ? Je demeurai quelque tems sans
pouvoir parler ; à la fin, je lui demandai où
vous étiez. Madame, me répondit-il, monsieur votre époux est à la maison de campagne
de don Florio (un de mes amis dont ma femme
m'avoit souvent entendu parler) & comme
vous n'avez point de cocher, mon maître
m'envoye pour vous mener dans votre carrosse
chez lui. Je ne voulus pas perdre le tems à
m'habiller ; & aussi-tôt je me mis en chemin,
avec ma servante & les deux Indiens. Je ne
soupçonnai pas la moindre chose, quoique
je me défiasse depuis quelque tems de votre
faux ami ; mais comme il ne m'avoit pas fait
une seule visite en votre absence, je ne pensai
pas même à lui. Je m'apperçus bien à l'air du
cocher, qu'il ne voyoit pas avec plaisir que
mes valets m'accompagnassent ; cependant je
n'y fis pas grande attention, parce que j'étois
trop occupée de votre état.

Nous nous embraffâmes de nouveau avec une joie inexprimable, & nous nous félicitâmes d'être fi heureufement échappés des piéges qu'on nous tendoit; admirant en cela la direction de la providence, & les bons confeils de mon généreux médecin. Ma femme me dit qu'elle fouhaitoit paffionnément de le voir, pcur lui en témoigner en particulier fa reconnoiffance; & je lui promis que nous y irions dès le lendemain matin, fi nous pouvions avoir une voiture commode pour cela, car je ne me fouciois pas beaucoup de me fervir du cocher qui l'avoit amenée. Je remis au jour fuivant à l'examiner, me trouvant alors trop fatigué pour pouvoir le faire; mais j'eus foin qu'il ne lui manquât rien que la liberté, car il n'étoit après tout que l'inftrument de la perfidie de fon maître. Dès que je fus levé le lendemain, je voulus le faire appeller; mais mes gens me dirent que les deux valets à qui je l'avois donné en garde, s'étant endormis dans la nuit, il avoit profité de ce moment pour fe jetter par la fenêtre, & s'étoit fauvé fans qu'ils s'en apperçuffent. Cela me fit beaucoup de peine, auffi-bien qu'à ma femme, car nous craignions que fon maître ne vînt nous faire un mauvais parti, la maifon où nous étions étant feule, à plus d'un quart de mille du village, & mon ami n'ayant que peu de domeſtiques. Pour prévenir tout accident, nous crûmes que le plus ſûr étoit de nous rendre inceſſamment à Lima, ce que nous fîmes, & nous y arrivâmes heureuſement en moins de deux heures.

Je n'entendis point parler pendant pluſieurs jours du perfide Rodrigue, & cela ne me ſurprit point, car je penſois que s'il lui reſtoit quelque pudeur, il n'oſeroit pas paroître en public à Lima. Cependant, au cas qu'il le fît, j'étois bien réſolu de ſuivre les conſeils de mon honnête homme de médecin, dont je m'étois déjà ſi bien trouvé; & de ne me venger de lui que par le mépris.

Une nuit que nous dormions profondément, nous fûmes réveillés par le bruit de nos domeſtiques qui crioient au feu. Auſſi-tôt je me levai & je courus voir ce que c'étoit. Ma femme que la frayeur avoit miſe toute hors d'elle-même, voulut me ſuivre, & fut ſe renfermer dans la chambre des ſervantes où, ſans penſer à ce qu'elle faiſoit, elle mit les habits de ſa femme de chambre. La pauvre créature qui n'étoit pas moins effrayée, ne trouvant pas ſes habits, mit ceux de ſa maîtreſſe que je lui avois apportés, voyant qu'elle s'étoit réfugiée là en chemiſe, & courut en bas pour ſortir de la maiſon. Je deſcendis après elle, &

je vis quatre hommes masqués dans le vestibule qui la saisirent au passage, & l'enlevèrent. Comme j'avois mon épée à la main, je me jettai sur eux; mais l'un de ces coquins venant par derrière, me passa la sienne au travers du corps, & s'enfuit avec les autres. Je tombai à la renverse; & mes valets étant accourus au bruit, me trouvèrent nageant dans mon sang, & évanoüi de foiblesse. Ils me portèrent sur mon lit, & appellèrent au plus vîte un chirurgien qui pansa ma blessure, mais qui ne la trouva pas mortelle.

Cependant on eut bien-tôt éteint le feu qui n'avoit pas encore fait grand mal; & quoi que nous ne pussions jamais découvrir comment cet accident étoit arrivé, nous ne doutâmes point que quelqu'un de nos domestiques n'en fût l'auteur. Il étoit aisé de comprendre que don Rodrigue étoit la première cause de tout le désordre fait par ces quatre hommes masqués qui avoient enlevé la servante, s'imaginant que ce fût la maîtresse, à cause qu'elle en avoit les habits & le voile. Tous mes amis me conseillèrent de le faire citer par devant le juge supérieur, parce qu'il étoit dangereux de laisser impunis des attentats de cette nature. Je suivis leur conseil, mais le coquin ne voulut pas comparoître à l'assignation; ainsi il fut com-

damné par contumace, selon le cours ordinaire
de la justice ; & comme cette affaire ne put
être terminée qu'au bout de quelques mois, je
fus obligé d'entretenir tout ce tems-là une
garde dans ma maison, car je recevois fré-
quemment les lettres les plus menaçantes de
la part de ce malheureux, ou on les jettoit par-
dessus la muraille dans le jardin, ou on les re-
mettoit à mes domestiques ; de manière que
nous ne pûmes jamais faire saisir aucun de ceux
qui les apportoient. Le procès n'étoit pas encore fini, lorsqu'il arriva un nouveau viceroi
qui se trouvant être des amis de don Rodrigue,
fit cesser tout d'un coup les poursuites par un
arrêt qu'il rendit en sa faveur ; de manière que je
fus obligé de supporter tous les frais, sans avoir
de justice. Cette iniquité du viceroi m'anima
si fort contre lui, que je me plaignis hautement
de son administration, ce qui lui fut rapporté :
car dans tous les gouvernemens il ne se trouve
que trop de ces lâches qui n'ont d'autre mérite que celui de faire le métier de délateurs,
& de repaître les grands de flatteries & de men-
songes.

Cependant le viceroi me fit venir devant
lui, pour m'examiner sur ces rapports ; & je
l'irritai si fort par mes réponses, que sans
quelques amis qui adoucirent autant qu'ils pu-

rent fon efprit, je ne fai ce qui en feroit arrivé. Il me renvoya en liberté, mais avec force
menaces que fi à l'avenir je m'émancipois encore à parler mal de lui, il fauroit bien s'en
venger. Je ne tardai pas à éprouver les effets
de fon reffentiment, car il m'ôta une petite
place que j'avois dans la ville; mais comme la
providence m'avoit mis en état de m'en paffer,
je ne fus pas fort fenfible à cette perte. Ma
femme voyant le mauvais tour que cette affaire
avoit pris, me conjura de quitter Lima où j'a-
vois déjà reçu tant d'affronts, & où probable-
ment l'on m'en préparoit encore de nouveaux;
ce qui ne fe trouva que trop vrai.

Peu de jours après que j'eus comparu devant
le viceroi, la fervante qu'on avoit enlevée de
chez moi, penfant que ce fût ma femme, revint à la maifon dans un pitoyable état, &
m'apporta une lettre du perfide don Rodrigue,
qui contenoit ce qui fuit.

» Je veux bien que vous fachiez que je fuis
» votre ennemi mortel, quoique je n'en aye
» aucun légitime fujet. Je n'aurai point de repos
» dans ce monde que vous n'en foiez forti. Je
» ne vous écrirois peut-être pas fi librement ma
» penfée fi je n'étois bien affuré que vous ne
» gagneriez rien à la rendre publique. J'ai en-

» core affez d'honneur pour t'avertir que j'ex-
» poferai avec plaifir ma vie pour t'arracher
» la tienne, & que fi je puis en trouver l'oc-
» cafion, je ne la laifferai point échapper, ainfi
» je te confeille d'être bien fur tes gardes quand
» tu fortiras. Les cœurs comme le mien font
» implacables. J'ai toujours été un fcélérat,
» mais j'ai eu affez d'adreffe pour le cacher au
» monde, jufqu'à préfent que cette affaire a
» éclaté : & tiens-toi pour dit que je mettrai
» tout en œuvre pour fatisfaire ma vengeance
» tant que je ferai,

RODRIGUE.

Une lettre auffi infolente ne pouvoit fe
fouffrir, & je fouhaitai impatiemment de rencontrer ce fcélérat pour en tirer vengeance. Je
demandai à la pauvre fille ce qui lui étoit arrivé après qu'on l'eut enlevée; elle me dit qu'on
la mit dans un carroffe fermé, & qu'on la mena
à une maifon de campagne, à une lieue de la
ville ; mais que don Rodrigue ayant reconnu
fa méprife, l'avoit traitée avec la dernière in-
dignité, jufqu'à engager fes valets à exercer
fur elle toute leur brutalité. Sans doute les
coquins ne valoient pas mieux que leur maître,
ou ils auroient eu horreur d'une action fi infâme. Ceux qui ignorent quel eft le caractère

des gens en place dans cette partie du monde, s'imagineront aisément que de pareilles vio-lences n'y demeurent pas impunies. Mais, hé-las! la justice en est presque entièrement ban-nie, & l'on pourroit espérer plus de compas-sion des cannibales que de la plupart de ceux qui y sont revêtus de quelque autorité.

Cependant la pauvre fille ne tarda pas à res-sentir de cruels effets de la brutalité de ces mal-heureux; car ils lui communiquèrent un mal dont elle ne put guérir, & qui en peu de tems la conduisit au tombeau. Je n'avois besoin de rien pour m'animer à la vengeance; mais j'avoue que cet accident enflamma ma colère d'une étrange force. Ma femme en fut aussi toute troublée, & ne pouvoit assez bénir la provi-dence d'avoir échappé à la cruauté de ces scé-lérats. Je ne lui fis rien connoître du dessein que j'avois de chercher don Rodrigue, mais je le mis aussi-tôt en exécution. Je fus à l'endroit où notre pauvre servante m'avoit dit qu'il l'avoit fait conduire; j'y appris qu'il étoit allé demeu-rer à Lima. Cela me fâcha fort, parce que je savois qu'il me feroit plus difficile de faire mon coup en sûreté dans cette ville qu'à la campa-gne. Cependant je revins chez moi, & j'écrivis à ce malheureux la lettre suivante.

» Je ne saurois supporter plus long-tems la
» manière

» manière indigne dont tu m'as traité ; ainſi ſi
» tu as le courage que tu dis , ce dont je doute
» pourtant beaucoup , parce que les coquins
» ſont pour l'ordinaire poltrons , trouve - toi
» demain matin à ſix heures dans les prés de
» Saint-Juſtin. Comme je crois que tu n'as point
» de compagnon de ta ſcélérateſſe , je t'atten-
» drai ſeul , & j'eſpére que tu ne manqueras pas
» au rendez-vous.

Alonzo de Castro.

Je choiſis les prés de Saint-Juſtin à cauſe d'une
petite maiſon publique qu'il y avoit tout auprès,
& où je fus avant jour pour voir ſi le coquin
viendroit ſeul, c : je ne pouvois pas attendre
grande généroſité d'un homme comme lui. A
l'heure marquée je le vis paſſer ſeul à côté de
la maiſon ; mais je demeurai quelque tems
avant que de le joindre, de peur qu'il ne fût
ſuivi de quelque coupe - jarret. A la fin , ne
voyant venir perſonne, je courus après lui
dans le pré , & je l'appellai par ſon nom. Il ſe
retourna auſſi - tôt ; & l'enfer peint ſur le viſage, il me dit: Je croyois que votre reſſentiment vous auroit amené le premier au rendez-
vous ; mais puiſque je vous y ai devancé, c'eſt
une preuve que je ne ſuis pas ſi poltron que
votre vil griffonnage voudroit l'inſinuer. Al-

T

lons, répondis-je, point tant de paroles, tu in-
fectes l'air de ton fouffle. Seulement, repliqua-
t-il, comme vous n'avez point marqué avec
quelles armes nous devions nous battre, j'ai
apporté une paire de piftolets ; & pour vous
montrer que j'ai encore quelque honneur, vous
pouvez choifir celui qu'il vous plaira. J'en pris
un fans lui faire de réponfe, & nous convînmes
de nous tenir à une certaine diftance l'un de
l'autre. Comme j'allois lâcher mon coup, il me
cria, arrêtez! J'ai un fecret à vous dire avant
que de commencer ; votre piftolet n'eft chargé
qu'à poudre, mais le mien l'eft à bale que j'y
ai mife depuis que vous avez choifi, ainfi prépa-
rez vous à la mort, & comptez que c'eft ici le
dernier moment de votre vie. J'étois fi animé,
que je ne laiffai pas de tirer mon coup, & de
lui jetter à la tête mon piftolet qui heureufement l'atteignit & lui coupa le vifage, deforte
que dans la furprife & la confufion il lâcha le
fien fans me faire aucun mal. Auffi-tôt je courus fur lui l'épée à la main, & je lui dis, hé
bien fcélérat? Nous voici encore, malgré ta lâcheté, à armes égales ; j'efpère que le ciel fe
déclarera pour la juftice. Il fe mit en défenfe,
& après lui avoir porté quelques coups, je l'é-
tendis fur le carreau, quoi que j'euffe reçu
une bleffure dangereufe au fein. Je me retirai

au plus vîte ; & j'envoyai secrétement appeller un chirurgien de ma connoissance qui me pansa, & me dit qu'il n'y avoit rien à craindre.

Ma femme fut fort fâchée de cet accident, quoi qu'elle ne pût s'empêcher d'être bien aise de la mort de don Rodrigue ; mais elle craignoit que si on venoit à savoir que j'en étois l'auteur, cela ne m'attirât de mauvaises affaires, sur-tout connoissant l'humeur violente du vice-roi ; & la haine qu'il me portoit. Cependant il se passa plusieurs jours que nous n'entendîmes parler de rien, non pas même que Rodrigue eût été tué, ce qui me surprit fort, l'ayant laissé pour mort sur la place.

Dès que je fus guéri de ma blessure, j'allai à la petite maison, qui donnoit sur les prés de Saint-Justin, pour m'informer de ce qu'étoit devenu le corps de ce malheureux. Je pouvois le faire d'autant plus sûrement, que celui à qui appartenoit cette maison, avoit été autrefois mon domestique, & que c'étoit un homme de beaucoup de probité, qui savoit toute l'histoire. Il me dit qu'un peu après que je m'en fus allé, il vit passer cinq hommes qui s'en furent droit au lieu où étoit le corps, & qui paroissant fort affligés quand ils l'eurent vu, le chargèrent sur leurs épaules, & l'emportèrent par le chemin qui conduit à Saint-Dominique, village à un demi-mille de-là. Je m'imaginai qu'ils l'auroient enterré fecrètement dans ce village, & je repris le chemin de la maifon pour en inftruire ma femme, qui n'en eut pas moins de joie que moi.

Depuis ce tems-là je fortis comme auparavant, fans me défier de rien. On ne parloit, dans la ville, que de don Rodrigue, qui avoit, difoit-on, fubitement difparu. En effet, fa maifon étoit vuide; famille, domeftiques, &c. tout s'en étoit allé, l'on ne favoit où; mais perfonne ne difoit ni ne foupçonnoit même qu'il fût mort. Quelques-uns de mes amis me dirent qu'ils croyoient que tout cela étoit fait à la main, & que le coquin ne s'étoit abfenté que pour me jouer plus fûrement quelque vilain tour.

Je fis femblant d'entrer dans leur penfée, mais au fond je n'en tins aucun compte, m'imaginant que je n'avois rien à craindre. Il fe paffa un mois entier, fans qu'il m'arrivât aucun mal; mais au bout de ce tems, comme je paffois un jour fur le pont pour aller à un magafin que j'avois dans les fauxbourgs de la ville, un homme vint à moi, & me demanda fort en fecret fi je voulois acheter quelques marchandifes des indes orientales qu'il avoit à vendre. Il me fit là-deffus une longue hiftoire; il me dit qu'il étoit obligé de s'en aller, avec ce qu'il pourroit ramaffer du débris de fes affaires, dans une autre partie du

monde, parce que son crédit diminuoit tous les
jours, & que s'il ne prenoit promptement ce
parti, ses créanciers ne manqueroient point de
le faire mettre en prison. Nous fûmes ensemble
dans un cabaret voisin, où il me montra l'état de
ses marchandises, me disant qu'il avoit pensé à
me les offrir, parce que j'avois dans le monde
la réputation d'être un honnête homme, & qu'il
venoit chez moi pour m'en parler, quand il
m'avoit rencontré. Nous convînmes que j'irois
les examiner le lendemain, & que si nous pouvions tomber d'accord du prix, je ne lui en comp-
terois l'argent qu'après qu'elles seroient entrées
dans mon magasin ; & là-dessus nous nous quittâmes. Le lendemain je fus à l'heure marquée à
la maison de cet homme, dans la rue des Béné-
dictins. On me fit entrer dans une chambre, en
attendant qu'on apportât les marchandises ; mais
comme j'étois à regarder quelques peintures
qu'il y avoit, cinq hommes sortirent d'un petit
cabinet, & se jettèrent sur moi. Ils m'ôtèrent
mon épée, me prirent tout ce que j'avois dans
mes poches, & après être sortis, fermèrent la
porte sur moi à double tour. Vous pouvez juger de ma surprise, sur-tout quand je vis entrer
un moment après don Rodrigue, mon plus mortel ennemi. Je crus d'abord que c'étoit son esprit, & effectivement il avoit toute la mine d'un

déterré ; mais il me convainquit bientôt du contraire. Je te tiens donc à la fin, me dit-il ; maintenant je vais satisfaire à loisir la haine que je te porte ; mais pour rendre ma vengeance plus complette , je veux premièrement violer ta femme à ta barbe. Le coquin me fit entendre qu'il lui avoit envoyé dire de m'apporter incessamment une certaine somme d'argent pour payer les marchandises que j'avois achetées, & que pour la convaincre que c'étoit bien de ma part que venoit ce message, le porteur devoit lui remettre ma montre. Je ne saurois exprimer la douleur & les transes mortelles que je ressentis alors ; & assurément si l'on ne m'eût pas ôté mon épée, je me la serois enfoncée dans le sein , pour prévenir l'infamie & les tourmens qu'on me préparoit.

Le barbare don Rodrigue m'insulta si fort, que je me jettai sur lui, tout désarmé que j'étois ; & je crois que dans ma fureur je l'aurois étranglé , si ses coquins de valets ne me l'eussent arraché des mains. Tu es bien heureux, me dit-il alors, de ce que je ne me sens maintenant d'autre passion que celle de la volupté ; mais quand je l'aurai assouvie avec ta femme , prépare-toi à souffrir au double pour ton insolence ; & compte que je ne t'épargnerai aucun des tourmens que ma vengeance pourra me suggérer : cependant je vais te laisser pour y penser plus à ton aise , car

auſſi bien je m'imagine que ma préſence ne te
fait pas beaucoup de plaiſir.

Là-deſſus il ſe retira avec ſes gens, & ferma
la porte ſur moi. Je vous laiſſe à penſer de quel
trouble mon eſprit ne fut point agité dans ce
moment. Je demeurai quelque-tems immobile ;
après quoi, jettant par haſard les yeux du côté
de la porte, je vis qu'il y avoit une barre pour
la fermer en dedans. Auſſi-tôt je courus la bar-
rer, & je regardai par-tout pour voir ſi je ne
pourrois rien trouver pour me défendre ; mais
ce fut inutilement. J'entrai dans le cabinet d'où
j'avois vu ſortir les cinq hommes, & je l'examinai de tous les côtés avec auſſi peu de fruit.
A la fin, pourtant, à force de chercher, j'apperçus un des ais du plancher qui étoit preſque
décloué ; je tâchai de le lever, mais je ne pus
faute d'inſtrumens propres pour cela. Heureuſement il me vint en penſée de me ſervir de la
barre de la porte, dont je pouvois toujours me
défendre, au cas qu'on entrât pendant que je
travaillerois. Cela me réuſſit à merveilles, je
levai facilement l'ais, & j'enfonçai à grands
coups de barre le plat-fond deſſous qui cou-
vroit un lieu où l'on ne voyoit goutte. Je fis le
trou aſſez grand pour y pouvoir paſſer, réſolu
de m'y jetter à tout hazard ; car il ne pouvoit
pas m'arriver pis que ce qui me menaçoit ſi je

demeurois dans la chambre où j'étois. Je me
coulai donc tout doucement, quoiqu'avec
beaucoup de peine, parce que les folives
étoient fi proches les unes des autres que mon
corps ne pouvoit pas paffer librement entre
deux. Je tombai de fort haut, fahs pourtant me
faire de mal, finon que j'en fus tout étourdî
pour un moment.

Après être un peu revenu à moi, je vis que
j'étois tombé dans une efpèce de boutique où
travailloit un tonnelier, car il y avoit plufieurs
outils propres pour un homme de cette profeffion, & grande quantité de douves: j'en pris
quelques-uns, & par leur moyen j'ouvris de
force la porte qui donnoit dans la rue, fur le
devant de la maifon de don Rodrigue. Sans
perdre le tems à confidérer ce que je ferois,
je me mis à courir du côté du port, pour gagner au plus vîte mon logis. Précifément comme
j'entrois dans la rue des Cordeliers, ie rencontrai ma femme avec fa fervante, & le coquin
qui m'avoit vendu, & qui l'étoit allé chercher
de ma part. Auffi-tôt je courus fur lui, je le
pris au collet, & je le jettai par deffus le pont
dans la rivière où il reçut la récompenfe que
méritoit fa perfidie. Je n'eus pas la force de dire
à ma femme ce qui venoit de m'arriver, tant
j'étois irrité, & hors de moi-même ; mais je lui

fis figne de reprendre le chemin de la maifon.
Cependant il fe faifoit nuit ; & le fcélérat de
don Rodrigue s'imaginant que fon maudit coquin de meffager demeuroit trop à revenir,
fortit dans la rue vis-à-vis du pont. Dès que
je l'apperçus, je courus à lui, & le prenant à
la gorge, je lui dis ; pour le coup je te tiens,
infâme que tu es, & je ne te quitterai point
que je n'aye envoyé ton ame en enfer. Nous
luttâmes quelque tems, mais enfin je le renverfai par terre, & je le bourrai d'importance jufqu'à ce que voyant fes valets venir à fon fecours, je fus obligé de le laiffer. Je fouhaitois
paffionnément de trouver quelque arme pour
le pourfuivre ou pour me défendre, lorfque
j'eus le bonheur de vous rencontrer. Auffi-
tôt que vous m'eûtes généreufement donné votre épée, je retournai fur mes pas en diligence, & j'atteignis le perfide Rodrigues
comme il alloit rentrer dans fa maifon. Je l'o-
bligeai à tourner vifage, & je lui enfonçai l'é-
pée dans le corps jufqu'à la garde. Vous eûtes
la bonté de me fuivre, & je crois que vous
êtes un meilleur témoin de fa mort que moi ;
car dès que je le vis tomber, je me retirai au
plus vîte, & je vous laiffai auprès de lui, ne
m'imaginant pas qu'il pût vous en arriver
d'autre mal que celui de perdre votre épée. Je

suppose que l'obscurité de la nuit empêcha les valets qui vinrent au secours de leur maître, de me reconnoître, car ils ne m'ont jamais accusé, ni même soupçonné d'avoir fait le coup, ou s'ils l'ont su, il faut qu'ils ayent craint de le déclarer, de peur que je ne les poursuivisse pour avoir attenté à ma vie, & à l'honneur de ma femme.

Quand j'appris que vous deviez être jugé, comme auteur ou complice de cette mort, je me rendis à la cour de justice, résolu, si vous étiez condamné, de déclarer toute la vérité, & de m'avouer seul coupable. Mais voyant que vous en étiez quitte pour être transporté à Baldivia, je crus que je ferois mieux de garder le silence, ne doutant point que je ne pusse obtenir votre liberté quand vous y seriez une fois, en payant votre rançon : & c'est pour cela, ajouta-t-il, que je suis venu ici, vous assurant que je ne négligerai rien pour vous rendre service, & en cela, & en toute autre chose. Je le remerciai mille fois de ses offres généreuses ; & réfléchissant sur ce qu'il venoit de me conter, je lui dis que je m'estimois heureux d'être en quelque sorte l'instrument de la juste punition de son ennemi mortel, & celui de sa délivrance. Il voulut absolument que j'acceptasse une bague, & deux cens pièces d'or

qu'il me donna pour marque de sa reconnoissance, me priant instamment de le recevoir
au nombre de mes amis. Il me rendit plusieurs
visites, & une fois entre autres il m'amena sa
femme qui étoit fort belle, & qui me parut
avoir beaucoup d'esprit. Elle me fit force complimens, & me pria d'accepter son portrait
avec celui de son mari, tous deux enrichis de
magnifiques perles orientales.

Lorsque notre vaisseau fut prêt à mettre à
la voile, ce gentilhomme m'accompagna à
bord, & remit au capitaine diverses provisions,
& sur-tout d'excellentes liqueurs, pour me servir pendant le voyage. Ceux qu'on transportoit avec moi, étoient tous condamnés pour
piraterie ; & le viceroi avoit fait répandre le
bruit que je les encourageois à ce mêtier, de
peur que le monde ne blamât l'injustice qu'il
me faisoit. Jugez du plaisir que j'avois de me
voir en si bonne compagnie. Nous arrivâmes
heureusement à Baldivia, où nous nous séparâmes avec de grandes protestations d'amitié
de part & d'autre. Malgré ce que j'y ai souffert, j'y ai conservé mon humeur gaie jusqu'au
jour que j'ai eu le bonheur de vous rencontrer,
ce qui ne m'a rien moins que donné lieu de
changer.

Cette histoire de dom Pedro nous divertit

beaucoup, & je vis bien que je ne m'étois pas trompé quand je l'avois pris pour un homme qui connoiſſoit le monde.

Cependant nous avions gagné le détroit de Gibraltar, & nous étions entrés dans la mer Méditerranée. Quelque plaiſir que cela me fît, je ne pus voir la côte d'Afrique, ſans ſoupirer & gémir en penſant à mes malheurs paſſés. Don Ferdinand à qui j'en avois fait l'hiſtoire, s'apperçut auſſi-tôt que cette vue avoit renouvellé toute ma douleur. A peine avions-nous navigué un jour dans la Méditerranée, que nous découvrîmes deux vaiſſeaux qui venoient à nous. J'avoue que je craignois un engagement, ayant une ſi riche cargaiſon ; ainſi par l'avis de nos deux équipages, je fis force de voiles pour les éviter. Mais comme nos vaiſſeaux étoient fort ſales, n'ayant pas été nettoyés une ſeule fois dans toutes nos courſes, ils nous eurent bien-tôt atteints, malgré tous nos efforts. Quand nous vîmes qu'il n'y avoit pas moyen d'échapper, nous réſolûmes de nous défendre juſqu'à la dernière goute de notre ſang, & nous diſpoſâmes toutes choſes pour le combat. J'ordonnai à chaque matelot de ſe munir d'autant de fuſils chargés qu'il pourroit, & de ne pas tirer un ſeul coup que je n'en euſſe donné le ſignal. Je ne pus jamais obtenir de

don Ferdinand de demeurer dans la chambre,
quoiqu'il eût la frayeur peinte fur le visage.
Lorsque les ennemis furent à une portée de
piftolet de nos vaifseaux , ils hêlèrent fur nous ,
& nous commandèrent d'amener. Nous ne leur
répondîmes que de notre canon, & de notre
moufqueterie, ce qui les furprit fort , & mit
toute leur manœuvre en défordre ; car nous
coupâmes les cordages de leur voile de perro-
quet qui tomba auffi-tôt fur le chouquet , &
les empêcha beaucoup d'agir , deforte qu'il
nous eût été facile de nous tirer d'affaire par
la fuite. Mais dans ce moment j'apperçus le
Villars (c'étoit notre vaifseau de guerre Efpagnol , que j'avois ainfi nommé en mémoire de
ma chère maîtrefse) affez embarrafsé à fe défendre contre l'autre vaifseau qui l'avoit attaqué. Ainfi il fallut tenir bon malgré nous , &
j'ordonnai à mes gens de fe coucher fur le ventre, auffi-tôt qu'ils auroient tiré , pour recevoir
le feu de l'ennemi, ce qu'ils firent de manière
que nous n'eûmes pas un feul homme tué. Après
quoi nous relevant tous enfemble , nous fîmes
notre décharge qui incommoda fi fort leur manœuvre que nous eûmes le tems de virer à l'autre bord , & de recharger avant qu'ils puffent
nous rendre la pareille. Je donnai ordre à notre
équipage de tirer dans le corps du vaifseau en-

nemi, & pour cela de pointer le canon auffi-
bas qu'il fe pourroit ; ce qui réuffit à merveilles,
car nous le perçâmes de plufieurs coups à l'eau,
de forte qu'il fut obligé de mettre à ftribord,
l'eau entrant par-tout à bas-bord. Comme je
vis qu'il étoit prefque hors de combat, je courus au fecours du Villars qui avoit du deffous.
Mais quand fon ennemi s'apperçut de mon deffein, & du mauvais état de l'autre vaiffeau,
il prit chaffe, & fit force de voiles. Nous ne
jugeâmes point à propos de le fuivre, mais nous
envoyâmes à bord du Villars pour favoir comment tout y alloit. On nous rapporta qu'il y
avoit huit hommes tués, & trois bleffés, que
la manœuvre avoit extrêmement fouffert dans
le combat, & que le vaiffeau avoit reçu un
coup à l'eau, & faifoit une grande quantité
d'eau. Je fis dire à l'équipage de chercher l'ouverture ; mais il n'y eut jamais moyen de la re-
boucher ; ainfi j'ordonnai qu'on tranfportât inceffamment fur mon bord tout ce qu'on pourroit fauver de ce vaiffeau, & comme nos gens
uferent d'une grande diligence, & que la mer
étoit fort calme, cela fut bientôt fait.

Cependant le vaiffeau que j'avois mis hors
de combat étoit fur le point de couler à fond.
L'équipage qui le montoit, tira plufieurs coups
de canon pour nous demander du fecours ;

nous fîmes toute la diligence possible pour lui
en donner, mais avant que nous fussions à
portée il s'enfonça dans l'eau. Tout ce qu'il y
avoit de monde s'étoit jetté dans la chaloupe
qui vint aussi-tôt à nous. Dès qu'ils purent se
faire entendre, ils nous demandèrent quartier;
ce que je leur promis. Ils étoient au nombre
de 123; & comme ce nombre surpassoit celui de nos gens, nous fûmes obligés de les renfermer, de peur qu'ils ne s'avisassent de se jetter sur nous, si nous les laissions en liberté.

Le capitaine avoit été tué dans le combat,
mais le lieutenant me dit que ces deux vaisseaux étoient deux navires de guerre, de quarante pièces de canon, & de deux cens hommes
d'équipage chacun, qui étoient partis de Barcelone pour croiser le long de la côte; & que
le reste de ses gens étoit ou tué, ou coulé à
fond avec le vaisseau, n'ayant pas pu se sauver comme les autres, à cause des blessures
qu'ils avoient reçues. Je ne jugeai point à propos de mener tout ce monde en Italie, de peur
que cela ne fît du tort à don Antonio; &
comme l'on vint me dire que nos gens en ré-
muant les marchandises du Villars avoient enfin trouvé & rebouché la voie de l'eau, je résolus de leur donner ce vaisseau avec leur liberté. Mais auparavant j'en fis ôter le canon,

& les munitions de guerre, & je n'y laiſſai rien
que les proviſions de bouche, & l'eau. Ils me
rendirent mille graces de ma généroſité, & re-
prirent la route de Barcelone.

Le lendemain il s'éleva un ſi furieux orage
que nous n'en avions encore jamais eſſuyé de
ſemblable, & il continua avec la même violence pendant quatorze jours, de ſorte que
nous fûmes en grand danger de périr, & je
crois que la plûpart de nous auroient volontiers
donné toutes leurs richeſſes pour être à terre
ſains & ſaufs. Enfin nous découvrîmes la terre,
mais nous ne fûmes pas peu ſurpris de voir que
c'étoit l'île de Candie, d'autant plus que nous
avions à craindre les pirates de Turquie. Ainſi
nous réſolûmes de faire route pour Zante avec
toute la diligence poſſible, & là de partager
entre nous l'argent & les marchandiſes que nous
avions à bord. Nous y arrivâmes heureuſement
le 3 Septembre 1696.

L'île de Zante appartient aux Vénitiens,
ainſi nous n'avions plus rien à craindre des
Turcs. La ville qui porte le même nom, à environ un mille de longueur, & eſt ſituée ſur
une pointe de la Baye. La plûpart des maiſons
y ſont bâties de pierre, & l'aſpect en eſt très-
beau de la mer. A l'occident eſt le château,
ſur une éminence dont le penchant eſt fort

roide

roide, où la meilleure partie des marchands demeure, & qui égale presque en grandeur la ville. C'est le siège d'un évêque, & le gouverneur qui y fait sa résidence, est toujours un noble Vénitien. On y trafique sur-tout en vins, en huile, & en raisins de Corinthe, qui font là beaucoup meilleurs qu'en aucun autre endroit : ils croissent sur des seps comme les autres raisins, on les cueille au mois de Juillet, & on les met dans des tonneaux pour les vendre aux marchands.

Nos gens ravis de se voir hors de danger, & dans un lieu où ils pouvoient avoir du vin à bon marché, s'en donnèrent si fort au cœur joie qu'ils tombèrent malades pour la plupart. Ainsi je pris le parti de quitter Zante, pour aller à la Sapienze, petite île inhabitée où il y a un bon port, & où il n'étoit pas à craindre que notre équipage se tuât à force de boire. Nous y jettâmes l'ancre le 8 septembre. Je fis porter douze canons à terre, & élever une plate-forme pour nous défendre contre les insultes de ceux qui pourroient venir nous attaquer. Sur une belle verdure nous dressâmes une grande tente pour moi, & auprès de celle-là d'autres plus petites pour les officiers & pour les matelots. Mais comme je n'avois fait mettre qu'un lit dans ma tente, dom Ferdinand fut obligé, bien malgré lui je pense, de coucher avec moi. Nous fûmes occupés quatre jours à partager l'argent que nous avions. J'en réservai un quart pour les propriétaires du vaisseau, qui monta à la somme de plus de soixante mille livres sterling ; & un douzième pour moi, qui, joint aux présens & autres choses de valeur que j'avois, faisoit environ cinquante mille livres. Tous les matelots, depuis le premier jusqu'au dernier, eurent près de douze cens livres chacun ; mais quand il fallut partager les marchandises, nous fûmes si embarrassés, que tout l'équipage me pria d'une commune voix de les accepter, sans rien donner de retour.

Le lendemain nous remîmes à la voile, portant le cap sur Ostie, où nous arrivâmes heureusement le 1er Novembre, après un voyage de deux ans & sept mois, amenant avec nous la plus riche prise qui fût jamais entrée dans aucun port d'Italie. J'envoyai d'abord un exprès à don Antonio, pour lui donner avis de mon arrivée, & le prier de venir retirer ce qui lui appartenoit. Deux jours après, lui, Dona Isabella son épouse & leur petit garçon, vinrent à bord de notre vaisseau dans un bateau de plaisir. Comme je vis qu'ils étoient en deuil, je leur dis que je craignois de leur demander qui ils

avoient perdu; ils me répondirent que c'étoit
le pere d'Ifabelle qui étoit mort, il y avoit
déjà plus de deux ans; mais qu'ils avoient réfolu de ne point porter d'autre habillement jufqu'à mon retour. Jamais rencontre d'amis ne
fut plus tendre que celle-là, & j'avoue que j'en
oubliai pour quelque tems jufqu'à l'idée de mes
malheurs.

Quand j'eus dit à don Antonio les richeffes
que j'apportois avec moi, il demeura tout ex-
tafié, & ne pouvoit m'en croire : car, outre
l'argent dont je lui fis voir le compte, les marchandifes que j'avois à bord valoient plus que
le fret du vaiffeau, & que la cargaifon avec
laquelle je m'étois mis en mer. Je ne pus jamais l'engager à accepter une fomme fi confidérable, qu'après que je l'eus affuré que ce
n'étoit que fon jufte dû, & que j'en avois à-
peu-près autant pour moi. Je lui préfentai enfuite
& à fon aimable époufe, don Ferdinand, dont
ils parurent tous deux charmés. Mais don Pedro
me dit, avec fa gaieté ordinaire, qu'il étoit
jaloux de la préférence que j'avois donnée à
ce jeune homme, parce qu'il croyoit avoir plus
de droit que lui à mon amitié, me connoiffant
depuis plus long-tems. Il ajouta, qu'il efpéroit
que, pour l'appaifer, je voudrois bien du moins
lui accorder la même faveur; ce que je fis en

effet fur le champ. J'inftruifis en peu de mots
don Antonio & Ifabelle des principales circonftances de fa vie & de fa bonne humeur ;
ils le reçurent avec beaucoup d'honnêteté, &
nous nous en fûmes tous enfemble à leur maifon
de campagne.

Après y avoir demeuré une femaine dans
des divertiffemens continuels, qui commençoient à m'ennuyer, je demandai permiffion
à don Antonio d'aller faire un tour à Rome,
feulement pour montrer à don Ferdinand cette
ville fi célèbre. Auffi-tôt il me dit qu'il m'y
accompagneroit ; & il envoya un de fes domeftiques donner ordre à fon palais, qu'on préparât toutes chofes pour notre réception ; &
dès le lendemain nous partimes. Nous vifitâmes
les antiquités & les autres chofes curieufes qu'on
voit à Rome, & nous eûmes plus d'une fois
occafion d'admirer la magnificence des anciens
romains, dans les beaux morceaux qui s'en
font confervés. Comme cette ville a été autrefois la pépinière des hommes illuftres par leur
valeur, ou par leur fomptuofité, l'on peut
dire qu'elle eft aujourd'hui la mère des beaux
arts, & fur-tout de la peinture, de l'architecture & de la mufique. C'eft-là qu'ont fleuri,
dans l'efpace d'un fiècle, Lanfranion, Domi-
pichino, Pietro de Cortone, les Poffinel, Ca-

maffei, Guerchin de Cento, l'immortel Raphaël, Annibal Carache, Guido Reni, Mutiano, & plufieurs autres excellens peintres. Palladio, Vitruve, Scamozzi, Pozza, &c. fameux pour l'architecture ; & le divin Corelli pour la mufique, dont les airs tendres feront toujours nouveaux, & dont un excellent poëte anglois a dit, par une efpèce de comparaifon, en parlant de notre compatriote Shakefpear, que comme le premier, après avoir arraché la mufique jufqu'à la racine, l'avoit tranfplantée dans fon propre jardin ; le dernier en avoit fait autant, par rapport à la poéfie ; de forte que tous ceux qui les ont fuivis, ont été obligés d'emprunter d'eux une branche de ces plantes admirables.

Je ne dirai rien davantage de Rome, non plus que de Naples, où nous fûmes auffi à l'occafion de don Ferdinand, parce que j'en ai déjà parlé auparavant. Je fis ce que je pus pour lui perfuader de commencer fes études dans la première de ces deux villes, fuppofant, comme j'avois tout lieu de le croire, qu'il étoit catholique romain ; mais il ne voulut point en entendre parler, & il me fupplia de lui permettre de me fuivre en Angleterre, ce que je lui promis auffi.

Dona Ifabella avoit une coufine orpheline

qui demeuroit avec elle, extrêmement riche
& belle à ravir. Cette coufine n'eut pas plutôt
vu don Ferninand, qu'elle en devint éperduement amoureufe; mais il ne paroiffoit pas avoir
la moindre inclination pour elle. Don Antonio
m'en fit la confidence; & comme il favoit par
lui-même ce que c'étoit que l'amour, il plaignoit de tout fon cœur fa coufine, & me pria
d'engager don Ferdinand à l'époufer. Je lui en
fis la propofition, comme fi c'eût été de mon
chef, mais il fe jetta auffi-tôt à genoux, &
me conjura de ne lui en plus parler, difant
qu'il avoit fait vœu de ne jamais fe marier. Je
lui fis voir la folie d'un vœu fi téméraire, &
je mis tout en œuvre pour le gagner; mais
ce fut inutilement. D'un autre côté, don Pedro
avoit conçu la plus violente paffion pour dona
Felicia, qui étoit le nom de cette charmante
orpheline, & il lui faifoit l'amour d'une manière fi grotefque, qu'il nous divertit tant &
plus. Quelquefois, quand elle alloit fe coucher,
il la fuivoit jufqu'à la porte de fa chambre,
où il paffoit la nuit à lui conter fa peine, ou
à chanter mille chanfons; de forte que fi elle
avoit envie de dormir, il falloit malgré elle
qu'elle s'en paffât. Et lorfqu'elle s'en plaignoit
enfuite à lui-même, il lui répondoit en badi-
nant, qu'il avoit réfolu de la tourmenter juf-

qu'à ce qu'elle l'aimât. Si elle alloit se promener au jardin, il ne manquoit jamais de la
suivre de près; en un mot, c'étoit son ombre.
Souvent même à l'église, où il prenoit bien soin
de se mettre à côté d'elle, il lui disoit que
c'étoit en vain qu'elle imploroit la bénédiction
du ciel pendant qu'elle étoit inexorable, &
qu'elle affassinoit le monde de ses regards. Il
en faisoit tant, que la pauvre fille, malgré
toute son affliction, ne pouvoit s'empêcher d'en
rire.

Cependant je sollicitois toujours don Ferdinand à rompre son vœu téméraire pour un si
charmant objet; mais il me pria d'une manière
si touchante de ne pas le presser davantage
là-dessus, que je résolus enfin de ne lui en
plus parler. Je conseillai pourtant à dona Isabella de continuer à faire ce qu'elle pourroit
pour le gagner, m'imaginant que ses manières
engageantes auroient plus de pouvoir sur lui
que toutes mes sollicitations. Elle suivit mon
avis, elle le fit appeller dans son cabinet où ils
furent plusieurs heures ensemble; & le lendemain je fus agréablement surpris de le voir se
promener dans le jardin seul avec dona Felicia. Je n'eus garde de les interrompre, mais
dès que je pus lui parler, je lui témoignai le
plaisir que me faisoit son changement, & je lui

dis que je lui pardonnois aifément de s'être
laiffé perfuader par dona Ifabella plutôt que
par moi. Il parut tout confus, ce que j'attribuai
au petit reproche que je lui faifois: mais peu
de jours après je changeai bien d'idée, quand
je vis don Pedro aux pieds de dona Felicia
tout tranfporté d'amour, & elle le regardant
de meilleur œil qu'à l'ordinaire. Je ne pus
m'empêcher d'en témoigner ma furprife à dona Ifabella, qui ne fit que l'augmenter en m'apprenant que le jour des noces de don Pedro &
de dona Felicia étoit actuellement fixé. Je lui
dis que j'étois ravi que cette belle fe fut fi-tôt
guérie de fa violente paffion ; mais, ajoutai-je,
ce n'eft pas d'aujourd'hui que j'ai remarqué que
plus l'amour eft vif, & moins il dure. Sur ce
pied-là, repartit dona Ifabella, j'efpère que
le vôtre eft éteint depuis long-tems. Vous vous
trompez, madame, lui dis-je, mais c'eft que je
n'aime point comme les autres; & quoique
ma paffion foit des plus violentes, je la conferverai jufqu'au tombeau. Cela me paffe, me
repliqua-t-elle, car enfin de la manière dont
vous nous avez parlé à mon mari & à moi,
vous n'avez pas la moindre ombre d'efpérance
de ce côté-là. Cela eft vrai, lui repartis-je,
mais cependant jamais mon cœur ne brûlera
d'une autre flamme. Nous dîmes plufieurs au-

tres chofes fur le même fujet, & dona Ifabella m'avoua enfin que j'étois un modéle en fait d'amour.

Pendant que nous fûmes à Naples, j'achetai les marchandifes que j'avois promis à dom Jaques de lui envoyer à faint Salvador, & je les fis charger fur un vaiffeau qui devoit toucher à Oftie, & y prendre mes lettres. Je priai don Ferdinand d'écrire à fon père ; mais il s'en excufa fur ce qu'il craignoit que fa lettre ne tombât malheureufement entre les mains de fon époufe ; & par la même raifon il me conjura de mefurer bien mes termes, & de ne parler de lui qu'en mots couverts. Je lui dis que pour le fatisfaire, je lui montrerois ma lettre avant que de l'envoyer ; ce que je fis, & voici ce qu'elle contenoit.

Monfieur,

» Je ne fai comment je pourrai reconnoître
» les faveurs que vous m'avez fi généreufe-
» ment faites ; la manière même toute gra-
» cieufe avec laquelle vous vous y êtes pris,
» redouble l'obligation que je vous en ai. Si
» je ne puis vous témoigner par des effets com-
» bien j'y fuis fenfible, je me fouviendrai du
» moins toujours avec la plus vive gratitude
» de don Jacques, & de fes bienfaits. Je vous

» envoye les marchandifes que vous me de-
» mandâtes la dernière fois que j'eus le bon-
» heur de m'entretenir avec vous ; & je vous
» prie de les accepter comme une petite mar-
» que de ma reconnoiffance , vous affurant que
» rien ne fauroit me faire plus de plaifir que l'a-
» vantage de pouvoir me dire

Votre fincère ami , & très-
humble ferviteur

Robert Boyle.

» P. S. Je vous prie d'affurer de mes très-
» humbles refpects votre digne époufe, & vo-
» tre aimable fille ; & d'être perfuadé que j'au-
» rai autant de foin de tout ce que vous m'a-
» vez donné en garde , que fi une intelligence
» célefte m'eût apporté votre commiffion , &
» l'eût gravée dans mon efprit. Quand vous
» voudrez m'honorer de vos lettres , adreffez
» les, s'il vous plait, au palais de don An-
» tonio de Alvarez à Rome , d'où on me les
» fera tenir en quelque lieu que je fois ; car je
» ne fai point encore en quel endroit je fixe-
» rai ma demeure , quoique j'aie plus d'in-
» clination pour l'Angleterre que pour tout
» autre pays.

Don Ferdinand fut fort content de cette

lettre que j'avois écrite en portugais ; ainfi je la fermai, & je l'envoyai à Oftie.

Cependant j'avois vendu le refte des marchandifes que j'avois à bord, & l'argent qui en provint fe monta à plus de cinquante mille livres fterling ; mais je ne pus jamais engager don Antonio à en accepter un feul denier. Non, mon cher ami, me dit-il, vous m'avez dejà donné dequoi faire la fortune d'un gentilhomme, quoique je ne fois rien moins qu'avide de richeffes. Je me trouve trop heureux de poffèder ma tendre époufe, pour défirer rien davantage ; c'eft un bonheur même que je vous dois en grande partie, & la feule chofe qui le traverfe, c'eft que je ne puis vous voir auffi favorifé du ciel que je le fuis. Mais, ajouta-t-il, j'efpére que le tems qui détruit les paffions les plus fortes, vous guérira de la vôtre. Je lui dis que mon mal étoit fans remède, & que toute la confolation qui me reftoit étoit que la vive idée, l'idée accablante de la perte que j'avois faite mettroit bientôt fin à mes malheurs, en me précipitant dans les bras de la mort.

Don Antonio fut fi touché de m'entendre parler ainfi, qu'il ne put retenir fes larmes, & il mit tout en œuvre pour me perfuader de demeurer en Italie. Mais je lui dis, qu'outre mon

inclination qui me portoit à préférer mon païs
natal à tout autre, & le défir que j'avois de voir
le lieu où ma chère maîtreffe avoit autrefois
fait fon féjour, l'éducation de don Ferdinand
qui m'avoit conjuré de le mener en Angleterre,
pour y faire fes études, me déterminoit entiérement à prendre ce parti. Il fallut donc fon-
ger à fe féparer, quelque peine que cela nous
fit à l'un & à l'autre. Je pris des lettres de
change pour tout l'argent que j'avois, de peur
qu'il ne nous arrivât d'être volés en chemin,
& je réfolus d'aller par terre en Flandres, avec
don Ferdinand, mes deux fidéles Indiens, &
un autre valet.

Tous les matelots Efpagnols que j'avois pris
dans mes courfes, eurent par mon confente-
ment la permiffion de fe retirer chez eux,
beaucoup plus riches qu'ils n'auroient jamais
ofé l'efpérer; & ils déclarérent tous que fi jamais je voulois faire un fecond voyage, ils
étoient prêts de me fuivre au bout du monde.
Quelques-uns de mes matelots Anglois avoient
époufé des femmes Italiennes, ainfi ils prirent
le parti de demeurer en Italie. Je priai don
Antonio de difpofer comme il lui plairoit du
vaiffeau, mais il me dit qu'il m'appartenoit de
droit, après avoir eu un fi heureux fuccès, &
qu'il vouloit que je le fiffe conduire en Angle-

terre pour mon ufage ; car ajouta-t-il que fa-
vez-vous s'il ne vous arrivera point quelque
chofe qui vous fera changer de fentiment, &
qui nous procurera le plaifir de vous voir encore une fois ?

Cependant, au bout de quelques jours, on
célébra les nôces de don Pedro & de dona
Felicia avec beaucoup de magnificence. Ce
gentilhomme réfolut d'aller en Efpagne avec
fa chère époufe, dès que je ferois parti, pour
y prendre poffeffion de fes biens, le tems pour
lequel il les avoit hypothéqués étant près d'expirer. J'avoue que cet exemple de l'humeur inconftante des femmes me donna bien à penfer ;
car jamais mariage ne fut à mon avis plus fin-
gulier que celui-là. Je fis faire de la vaiffelle
d'or & d'argent toute femblable à celle que
don Jacques de Ramires m'avoit donnée, & j'en
fis préfent à dona Ifabella afin qu'elle fe fou-
vînt de moi. Elle fe défendit d'abord de l'accepter, me difant que je portois la générofité
trop loin ; mais je lui déclarai d'un air auffi en-
joué que je le pus, que fi elle refufoit davantage mon préfent, je lui rendrois le vaiffeau
qui portoit fon nom, & ne voulois plus être
fous fon commandement. Eh bien donc ! dit-
elle, je l'accepte ; mais puifque vous me regardez comme votre maîtreffe, je veux vous don-

ner mes ordres par écrit, que vous n'ouvrirez point que vous ne foyez à un certain degré de latitude, c'eft-à-dire, quinze jours après que vous ferez arrivé en Angleterre. Je lui promis de lui obéir ponctuellement : & le lendemain elle me donna un papier cacheté qui renfermoit, me dit-elle, les ordres dont elle m'avoit parlé.

Je remis à mon lieutenant le foin du vaiffeau, le chargeant de faire route pour Briftol avec toute la diligence poffible. Le jour fuivant qui étoit le 6 Février 1696, je pris congé de don Antonio, de fon époufe, & de leur aimable compagnie ; & quoi que je ne pleure pas facilement, je ne pus m'empêcher de verfer des larmes en quittant d'auffi tendres amis. Je fus toute le première journée de notre voyage, enféveli dans une profonde mélancolie, fans que jamais la penfée des richeffes que j'avois acquifes en fi peu de tems, & que j'emportois avec moi, m'entrât feulement dans l'efprit. Mais m'appercevant à l'air de don Ferdinand qu'il fouffroit de me voir fi chagrin, je m'efforçai de paroître plus gai pour l'engager à l'être auffi.

J'aurois bien voulu lui faire voir dans notre route les raretés d'Italie, mais il parut ne s'en pas foucier. Ainfi il ne nous arriva rien qui

mérite d'être rapporté jusqu'à Anvers, où nous
demeurâmes quelque tems pour nous remettre
de la fatigue du voyage, & sur-tout don Ferdinand qui s'en trouvoit un peu incommodé,
n'ayant jamais auparavant fait un long chemin
à cheval. En approchant de la ville, nous fûmes
tout surpris de voir la manière dont les pauvres
mendient dans ce païs-là. De jeunes garçons &
de jeunes filles courent devant les passans, &
puis s'arrêtant tout à coup se renversent sur leur
tête, les pieds en l'air, frappent des mains, &
disent leurs prières dans cette posture.

La ville d'Anvers est dans une fort belle situation, sur la rivière de l'Escaut; elle est très-
bien fortifiée, & sur les remparts l'on a planté
des arbres qui donnent beaucoup d'ombre, &
qui rendent la promenade fort agréable. Le
château qui est également beau & fort, a été
fondé par le duc d'Albe. La ville peut-être
comparée, pour sa grandeur, à Bristol : les rues
en sont spacieuses, & les maisons magnifiques.
L'église de sainte Marie qui est la cathédrale,
est superbe, d'une propreté, & d'une délica-
tesse de structure si grandes, que l'empereur
Charles-Quint avoit coutume de dire, qu'elle
sembloit n'avoir été faite que pour la mettre
dans un étui. Le dedans n'est pas moins magnifique que le dehors. Les peintures qui l'ornent

font du chevalier Pierre Paul Rubens bourgeois de cette ville, & ne le cédent en rien à aucun autre de fes ouvrages. L'églife des jéfuites eft auffi très-belle, ornée d'un grand nombre de colonnes de marbre artiftement travaillées, & de peintures de la même main que les précédentes. Il y a plufieurs autres églifes, & chapelles magnifiques; mais comme les deux dont je viens de parler font les principales, je ne dirai rien des autres.

Après avoir demeuré dix jours à Anvers, & nous y être affez bien remis de la fatigue de notre voyage, nous en partîmes le 3 d'avril, pour nous rendre à Calais, ce qui étoit notre plus court chemin; & le 6 nous arrivâmes dans cette dernière ville, ayant fait une grande diligence. Quel plaifir pour moi de voir de là les rochers blancs de Douvres, & mon pays natal? Le lendemain nous nous embarquâmes pour cette place, & nous y arrivâmes environ midi, ayant eu un paffage très-favorable. Peu s'en falut que je ne perdiffe un de mes Indiens, en defcendant à terre. Comme on paffoit nos chevaux dans un bateau pour les mener à bord, il s'avifa de fe mettre fur le dos d'un, penfant qu'il n'y eut rien à craindre : mais dans ce moment un vaiffeau qui entroit dans le port, tira un coup de canon; ce qui effraya fi fort le

cheval,

cheval qu'il se jetta dans la mer, & se mit à
nager en s'éloignant du bord, de sorte que
mon pauvre misérable d'Indien ayant été renversé, & son pied s'étant embarrassé dans
l'étrier, il auroit été infailliblement noyé,
malgré son adresse à nager, si l'autre Indien ne
fût aussi-tôt accouru à son secours, en plon-
geant, & coupant l'étrivière avec un couteau.
Cela fait, il prit le cheval par la bride d'une
main, & nageant avec l'autre, il l'amena heureusement à terre.

Don Ferdinand ne s'accommodant point de
la voiture du cheval, nous prîmes le lendemain
la diligence. J'ordonnai à mes gens de nous suivre avec notre bagage à petits pas, & d'attendre à l'hôtellerie où nous devions descendre,
que je les envoyasse chercher. Quand nous fûmes arrivés à Londres, nous allâmes loger pour
un jour ou deux chez un baigneur, ne me souciant point d'importuner mes parens ni mes
amis. Cependant j'envoyai appeller secrétement le clerc de mon oncle, le même qui
avoit tâché de prévenir la trahison qu'on me
faisoit, en m'en donnant avis par une lettre
qu'il me fourra dans la poche, comme je l'ai
rapporté au commencement de cette relation.
Il vint aussi-tôt, & fut également surpris &
ravi de joie de me voir; quoique d'abord il

X

eut quelque peine à me reconnoître, parce que
ne lui ayant point fait dire mon nom, il ne
s'attendoit pas à me trouver-là.

Il m'apprit qu'il y avoit plus d'un an que
mon oncle étoit mort, & qu'il avoit laiffé
tout fon bien à fon fils aîné, & fes affaires
au cadet & à lui. Il ajouta qu'ils parloient fouvent de moi, & que quoiqu'ils ne me cruffent
plus au nombre des vivans, ils avoient fait va-
loir avec beaucoup de foin mon petit patrimoine, dans l'intention de me le rendre fidé-
lement fi jamais je revenois. Je lui contai toute
mon hiftoire, & il fut ravi d'apprendre que
j'avois fait une groffe fortune. Je le priai de
nous chercher des logemens commodes dans
quelque endroit retiré, parce que je ne me
fouciois pas d'être connu ; & d'y faire venir
de l'hôtellerie où nous avions mis pied à terre,
mes valets avec notre bagage. Il le fit avec
plaifir, & un moment après, il revint & nous
conduifit dans une maifon telle que je la pouvois fouhaiter. Enfuite il fut chercher mes gens,
& les amena à notre nouvelle demeure. Comme
mes deux Indiens parloient fort bien anglois,
qu'ils le favoient même lire & écrire, & que
je les avois fait habiller à l'européenne, perfonne ne leur fit aucune infulte, ni ne parut
même autrement furpris de les voir.

Le tems étant venu qu'il m'étoit permis d'ouvrir le papier qui contenoit les ordres de dona
Isabella, je voulus voir ce que c'étoit ; mais
je ne pus jamais le trouver, quelque soin que
j'y apportasse. Cela me surprit, ne pouvant
comprendre comment j'avois perdu ce seul
écrit, & rien d'autre. J'en fus même fort fâché, craignant qu'il ne renfermât quelque commission importante : & dans cette crainte, j'é-
crivis sur le champ à don Antonio pour lui
apprendre notre heureuse arrivée, & la perte
que j'avois faite, & pour prier sa chère épouse
de m'envoyer de nouveaux ordres, si cela étoit
nécessaire, à l'adresse que je lui marquois.

Pendant mon séjour à Londres, j'achetai un
bien de 2000 livres sterling de rente dans le
comté de Sommerset ; & cependant il me resta
encore 25000 livres sterling que je mis dans
les fonds publics, avec ce que don Ferdinand
m'avoit donné pour son compte. Cela fait, je
pensai tout de bon à l'éducation de ce jeune
homme ; je lui proposai d'aller à Oxford où je
lui donnerois un précepteur, & où il pourroit
parfaitement bien faire ses études, mais il me
pria d'attendre encore quelque tems. Ainsi je
pris la résolution d'aller avec lui, & un seul
valet, à Bristol, uniquement pour voir le lieu
où demeuroit autrefois le tendre objet de mes

vœux, que j'avois perdu de la manière du monde la plus triste.

Quand nous y fûmes arrivés, je demandai où étoit la maison qu'habitoit feu M. Villars, fameux marchand de la ville : on me la montra aussi-tôt, & l'on me dit que le capitaine Kendrick y demeuroit alors. Je m'informai de ce qu'étoit devenue une certaine Susanne qui avoit été femme de chambre de la fille de ce M. Villars, & l'on m'apprit enfin qu'elle étoit chez une personne de qualité, à une maison de campagne sur le bord de la mer. Aussi-tôt je me mis en chemin pour y aller, quoique ce fût à près de trente milles de là, & qu'il fût déjà assez tard. Après avoir marché quelque tems, tout à coup le ciel se couvrit, & nous fûmes accueillis d'un si violent orage, que pour nous en mettre à couvert nous courûmes à une petite maison qui étoit un peu hors du chemin. En y entrant, nous ne vîmes personne qu'un enfant qui s'amusoit avec des jouets qu'on lui avoit donnés ; & tout ce que nous en pûmes tirer, c'est que mamma viendroit bientôt. C'étoit le plus joli garçon que j'eusse jamais vu, & nous étions encore à l'admirer qu'uand un homme & une femme entrèrent. Ils furent fort surpris de nous trouver là mais je leur demandai excuse, leur disant que l'orage nous avoit obligés de nous

venir mettre à l'abri fous leur toit. L'homme
nous dit que nous étions les très-bien venus,
mais qu'il craignoit que nous ne trouvaſſions
pas chez lui ce que nous ſouhaiterions. Cependant l'orage continua avec la même force,
& bientôt il ſe fit nuit ; pour ſurcroît de malheur nous étions à deux milles d'aucune hôtellerie, & nous ne connoiſſions pas les chemins. Le païſan nous voyant dans cet embarras, nous dit qu'il n'avoit que deux lits, & que
ſi nous voulions les accepter ils étoient à notre
ſervice. Je le remerciai, & pour le dédommager de la peine que nous lui cauſerions, je lui
donnai à l'avance une guinée. Il fut charmé
de ma généroſité, & le fit bien paroître par
ſes manières obligeantes, de même que ſa
femme. Je le priai de nous faire avoir quelque
choſe à manger, & de prendre ſoin des chevaux ; & je lui donnai une autre guinée pour
nous acheter ce qu'il nous faudroit. Il me répondit qu'à l'égard des chevaux, ſon écurie
étoit très-mauvaiſe ; mais que ſi je voulois,
il les meneroit avec mon valet à une bonne
hôtellerie qu'il y avoit au village voiſin. J'y
conſentis ; & pendant qu'il fut dehors, je fis
pluſieurs queſtions à la femme touchant l'enfant que nous avions vu en entrant. A la fin,
elle m'avoua qu'il n'étoit point à eux, mais à

une dame qu'ils ne connoissoient point , & qu'ils n'avoient jamais vue qu'une seule fois, Là-dessus je lui demandai ce qu'on leur donnoit pour le garder ; elle parut surprise de cette question , & après avoir demeuré quelque tems sans me répondre , elle me dit d'un ton presque fâché qu'on les avoit toujours bien pavés.

Comme je vis que cela lui faisoit de la peine, je changeai de discours. Un moment après , son mari vint , & nous nous mîmes à souper. J'aurois souhaité que don Ferdinand eût couché avec moi; mais le bon homme ayant appris de mon valet que nous n'avions pas coutume de coucher ensemble , ne voulut jamais le permettre , & nous céda ses deux lits , pendant qu'il veilla avec sa femme toute la nuit. Je leur demandai où couchoit l'enfant & ils me répondirent , dans un berceau ; je m'intéressois pour lui, sans savoir pourquoi. Quand nous eûmes soupé, nous nous couchâmes, & nous reposâmes fort peu : Nous nous levâmes de grand matin, & comme il faisoit fort beau, nous résolûmes d'aller à pied au village où étoient nos chevaux, & de prendre avec nous notre hôte pour nous y conduire. Nous partîmes aussi tôt, & lorsque nous fûmes arrivés à l'hôtellerie, je renvoyai ce bon homme, & je lui

donnai encore une guinée pour ſes peines.
J'aurois bien voulu monter à cheval ſans perdre
de tems, pour continuer notre voyage, mais
don Ferdinand étoit ſi indiſpoſé, qu'il nous fut
impoſſible. Son état me fit beaucoup de peine,
& je le priai de demeurer là juſqu'au lendemain que je reviendrois; ou que j'envoyerois
mon valet avec une voiture commode pour
le chercher. Il y conſentit, & je partis ſur le
champ.

Quand je fus venu à un endroit où pluſieurs
chemins ſe croiſent, je me trouvai fort embarraſſé pour ſavoir lequel je devois prendre, de-
ſorte que je m'arrêtai quelque tems à conſidé-
rer ce que je ferois. Mais entendant un bruit
confus de voix dans une grange voiſine, j'y
allai à pied, après avoir remis mon cheval à
mon valet. Plus j'approchois, & plus ce bruit
redoubloit, quoique je ne puſſe pas entendre
une ſeule parole articulée. Cela réveilla ma
curioſité, & je me gliſſai doucement derrière
la grange, d'où je vis, au travers d'une fente,
plus de vingt Egyptiennes aſſiſes pêle-mêle, &
au milieu d'elles un enfant tout nud qu'elles
frottoient par tout le corps avec des écalles de
noix vertes; & chaque fois qu'il crioit, elles
faiſoient un bruit affeux pour empêcher qu'on
ne l'entendît. Mais quelle ne fut pas ma ſurpriſe

de voir que cet enfant avoit tous les traits de
celui que nous avions trouvé chez le païsan
où nous avions logé la nuit précédente ? Je
fis figne à mon valet d'approcher avec les
chevaux ; & comme j'étois bien armé, je m'en
fus à la porte de la grange, que j'ouvris de
force. Etant entré, je demandai à ces coquines
d'un ton impérieux ce qu'elles faifoient avec
cet enfant, & je leur foutins qu'elles l'avoient
volé au pauvre païfan, leur donnant de plus à
entendre que j'amenois du monde pour les fai-
fir. Il n'en falloit pas davantage pour leur donner la peur ; & fans fe le faire dire, elles gagnèrent au pied l'une après l'autre, comme fi
elles euffent eu le diable à leurs trouffes, laiffant l'enfant tout feul. Quand elles furent par-
ties, je ne me trouvai pas peu embarraffé à favoir que faire de ce pauvre petit innocent
qu'elles avoient rendu comme l'une d'elles à
force de le frotter avec ces écales de noix :
heureufement nous trouvâmes fes habits, avec
quelques vieilles guenilles dont je fuppofe
qu'elles avoient deffein de le couvrir, pour
pouvoir faire de l'argent du refte.

Nous l'habillâmes, mon valet & moi, du
mieux que nous pûmes ; & quelque preffé que
je fuffe, je réfolus de retourner à la maifon du
païfan pour m'inftruire à fond de la vérité.
Quand nous fûmes venus à l'hôtellerie où j'a-

vois laiffé don Ferdinand, je priai l'hôteffe de
prendre foin de l'enfant jufqu'à ce que je re-
vinffe ; & comme elle me dit que mon ami étoit
allé repofer, je pourfuivis mon chemin fans le
voir, pour ne pas l'interrompre. Nous arrivâmes bientôt à la maifon où nous avions logé
la nuit précédente , & nous trouvâmes la
femme qui étoit affife à la porte. Je vous prie,
lui dis-je, où eft l'enfant que je vis hier au foir
ici ? Où il eft, me repartit-elle d'un ton ruftre ?
Il eft dans fon berceau où il dort. Laiffez-moi
le voir, repris-je. Non, repliqua-t-elle, je n'i-
rai point troubler fon fommeil pour vous, ni
pour perfonne. Je lui déclarai qu'abfolument
je voulois le voir, & que je le verrois malgré
elle, parce que je foupçonnois qu'on lui avoit
joué quelque vilain tour. Comme elle vit que
j'étois fi réfolu, & que je defcendois du cheval pour entrer dans la maifon, elle me dit que
puifque j'avois tant d'envie de voir cet enfant,
elle me l'alloit chercher. Alors je commençai à
croire que je me trompois, & que ce n'étoit
pas le même enfant que j'avois pris, mais un
autre qui lui reffembloit : je me reprochai
même d'avoir parlé fi rudement à cette femme,
& je me propofois déjà de lui faire préfent
d'une guinée pour l'appaifer, lorfque mon valet me fit appercevoir qu'elle demeuroit long-

tems à venir. Là-deſſus j'appellai, & perſonne ne répondant, je lui dis d'aller voir ce que c'étoit ; mais il ne trouva ni la femme, ni l'enfant, ni ame qui vive ; la coquine s'étoit ſans doute ſauvée par la porte de derrière, au travers du jardin. Cela me ſurprit extrêmement, & je réſolus de faire toutes les perquiſitions poſſibles ſur cette aventure. Je viſitai moi-même la maiſon avec beaucoup de ſoin, mais inutilement ; & pendant ce tems-là j'envoyai mon valet à la pourſuite de la femme qu'il ne put jamais attraper. Pour ſurcroît de malheur, il n'y avoit pas une maiſon voiſine où nous puſſions en demander des nouvelles ; le village où j'avois laiſſé l'enfant étoit l'endroit le plus proche des environs. Ainſi je déſeſpérois preſque de découvrir la vérité, & j'étois déjà remonté à cheval pour m'en retourner, lorſque j'apperçus l'homme qui revenoit chez lui : auſſitôt, je courus à lui à toute bride, je le pris au collet, & je lui dis que je venois l'arrêter pour le meurtre de l'enfant que j'avois vu la nuit précédente dans ſa maiſon. Le pauvre miſérable en fut ſi effrayé, qu'il étoit plus mort que vif : aſſurément, monſieur, me dit-il, quand il fut un peu revenu à lui, l'enfant n'eſt point tué, & je ne ſaurois le croire. Là-deſſus je lui ordonnai de le produire, ou qu'autrement je le ferois

pendre; en un mot je l'épouvantai si bien, qu'il
me dit que si je voulois avoir un peu de patience, il me conteroit tout ce qu'il savoit de
cet enfant, que j'espère, ajouta-t-il en pleurant,
qui vit encore. Je lui appris en peu de mots
comment je l'avois sauvé, & nous retournâmes
à sa maison, où, après s'être remis de sa frayeur,
il me fit le récit suivant.

Il y a environ trois ans qu'une dame vint
parler à ma femme, & fit marché avec elle
pour garder cet enfant. Comme elle nous a toujours bien payés, puisque nous avons reçu dix
livres sterling par quartier, & même à l'avance,
nous n'avons point douté qu'il n'appartînt à des
personnes de qualité. Cette dame venoit souvent le prendre pour un jour ou deux, & le
rapportoit elle-même, sans que nous puissions
deviner qui elle étoit, ni où elle demeuroit.
Ma femme qui est fort mondaine, & fort cu-
rieuse, a fait tout ce qu'elle a pu pour en savoir la vérité, mais inutilement; & nous avons
bien compris par plusieurs circonstances, que
le père & la mère ne se soucient pas d'être
connus. Un jour ma femme me dit qu'elle avoit
un bon dessein en tête, mais qu'elle ne vouloit
pas me le communiquer, qu'elle ne fût sure
du succès; & la première fois que la dame vint
pour chercher l'enfant, elle eut un long en-

tretien avec elle. Quand elle fut partie, elle me dit qu'elle l'avoit engagée à nous avancer cent livres sterling, lui faisant entendre que nous en acheterions la maison où nous demeurons. En un mot, comme elle a toujours porté les culottes, elle me fit consentir à sa filouterie; & le lendemain la dame en rapportant l'enfant, lui compta les cent livres, sans exiger seulement de moi une reconnoissance par écrit. Après qu'elle s'en fut allée, ma femme me tint ce discours.

Nous avons à présent cent cinquante livres, outre nos meubles & notre bétail, qui peuvent en faire cent autres. Avec cet argent nous pouvons aller dans mon païs (c'étoit l'île de Man) & y vivre fort à notre aise, le reste de nos jours, sans craindre ni les mauvaises récoltes, ni les mauvais marchés. Je le veux bien, lui dis-je, mais que ferons-nous de l'enfant? Elle me répondit de manière que je compris aussitôt qu'elle avoit dessein de le tuer: j'en fus saisi d'horreur, & malgré son humeur violente & emportée, je m'y opposai fortement, & je lui dis qu'à quelque prix que ce fût, je ne consentirois jamais à une action si barbare. J'eus beau m'y opposer, elle persista dans sa résolution; ainsi voyant que je ne pouvois rien gagner sur son esprit, & qu'elle vouloit absolu-

ment fe défaire de l'enfant, je lui propofai,
comme un moindre mal, de le vendre à une
troupe d'Egyptiennes. Elle y donna les mains;
& ce n'eft que ce matin qu'elle a trouvé l'occafion d'exécuter ce projet. Cependant nous
avions déjà mis ordre à nos affaires, & nous
nous difpofions à partir pour Briftol dans deux
jours, fachant bien que la dame ne viendroit
point de quelque tems.

Quand le bon homme eut fini fon récit, je
le tournai de tous les côtés pour voir s'il ne
favoit point effectivement où demeuroit cette
dame. A la fin il m'avoua qu'il l'avoit fuivie
un jour de loin jufqu'à fa maifon, à la follici-
tation de fa femme à qui il n'avoit pourtant
jamais voulu faire part de cette découverte,
de peur qu'elle n'en abufât. Je l'engageai à me
conduire dans l'endroit où étoit cette maifon,
fous promeffe de le bien récompenfer, & de
le renvoyer enfuite fans l'inquiéter pour l'affaire de l'enfant. Il prit un cheval, & nous
nous mîmes en chemin: en moins de deux
heures, nous arrivâmes auprès d'une fort jolie
maifon, environnée d'une petite rivière, & de
belles allées d'arbres. Je m'arrêtai quelque tems
à la confidérer, & j'apperçus au travers d'une
avenue deux femmes qui cueilloient des fleurs,
l'une avoit le vifage tourné de mon côté, &

le payfan me dit que c'étoit celle qui avoit coutume de venir chercher l'enfant. J'ordonnai à mon valet de mener les chevaux à la ville voifine, qui étoit à un demi-mille de là, & de me rejoindre dans le moment. Pour le payfan, je n'eus pas la peine de le congédier ; car comme il craignoit toujours que je ne lui fiffe quelque mauvaife affaire, il décampa fans que nous nous en apperçuffions.

Dès que mon valet fut parti, je me mis à me promener autour de la maifon , & à l'examiner de tous les côtés, dans l'efpérance de découvrir quelque chofe. Mais la pluie étant furvenue, je fus obligé de me mettre à couvert fous un grand chêne qu'il y avoit tout vis-à-vis. A peine y étois-je, qu'une femme fortit, & vint me prier de la part de fa maîtreffe, d'entrer dans la maifon jufqu'à ce que la pluie fût paffée. Je fus charmé de cette invitation, & je fuivis la fervante. En entrant, je trouvai une dame fort belle qui me dit, que comme j'avois l'air d'un gentilhomme, elle n'avoit pas voulu me laiffer à la pluie, & qu'elle me prioit de me repofer en attendant qu'il fît beau. Je la remerciai avec toute la civilité que méritoit fon compliment, & nous nous affîmes ; mais notre converfation fut bientôt interrompue par l'arrivée d'un gentilhomme en manteau d'écarlate, que je vis au travers de la fenêtre descendre de cheval à la porte, & entrer dans la maison d'un air fort délibéré. Là-dessus, la dame se leva, & me dit qu'elle me demandoit excuse si elle me quittoit, parce qu'elle étoit obligée d'aller tenir compagnie à une autre dame pendant que ce gentilhomme seroit avec elle; mais qu'elle reviendroit aussi-tôt qu'elle pourroit. Comme la curiosité m'avoit amené là, je ne pensai point à m'en aller que je ne l'eusse satisfaite de manière ou d'autre. Après avoir été un moment aux écoutes, j'entendis fort distinctement la voix d'un homme qui menaçoit une dame de lui susciter de mauvaises affaires par rapport à son bien, si elle ne vouloit pas consentir à sa passion. La dame parloit si bas, que je ne pus point entendre ce qu'elle disoit; seulement je compris par les discours du cavalier, que ses réponses ne faisoient que l'irriter toujours davantage. Ils eurent un assez long dialogue, & enfin ils gardèrent le silence. Alors la dame qui m'avoit quitté, revint, & me dit en entrant dans la chambre, monsieur, j'espère que vous excuserez mon impolitesse, mais il m'a été impossible de venir plutôt. Madame, lui repartis-je, c'est moi qui dois vous demander pardon de demeurer ainsi dans votre maison, n'ayant pas l'honneur d'être connu de vous. Nous fûmes interrompus dans ce moment par la voix d'une femme qui crioit de toute sa force au meurtre. Aussi-tôt nous courûmes tous deux à la porte de la chambre d'où cette voix partoit ; & comme nous la trouvâmes fermée, je l'enfonçai, & j'entrai tenant mon épée nue à la main. Je trouvai le gentilhomme que j'avois vu en manteau d'écarlate, qui s'efforçoit de violer une femme. Je m'en fus à lui, & je lui sanglai un coup de plat d'épée sur la tête, lui disant de tourner visage pour se défendre ; ce qu'il fit avec des imprécations horribles. Après nous être battus quelque tems, j'eus le bonheur de le désarmer, & comme il avoit reçu plusieurs blessures, & qu'il perdoit beaucoup de sang, il tomba de foiblesse. Cependant la dame qu'il avoit jettée sur un lit, s'étoit évanouïe ; & le bruit que nous avions fait avoit allarmé toute la maison. Je me retirai dans la chambre d'où j'étois sorti, & je priai l'aimable personne qui m'y avoit d'abord reçu, de prendre soin de ce malheureux, lui disant que quoiqu'il méritât bien de mourir, je souhaitois qu'il pût vivre pour prévenir tout embarras. Elle suivit mon conseil, & elle envoya aussi-tôt à la ville chercher un chirurgien qui arriva en même tems que mon valet. Je fus présent quand il pansa le blessé ; & voyant que

ses

ſes bleſſures n'étoient pas dangereuſes, & que
la maiſon étoit trop en déſordre pour pouvoir
apprendre quelque choſe touchant l'enfant en
queſtion, je voulus m'en aller. Mais la dame
que j'avois délivrée ſi à propos, étant revenue
de ſon évanouiſſement, & de ſa frayeur, ſou-
haita de me voir pour me remercier du grand
ſervice que je lui avois rendu. Ainſi je demeurai, & après avoir attendu encore un moment,
elle vint dans la chambre où j'étois. Mais bon
Dieu ! quels tranſports de joie ne reſſentis - je
point, quand je reconnus en elle ma chère demoiſelle Villars ? Nous demeurâmes quelque
tems immobiles, les yeux attachés l'un ſur l'autre ; & ma vûe fit ſur elle une telle impreſſion
qu'elle s'évanouit de nouveau. La dame qui
étoit avec nous, ne pouvoit d'abord comprendre d'où venoit notre trouble ; mais quand
elle entendit que j'appellois cette demoiſelle,
ma chère femme, & cent autres termes d'amour
qui m'échappèrent dans ce moment, elle de-
vina bientôt la vérité, & elle en parut auſſi
extaſiée que nous-mêmes. Enfin à force d'em-
braſſer ma tendre épouſe, & de l'appeller par
ſon nom, je la fis revenir à elle. On ne ſauroit
exprimer tout ce que nous ſentîmes alors l'un
pour l'autre. Que le lecteur conçoive, s'il eſt
poſſible, toute la joie de deux amans qui ſe re-
Y

trouvent après une longue abfence, & dans
le tems qu'ils croyent que la mort les a féparés pour toujours. Il nous fembloit que ce fût
un fonge; mais quand nous n'eûmes plus lieu
de douter de la réalité de ce que nous voyions,
& que nos premiers tranfports furent paffés,
nous envoyâmes fecrétement chercher un prêtre, pour nous marier felon les cérémonies de
l'églife. Il ne fit que rendre légitime l'union de
deux cœurs faits l'un pour l'autre, & dès long-
tems liés enfemble par un amour indiffoluble;
& cette nuit-là même je pris une feconde fois
poffeffion de ce qui m'étoit plus précieux que
tous les tréfors du monde.

Le lendemain j'envoyai chercher Ferdinand
pour prendre part à notre joie; mais fon indifpofition avoit fi fort augmenté, qu'on crut qu'il
y auroit du danger à le tranfporter. Cela me
fit beaucoup de peine, parce que je l'aimois
véritablement, tant pour fon mérite perfon-
nel, que pour les obligations que j'avois à fon
père. J'en fis l'hiftoire à ma chère époufe, auffi-
bien que de tout ce qui m'étoit arrivé depuis
notre malheureufe féparation. Après quoi je
la priai de me conter de quelle manière elle s'é-
toit fauvée de Barbarie; ce qu'elle fit en ces
termes.

Vous favez, me dit-elle, que quand nous

nous dîmes adieu à Méquinez, nos cœurs nous
préſageoient quelque choſe de fatal pour notre
amour. Je ne ſavois rien de l'évaſion de Muſtapha : ſi j'en euſſe été avertie, il eſt très - pro-
bable que j'aurois évité le malheur qui m'arriva. Il trouva un vaiſſeau pour le conduire à
Salé, comme il me le dit enſuite ; & en chemin il rencontra ſon maître Hamet, qui apprenant de ſa bouche toute notre hiſtoire, le renvoya avec une lettre pour le gouverneur de
Mammora, pendant qu'il rangeroit la côte
pour empêcher qu'on ne nous pourſuivît quand
il auroit fait ſon coup. Après m'avoir enlevée,
ſes gens me portèrent à bord d'un vaiſſeau qui
mit auſſi-tôt à la voile ; & avant la nuit nous
rencontrâmes celui d'Hamet ſur lequel on me
fit paſſer dans le moment. Ce malheureux m'in-
ſulta de la manière la plus cruelle, & dans
des termes qui me firent bien comprendre qu'il
étoit réſolu d'en venir à l'extrêmité ; mais je
lui déclarai net, que plutôt que de me ſou-
mettre à ſon indigne paſſion, je me laiſſerois
mourir de faim, ſi je ne pouvois pas trouver
d'autre moyen de terminer mes maux avec ma
vie. Le lendemain il s'éleva tout d'un coup
une violente tempête qui abattit un des mats
de notre vaiſſeau, & nous rechaſſa à vue du
port de Mammora ; mais Hamet voulant l'évi-

ter à quelque prix que ce fût, nous paſſâmes
au delà. Sur le ſoir la tempête commença à
s'appaiſer, & nous reprîmes le chemin de Salé; mais avant qu'il fût tout-à-fait nuit, nous
vîmes paroître un vaiſſeau. Quoique notre coquin de capitaine eût perdu beaucoup de monde
dans un combat précédent, il réſolut d'attaquer ce vaiſſeau; & comme il faiſoit calme,
il fit force de rames pour le joindre. Mais celui-ci voyant à qui il avoit à faire, n'attendit
pas que nous commençaſſions; & dès que
nous fûmes à portée, il fit ſur nous un feu
terrible.

Le combat dura près d'une heure, autant
que je pus en juger; car je ne m'occupai tout
ce tems-là qu'à prier Dieu, dans l'attente que
quelque heureux coup viendroit mettre fin à
une vie qui m'étoit à charge. Quand le bruit
du canon & de la mouſqueterie eut ceſſé, je
n'eus point la curioſité d'aller voir de quel
côté étoit la victoire. Mais jugez de ma ſurpriſe, & de ma joie; le premier homme que
je vis entrer dans ma cabane, fut le contre-
maître que j'avois fait capitaine, comme je
vous le dis, ſi vous vous en ſouvenez, en vous
faiſant l'hiſtoire de mes premiers malheurs.

Quoi, madame! s'écria ce jeune homme en
me voyant, eſt-ce vous? Grace à la bonne

providence, mon voyage eſt fait. Allons, madame, continua-t-il, je veux vous conduire auprès d'une perſonne qui ſe croit indigne de la
vie, tant que la vôtre n'eſt pas en ſureté, parce
que c'eſt elle qui eſt la cauſe des dangers que
vous avez courus. Je n'eus pas la force de lui
répondre, ni de lui demander de qui c'étoit
qu'il vouloit parler, tant j'étois frappée d'un
changement ſi heureux, & ſi ſubit. Il me mena
à bord de ſon vaiſſeau, où il me préſenta Suſanne, mon ancienne femme de chambre: ma
joie augmenta en la voyant; & je vous avoue
que j'étois ſi ſatisfaite, que je fus quelques momens ſans penſer à vous. Cependant le vaiſſeau
d'Hamet couloit à fond, car il étoit percé à
l'eau, & l'on ne pouvoit point venir à bout
de l'arrêter. Nos gens en emportèrent tout ce
qu'ils purent, & tous les bleſſés; le reſte de
l'équipage ſe mit dans la chaloupe, & reprit
le chemin de Salé. Je leur fis votre hiſtoire, &
je leur dis en quels termes j'étois avec vous.
En échange, le capitaine m'apprit comment ils
avoient obtenu leur liberté du renégat Hamet,
après qu'il m'eut fait conduire ſecrétement à ſa
maiſon de campagne.

Vous ſavez, madame, me dit-il, que les
Maures ne nous fouillèrent point, quand ils
nous prirent; & j'avois heureuſement, dès que

je les apperçus, caché tout l'argent des marchands deftiné pour le commerce, & le mien propre, dans mes habits, & fur-tout dans un grand bonnet fourré que je portois fur la tête. Hamet, content de vous avoir, & des marchandifes qu'il avoit trouvées d'ailleurs dans notre vaiffeau, ne fe foucia point de nous vendre pour efclaves ; il nous laiffa la liberté de nous promener dans la ville, & nous affigna une petite portion de vivres pour notre entretien jufques à ce que nous puiffions recevoir d'Angleterre mille livres fterling, pour la rançon de notre vaiffeau & de tout l'équipage. En peu de tems j'eus fait connoiffance avec un juif de Salé, que j'engageai à force d'argent à nous acheter un vaiffeau & à payer notre rançon à Hamet ; ce qu'il fit fans qu'aucun de nous s'en mêlât. Nous fîmes tout ce que nous pûmes pour apprendre de vos nouvelles, & pour vous emmener avec nous ; tous nos foins furent inutiles ; de forte que nous fûmes obligés de partir fans vous pour l'Angleterre.

Dans notre voyage, Sufanne m'apprit toute votre hiftoire, fans me taire même la part qu'elle y avoit eue. Son repentir me parut fi fincère, que je ne pus m'empêcher de la plaindre : ce qui fit bientôt naître en moi

une paſſion plus douce. Je lui trouvai des charmes ; je l'aimai ; elle y répondit ; & , dès que
nous fûmes arrivés en Angleterre , je l'épouſai
en face d'égliſe. Nous informâmes M. Kendrick,
votre maître-d'hôtel, du malheur qui vous étoit
arrivé ; & , par notre avis , il équipa un vaiſſeau en votre nom , pour vous aller chercher
en Barbarie. Il m'en donna le commandement ,
& me remit une ſomme d'argent ſuffiſante pour
votre rançon , ſi nous pouvions apprendre de
vos nouvelles ; & puiſque nous avons eu le
bonheur de vous rencontrer , il ne nous reſte
qu'à retourner au plus vîte dans notre patrie ,
crainte de quelque nouvel accident. Je les remerciai de leur zèle à me ſervir , ſur-tout la
pauvre Suſanne , qui avoit voulu accompagner
ſon mari dans ce voyage. Je priai Morrice
(c'étoit le nom du capitaine) de faire route
pour Mammora , dans l'eſpérance que nous
pourrions y apprendre ce que vous étiez devenu ; mais il me dit qu'il n'étoit pas ſûr pour
nous d'aller dans ce port , parce qu'y ayant
guerre alors entre l'Angleterre & la France , le
vaiſſeau qui avoit porté M. de Saint-Olon pourroit bien nous attaquer , & nous prendre malgré
lui , ſuppoſé qu'il y fût encore. D'ailleurs nous
apprîmes d'un des renégats que nous avions
faits priſonniers , que cet ambaſſadeur étoit
Y iv

retourné, il y avoit déja quelque tems, en France.

Nous fîmes donc route en droiture pour l'Angleterre, dans l'espérance que vous y arriveriez bientôt, & que vous m'y trouveriez; car je vous avois donné assez d'indices pour cela, lorsque je vous fis mon histoire. Avant que nous eussions découvert les côtes d'Angleterre, je m'apperçus que j'étois enceinte. La seule idée pensa m'en coûter la vie, craignant que vous n'arrivassiez pas assez à tems pour sauver mon honneur; car, quoique je ne doutasse point de votre probité & de la sincérité de votre amour, j'appréhendois les coups de la médisance. Je communiquai mon état à la fidelle Susanne, pour qui je n'avois plus rien de secret, & elle joignit ses craintes aux miennes. Quand nous fûmes entrés dans le canal de Bristol, nous consultâmes ensemble sur les moyens de dérober au monde la connoissance de ma grossesse; & à la fin, je résolus de vivre aussi retirée que je le pourrois, jusqu'à ce que j'apprisse de vos nouvelles. Cependant je fis savoir mon arrivée à M. Kendrick, mon maître d'hôtel; mais je n'eus garde de lui rien dire de mon état.

J'envoyai aussitôt un exprès à Londres pour s'informer de vous; mais, comme vous ne m'aviez point dit le nom de votre oncle en me faifant votre hiftoire , tous ces foins furent inutiles. Cela me mit prefque au défefpoir, & me jetta dans une mélancolie qui ne fit qu'augmenter avec ma groffeffe. Enfin je pris le parti d'aller me cacher dans le pays de Galles, chez une parente de Sufanne, où j'accouchai heureufement d'un garçon qui eft le vrai portrait de fon père, & qui a été ma plus grande confolation dans mon malheur. Quand je fus relevée de mes couches , je le pris avec moi , & je revins à la maifon , où ma fidelle Sufanne le fit paffer pour l'enfant d'une de fes parentes , qu'elle s'étoit chargée de mettre en nourrice. Elle le donna effectivement à une bonne payfanne qui demeure à fix milles d'ici , fans lui dire à qui il appartenoit; &, depuis, elle l'a été chercher prefque toutes les femaines, afin que je le viffe, & que fa vue me confolât un peu de la dure abfence de fon père. Aujourd'hui même elle avoit réfolu d'y aller , mais le défordre qui vient d'arriver , l'en a empêchée.

Mon maître d'hôtel voyant que j'avois pris le parti de vivre fort retirée, s'étoit aventuré à me parler d'amour; & s'apperçut bientôt que je dédaignois fa paffion ; il en vint jufqu'à me dire que fi je ne voulois pas l'époufer, il trouveroit le moyen de me dépouiller infenfiblement de mes biens, & de me réduire à la men-

dicité. Quoiqu'il m'eût été facile de le mettre
hors d'état de me nuire de ce côté-là, je craignois si fort l'embarras, que je lui donnai quelque espérance : ce qui ne fit que le rendre plus
insolent, jusques-là qu'il est venu à cet excès
de brutalité dont vous avez été vous-même le
témoin, & dont vous m'avez délivrée si à
propos.

Je compris bien, par ce récit que ma femme
venoit de me faire, que l'enfant que j'avois
sauvé d'une manière si merveilleuse, étoit vraiment le nôtre. Quand je lui eus conté tout ce
qui m'étoit arrivé à cette occasion, elle témoigna tout-à-la-fois tant de crainte, de terreur,
de tendresse & de joie, que je crus qu'elle en
perdroit la connoissance. Cette histoire peut
servir à nous convaincre qu'il y a une providence qui dirige à notre avantage toutes nos
actions, lorsqu'elles tendent à la vertu.

M. Kendrick, le maître d'hôtel de ma
femme, qui avoit attenté à son honneur, apprit bientôt notre heureuse rencontre ; & ses
blessures se guérissant tous les jours, il nous fit
prier de l'aller voir. Nous y fûmes, & il nous
demanda pardon de son insolence en des termes
si pressans, & qui marquoient un repentir si
sincère, que nous ne pûmes le lui refuser. Il se
fit apporter tous les livres de compte, & tous

les papiers qui regardoient les biens de mon
épouse, qu'il avoit en main, & il nous les
remit.

Le même jour le capitaine Morrice arriva de
France, où il étoit allé par l'ordre de ma
femme, comme la seule ressource qui lui restoit
pour apprendre de mes nouvelles. Il s'acquitta
si bien de sa commission, qu'il parla à M. de
Saint-Olon, qui l'instruisit de mon voyage en
Italie, après que j'eus poursuivi inutilement le
vaisseau corsaire qui avoit enlevé mon épouse.
Je le récompensai largement de son zèle, & je
remarquai en lui tant de probité & de franchise, que je l'aimai toujours depuis ce moment-là.

Toutes ces affaires ne me firent point oublier
don Ferdinand ; sa maladie me touchoit sensi-
blement, & je résolus de l'aller voir avec ma
femme, qui étoit d'ailleurs si impatiente d'em-
brasser notre petit garçon, qu'elle ne voulut
pas me laisser seulement le tems de finir avec
M. Kendrick. En chemin, nous rencontrâmes
un de mes parens, fils de mon barbare d'oncle
qui m'avoit vendu. Malgré tout ce que j'avois
souffert par son injustice, je ne laissai pas de
recevoir mon cousin avec toute l'affection possible ; car, outre que nous étions de même âge,
& assez ressemblans, soit du côté du corps, soit

du côté de l'esprit, nous avions été élevés ensemble jusqu'à la mort de mon père : ce qui
avoit fait naître entre nous une amitié très-
forte. Je ne l'avois point vu en passant à Londres, parce qu'il étoit alors à la campagne. Il
m'apportoit un paquet qui venoit d'Italie, &
dans lequel je trouvai une lettre que don Jacques m'écrivoit de Saint-Salvador. Impatient
de savoir ce qu'elle contenoit, je l'ouvris aussi-
tôt, & j'y lus ce qui suit :

« Monsieur ,

» J'espère que la distance des lieux n'aura
» point apporté de changement à votre amitié.
» La mienne a plutôt augmenté que diminué, si
» tant est qu'elle fût susceptible d'augmenta-
» tion. Je suis accablé de chagrin ; ma fille ,
» qui faisoit toute ma consolation, est, je pense,
» perdue pour toujours. Le jour même que
» vous nous quittâtes, elle disparut, sans que
» nous ayons jamais pu depuis en apprendre
» aucune nouvelle. Nous avons quelque raison
» de soupçonner que les parens de la personne
» qui périt par votre épée, en vous attaquant
» lâchement peu de jours avant votre départ,
» l'ont enlevée, & peut-être tuée secrètement,
» pour se venger sur nous de cet accident dont
» nous ne sommes pourtant en aucune manière

» la caufe. En voilà plus qu'il n'en falloit pour
» me rendre ce féjour odieux & infupportable.
» Je vais chercher du repos, fi j'en puis trou-
» ver, dans quelque autre partie du monde ;
» & comptant toujours fur votre chère amitié,
» j'efpère avoir l'honneur dans peu de vous
» embraffer en Angleterre, car je me difpofe
» à quitter Saint-Salvador au plutôt. J'ai reçu
» votre obligeante lettre, & les bales de mar-
» chandifes que vous m'avez envoyées, le tout
» bien conditionné. Mais il y a dans votre
» lettre quelque chofe de myftérieux pour
» moi ; du moins je ne comprends rien à ce
» paragraphe : *Soyez affuré que tout ce que vous*
» *m'avez donné en charge, &c.* Je ne vous ai rien
» envoyé que quelques petits préfens, que je
» me flatte que vous aurez bien voulu garder ;
» &, fi je les ai fait mettre à bord de votre
» vaiffeau fans vous en rien dire, c'eft que je
» favois bien que je ne pourrois jamais vous
» engager à les accepter autrement, comme
» venant de celui qui fe fera toujours une
» gloire de fe dire,

　　　　　　» Votre fincère ami & ferviteur ,

　　　　　　　　　» JACQUES DE RAMIREZ.

» *P. S.* Ma femme, qui eft inconfolable ,
» vous fait fes baife-mains ; &, la feule chofe

» qui lui faſſe quelque plaiſir , c'eſt l'eſpérance
» de vous voir , & de vous dire de bouche à
» quel point la perte de ſa fille l'afflige. Souffrez
» que nous vous ayons une nouvelle obligation:
» ayez la bonté de dire aux gens de notre
» pays qui fréquentent votre bourſe , où nous
» pourrons vous trouver , afin que nous ne
» ſoyons point embarraſſés à vous chercher,
» quand nous ſerons arrivés à Londres».

Je fus extrémement touché du malheur de
mon ami ; ſur-tout croyant que j'en étois, en
quelque manière, la cauſe , quoique fort innocente. J'avois déja conté à ma femme tout ce
qui m'étoit arrivé à Saint-Salvador ; de ſorte
qu'elle prit auſſi beaucoup de part à l'affliction
de don Ramirez, d'autant plus qu'elle s'étoit
vue à la veille d'un pareil déſaſtre par rapport
à ſon propre enfant. Après avoir donné quelque tems à ces triſtes réfléxions , j'ouvris une
autre lettre qui venoit de don Antonio, & qui
étoit conçue en ces termes.

Mon cher ami ,

» Nous avons reçu votre lettre avec un plai-
» ſir inexprimable ; mais comme je ſuis Ita-
» lien, je n'ai pu voir ſans jalouſie la joie que
» ma femme a fait paroître en la liſant. C'eſt
» bien pis à préſent qu'elle déclare qu'elle

» veut aller en Angleterre, exprès pour vous
» reprocher le peu de soin que vous avez pris
» de la commission qu'elle vous avoit donnée.
» Et ce qu'il y a de plus enrageant encore,
» c'est qu'elle a dessein de vous écrire elle-
» même ses sentimens. Mais qu'elle dise tout
» ce qu'elle voudra, j'ai résolu de vous estimer
» jusqu'à la fin, comme le seul ami qui me soit
» vraiment cher.

ANTONIO DE ALVAREZ.

L'autre lettre, qui étoit celle d'Isabelle, contenoit ce qui suit.

Monsieur,

» Je veux attendre à vous faire des reproches
» que j'aie le plaisir de vous voir, ce qui j'es-
» père sera dans peu. Je ne vous chargeai d'au-
» cune commission dans les papiers que vous
» avez perdus, excepté celle de réparer l'in-
» jure que vous avez faite à notre sexe en l'ac-
» cusant d'inconstance à l'occasion du mariage
» inopiné de don Pédro avec dona Félicia,
» après la violente passion qu'elle a eue pour
» don Ferdinand. Vous aviez, ce semble,
» quelque espèce de raison; mais vous chan-
» gerez bien de langage quand je vous aurai
» expliqué tout ce mystère. Je ne me fus pas

» plutôt apperçue que dona Félicia aimoit
» fans être aimée, que je la plaignis de tout
» mon cœur, connoiffant par moi-même toutes
» les peines de l'amour; ce qui fit que j'accu-
» fai plus d'une fois don Ferdinand de dureté,
» de ne pas fe rendre aux charmes de cette
» belle. Je lui en dis tant qu'à la fin il me
» pria de marquer un jour & une heure où
» nous nous recontrerions dans mon cabinet,
» dona Félicia, lui, & moi, fans autres té-
» moins; & que là il nous expliqueroit fes
» vrais fentimens. Je fis ce qu'il fouhaitoit,
» & quand nous eûmes fermé la porte fur nous
» pour n'être entendus de perfonne, il prit la
» parole, & s'adreffant à moi il me dit: Ma-
» dame, ne me taxez plus de dureté envers
» dona Félicia, car fi je n'avois pas un cœur
» extrêmement fenfible, jamais je ne ferois
» venu ici, & pour vous avouer tout d'un tems
» ma foibleffe, vous faurez que je fuis fille.
» Là-deffus elle découvrit fon fein, & ne nous
» laiffa plus de lieu de douter qu'elle ne dît
» vrai. Cela nous furprit fi fort toutes les deux,
» que nous n'eûmes pas la force de parler; &
» elle continua ainfi. Je vous conjure, mes
» dames, de ne point ouvrit la bouche de ceci
» à mon capitaine; car je vous déclare que
» le moment qui m'apprendra qu'il eft inftruit
» de

» de ma foiblesse, sera le dernier de ma vie.
» Cependant, monsieur, je ne saurois m'em-
» pêcher de vous en donner avis, par com-
» passion pour elle ; & je crois que vous avez
» trop d'humanité & de générosité pour vou-
» loir être la cause de la mort d'une personne
» qui n'aime que vous, surtout puisque vous
» avez perdu toute espérance de revoir jamais
» votre maîtresse. Tout ce que je puis vous
» dire là-dessus, c'est que rien au monde ne
» sauroit égaler la joie que j'aurois de voir
» en arrivant en Angleterre don Ferdinand de-
» venu la femme de monsieur Boyle, qui aura
» toujours l'amitié de,

ISABELLE DE ALVAREZ.

Les paroles me manquent pour exprimer
l'étonnement où me jetta la lecture de cette
lettre. J'en fus si troublé, que je pris le parti de
retourner à la maison, pour me remettre de
l'agitation de mon esprit, & pour considérer
plus tranquillement ce qu'il étoit à propos de
faire dans cette rencontre. Certaines circonstances que je me rappellai alors, me firent
comprendre que j'avois été bien aveugle de ne
pas m'appercevoir plutôt du sexe, & de l'inclination de don Ferdinand. Son état me toucha jusqu'au fond du cœur, & je n'eus pas la

Z

force de m'en expliquer à ma femme & à mon cousin. Quelquefois il me sembloit que tout cela n'étoit qu'un songe ; mais à la fin je me fis un plaisir de penser qu'il étoit en mon pouvoir de rendre à don Jacques sa chère fille qu'il croyoit perdue depuis si long-tems. Ma femme fut presque aussi frappée que moi de cette découverte ; & mon cousin pouvoit à peine m'en croire. Je compris bientôt par ce qu'il me dit, que cette pauvre demoiselle ne vouloit pas que le paquet qu'il venoit de me remettre, tombât entre mes mains ; ce qui me convainquit qu'elle craignoit que je ne découvrisse la vérité.

Le lendemain nous fûmes la voir. Nous la trouvâmes habillée, & dans la posture d'une personne qui veut écrire, mais extrêmement foible. Je lui présentai ma femme & mon cousin : elle les salua fort poliment, & me témoigna prendre beaucoup de part à mon bonheur, ajoûtant qu'elle étoit très-fâchée que son indisposition ne lui permît pas de nous tenir compagnie pour mêler sa joie avec la nôtre. Elle étoit si abattue, qu'à peine pouvoit-elle parler. Elle ne savoit point que mon cousin m'eût apporté le paquet qu'elle attendoit d'Italie ; mais après que j'eus demeuré quelque tems seul avec elle, je lui remis la lettre de son père,

qu'elle n'eut pas plutôt lue, qu'elle tomba à
la renverſe évanouïe. Le bruit que nous fîmes,
elle en tombant, & moi en voulant la ſecourir, amena pluſieurs perſonnes dans la chambre,
& entre autres, l'hôteſſe qui en étoit devenue
éperduement amoureuſe, s'imaginant que ce
fût un homme. Elle courut à elle, faiſant des
lamentations ſi comiques, que ſi c'eût été dans
toute autre occaſion, nous en aurions ri de
bon cœur. Elle ſe mit d'abord à déboutonner
ſes habits pour lui donner de l'air ; mais quelle
ne fut pas ſa ſurpriſe, quand elle vit, par ſon
ſein, combien elle s'étoit trompée dans l'objet
de ſa paſſion ? Elle courut en bas comme une
folle, nous laiſſant le ſoin de ſecourir la pauvre
fille. Quand nous l'eûmes fait revenir, elle
s'apperçut bientôt que nous avions découvert
ſon déguiſement ; & la douleur & la honte
qu'elle en eut tout à la fois, manquèrent de la
faire retomber en défaillance. Nous eûmes toutes les peines du monde à l'en empêcher, &
à la fin elle ſe remit un peu, quand elle com-
prit par mes diſcours que je ſavois déjà auparavant toute ſon hiſtoire.

Après avoir gardé aſſez long-tems le ſilence,
elle me dit : je ne voulois vous inſtruire de
ma foibleſſe, qu'après ma mort ; mais puiſqu'elle vous eſt connue, je vous conjure d'a-

voir quelque égard pour ma mémoire, & je
mourrai contente. Je la priai de ne point parler
de mourir, mais de vivre pour redonner la
joie à ses parens affligés. C'est trop tard, me
repliqua-t-elle, j'ai appellé la mort à mon secours, & la voici qui vient terminer mes peines.
En disant cela, une pâleur mortelle se répandit
sur son visage, un tremblement saisit tous ses
membres ; & il lui resta à peine assez de force
pour nous dire qu'elle avoit pris une bonne dose
de poison qu'elle avoit acheté d'un apothicaire
du village, & qu'elle alloit m'écrire ; juste-
ment comme nous étions entrés dans sa chambre, pour me faire l'aveu de sa foiblesse, & me
prier de la faire enterrer secrétement, & de
ne point divulguer son histoire. Elle n'eut pas
plutôt achevé de prononcer ces mots, qu'elle
perdit la parole, & presque en même tems la
vie, du moins à en juger par toutes les apparences. Ma femme n'étoit pas présente lorsque
cela arriva, elle étoit demeurée en bas auprès
de notre enfant, ne pouvant se lasser de le tenir entre ses bras, & de lui faire des caresses ;
mais elle vint un moment après, & ne fut pas
peu surprise d'un accident si tragique. Pour
mon cousin, il paroissoit encore plus affligé
que nous, car la compassion avoit bientôt fait
place dans son cœur à l'amour.

Cependant le bruit de la mort de cette aimable perſonne s'étant répandu ſur le champ dans le village, l'apothicaire qui lui avoit vendu la drogue, vint s'informer du fait. Il entra dans la chambre tout eſſoufflé, & me dit : monſieur, que l'état où vous voyez ce gentilhomme ne vous afflige point, car il n'eſt pas mort, il a ſeulement pris une potion dormitive : j'ai bien ſoupçonné une partie de ſon deſſein quand il m'a demandé du poiſon, le prix extraordinaire qu'il m'en a payé ſuffiſoit pour me faire ouvrir les yeux ; ainſi je lui ai donné une choſe pour l'autre.

Cette nouvelle nous réjouït tous, ſur-tout mon couſin qui en fut ſi extaſié, qu'il ne ſe poſſédoit plus. Et quand je vis avec quelle impatience il obſervoit cette aimable fille, attendant ſon retour à la vie, ſi je puis l'appeller ainſi ; cela ne fit que me confirmer dans la penſée, qu'un ſeul regard ſuffit quelquefois pour allumer dans le cœur un amour éternel. Cependant l'apothicaire lui fit avaler force cordiaux pour la faire revenir de cette eſpèce de léthargie ; & à la fin elle ouvrit les yeux, & ſe mit à regarder fixement tout autour d'elle, comme ſi elle fût revenue de l'autre monde. Nous lui apprîmes auſſi-tôt la ſupercherie de l'apothicaire, elle en fut dans la dernière confufion, & nous donna à entendre que c'étoit malgré elle qu'on lui rendoit la vie, & qu'une autre fois elle prendroit mieux fes mefures.

Nous fîmes tout ce que nous pûmes pour la tranquillifer; & à la fin, ma femme voyant que nous ne gagnions rien fur fon efprit, lui dit que fi elle vouloit mourir, ce n'étoit que parce qu'elle ne pouvoit pas nous voir heureux. Ce reproche la réveilla comme d'une léthargie : eh bien! dit-elle, je veux vivre, quand ce ne feroit que pour vous convaincre que je vois avec plaifir mon capitaine (car elle m'appelloit toujours ainfi) au comble de fes vœux. Nous demeurâmes encore un moment auprès d'elle pour l'affermir dans ces bons fentimiens; après quoi nous defcendîmes, ma femme & moi, pour voir notre enfant pour lequel je m'étois fi fort intéreffé fans le connoître, par un fecret inftinct de la nature. Quand nous eûmes payé ce que nous devions dans l'hôtellerie, nous fîmes monter en caroffe avec nous donà Bianca, que je n'appellerai plus don Ferdinand, & nous arrivâmes le foir à Briftol, où nous prîmes poffeffion de la maifon que le capitaine Kendrick avoit occupée jufqu'alors, & qui appartenoit à ma femme. Nous y demeurâmes quelque tems, autant pour rétablir dona Bianca de fon indifpofition, que pour régler nos affaires.

Cependant mon coufin gagna bientôt par
fon affiduité l'eftime de cette charmante perfonne; mais elle lui déclara naturellement qu'il
ne devoit rien efpérer de plus, parce qu'il lui
étoit déformais impoffible d'aimer. Néanmoins,
à force d'importunités, nous l'engageâmes à la
fin à l'accepter pour fon époux; & l'eftime
qu'elle avoit conçue pour lui fe changea bientôt en un amour des plus tendres. Après leurs
noces, nous allâmes tous enfemble à Londres,
pour mettre ordre à quelques affaires que j'a-
vois-là, & pour y recevoir les amis que j'attendois d'Italie, & de Saint-Salvador.

Un matin, comme nous étions en route,
nous entendîmes à l'entrée d'un bois, des gé-
miffemens affreux qui nous allarmèrent. Mais
comme nous avions avec nous trop de gens
armés pour craindre la moindre chofe, nous
defcendîmes de caroffe, & nous nous en fûmes
droit au lieu d'où partoit le bruit. Nous trouvâmes une femme noyée dans fon fang, &
percée de plufieurs coups d'épée. En l'examinant de plus près, jugez de ma furprife, je vis
que c'étoit la femme du maître chez qui j'avois
fait mon apprentiffage, & qui étoit mort de
chagrin de ce qu'elle l'avoit abandonné, en
emportant la meilleure partie de fon bien.
Quelque mépris que j'euffe pour elle, je ne

pus m'empêcher d'avoir compaſſion de ſon état, & je la fis porter dans notre caroſſe. Dona Bianca délaſſa ſon corps de juppe, & banda ſes plaies du mieux qu'elle put, en attendant qu'un chirurgien que j'avois d'abord envoyé chercher à l'endroit le plus proche, vînt. Elle me reconnut auſſi-tôt, & elle me dit ; aſſuré-ment, monſieur, le ciel vous a conduit ici pour être le témoin de mon repentir, puiſque vous l'avez été de mon crime. Le tort que j'ai fait à mon mari m'a pourſuivi juſqu'au tombeau. Après que je lui eus emporté tout ce que je pus, je m'enfuis en Irlande, je changeai de nom, & & je me fis paſſer dans le monde pour un riche parti. J'eus beaucoup d'adorateurs ; mais le ciel pour me punir, voulut que je miſſe mon affection dans une perſonne qui ne me recherchoit que pour mon argent : & quoique je ſuſſe qu'elle n'a-voit que très-peu de bien, l'amour l'emporta ſur la raiſon, & je l'épouſai. Comme mon nouvel époux étoit fort débauché, il a bientôt eu dé-penſé tout ce que nous avions ; & s'étant enſuite endetté par deſſus les oreilles, nous avons été obligés de nous ſauver dans ce pays ; mais n'y trouvant point de reſſource pour vivre honnê-tement, il s'eſt fait voleur de grand chemin, & a même déjà commis pluſieurs vols. Pour moi je logeois dans un village voiſin, où il ne

venoit point de peur d'être découvert, mais
nous nous rencontrions ordinairement dans ce
bois, & là il me donnoit l'argent dont j'avois
besoin. Ce matin il est venu, selon sa coutume,
& m'a tenu ce discours. Quand je vous épou-
sai, je n'avois aucune inclination pour vous,
mais à présent je vous abhorre, ainsi je veux
me défaire de vous aujourd'hui. Mais outre la
haine que je vous porte, j'ai une autre raison
pour cela : je puis épouser une vieille femme,
fort riche; & de peur qu'elle ne vienne à savoir que je suis marié avec vous, & que cela
ne me fasse perdre ma fortune, il faut que je
vous envoye dans l'autre monde. En disant
cela, il m'a donné de son épée dans le corps,
& m'a mise dans l'état où vous me voyez ;
après quoi il s'est enfoncé dans le bois, sans
que j'aie jamais eu la force de lui dire une seule
parole, tant j'étois saisie d'étonnement & de
frayeur.

Quand cette pauvre malheureuse eut fini
son récit, je lui dis que j'espérois qu'elle avoit
reçu toute la punition que le ciel vouloit lui
infliger. Je l'espère aussi, me repartit-elle, de
la bonté de Dieu, & de la sincérité de ma repentance ; & c'est avec plaisir que je quitte ce
monde, & que je sens ma mort approcher.
Dans ce moment, nous nous apperçûmes qu'elle
alloit expirer ; & avant que le chirurgien fut

venu, elle rendit le dernier foupir, en implorant le pardon de fes péchés. Je la fis auffi-tôt
porter au village voifin, dans la maifon où
elle logeoit, & je donnai quelque argent pour
la faire enterrer. On courut après fon mari,
mais on ne put jamais l'attraper. J'appris peu
de tems après qu'il avoit été arrêté pour vol
fur les grands chemins, & exécuté à Worcefter
où il avoit avoué le meurtre de fa femme. C'eft
ainfi que la vengeance divine, quoique lente
à punir, atteint toujours les fcélérats.

Nous continuâmes notre route, & nous
nous rendîmes heureufement à Londres ; don
Antonio, & fon époufe y arrivèrent les pré-
miers en fimples bourgeois, pour n'être pas
connus, ne fe fouciant point d'y paroître avec
un équipage convenable à leur qualité. Et peu
de jours après, don Jacques, & fa femme
vinrent dans un vaiffeau qui leur appartenoit,
de conferve avec l'Ifabelle que mon lieutenant
commandoit, & qui avoit été obligé de relâcher à Lisbonne, parce qu'il faifoit eau.

Cependant je priai dona Bianca de reprendre fes habits d'homme, ayant deffein de furprendre agréablement fes parens. Je louai des
logemens pour eux, en attendant qu'ils puffent
trouver une maifon commode dans la ville,
où ils avoient réfolu de demeurer. Je les reçus d'abord chez moi, & après les complimens

ordinaires en pareil cas, ils ne purent s'empêcher de verfer des larmes en penfant à leur
chère fille, qu'ils avoient perdue le jour même
que je les quittai à Saint-Salvador. Je leur témoignai prendre beaucoup de part à leur affliction, mais je les conjurai d'efpérer encore, n'é-
tant pas impoffible qu'ils n'euffent à la fin des
nouvelles de cette aimable perfonne. Ils bran-
lèrent la tête, en me difant qu'il y avoit long-
tems, qu'ils ne s'en flattoient plus, & que toute
leur efpérance étoit que le tems apporteroit
quelque foulagement à leur douleur.

Je leur appris, comme par manière d'entretien que j'avois un parent qui reffembloit
comme deux gouttes d'eau à leur charmante
fille, du moins autant que je pouvois m'en
rappeller les traits. Ils me témoignèrent une
grande envie de le voir. Je leur dis que je l'a-
vois à deffein invité à fouper avec un autre
de mes parens. J'avois averti auparavant dona
Bianca de fe peindre le vifage, & de ne parler
qu'Anglois pour mieux fe déguifer. En attendant, nous nous contâmes réciproquement ce
qui nous étoit arrivé de plus remarquable depuis mon départ de Saint-Salvador. Je leur dis
entre autres chofes, que je n'avois jamais vu,
avant que de quitter l'Angleterre, le parent
qui reffembloit fi fort à leur fille, ce qui étoit
vrai ; deforte que j'avois été extrêmement

frappé de cette reffemblance, quand je le vis
pour la première fois à mon retour.

Comme l'heure du foupé approchoit, dona
Bianca, & mon coufin entrèrent dans la chambre où nous étions. Je les préfentai à don Jacques & à fa femme qui les faluèrent comme
des gens qu'ils ne connoiffoient point. Mais
quand ils eurent un peu envifagé dona Bianca,
& qu'ils l'entendirent parler, les larmes leur
coulèrent des yeux, furpris de la grande reffemblance qu'il y avoit, difoient-ils, entre ce
gentilhomme & leur fille, foit pour les traits,
foit même pour le ton de la voix. Elle tint bon
auffi long-tems qu'elle put, parlant toujours
anglois; mais à la fin la vue de fon père & de
fa mère qu'elle aimoit tendrement, & leurs
larmes l'émurent fi fort qu'elle fut obligée de
fe retirer, difant qu'elle alloit revenir : mon
coufin fortit auffi un moment après. Pendant
leur abfence, les bonnes gens ne firent que
foupirer & que pleurer ; mais comme je favois
bien que leur affliction ne feroit pas de durée,
je ne me mis pas feulement en peine de leur
rien dire pour les confoler.

Quand dona Bianca eut repris les habits
qui convenoient à fon fèxe, un valet vint me
dire qu'il y avoit à la porte un gentilhomme
qui demandoit à me parler. Je fortis, & étant
rentré un moment après, je dis que nous al-

lions avoir augmentation de compagnie, &
qu'un autre de mes parens & son époufe venoient souper avec nous. Là-deffus mon cousin
entra, menant dona Bianca par la main, &
auffi-tôt ils furent tous deux se jetter aux pieds
de don Jacques & de sa femme. A la vue de
leur fille, la mère s'évanouït, & le père fut
dans une si grande surprise, qu'il n'eut pas la
force de parler, mais il témoigna affez sa joie
par ses pleurs, ses baisers, & ses embraffemens.
Pour sa femme, quand elle fut revenue de son
évanouiffement, elle se jetta au cou de sa fille
avec de si grands transports de tendreffe, que
je crus presque qu'elle l'étoufferoit à force de
l'embraffer.

Leur joie fut si grande de part & d'autre,
qu'ils ne purent de quelque tems lier de converfation tranquille. A la fin dona Bianca fit
son hiftoire: elle dit que dès le moment qu'elle
m'eut vu à Saint-Salvador, l'amour s'étoit em-
paré de son cœur; mais que fachant ce qu'elle
devoit à son fexe, elle avoit résolu de ne m'en
jamais rien faire connoître qu'elle ne fût affurée de quelque retour. Cependant sa paffion
croiffant chaque jour, & apprenant que je devois bientôt partir, elle s'étoit pourvue fecrétement d'un habit d'homme, & de tout ce
dont elle pouvoit avoir befoin d'ailleurs; &
après s'être déguisée du mieux qu'elle avoit

pu, & avoir contrefait la lettre qu'elle me remit comme de la part de son père, elle avoit trouvé le moyen de venir sur mon bord, dans le bateau même qui m'apportoit les présens de don Jacques. Tout répondit à mes vœux, ajouta-t-elle, excepté que je m'apperçus bientôt que le capitaine n'avoit point de cœur à donner. Il est inutile de vous dire combien de soupirs, de larmes, & d'amertumes cette découverte m'a coûtés; cela est maintenant enseveli dans l'oubli. Ensuite elle demanda pardon à son père & à sa mère d'avoir été capable d'une si grande folie; ils avoient trop de joie de l'avoir retrouvée, pour ne pas oublier tout le passé, & ils firent paroître beaucoup de satisfaction de son mariage, & de ce qu'ils pouvoient m'appeller désormais leur parent. Depuis ce jour-là, nous avons vécu dans tout le contentement possible, bénissant le ciel des graces qu'il nous a faites. Et à présent que me voilà arrivé à la fin de mes aventures, je prends congé de mes lecteurs, en les faisant souvenir de ce que dit un de nos poëtes, qu'un amant vertueux ne doit jamais désespérer de rien, parce que l'amour prend un soin particulier des cœurs généreux & fidèles.

※

VOYAGE,

NAUFRAGE

ET

CONSERVATION MIRACULEUSE

DE

RICHARD CASTELMAN.

Où l'on trouve une Description de la Pensylvanie
& de Philadelphie, sa capitale.

VOYAGE

VOYAGE
DE
RICHARD CASTELMAN.

LES dangers de la mer font certainement plus grands que ceux de la terre; & lors même que le tems eſt beau, l'on peut dire qu'il n'y a qu'un très-petit intervalle entre ce monde & l'autre. Un philoſophe Grec avoit, à mon avis, bien raiſon, quand invité par un ami d'aller à la chaſſe dans une île voiſine de l'Helleſpont, il répondit, que s'il faiſoit jamais une pareille folie, il ne lui reſteroit d'autre vœu à former, que celui de pouvoir retourner ſain & ſauf dans ſa maiſon; parce que ceux qui ſe fient à la mer s'expoſent aux caprices d'une maîtreſſe inconſtante.

Je m'embarquai à Briſtol, au mois d'avril 1709, dans un vaiſſeau commandé par le ca-pitaine Cox, & chargé pour Charles-town

A a

dans la Caroline : J'étois en compagnie de M.
Jones & de fa famille ; il alloit aux Bermudes ; &, de plus, il étoit intéreffé avec moi
dans le commerce. Nous fîmes notre voyage
affez heureufement, & nous arrivâmes à
Charles-town précifément dans le tems que le
capitaine Moor, qui en étoit gouverneur, venoit de faire une defcente dans une plantation
des Efpagnols de Saint-Auguftin, qui eft au midi
de la Caroline, d'où il avoit apporté un riche
bütin. La conduite de ce capitaine fut blâmée
par des perfonnes de fa colonie, parce que
les Efpagnols ne favoient rien de la rupture
entre l'Angleterre & l'Efpagne ; mais tout eft
permis entre ennemis.

Quelque tems après, les Efpagnols voulant
avoir leur revanche fur les Anglois, équip-
pèrent cinq vaiffeaux de guerre, & plufieurs
bâtimens de tranfport. Ils débarquèrent huit
cens hommes dans la Baye de Charles-town,
& envoyèrent deux trompettes au chevalier
Nathanaël Johnfon, qui avoit fuccédé au capitaine Moor dans le gouvernement de cette place,
pour le fommer de fe rendre ; mais il leur fit
répondre qu'il n'en vouloit rien faire, & qu'il
étoit réfolu de fe défendre jufqu'à la dernière
extrêmité. Les trompettes rapportèrent à l'A-
miral Efpagnol cette réfolution du gouverneur,

& l'informèrent outre cela que la ville étoit trop bien pourvue pour pouvoir être aisément prise. Ainsi, après y avoir bien pensé, il fit rembarquer son monde, & se retira.

Cependant, l'entreprise des Espagnols jetta l'allarme dans tout le pays, & obligea les habitans à fortifier Charles-town, qui peut se moquer à présent des tentatives des étrangers, & des naturels qui y faisoient auparavant des courses continuelles.

Charles-town, ou la ville de Charles capitale de la Caroline, est située dans une langue de terre que forment deux rivières, appellées Ashley & Cooper, du nom des premières plantations, & fort poissonneuses. Il n'y avoit, lorsque j'y étois, qu'une assez mauvaise église de bois ; mais avant que j'en partisse, on avoit pris des souscriptions pour en bâtir une belle de pierre. On compte dans la ville plus de mille maisons proprement bâties, qui ont la plupart des jardins : on y trouve abondamment tout ce qui est nécessaire pour la vie. Elle est à 32 degrés 40 minutes de latitude. Le commerce qu'on y fait est plus considérable, à proportion de sa grandeur, que celui d'aucune autre plantation Angloise qu'il y ait sur le continent de l'Amérique ; parce que c'est la plus méridionale de toutes. J'appris même que ses habitans trafiquent trois cens lieues avant dans le pays; ce que facilite beaucoup un grand nombre de rivières navigables qui defcendent des montagnes. L'air y eft fort fain; & quoique la plupart des Européens qui y arrivent, foient attaqués de la maladie du pays caufée par le changement de climat & d'alimens, j'en fus quitte pour une enflure qui me vint au bras, & qui fembla vouloir fe terminer en une mortification au doigt du milieu : mais je guéris heureufement par les foins & les avis de madame Rhett, le feul bon chirurgien qu'il y ait dans la ville. Ce n'eft pas par là feulement que cette dame fe diftingue; & fi je voulois raconter fes autres bonnes qualités, cela groffiroit trop ma petite relation : je me contenterai de dire qu'on peut trouver en elle une autre madame Dacier.

Je demeurai à Charles-town, plus de huit mois, & j'y fus très-bien régalé pas fes honnêtes habitans; car j'avoue que je voyageois autant pour le plaifir que pour le profit, quoique cette inclination m'ait aujourd'hui entièrement quitté. M. Jones, intéreffé avec moi dans le commerce, fut obligé de partir pour les Bermudes, parce qu'il étoit fecrétaire & prévôt-maréchal de ces îles. Je le fuivis de près avec fa famille. La feule chofe remarquable qui nous arriva dans notre voyage, ce fut que nous vîmes pendant plusieurs jours un grand goulu de mer qui suivoit notre vaisseau. Le patron me dit à cette occasion qu'il étoit sûr que quelqu'un mourroit bientôt à bord. Je me mis à rire de sa superstition, & je tâchai de l'en désabuser ; mais il n'y eut pas moyen. Quand ce poisson parut pour la première fois, tout le monde se portoit bien ; mais en trois jours de tems, une femme d'entre les passagers mourut d'une fièvre, & vérifia la prédiction de notre homme. Nous la livrâmes aux vagues, & vraisemblablement elle eut pour sépulture les entrailles du goulu, car il prit congé de nous le même jour. Notre patron m'assura qu'il avoit fait la même observation pendant plusieurs années, & qu'il ne s'y étoit jamais trompé. Il n'est point impossible que ce poisson ait un instinct pareil à celui du vautour qui est assez connu.

Arrivé à Saint-George, capitale des Bermudes, je me trouvai aussi-bien du climat & des habitans que j'avois fait à la Caroline. Cette ville est située au fond d'une baye du même nom, & a de bonnes fortifications. On y compte environ deux cens maisons, outre l'église qui est un peu plus belle que celle de Charles-town. Celui qui desservoit alors cette églife, étoit M. Holland, homme de beaucoup de mérite. Il me remit, à mon départ, un pied de gazelle monté en or, pour fervir de fouloir de pipe à tabac, que je devois donner à l'evêque de Bangor fon patron; mais malheureufement cela fut perdu avec tous mes effets, dans le naufrage que j'effuyai en revenant en Angleterre.

On jouït dans les Bermudes d'un printems perpétuel; les vieilles feuilles n'y tombent point des arbres, fans être remplacées par de nouvelles, & l'on y voit en même tems des fruits d'une même efpèce en bourgeons, en fleurs, & en maturité. L'air y eft en général tempéré & ferein; feulement les éclairs & les tonnerres y font affez fréquens, & d'une très-grande violence. On m'y montra plufieurs rochers, qu'on me dit avoir été fendus par la foudre.

Un honnête homme qui avoit côtóyé toutes ces îles, m'affura que leur nombre fe montoit à 378, mais que plus de trois cens ne méritoient que le nom de rochers, & que la plupart de celles qui font habitées n'ont guère au dela d'une demi-douzaine de maifons. Le terroir de ces dernières eft de la même nature, c'eft-à-dire, fort fertile. Il y a des gens qui croyent que toutes ces îles étoient autrefois jointes, & n'en faisoient qu'une, mais que la mer les a ainsi séparées avec le tems : ce qui le leur persuade, c'est que les vagues emportent tous les jours quelque chose des plus petites. Néanmoins tout cela n'est que pure conjecture.

Je suis fâché d'être obligé de dire, que les anciens habitans gagnoient beaucoup par leurs pirateries, & que même quelques-uns de ceux qui possédoient les meilleures plantations dans le tems que j'y étois, n'avoient guère été d'abord autre chose que des écumeurs de mer. La feue reine Anne en ayant été informée, fit partir un gentilhomme, nommé M. Larkins, avec ordre de faire des informations contre tous ceux qui exerçoient la piraterie, & de les punir selon les loix dans toute l'étendue de sa domination en Amérique. J'étois aux Bermudes lorsqu'il y arriva ; il notifia sa commission aux principaux habitans, dont il fut fort mal reçu. Cependant il ne laissa pas de suivre ses ordres, & d'expédier des décrets pour arrêter les personnes soupçonnées. M. Jones en qualité de prévôt-maréchal fut obligé de mettre ces décrets à exécution ; mais il trouva par tout de la résistance, il y en eut qui le maltraitèrent, & il se vit plus d'une fois en danger de sa vie.

Le gouverneur nommé M. Bennet, repré-
fentant la reine d'Angleterre, auroit dû prêter
main forte à M. Jones, & à M. Larkins; mais
foit qu'il craignît d'offenfer les habitans, ou
qu'il ne fe fouciât pas de fe donner la peine
de prendre de juftes informations, il les fit arrêter & mettre en prifon. M. Jones trouva le
premier le moyen de s'évader, & de paffer
heureufement en Angleterre, où il porta fes
plaintes contre le gouverneur, & obtint par
un arrêt du banc du roi toutes les réparations
qu'il pouvoit fouhaiter. Il fut même renvoyé
aux Bermudes, & rétabli dans fon pofte. Et
je fai que ceux qui lui avoient été contraires,
en furent fortement réprimandés dans des lettres que le confeil de la reine fit écrire, à ce
fujet, aux principaux habitans; mais il y a des
gens, qui quand ils ont une fois conçu de la
haine contre quelqu'un, n'en reviennent jamais: c'eft ce qu'éprouva le pauvre M. Jones;
l'animofité de fes oppofans, loin de diminuer,
ne fit qu'augmenter; & il fut encore une fois
obligé de quitter l'île. Il y a actuellement un
procès entre lui & le gouveneur, en Angleterre où ils font allés tous les deux; & je ne
doute point que juftice ne s'y faffe.

Pour M. Larkins, il fut mis dans un ca-
chot, où l'on ne lui donnoit pas même, dit-

on, la nourriture néceſſaire ; de forte qu'il ſeroit mort de faim, s'il n'eût trouvé le moyen
de ſe ſauver en habit de femme par le ſecours
d'un ami fidèle, choſe fort rare en Amérique
parmi les perſonnes d'autorité. Cependant, les
mauvais traitemens qu'il avoit reçus dans ſa pri-
ſon avoient tellement alteré ſa ſanté, qu'il mourut en retournant en Angleterre.

Les Bermudes étoient autrefois, comme je
l'ai déjà remarqué, l'aſyle commun des pirates ; & la plus grande richeſſe des habitans
venoit du trafic qu'ils faiſoient avec eux. C'é-
toit là que ces écumeurs de mer dépenſoient
l'argent qu'ils avoient pillé, & ſe remettoient
des fatigues de leurs courſes, l'île étant dans
la ſituation qui leur convenoit le mieux pour
cela, c'eſt-à-dire, entre le 32 & le 33 degré
de latitude, & à 300 lieues du continent ou des
autres îles.

Le cèdre eſt ſi commun dans cette île, que
les habitans s'en ſervent même pour le chauf-
fage. J'y ai vu des vaiſſeaux de cent tonneaux
faits de ce bois ; & la plupart des maiſons en
ſont bâties.

Les loix devroient y être les mêmes qu'en
Angleterre ; mais la force l'emporte généralement ſur la juſtice dans toutes nos plantations
de l'Amérique. Du reſte, ſi l'on peut n'avoir

rien à démêler avec les gens en place, on vit fort agréablement aux Bermudes.

M. Jones, le capitaine Bayley, & moi, avions acheté conjointement un navire d'environ 140 tonneaux ; & notre cargaison ne consistoit qu'en tabac, que nous devions prendre à la Virginie, pour partir ensuite de conserve avec la flotte Angloise. Pendant que nous équipions notre vaisseau, M. Jones fut occupé aux affaires de sa charge ; desorte qu'il me remit le soin de ce qui le concernoit dans notre association.

Nous partîmes des Bermudes, le 5 d'avril 1710, avec un bon vent frais, qui continua jusqu'à ce que nous eûmes perdu de vue ces îles : mais dans la nuit il s'éleva un vent contraire, nord-nord-est, qui soufflant avec violence, nous jetta au midi des Bermudes ; & ce fut un miracle de la providence que notre vaisseau ne se brisa pas contre les rochers. Nous nous en tirâmes avec beaucoup de peine ; & nous fûmes obligés d'aller debout au vent pendant trois jours. Malheureusement il se trouva que notre navire n'étoit par des meilleurs voiliers ; néanmoins au bout de quatre jours nous fûmes à la hauteur de l'Angleterre, & le vent nous étant devenu favorable nous fîmes assez de diligence. Nous n'avions d'autre divertissement que celui de prendre des dauphins avec le harpon ; mais à mon goût, c'eſt un pauvre manger.

Nous étions en tout quarante & une perſonnes, y compris les paſſagers, dont pluſieurs étoient malades du roulis du vaiſſeau : c'étoit un grand déſagrément pour ceux qui ſe portoient bien , & j'avoue que je me ſouhaitai plus d'une fois à terre par cette ſeule raiſon. Le 12 d'avril, nous fûmes extrêmement allarmés à la vue d'un vaiſſeau qui venoit après nous, & que nous prîmes pour un Armateur Eſpagnol. Nous fîmes auſſi-tôt force de voiles pour l'éviter ; ce qui auroit été très-difficile , ſi un moment après, le vent ne ſe fût changé en un vent frais, mais fort , de ſud - ſud - eſt. Nous nous y abandonnâmes , & avant qu'il fût nuit nous eûmes perdu ce vaiſſeau de vue.

Comme nous ſoupions, les fils du capitaine Bayley vint l'avertir que la couleur de l'eau de la mer étoit changée : le père le gronda juſqu'à lui dire qu'il avoit perdu l'eſprit, parce qu'il étoit impoſſible que nous fûſſions près de quelque côte. Quand la mer change de couleur, c'eſt une marque certaine que la terre n'eſt pas éloignée : nous continuâmes donc la même route avec la voile de Miſaine ; mais

on ne sauroit exprimer la surprise, & l'épouvante où nous tombâmes, lorsqu'au quart du
matin, le capitaine qui étoit sur le pont découvrit la terre contre laquelle nous allions
donner en droiture. Aussi-tôt il descendit dans
ma cabane, & me dit les larmes aux yeux de
me lever. Je compris bien par-là qu'il falloit
qu'il y eût quelque chose d'extraordinaire, je
sautai du lit, & je courus sur le tillac pour voir
ce que c'étoit, le pauvre capitaine n'ayant pas
la force de s'expliquer. Je vis d'abord le danger qui nous menaçoit; car je trouvai que nous
étions à vue de la Virginie, près des bancs de
sable de Ronoke. Nous fîmes tout ce que nous
pûmes pour les éviter; & comme notre navire, ayant la proue ronde, n'obéissoit pas
bien au gouvernail, nous convînmes généralement qu'il falloit tâcher de gagner la terre,
dans l'espérance que la côte seroit saine comme
il paroissoit, & que la mer montant nous pourrions, avec l'aide de Dieu, aborder heureusement au rivage. Mais nous n'en eûmes pas le
tems; le reflux nous surprit, & nous ramena,
malgré tous nos efforts, sur les bancs de sable.
Nous nous en tirâmes pourtant en déchargeant
le navire, & coupant les mats au niveau du
pont. Mais comme nous voulions toujours gagner la côte, nous donnâmes dans le second

banc, à la vérité fans beaucoup de violence ;
deforte que ne pouvant mieux faire, nous jettâmes les ancres, efpérant de nous dégager à
la faveur de la marée lorfqu'elle monteroit.
Nous nous trompions fort, car un grand vent
s'étant levé tout à coup, nous tira de là &
nous porta avec impétuofité fur un troifième
banc de fable où nous demeurâmes attachés,
& où les vagues venoient fe brifer avec tant
de violence que nous en étions tout couverts.

Nous avions à bord plufieurs femmes & enfans, dont les cris perçans me fendoient le cœur.
Nous fîmes fur le champ mettre notre efquif à
à la mer pour voir fi nous pourrions gagner le
rivage de ce côté-là. J'y fautai des premiers,
mais à peine eut-il quitté le flanc du navire,
qu'il fut mis en pièces. Tout ce que nous pûmes
faire dans cette extrêmité fut de regagner notre
bord ; encore eûmes-nous beaucoup de peine
à en venir à bout, parce que la mer nous en-
traînoit. J'aurois péri infailliblement, fi je ne
m'étois tenu fortement à l'habit d'un de ceux
qui étoient dans l'eau avec moi, & au pied
d'un autre ; car les vagues m'avoient jetté
prefque fous la quille. Quand je fus monté fur
le pont, je courus prendre mon coffre qui
étoit dans ma cabane, & je me mis à ferrer
dans mes poches l'argent que j'y avois, & qui

se montoit à cinquante livres sterling. La sœur
du capitaine qui vit ce que je faisois, vint à
moi, & me réprimanda fortement de ce que
je songeois à mon argent tandis que nos vies
étoient en danger. J'avoue que cette attention
ne convenoit guère au déplorable état où nous
nous voyions réduits; j'en eus honte, & je ne
pensai plus qu'à travailler de concert avec les
autres pour nous sauver. Nous fîmes inutilement tous nos efforts pour dégager le vaisseau;
ainsi nous perdîmes toute espérance d'en conserver la cargaison.

Nous avions à bord deux négres appartenant
au capitaine Bayley, qui étoient excellens plon-
geurs: & comme il étoit impossible d'aller
contre la houle sans plonger, tant elle étoit
grosse, ils s'offrirent d'aller attacher au tronc
d'un arbre sur le rivage une corde qui tiendroit au vaisseau, & par le moyen de laquelle
nous pourrions tous nous sauver à terre. Heu-
heusement pour nous la mer étoit bordée
d'arbres à droite & à gauche: je dis au capitaine que cela me paroissoit un bon présage,
& qu'avec l'aide de Dieu, je ne doutois point
que nous ne gagnassions enfin la terre.

Cependant les négres exécutèrent leur projet avec beaucoup de peine, & revinrent au
vaisseau à l'aide de la corde. M. Bayley, sa

femme, & fon contre-maître furent les premiers qui fe jettèrent dans la mer, & qui fe rendirent heureufement à terre fur la tuque, (ou couverture de bois qu'on éleve au devant de la dunette pour fe mettre à l'abri du foleil & de la pluie) qui fe mit en pièces dès qu'ils y furent arrivés. Les cris que faifoient ces pauvres enfans que nous avions à bord, me percèrent le cœur, & me troublèrent plus que la tempête même. Je leur offris de les mettre fur la corde, & de les tirer après moi à terre ; mais leur épouvante étoit fi grande que je ne pus jamais leur perfuader de me laiffer faire.

Comme j'allois empoigner la corde pour me fauver, deux matelots s'en faifirent fi brufquement qu'ils faillirent à me jetter dans la mer. J'offris encore mon fecours à la fœur du capitaine, mais inutilement ; elle étoit auffi effrayée que les enfans, & fe repaiffoit de la vaine efpérance que les vagues s'abaifferoient peu-à-peu, & qu'on pourroit gagner le rivage avec moins de danger. Je pris donc congé & d'elle & de tous ceux qui étoient à bord ; & les recommandant auffi-bien que moi-même aux foins de la providence, je me jettai dans l'eau, me tenant fortement à la corde, & avec l'affiftance de l'un des négres je m'éloignai un peu du navire. Mais les flots me repouffoient avec tant d'impétuosité, que je fus plusieurs fois en danger de lâcher prise, & d'être jetté en pleine mer, ce qui me seroit infailliblement arrivé sans le secours du négre. Quand il voyoit une grosse vague prête à nous couvrir, il me crioit; pour l'amour de Dieu M. tenez ferme; & alors je me mettois en état d'en soutenir le choc, implorant avec ardeur l'assistance du ciel. A la fin après bien des efforts, je sentis que je touchois la terre des pieds, & peu-à-peu je vins à bout de les appuyer dessus. Dès que la houle avoit passé, je me mettois à courir de toute ma force; & lorsqu'elle retournoit sur le rivage, je me tenois ferme à la corde, car autrement elle m'auroit écrasé contre le sable. Cependant les forces commençoient à me manquer par la violente fatigue que j'avois essuyée; & si le négre qui étoit déjà lui-même presque épuisé, ne m'avoit tiré sur le rivage, après tous les efforts que je venois de faire pour sauver ma vie, je me serois vu réduit à la triste nécessité de m'abandonner aux vagues.

Dès que j'eus un peu recueilli mes esprits, je rendis grace à l'être suprême de la délivrance qu'il venoit de m'accorder, en me tirant d'entre les bras de la mort. Ce fut une merveille d'autant plus grande, que dès que j'eus lâché le corde, quelques-uns de ceux qui étoient restés

à

à bord ayant voulu me fuivre, elle fe rompit; deforte qu'aucun de ces pauvres malheureux que j'avois laiffés fur le vaiffeau ne put gagner la terre, ils furent tous engloutis par les flots. Après m'être repofé quelque tems fur le rivage, le capitaine Bayley, fa femme, & fon contremaître, qui étoient d'abord allés à la découverte du pays, vinrent me dire qu'ils n'avoient pu voir ni chemins ni habitans. Cela renouvella toute notre affliction, car nous étions en apparence dans un auffi grand danger de mourir de faim, que nous l'avions été de périr dans les ondes; & pour furcroît de malheur, la nuit s'approchoit, pendant laquelle il étoit à craindre que nous ne fuffions dévorés par les bêtes fauvages.

Tandis que nous déplorions notre fort, nous entendîmes quelqu'un qui crioit dans les bois, ce qui nous fit revenir le cœur. Mais nous étant mis à courir du côté que la voix venoit, nous eûmes le chagrin de voir que c'étoit un de nos matelots échappés du naufrage qui appelloit fon compagnon. Ils étoient tous deux auffi ivres qu'on peut l'être, par la quantité de rum (1) qu'ils avoient bu avant que de quitter le navire.

_____

(1) C'eft une forte de liqueur extrêmement forte, qu'on tire du fucre, par le moyen de l'alambic, dans les Barbades.

Ces fortes de gens font pour l'ordinaire fi abru-
tis, que les plus grands dangers ne les empê-
chent point de boire leur fou s'ils en trouvent
l'occafion.

Lorfque nous fûmes tous enfemble, favoir
le capitaine, fa femme, fon contre-maître, les
deux matelots, les deux négres & moi, nous
réfolûmes de faire chemin du côté du midi pour
voir s'il n'y auroit point quelque habitation,
mais à peine avions-nous marché l'efpace d'une
heure, que nous fûmes arrêtés par des bois
qu'il étoit impoffible de percer, & obligés de
retourner fur nos pas. Nous tirâmes enfuite
vers le nord, efpérant que nous ferions plus
heureux; mais notre marche fut encore interrompue par de grands marais que nous rencontrâmes, & qu'il n'y avoit pas moyen de traverfer. Ainfi ne fachant plus que faire, nous
rebrouffâmes chemin, de manière que nous
pouvions voir ceux qui étoient demeurés dans
le vaiffeau, élévant leurs mains pour nous demander du fecours; mais nous étions hors d'é-
tat de leur donner aucune affiftance, ni aucune
confolation. Je tâchai de leur faire connoître
par fignes que notre état étoit auffi déplorable
que le leur, & que nous n'avions tous d'autre
reffource que dans la protection du ciel.

Comme la nuit s'approchoit, quelques-uns

de ces pauvres malheureux se jettèrent dans l'eau, espérant de pouvoir se sauver à la nage; mais ils furent bientôt engloutis par les vagues. Ainsi tous les objets que nous avions devant les yeux ne servoient qu'à redoubler l'horreur dont nous étions saisis dans l'attente d'une fin tragique. Il y avoit deux jours qu'aucun de nous, excepté les deux matelots dont j'ai parlé, n'avoit ni mangé ni bu, sans compter la grande fatigue que nous avions essuyée. Quoique je n'en pusse plus moi-même, je tâchai de consoler & d'encourager mes compagnons d'infortune : & pour nous mettre à couvert pendant la nuit, qui pour surcroît de malheur fut pluvieuse, nous employâmes le reste du jour à amasser des feuilles de palmiste, & des pièces d'arbres que nous étions obligés d'arracher avec les mains, n'ayant ni couteau, ni aucun instrument propre à en couper ; & nous en fîmes une hutte du mieux que nous pûmes.

La feuille du palmiste est fort grande : on en fait le tissu des plus beaux chapeaux de paille qu'on apporte en Angleterre des Bermudes & de la Caroline. Quelles tristes réflexions ne faisions-nous point sur notre état ! Nous n'avions pour tout lit que la terre humide; nos habits étoient tout trempés de la pluie & de l'eau de la mer ; nous nous voyions destitués de tout,

fans nourriture & fans efpérance d'en trouver;
& j'avois en particulier fi foif, que j'étois fur
le point d'expirer. Tandis que nous travaillions
à notre hutte, je me tirai à l'écart, & ne fachant plus que faire pour étancher ma foif, je
fis de l'eau dans ma boite à tabac, & je l'avalai
avec autant de plaifir que j'aie jamais fait du
meilleur vin de France.

Cependant notre pauvre cabane fe trouva
fi petite, qu'étant le dernier à me coucher, il
n'y avoit pas de place pour moi. Je me jettai
fur mes compagnons ; & quoi qu'il y eût une
femme parmi nous, je n'eus pas la moindre idée
de différence de fexe. Peu à peu je trouvai moyen
de me faire faire place ; & malgré les cris de
mes voifins qui fe plaignoient que je les incom-
modois extrêmement, malgré nos mifères communes, & mes peines particuliéres, je dormis
profondément jufqu'au matin : mais le jour ramena toutes mes triftes réflexions qu'une
faim infupportable rendoit encore plus défef-
pérantes.

Lorfque nous nous fûmes levés, au nombre
de fept, car le huitième, l'un des deux matelots yvres, fut trouvé mort apparemment de
froid & de faim, à quelque diftance de notre
hutte, malgré le proverbe qui dit qu'il y a
un Dieu pour les yvrognes ; nous nous mîmes

tous en prières, excepté le contre-maître qui
dit que cela ne suffisoit point, & que pour lui
il vouloit se mettre en quête tandis que nous
implorerions le secours du ciel. Nos oraisons finies, nous résolûmes d'aller dans les bois chercher quelque chose pour appaiser notre faim ;
mais en tournant du côté du Cap, nous apperçûmes le contre-maître avec un homme incon-
-nu, qui s'avançoient vers nous. La colombe
de l'arche, qui retourna avec une branche
d'olivier dans son bec, ne fut pas plus agréable
au patriarche Noé, que cet étranger le fut pour
nous: nous allâmes au devant de lui avec toute la
diligence que notre foiblesse pouvoit permettre.
Il portoit sous le bras un petit barril de beurre
que la mer avoit jetté sur le rivage ; & quoique ce beurre fût plein de sable, nous le mangeâmes avec autant d'avidité que si c'eût été
des perdrix ou des faisans : mais par malheur,
quand nous fûmes las d'avaler, car je ne saurois dire si nous nous rassasiâmes, nous nous trouvâmes si incommodés, que nous rendîmes tout
ce que nous avions pris.

L'étranger, pour nous faire revenir le cœur,
nous donna entre tous une couple de citrons
que nous dévorâmes ; & puis nous nous remîmes à manger du beurre. Mais quelle ne fut
point notre joie, lorsque le contre-maître nous

apprit qu'il avoit trouvé fur le rivage un poin-
çon d'eau douce, que la mer y avoit jetté?
Nous y courûmes avec empreffement, & ma
boite à tabac nous fervit de taffe. Le contre-
maître qui avoit déjà étanché fa foif, ne voulut pas nous permettre de boire notre fou, de
peur que nous ne nous fiffions du mal. Ce mauvais repas ne laiffa pas de réparer nos forces
épuifées, & de nous mettre en état de fupporter la fatigue de ce jour. Notre vaiffeau avoit
été jetté par les vagues fur le bord de la mer,
mais il étoit brifé en plufieurs pièces; & c'é-
toit un trifte fpectacle que de voir les corps
morts qui couvroient le rivage; mais ce qui
accabla de douleur le capitaine Bayley & fa
femme, ce fut de trouver entre les autres ceux
de fa fœur & d'un de fes enfans prefque enfé-
velis dans le fable. Pour moi, je n'avois autre
chofe à regretter que ma cargaifon qui confiftoit
en cotton, en indigo, & en chapeaux de
paille; ce qui m'auroit produit une fomme
très-confidérable, fi javois pu l'amener heureufement en Angleterre: il me fâchoit auffi
beaucoup d'avoir perdu mon claveffin, & mon
tambour de bafque, dont je trouvai les débris.
Tout le rivage étoit couvert de mes chapeaux
de paille des Bermudes; nous en ramaffâmes
quelques-uns, & pendant que nous étions oc-

cupés à cela, le contre-maître découvrit mon
coffre qui flottoit fur l'eau tout près du bord,
& heureufement il le tira à terre : j'y avois
mon argent, mon linge, & mes livres de
compte. Nous le prîmes à l'infçu de l'étranger,
& nous l'enterrâmes dans un endroit que je remarquai avec foin pour pouvoir le trouver
dans la fuite : car cet homme-là nous avoit donné à entendre, que c'étoit fa coutume de venir
fur le bord de la mer, après une violente tempête, pour y recueillir le débris des naufrages
qui étoient très-fréquens le long de cette côte.
Ainfi il étoit à craindre qu'il ne trouvât le moyen
de fe défaire de nous, ou qu'il ne nous aban-
donnât fans nous conduire à quelque plantation, dans l'efpérance de s'emparer de nos effets que la mer avoit jettés fur le rivage.

Lorfque nous eûmes recueilli ces débris de
notre naufage, nous nous éloignâmes de ce
trifte fpectacle, pour nous rendre à la plantation de l'étranger qui étoit à dix milles de là.
Il nous y conduifit au travers des bois, par le
moyen de certaines marques faites à des arbres
où nous ne connoiffions rien, nous y arrivâmes
en quatre heures de tems; car j'avois ma montre
dans ma poche lors du naufrage. Nous eûmes
le plaifir de voir encore une fois la fumée d'une
cheminée ; c'étoit l'habitation de notre guide.

On peut s'imaginer la joie que nous reſſentîmes d'entrer dans une maiſon après les malheurs & les peines que nous venions d'eſſuyer. Cependant nous n'y fûmes pas le mieux du monde ; car nous n'y trouvâmes qu'un peu de bœuf fumé, & du Humminy (1) mais comme il n'eſt ſauce que d'appétit, nous nous en régalâmes à merveilles. Il n'y avoit que deux lits que la famille nous céda ; le capitaine & ſa femme en eurent un, & nous occupâmes l'autre.

J'étois en ſi mauvais état par les fatigues que nous avions eſſuyées, & en particulier pour avoir couché ſur la terre mouillée, que j'en perdis l'ouïe, que je ne recouvrai entièrement qu'après mon arrivée en Angleterre : cela même fut cauſe que je ne pus de deux jours aller chercher mon coffre que j'avois enterré ſur le bord de la mer. Au bout de ces deux jours, je pris avec moi le contre-maître, nos deux négres, & un guide ; & nous fûmes à l'endroit de notre naufrage. Nous mîmes tant de tems à découvrir le lieu où repoſoit ce petit tréſor, que je commençai à déſeſpérer que nous en vinſſions à bout ; mais comme nous étions ſur le point d'en abandonner la recherche, le contre-

_____

(1.) C'eſt du blé d'Inde, moulu, ſéché au feu, & mêlé avec du lait.

maître le trouva heureusement. Les négres se relayèrent pour le porter à notre habitation, où nous retournâmes sans nul accident. J'y avois une assez bonne provision de linge que je prêtai à mes compagnons d'infortune; mais rien n'étoit plus comique que de voir de vrais épouvantails de chénevière, couverts de haillons, avec de belles chemises à manchettes.

Notre hôte se trouva bien dédommagé de l'honnête réception qu'il nous fit par ce qu'il ramassa de notre naufrage. Nous demeurâmes chez lui cinq jours, au bout desquels nous nous mîmes en chemin pour remonter la rivière, résolus d'aller trouver le colonel Carew, lieutenant gouverneur de la Caroline septentrionale, qui étoit une de mes anciennes connoissances. Nous louâmes pour cet effet un canot à deux voiles, & nous nous y embarquâmes tous, avec un autre homme que nous prîmes pour nous aider. Nous remontâmes à la voile le détroit de Ronoke, avec un vent frais; & à huit heures du soir le même jour, nous arrivâmes devant la maison du gouverneur, située sur la rivière de Notaway, qui se jette dans le Ronoke à environ cinquante lieues de la mer. J'envoyai d'abord un de nos gens pour informer le colonel Carew de notre arrivée: il descendit sur le champ, accompagné du capitaine Cratback natif de l'île de Bermudes, que je connoiſſois depuis long-tems. Il avoit quitté cette île peu après que nous en fûmes partis ; & le gouverneur & lui venoient juſtement de s'entrenir ſur mon compte, & de ſouhaiter que j'euſſe échappé de la tempête qu'ils n'ignoroient pas que nous devions avoir eſſuyée. Dès que le colonel m'apperçut, il s'écria, je ſuis au déſeſpoir de votre malheur, je vois bien qu'un mauvais vent vous a amenés ici ; & ſans attendre de réponſe, il nous preſſa d'entrer chez lui, & nous conduiſit tous dans la ſalle à manger, où nous trouvâmes un bon ſoupé, & une grande jatte pleine de punch, avec pluſieurs meſſieurs qu'il avoit invités. Il leur dit en leur faiſant excuſe, qu'ils ne mangeroient ni ne boiroient juſqu'à ce que nous fuſſions raſſaſiés. Nous eûmes bientôt expédié ce qu'on nous ſervit, & l'on prépara un autre ſoupé pour toute la compagnie, dont nous eûmes encore notre part.

Le gouverneur n'ayant pas aſſez de lits pour tout ce monde, le capitaine Bayley & ſa femme furent coucher chez un voiſin nommé M. Glover, & le ſecretaire voulut que j'allaſſe chez lui, à un mille de là. Quand nous y fûmes arrivés, nous y trouvâmes un quartier de jeune cochon, & un coq d'inde, qu'on ſervit auſſi-

tôt fur la table. Je me mis donc encore à manger, & j'avoue que je croyois de ne pouvoir
jamais me raffafier. Après avoir bu copieufe-
ment, nous nous allâmes coucher. Le lendemain nous déjeunâmes avec de la volaille gril-
lée & du chocolat. Je prie mes lecteurs (fi tant
eft que quelqu'un life ceci) de ne point trouver
mauvais que je parle fi fouvent de manger &
de boire, ou du moins d'attendre à fe moquer
de moi qu'ils fe foient vus auffi affamés que je
l'étois alors.

Le jour fuivant nous fûmes dîner chez un
ami du fecretaire ; & comme nous étions à
table, un meffager vint me dire de la part du
gouverneur, & du capitaine Bayley, qu'un
vaiffeau alloit partir dans le moment pour Kakatan (c'eft un port de mer où la flotte de
Virginie s'affemble, pour aller de conferve
avec le convoi en Angleterre) & que tous mes
compagnons d'infortune étoient déjà à bord,
& m'y attendoient. Malgré mon appétit, je fus
obligé de quitter la partie, & de faire toute la
diligence poffible pour me rendre au vaiffeau:
mais mon malheur voulut qu'il fe trouva parti,
& même entiérement hors de vue quand j'arrivai ; un vent favorable s'étant levé tout à
coup, qui avoit obligé le capitaine de mettre
à la voile. Je fus au défefpoir d'avoir manqué

cette occasion, non feulement à caufe de la
compagnie, & de mon coffre qui étoit à bord,
où le capitaine Bayley l'avoit fait porter, s'i-
maginant que j'arriverois à tems; mais encore
parce qu'il étoit à craindre que je ne trouvaffe
pas une pareille commodité avant le départ de
la flotte, & qu'alors je ne fuffe obligé d'attendre
jufqu'à l'année fuivante.

Le gouverneur me voyant fort affligé de ce
contre-tems, m'offrit fon cheval pour aller par
terre à Kakatan, qui eft à environ 120 lieues
de là; & me donna pour guide un honnête
homme de Quaker, qui pour dix pièces de
huit s'engagea de m'accompagner & de rame-
ner le cheval. J'acceptai cette offre avec plaifir, & je partis fans perdre de tems. Nous fîmes
ce même jour près de vingt milles, au travers
des bois où il n'y avoit aucun chemin; mais
mon guide connoiffoit la route par les marques
faites aux arbres, dont j'ai parlé plus haut.
Nous allâmes coucher à la plantation d'un Quaker auquel mon homme dit en entrant, pour
tout compliment, ami, j'amène avec moi un
honnête homme qui a fait naufrage; il s'en va
à Kakatan, & te prie de le loger cette nuit.
Ami, tu peux entrer, lui répondit notre nouvel hôte, tu es le bien venu. Et certes nous
n'eûmes pas lieu d'en douter; il nous fit grand'-

chère, & nous donna le meilleur lit & la plus belle chambre de la maison, pour coucher. Je fus fort satisfait de sa conversation, car c'étoit un homme de très-bon sens.

Le matin, en partant, je voulus lui payer notre dépense ; mais il parut s'en choquer, & me dit, ma maison n'est point une hôtellerie, & nous voyons si rarement des étrangers qu'ils sont toujours les bien-venus : d'ailleurs, à Dieu ne plaise que je prenne quelque chose d'un infortuné comme toi. Nous fûmes reçus de la même manière dans tous les lieux où nous nous arrêtâmes jusques à Kakatan. L'hospitalité est recommandable par-tout, & l'Angleterre se signaloit autrefois à cet égard ; mais il semble que cette vertu se soit à présent réfugiée en Amérique. Le troisième jour de notre voyage, mon cheval tomba avec moi dans une grande fondrière que nous n'apperçûmes point ; & je fus en danger, non seulement de m'y noyer, mais encore que le cheval me fit sauter la cervelle à coup de pied en s'agitant, car il m'avoit renversé sous lui. Je demeurai si long-tems en cet état que je me crus perdu, mon guide ne pouvant me donner aucun secours sans se mettre dans le même péril. A la fin mon cheval, à force de se débattre, mit le pied sur un terrein ferme ; & comme par bonheur je m'é-

tois faifi de l'étrier, il me tira avec lui fur le
fec, à la grande joie de mon homme qui croyoit
que c'en étoit fait de moi. Il eft aifé de s'imaginer que je ne fus pas fort à mon aife le refte de
la journée, étant tout mouillé & tout couvert
de boue; mais l'hôte chez qui nous logeâmes
cette nuit-là, eut foin de faire nettoyer & fé-
cher mes habits qui fe trouvèrent prêts le lendemain matin à mon lever.

Nous voyageâmes les quatre premiers jours
au travers de vaftes forêts, fans rencontrer
ame vivante, excepté dans les endroits où nous
dînions, & où nous logions la nuit. Nos traites
étoient fort différentes, quelquefois de plus de
vingt milles, & d'autrefois feulement de fept.
Nous vîmes des ferpens monftrueux de diverfes
efpèces; mais aucun ne nous approcha jufqu'au
cinquième jour, que marchant tranquillement,
mon cheval fit un écart, & courut plus d'un
mille avant que je puffe l'arrêter. Cependant je
tournai la tête pour voir ce que c'étoit, &
j'apperçus un ferpent à fonnettes d'une grof-
feur prodigieufe, prêt à s'élancer fur mon guide
qui étoit derrière moi; & bien m'en prit, car
fi j'euffe été à fa place j'y aurois certainement
trouvé la mort, ne fachant point comment me
fauver d'un pareil danger. La manière dont
ces ferpens s'élancent eft celle-ci, ils fe plient

en cercles, & roidiſſant leur queue contre la
terre ils s'élèvent tout d'un coup, & ſe jettent
ſur leur proie comme un dard qu'on lance-
roit : mais comme ils ſont quelque tems à faire
cela, ceux qui le ſavent peuvent aiſément les
éviter.

L'unique moyen de guérir la morſure de ces
bêtes venimeuſes eſt d'y appliquer ſur le champ
le cul d'une volaille, & de l'y tenir juſqu'à ce
qu'elle meure, ce qui n'arrive pas toujours. Si
la volaille meurt, il y a eſpérance de guériſon ;
mais ſi elle ne meurt pas, tous les médecins du
monde ne ſauroient tirer un homme d'affaire.
Mon guide me dit que ce ſerpent qui avoit ſi
fort effrayé mon cheval, étoit un des plus
grands qu'il eût jamais vu. En effet je crois qu'il
avoit bien près de 18 pieds de long, & qu'il
égaloit en groſſeur la cuiſſe d'un puiſſant homme.
Il eſt fort rare d'en voir ſi proche des grands
chemins ; mais auſſi il faut dire que celui où
nous paſſions alors eſt très-peu fréquenté. Ces
ſortes de ſerpens font un bruit extraordinaire
avec leur queue, & c'eſt pour cela qu'on les
appelle ſerpens à ſonnettes. Lorſque j'étois à
Philadelphie, un homme m'en montra une qui
avoit environ quatre pieds & demi de longueur,
& qui étoit compoſée de petites jointures, &
couverte d'une peau mince & tranſparente,

comme celle des batteurs d'or. On dit qu'il vient
tous les ans à ces queues une nouvelle jointure;
mais c'est une observation un peu trop difficile
à faire pour y ajouter foi. Celle dont je viens
de parler me parut si légére, que si je ne l'avois
vue en la tenant dans la main, le poids ne m'en
auroit pas fait appercevoir.

La dernière journée de notre voyage fut une
des plus agréables que j'aie fait de ma vie. Nous
marchions dans un beau chemin uni, & ombragé par des arbres au travers desquels on
voyoit, de chaque côté, grand nombre de plantations, & des terres bien cultivées. L'aspect
de ce païs-là me rappella le souvenir de la va-
lée d'Evesham en Angleterre. Je fus coucher
chez le père de mon guide qui avoit mon Ratcliff, n'ayant plus qu'une journée à faire par
eau pour me rendre à Kakatan. Ce bon homme
étoit propriétaire d'une belle plantation sur la
rivière de James, & il y en avoit un si grand
nombre d'autres, tout autour, que cela res-
sembloit à une petite ville.

Le lendemain, qui étoit un dimanche, il y
eut dans cet endroit-là une assemblée générale
des Quakers, & la plupart des anciens dînèrent
chez mon hôte. Quand l'on eut servi, ils se
mirent à faire selon leur coutume de longues
prières; & dès que l'un avoit fini, un autre se
levoit

levoit & prioit à son tour : mais M. Ratcliff les supplia d'abréger pour l'amour de moi les inspirations de l'esprit, & de les réserver pour l'action de graces. Nous eûmes avis, ce jour-là, de Kakatan que la flotte ne partiroit pas encore de quelque tems ; ce qui me fit prendre le parti de demeurer encore deux ou trois jours chez mon généreux hôte qui m'en prioit instamment, & qui n'épargnoit rien pour me régaler. Je fis venir son fils pour le renvoyer au gouverneur avec les chevaux, & comme je lui comptois l'argent dont nous étions convenus, le bon homme entra par hazard & se mit fort en colère contre lui, jusqu'à lui dire qu'il le désavoueroit pour son fils s'il prenoit un sol de moi. Cela ne me fit point plaisir, car le pauvre garçon s'étoit donné beaucoup de peine pour moi, & il n'étoit que juste de l'en récompenser. Ainsi trouvant heureusement quatre verges de mousseline à vendre, je les achetai pour lui en faire présent à l'insçu de son père. J'eus assez de peine à les lui faire accepter, à cause de ce que le bon-homme lui avoit dit.

Trois jours après, nous reçûmes nouvelles que la flotte partiroit dans très-peu de tems ; cela m'inquietta beaucoup, car je ne pouvois pas me rendre à Kakatan sans un bateau, & celui de M. Ratcliff s'étoit brisé avant mon ar-

rivée; mais comme il s'apperçus de mon inquiétude, il m'en fit avoir un. Il se trouva encore une autre difficulté; c'est que je ne pus
trouver personne, même en payant, pour tirer à la rame. Hé bien, me dit mon hôte,
puisque nous avons un bateau, ne te sois
point en peine de gens pour le conduire; mes
enfans & moi nous t'accompagnerons. Nous
partîmes donc, & nous arrivâmes à Kakatan:
mais nous fûmes bien étonnés de n'y trouver
que cinq navires, un desquels étoit celui qui
avoit pris à bord le capitaine Bayley & le reste
de notre troupe infortunée; ainsi j'eus la satisfaction de rejoindre ma compagnie, & de
recouvrer mes hardes.

Quoique la flotte ne se fût pas encore ras-
semblée, le lieu étoit si plein de gens qui venoient pour l'attendre, qu'on ne pouvoit trouver de logement. J'en étois moins fâché pour
moi que pour mon généreux Quaker qui avoit
eu la bonté de m'accompagner. Je rencontrai
par hazard un certain M. La Creuze, à présent
marchand de vin à Londres dans la rue de Saint-
Martin des Champs, qui devoit partir pour
l'Angleterre avec nous. Comme je le connois-
sois particuliérement, & qu'il vit la peine où
nous étions, il m'offrit la moitié de son lit. Je
l'acceptai pour mon honnête homme de Qua-

ker, que je ne pûs pourtant jamais réſoudre à
en faire uſage : ainſi je couchai avec M. La
Creuze moi-même, & M. Ratcliff & les
fils s'accommodèrent comme ils purent ſur le
plancher.

Cependant on reçut de nouveaux avis à Kakatan, qu'il ſe paſſeroit plus de quatre mois
avant que la flotte Angloiſe s'y fût raſſemblée :
ainſi je pris la réſolution de profiter de ce
tems-là, pour aller faire un tour à Philadelphie.

Je ne ſavois comment m'y prendre pour reconnoître toutes les bontés de mon généreux
hôte, M. Ratcliff, car il ne vouloit entendre
parler d'aucune eſpèce de dédommagement : à
la fin je m'aviſai de cet expédient. J'achetai un
petit barril de rum, liqueur fort eſtimée dans
les plantations, & je priai mon bon-homme
de Quaker d'ajouter à toutes les obligations
que je lui avois, celle de ſe charger de ce barril, avec une lettre, pour M. Randal, un de
ſes voiſins. Et dans cette lettre il y en avoit
une autre pour lui-même. Je priois M. Randal,
en lui expliquant tout le myſtère, de la lui
remettre, & je l'informois que le rum étoit
deſtiné pour lui, comme une légère marque de
ma reconnoiſſance. Le lendemain il partit avec
ſes fils, ſans vouloir rien prendre même pour

Cc ij

le louage du bateau, quoique j'en euffe fait moi-même le marché.

Comme le vaiffeau qui devoit me porter à Philadelphie n'étoit pas encore déchargé, je fus obligé de demeurer fept jours davantage à Kakatan. Ce n'eft point un lieu de grand abord, excepté dans le tems que la flotte fe difpofe à partir pour l'Angleterre, ce qui n'arrive qu'une fois l'année; ainfi il ne faut pas s'attendre à y trouver beaucoup de commodités pour le féjour.

La veille de mon départ, je reçus une lettre de mon bon humain de Quaker, avec un préfent d'un petit cochon falé, & de quelques coqs d'inde, qu'il m'envoya par eau. Voici la teneur de cette lettre.

Ami Caftelman,

» J'ai reçu ton préfent d'une manière fort
» fingulière; & quoi que cela m'ait fait beau-
» coup de peine, je ne laiffe pas de t'en re-
» mercier, & de t'affurer que nous en confer-
» verons, moi & les miens, un fouvenir plein
» de reconnoiffance. Je te prie d'accepter ce
» que je t'envoye, comme venant de la part
» d'un véritable ami, & je te recommande à
» la protection de Dieu.

J. RATCLIFF,

Le vaisseau sur lequel je m'embarquai pour Philadelphie, n'avoit qu'une seule cabane, qu'une passagère avoit déjà prise ; de sorte que je fus obligé de coucher la nuit sur le pont, n'ayant pour toute couverture qu'une voile dont je m'enveloppai. Cependant les vagues, en se brisant contre notre vaisseau, réjaillissoient de tems en tems sur nous, & rendoient la place peu tenable ; & quoi que cela ne fût rien en comparaison de ce que j'avois souffert auparavant, je ne laissai pas d'en être plus incommodé. Nous fîmes tant de diligence, que le second soir nous arrivâmes à Newcastle sur la rivière de Delaware ; & nous obtînmes du maître du navire de passer-là la nuit. Je trouvai un très-bon logement dans une maison publique, & ce fut la première fois depuis mon naufrage, que je payai pour ma dépense.

Newcastle, capitale de la comté du même nom, est une belle ville, bien bâtie, & située sur une éminence d'où l'on découvre un beau païs qu'arrose la rivière de Delaware, ce qui fait une agréable perspective. Les Hollandois l'ont fondée, mais ils ne l'ont pas possédée long-tems. Il y a aujourd'hui cinq cens belles maisons, & des fondemens pour un grand nombre d'autres. Comme ses richesses s'accroissent tous les jours par le commerce, il n'y a pas de doute que ſes édifices & ſes habitans n'augmentent auſſi à proportion. J'ai appris depuis peu qu'on avoit découvert au voiſinage de cette ville une belle mine de fer.

Le jour ſuivant nous dînâmes à Cheſter. C'eſt une petite ville fort propre, ſur la même rivière, qui contient près de trois cens maiſons. Nous y fûmes très-bien régalés par une perſonne du lieu, qui voulut venir avec nous à Philadelphie. Nous fîmes la journée du monde la plus agréable; &, entr'autres choſes, nous eûmes le plaiſir de voir quantité de villes, de villages, & de plantations, qui ſont aux deux côtés de la rivière; & le ſoir nous débarquâmes heureuſement à Philadelphie capitale de la Penſylvanie.

La Penſylvanie tire ſon nom de Guillaume Penn écuyer, fils de Guillaume Penn, chef d'eſcadre dans la dernière guerre contre les Hollandois, où il fit paroître beaucoup de courage & de conduite. Son fils, à préſent propriétaire du pays, eut quelque peine à obtenir de la cour ſa patente à ce ſujet, parce qu'il s'étoit déclaré chef des ſectaires connus ſous le nom de Quakers. La Penſylvanie renferme toute cette étendue de terre qui eſt entre le quarantième & le quarante-cinquième degré de latitude ſeptentrionale, y compris les îles,

rivières, côtes, & bayes : c'est un des plus
riches pays de l'Amérique qui relèvent des rois
de la grande Bretagne. L'air en est agréable,
fain, & très-rarement chargé de nuages. Quoique l'hyver y soit généralement plus froid qu'en
Angleterre, on y en a vu plusieurs tout de suite
fans gelée : l'été y est aussi plus chaud. Les jours,
en hyver, y sont deux heures plus longs que
les nôtres, & en été deux heures plus courts ;
ce qui vaut mieux sans contredit pour toute
forte d'affaires. Il y a certainement peu de pays
au monde mieux situés que celui-ci, soit pour
l'agréable, soit pour l'utile : il est borné à l'o-
rient par la Jersey occidentale, à l'occident
par la Virginie, au septentrion par le Canada,
& au midi par le Maryland, qui sont tous de
beaux établissemens Anglois, à la reserve du
Canada.

Les habitans naturels de ces divers pays
sont, à ce qu'on croit, des restes des dix tri-
bus dispersées des juifs ; mais je ne comprends
pas sur quoi cette opinion est fondée. J'avoue
que l'on remarque parmi eux quelques-unes
des coutumes de cette ancienne nation ; cependant comme chaque peuple a ses usages particuliers, il me semble qu'on ne peut rien con-
clure de là. Il est certain qu'ils ont quelque
chose de l'air des juifs ; ils observent les nou-

velles lunes , & ils offrent les prémices de
leurs fruits à leurs idoles. Ils font communément bien faits , & leurs traits bien proportionnés ne laiſſent voir en eux ni les groſſes
lévres, ni les nez plats des négres. Naturellement bons & paiſibles , ils ſe mettent difficile-
ment en colère ; mais auſſi quand ils ſont irri-
tés, on ne les appaiſe pas aiſément. Un procédé
doux & humain les gagne beaucoup plutôt que
des manières mépriſantes & dures. Il eſt fort
rare qu'ils faſſent tort à de bons maîtres , ou
qu'ils les ſervent mal ; bien loin de là , j'en ai
ſouvent vu expoſer leurs vies pour eux. Leur
langage a quelque choſe de pompeux & de ſo-
nore , quoiqu'il ne ſoit rien moins qu'abon-
dant , car le même mot a pluſieurs ſignifica-
tions. Je vais en donner un petit échantillon
que m'a fourni un de mes amis , nommé M.
Thomas.

*Hodi hita nee huska apeechi, nee machi Pen-
ſylvania huska dogwachi Keshow apeechi nowa ,
huska hayly ohetena koon peo.* Ce qui ſignifie ,
adieu mon ami , je m'en vais dans peu à la Penſylvanie : nous aurons bientôt une lune froide
qui ſera ſuivie de fortes gelées.

Ils plongent leurs enfans dans l'eau dès qu'ils
ſont nés , pour leur endurcir le corps. Les
hommes s'occupent à chaſſer ou à pêcher , &

Les femmes à cultiver la terre & à avoir soin de leurs enfans qui marchent ordinairement à neuf mois. Ils connoissent assez bien, pour la plupart, les simples & leurs vertus; & quand ils sont malades, ils s'en servent avec succès. Ils sont extrêmement charitables; & si quelqu'un parmi eux a le malheur de devenir aveugle, estropié, ou de quelque autre manière que ce soit hors d'état de gagner sa vie, ils ont soin qu'il ne manque de rien. Les garçons suivent leur père à la chasse ou à la pêche, dès l'âge de six ans; & quand ils y ont acquis quelque expérience, & qu'ils atteignent leur seizième année, ils peuvent se marier. Les filles demeurent à la maison avec leur mère qui les instruit dans les occupations attachées à leur sexe. Les femmes y sont fort modestes & fort chastes, & l'on ne sauroit leur faire un plus sanglant affront que de leur tenir des discours contraires à la pudeur. Chez ces peuples l'adutère est puni de mort.

Leurs maisons sont généralement petites & chetives, ils n'ont pour tous meubles qu'un pot, deux ou trois calebasses, & un godet. Quand ils voyagent, ils couchent dans les bois auprès d'un feu qu'ils allument pour écarter les bêtes sauvages. Ils sont d'un naturel porté à la joie, riant & chantant continuellement, lors

même qu'ils travaillent, Ils ont quelques chan-
sons particulières, mais l'air en est assez mauvais, & leurs instrumens de musique ne valent
pas mieux. La sobriété est une de leurs vertus,
excepté quand ils peuvent avoir des liqueurs
des Européens, car alors ils ne cessent de boire
jusqu'à ce qu'ils tombent par terre : j'en ai vu
plus d'une fois étendus comme des pourceaux
au milieu des grands chemins & des rues. Dès
qu'ils sont un peu revenus à eux, ils se plongent
dans l'eau, cueillent certaines herbes, en ex-
priment le suc dans une calebasse, & le boivent;
ce qui les remet aussi-tôt, & prévient les mauvaises suites que pourroit avoir leur yvresse.
Ils parviennent communément à l'âge de soi-
xante-dix ans, mais fort peu atteignent quatre-
vingt. J'ai entendu une fois un Indien parler à
un autre, à son lit de mort, de l'incertitude
de la vie, & du bonheur dont il alloit jouïr
dans la compagnie de leur dieu, où il ne man-
queroit ni de grain, ni de bois, ni d'aucune
autre chose nécessaire. Cependant la plupart
d'entre eux sont instruits au christianisme; il y
a des écoles où on leur apprend à écrire aussi-
bien qu'à lire, & l'on peut dire qu'ils ont généralement beaucoup de docilité.

La Pensylvanie abonde en tout ce qu'on peut
souhaiter pour la vie, & même pour le luxe.

Les bois fourmillent de pigeons, de faisans, de cailles, de perdrix, de bécasses, de bécassines, de coqs sauvages & de plusieurs autres sortes d'oiseaux excellens à manger. Autour des rivières on trouve des oyes, des canards, des cignes, des sarcelles, des plongeons, &c. en quantité: & dans celles dont le fond est couvert de gravier, des harengs, des éperlans, des rougets, des vendoises, des anguilles, des perches, des saumons, des truites, des aloses, & plusieurs autres espèces de poissons qu'on ne connoît pas en Europe: Outre cela, il y a de belles grandes huitres qui sont beaucoup meilleures qu'aucune que j'aie jamais mangé en Angleterre, & qu'on peut acheter au marché à un prix fort raisonnable.

Les bois produisent des cédres, des mûriers, de la vigne sauvage, des noyers, des hêtres, des frênes, des châtaigners, & de très-beaux chênes, dont on se sert pour la construction des vaisseaux. Je sai que quelques habitans ont fait du vin avec des raisins de leur propre crû, mais je ne l'ai pas ouï fort vanter.

Les Hollandois furent les premiers étrangers qui abordèrent dans ce pays; ils y firent peu d'établissemens, se contentant de trafiquer avec les Indiens, pour en avoir des peaux, des four-

rures, &c. En échange de quoi ils leur don-
noient du rum, de la bière, & du sucre. Il y
vint ensuite une colonie de Suédois qui commencèrent à y planter, & à cultiver la terre.
Les Hollandois ne virent pas de bon œil ces
interlopes, comme ils les appelloient, & les
menacèrent de leur faire la guerre; ce que les
Suédois prévinrent en leur abandonnant leurs
plantations, & retournant chez eux.

Pendant la dernière guerre contre les Hollandois, le chevalier Robert Carr fit une des-
cente dans ce pays, les en chassa entiérement,
& en prit possession pour la couronne d'Angleterre en l'année 1666; il en a laissé une relation qui porte son nom, en qualité de gouverneur. Mais l'année suivante les Hollandois s'y
rétablirent, & le peu d'Anglois qui y restoient
se retirèrent dans les autres colonies Angloises
qui pouvoient mieux se défendre contre les
invasions des étrangers.

Les Hollandois se maintinrent dans la possession de ce beau pays jusqu'à la conclusion
de la paix entre l'Angleterre & la Hollande,
qu'il fut rendu aux Anglois. Cependant ces
derniers ne commencèrent à s'y bien établir
qu'en 1682, l'année d'après que M. Penn eut
obtenu sa patente. On y bâtit alors en moins
d'un an plus de trois cens maisons qui formèrent

une petite ville à laquelle M. Penn donna le nom
de Philadelphie, qui veut dire amour fraternel.
Cette ville est située fort avantageusement sur
une petite éminence, dans une langue de terre
que forment deux belles rivières navigables,
à deux cens milles de la mer, & cependant
des vaisseaux de cinq cens tonneaux peuvent
y venir décharger leurs marchandises sur le
quai.

Le pays d'alentour est riche, bien arrosé &
bien couvert, la terre y est fort fertile, & l'on
y moissonne vers le commencement de juillet.
Les jardins & les vergers y produisent absolument toutes les racines, les fruits, & les fleurs
que nous avons en Angleterre, & plusieurs
autres qui sont particulières au pays. L'air y
est si sain qu'on peut s'y passer de médecins ;
& d'ailleurs les habitans se guérissent eux-mêmes
de leurs maladies accidentelles par le moyen
des simples. On n'y a que faire non plus d'avocats ni de juges, parce que le peuple y est naturellement bon & enclin à la paix ; s'il arrive
quelque contestation entre eux, elle est aussi-
tôt décidée par un tiers, sans qu'il soit nécessaire d'en venir à un procès dans les formes.
Tout le pays est divisé en six comtés, ou provinces, savoir Chester, New-Castle, Kent,
Bucks, Suffex, & Philadelphie. Chaque comté

envoye six députés à l'assemblée générale qui
se tient à Philadelphie. Toutes les capitales de
ces comtés, qui portent le même nom, ont
une foire tous les ans, & un marché toutes les
semaines, étant situées très-commodément pour
trafiquer avec les lieux d'alentour.

On trouve dans ce pays d'excellentes mines
de cuivre qui surpasse le meilleur d'Angleterre,
soit pour la couleur, soit pour la finesse. On y
a aussi découvert nouvellement des mines de
charbon, & plusieurs sources minérales dont
on retire les mêmes avantages que de celles
de Bath, de Tunbridge, on d'Epsom. Certains
lieux fournissent abondamment de la pierre
pour bâtir qui est belle & bonne, & une autre
sorte de pierre mince dont on couvre les
toits, beaucoup plus propre que nos tuiles
d'Angleterre. On y trouve encore de l'aimant,
& la pierre de Salamandre dans les veines de
laquelle il y a une substance semblable à du cotton, qui ne se consume point dans le feu.

Les bois ont des loups, des panthères, des
ours, des bêtes fauves, des lièvres, des ga-
zelles, des renards, des lapins de toutes sortes, des écureuils, des castors, &c. dont les
peaux apportent un grand profit aux chasseurs.
On y trouve encore un animal nommé opossum,
qui a une espèce de ventre postiche où ses pe-

tits se retirent, lorsqu'il est en quelque danger; & l'écureuil volant qui a des aîles comme
la chauvesouris; j'en ai souvent vu voler d'un
arbre à l'autre. Les cerfs, les buffles, & les
élans y sont aussi fort communs, & délicieux
à manger. On les achète ordinairement, & à
un prix raisonnable, des Indiens qui savent
mieux y chasser que personne. Il y a des ré-
compenses établies, pour ceux qui tuent un
loup ou un ours, ce qui en a fort diminué le
nombre; & du reste chacun a la liberté de
chasser & de pêcher sans empêchement. On
trouve beaucoup de loutres aux environs des
rivières; & une si grande quantité de gre-
nouilles dans les marais, que leur croasse-
ment rompt la tête, sur tout celui d'une certaine espèce qu'on appelle la grenouille tau-
reau, parce qu'elle fait un bruit pareil au
mugissement de cet animal; c'est la basse du
concert.

Si les pauvres gens en Angleterre connoissoient tous les avantages de la Pensylvanie, &
la facilité qu'on a d'y gagner sa vie, ils ne tarde-
roient pas à s'y transplanter pour se mettre à
couvert de la misère qui les poursuit : le moindre valet y est mieux payé qu'en Angleterre. Si
l'on y transportoit des criminels, on trouveroit bien moyen de les occuper, & de ré-

primer en même tems les vices pour lesquels on les punit ; car, dans ce pays-là, un voleur est obligé, par les loix, à rendre le quadruple de ce qu'il a volé ; &, s'il n'a pas de quoi satisfaire, on le fait travailler jusqu'à entier dédommagement ; mais tout y abonde si fort, que les voleurs n'ont pas besoin d'exercer leur pernicieux talent.

Les bœufs, moutons, porcs, agneaux, veaux, &c. égalent ce que nous avons de meilleur en Angleterre en ce genre ; & les habitans en trafiquent avec les îles au-dessus du Vent, d'où ils rapportent en échange du rum, du sucre, de la melasse, & des pièces de huit. Leurs chevaux sont beaux, forts & courageux, & ne se nourissent ordinairement que d'herbe. Ce qu'il y a de singulier, c'est qu'à la fin de la journée, & lors même qu'ils ont le plus fatigué, on les envoye tout chauds aux pâturages, sans crainte qu'ils se morfondent. Le pays produit encore en abondance des pommes & des poires, dont on fait une grande quantité de cidre & de poiré fort sain & de bon goût.

Il y a dans la Pensylvanie plusieurs villes, belles & bien bâties, dont Philadelphie est la capitale, comme je l'ai déjà dit. Cette ville est vaste, superbe, & fort peuplée, occupant

autant

autant de terrein que la ville de Bristol en Angleterre. Elle est située sur une langue de terre que forment les rivières de Delaware & de Schuylkill, toutes deux navigables plusieurs lieues au-dessus; & bâtie en échiquier, de manière que deux de ses côtés opposés font face chacun à une de ces rivières : elle a plusieurs rues de près de deux milles de long, aussi larges que celle de d'Holborn à Londres, & mieux bâties, à l'Angloise. Les principales sont Broad-street (la rue large), King-street (la rue du Roi), & High-street (la haute rue). Il y en a un grand nombre d'autres, fort jolies, qui prennent leurs noms des diverses productions du pays, comme Mulberry-street (la rue du Meurier), Walnut-street (la rue du Noyer), Beech-street (la rue du Hêtre) Sassafras-street (la rue du Sassafras), Cédar-street (la rue du Cèdre), Vine-street (la rue de la Vigne), Ash-street (la rue du Frêne), & Chesnut-street (la rue du Châtaignier). Ces rues ont grand nombre de cours, d'allées, & de culs-de-sac que forment des maisons bien bâties. Au-dessous de la ville, il y a plusieurs chantiers où l'on construit de grands vaisseaux; & selon un calcul modéré, on y a lancé en quarante ans près de trois cens navires, sans compter les petits bâtimens, ce

Dd

qui peut donner quelque idée de la richeſſe des habitans. Quantité de marchands y ont caroſſe, les boutiques y ſont bien achalandées, & les rues fourmillent de monde. Toutes les religions y ſont tolérées, ce qui ne contribue pas peu à y faire fleurir le commerce. Ceux de la religion anglicane y ont une aſſez belle égliſe qui fut bâtie en 1695; & j'apprends qu'on vient d'y jetter les fondemens d'une ſeconde. Les quakers, qui y ſont le plus grand nombre, ont auſſi pluſieurs lieux où ils s'aſſemblent. Il y a une égliſe réformée de Suédois. M. Rudman qui en eſt le paſteur, eſt un homme d'un grand ſavoir, & d'une piété exemplaire; quand il prêche, les quakers vont l'entendre avec autant d'empreſſement que les proteſtans. Qu'il me ſoit permis de rapporter un trait de ſon humilité & de ſa piété. Lorſqu'on prenoit des ſouſcriptions pour bâtir l'égliſe, il ſouſcrivit pour une ſomme conſidérable; mais quand il fallut la payer, il ſe trouva hors d'état de le faire; cependant, pour ne pas manquer à ſa parole, il s'engagea avec l'entrepreneur à tant par jour pour porter le mortier, juſqu'à ce qu'il eût gagné, par ſon travail, tout l'argent qu'il avoit ſouſcrit. Rare exemple de zèle pour la religion! Et je crois que ſi l'on n'avoit pas d'autre reſſource pour bâtir les égliſes dans une certaine île, l'ouvrage avanceroit bien lentement. Il y a des maiſons ſur le quai qui ont coûté juſqu'à ſix mille livres ſterling. En particulier la braſſerie de M. Badcok eſt un grand & magnifique bâtiment ; on y voit une cuve d'une grandeur prodigieuſe, puiſqu'elle contient huit tonneaux de bière meſure d'Angleterre.

C'eſt dans cette ville que ſe tiennent les cours de judicature pour la province, & l'aſſemblée générale de tout le pays. Cette aſſemblée reſſemble aſſez à un parlement dépendant, à-peu-près comme les parlemens des villes de France, qui relèvent de celui de Paris la capitale. Il y a trois foires chaque année, & deux marchés chaque ſemaine. Dans le tems des foires, il s'y rend une ſi grande quantité de monde, qu'on a peine à y trouver du logement, auſſi bien que dans les plantations voiſines.

Le gouvernement & les loix y ſont les mêmes qu'en Angleterre. Le conſeil eſt compoſé de proteſtans & de quakers, mais les officiers publics ſont pris d'entre les premiers. Le gouverneur eſt nommé par S. M. Britannique ; les autres magiſtrats ſont le maître des rôles, quatre juges, un juge de l'amirauté, un avo-

cat général, un fecretaire, un tréforier, un
greffier, un clerc à paix, un commiffaire,
& un infpecteur général. Ces magiftrats, avec
huit membres du confeil, compofent ce qu'on
appelle le gouvernement de la ville. On fait
monter le nombre des habitans au-délà de
15,000, fans compter les efclaves. Il n'y a
prefque aucune forte de commerce en Angleterre, qu'on ne faffe auffi à Philadelphie ;
& les ouvriers de toute profeffion y font
mieux payés ; un tailleur à la journée y gagne
douze fchelins la femaine, outre fa nourriture.

On y a nouvellement établi une grande pofte,
où l'on reçoit les lettres de tout le pays pour
les envoyer à Bofton dans la nouvelle Angleterre, à Charles-town dans la Caroline, &
aux autres lieux voifins. La terre qui eft encore en friche, s'y vend dix fois la valeur
de ce qu'on en donnoit au commencement,
quoiqu'on n'en trouve point à dix milles autour de la ville. Et ce qu'on vendoit autrefois
dix livres fterling dans le voifinage, en coûte
à préfent plus de trois cens. Tous les ouvrages
de femme y font fort chers, à caufe du petit nombre d'ouvrières qu'il y a ; car il eft
peu de filles, fans en excepter même celles
du plus bas étage, qui ne s'y marient avan-

tageufement, de forte que dès-là elles tiennent au-deffous d'elles de travailler. Le propriétaire de ce beau pays eft, comme je l'ai déjà dit, Guillaume Penn, écuyer ; il a une magnifique maifon de campagne, nommée Pensbury, qui eft fituée fur trois petites îles, fi je puis les appeller ainfi ; car la rivière de Delaware en fait trois fois le tour. Dans les vergers & les jardins de cette maifon, on trouve toutes les efpèces de fruits, de racines, & d'herbes que l'Angleterre produit, & bien d'autres qui font particulières au pays. On fait de très-bon papier en Penfylvanie, du linge, des droguets, des crépons, des camelots, & des ferges, dont les habitans font un grand commerce. La plupart des marchands & même quelques artifans ont des maifons de campagne bien bâties & bien meublées. On n'a jamais ouï parler dans ce pays d'aucune infulte de la part des Indiens, ce qu'on ne peut pas dire des autres plantations du continent. Auffi ne les traite-t-on pas en efclaves ; car on leur paye leur travail & leurs marchandifes tout comme aux Européens ; d'ailleurs les chrétiens y font à proportion en plus grand nombre que dans aucun autre lieu de l'Amérique. La plupart des naturels font apprendre à lire & à écrire à leurs enfans ; & quelquefois ils les mettent

en apprentiffage chez les Européens, où ils
deviennent bientôt auffi habiles dans leur profeffion que leurs maîtres. On peut dire qu'au
milieu de la guerre qui fe fait à préfent fentir
prefque par-tout, on jouit dans ce pays des
douceurs de la paix. Il eft trop éloigné de
la mer pour avoir à craindre les invafions d'un
ennemi étranger; outre qu'il y a plufieurs forts
fur la rivière de Delaware, dont il faudroit
fe rendre maître avant que de pouvoir arriver
à Philadelphie. Cependant lorfque j'y étois,
il fe répandit un bruit que les François avoient
débarqué dans la baye, & commis divers actes
d'hoftilité: ce qui allarma toute la ville; mais
ce bruit fe trouva fans fondement, & il y eut
des gens qui crurent qu'on l'avoit femé pour
voir comment les habitans fe mettroient en
état de défenfe, & fi l'on pouvoit compter
fur les quakers en cas d'invafion. Le gouverneur fe mit à la tête d'environ 700 hommes,
& exhorta les frères à combattre pour la défenfe de leurs vies & de leurs biens; mais
ils déclarèrent qu'il ne leur étoit pas permis
de fe fervir des armes charnelles, qu'ils fe
retireroient & prieroient pour nous. Les habitans apportèrent à l'envi à manger & à boire
aux foldats qui s'en donnèrent au cœur joie.
Avant la nuit, la nouvelle vint que c'étoit

une fauffe allarme : ce qui, je crois, ne déplut à perfonne.

J'allois quelquefois me promener dans la chaleur du jour, avec des perfonnes de la ville, à Fair-mount, qui eft un fort joli endroit, ombragé d'arbres, fur la rivière de Schuylkill. Un jour, retournant au logis, l'efprit tout occupé de certaines chofes dont je m'entretenois avec ma compagnie, comme je franchiffois le pas d'une haye, je vis devant moi un ferpent étendu à terre de l'autre coté, qui étoit apparemment endormi. Il ne fut point en mon pouvoir de me retirer à cette vue ; & la pefanteur de mon corps l'emportant, je mis juftement le pied fur la tête & fur une partie du cou de ce reptile, plutôt par une direction particulière de la providence, que de deffein prémédité. Sur le champ, il s'élança, & s'entortilla autour de ma jambe droite & de mon corps, avec tant de force, que je crus qu'il m'étoufferoit. Cependant je ne lâchai point prife ; j'appuyai fi ferme mon pied fur fa tête, que je l'écrafai ; & il tomba mort en peu de tems. Il n'eft pas poffible d'exprimer ce que je fentis dans cette rencontre ; le feul attouchement de cet animal m'avoit prefque ôté la refpiration ; & ce fut le plus grand bonheur du monde, que je ne levai pas mon

pied de dessus sa tête, car il m'auroit certainement mordu. Je demeurai un assez long-
tems avant que de pouvoir revenir de ma
frayeur, & j'en fus vraiement malade tout le
lendemain. Quelques-uns de ceux qui étoient
avec moi eurent la curiosité de mesurer ce
serpent, & ils trouvèrent qu'il avoit six pieds
& neuf pouces de long, & dix pouces de
tour depuis le cou jusques à environ trois pieds
de distance de la queue. Depuis cet accident,
j'ai toujours eu bien soin, toutes les fois qu'il
m'a fallu enjamber quelque pas de haye, soit
en Pensylvanie, soit en Angleterre, de regarder devant moi, tant la frayeur avoit fait
d'impression sur mon esprit.

Je séjournai à Philadelphie près de quatre
mois, & j'y fus bien régalé par diverses personnes de la ville. Je suis ravi d'avoir ici une
occasion de leur témoigner publiquement ma
reconnoissance de toutes les honnêtetés que
j'en ai reçues, sur-tout à M. Brooks, que je
trouvai par hasard à Philadelphie. Il étoit occupé alors à ramasser des souscriptions pour
bâtir une église près de la Nouvelle-York.
Lorsqu'il apprit mon malheur, il eut la bonté
& la charité de m'offrir en prêt une somme
d'argent qu'il avoit entre ses mains, & cela
sur ma simple parole, à condition que je la

lui rendrois quand je ferois de retour en Angleterre par le canal de la fociété pour la propagation de l'évangile dans les pays étrangers. Je n'acceptai point fon offre généreufe, parce que je n'en avois pas befoin ; mais je conferverai une éternelle reconnoiffance de fa bonne volonté.

Je ne dois pas oublier ici les obligations fans nombre que j'ai à fon excellence M. le gouverneur Evans, de même qu'à M. Evans, le commiffaire, de qui j'ai reçu des honnêtetés toutes particulières. Quoique ces meffieurs portent le même nom, ils ne font point de la même famille ; toute la relation qu'il y a entre eux, c'eft qu'ils ont époufé les deux fœurs, filles de M. Moor, receveur des douanes de fa majefté. Le commiffaire vient de retourner à Philadelphie après avoir demeuré près d'un an en Angleterre, à la pourfuite d'un procès qu'il avoit contre le chevalier Guillaume Keith, aujourd'hui gouverneur de la Penfylvanie, au fujet des douanes du roi. A ces diverfes perfonnes qui m'ont honoré de leur protection ou de leur amitié, je dois joindre l'agréable M. Staples, maître à danfer, qui fut le premier étranger de Philadelphie qui me rendit vifite ; & dans la compagnie de qui je puis dire que j'ai paffé avec plaifir bien des heures, que

les triftes circonftances où je me trouvois ne
pouvoient manquer de me rendre fort en-
nuyeufes. J'avois perdu une grande partie de
mes biens, j'étois en pays étranger, & mes
amis, de qui j'aurois pu attendre quelques fecours, étoient tous auffi éloignés que l'Angleterre ; car pour M. Jones, il étoit trop embarraffé dans fes propres affaires pour que je duffe
efpérer quelque affiftance de fa part. En falloit-
il davantage pour jetter un homme dans la dernière mélancolie ? Mais les habitans de Philadelphie font naturellement généreux, & c'eft
un grand crime parmi eux que de ne pas faire
honnêteté aux étrangers : de forte que fi j'étois
obligé de vivre hors du pays de ma naiffance,
je n'héfiterois pas un moment à choifir Philadelphie pour le lieu de ma retraite. C'eft là que
ceux qui font opprimés dans leurs biens, ou
dans leur confcience, peuvent trouver un afyle
affuré, & attendre tranquillement la mort fans
craindre la difette.

Au commencement d'août les nouvelles vinrent que la flotte feroit prête à partir de Kakatan vers la fin du même mois, de forte que
je penfai tout de bon à retourner dans ma patrie. Je me joignis à quatre nouveaux compagnons de voyage; & le cinquième d'août nous
prîmes congé de nos amis, & de l'aimable ville

de Philadelphie, dont le souvenir me sera toujours cher. Nous louâmes un bateau pour descendre la rivière de Delaware, & nous couchâmes la première nuit dans une plantation dont le maître étoit de la connoissance de l'un de nous; il nous régala avec la civilité ordinaire aux habitans du pays. Le lendemain nous dînâmes sur le bateau, & le soir nous arrivâmes à Lewis, environ à cinquante lieues de Philadelphie, & à vingt de la mer : nous nous y arrêtâmes trois jours. Cette ville est la capitale de la comté de Sussex, & est bâtie sur la rivière de Hoorkill qui se jette dans celle de Delaware. Un peu au dessus commence la baye de Delaware formée par le cap Guillaume & par le cap Jacques; ce dernier est la borne la plus reculée de la Pensylvanie. Pendant que nous séjournâmes à Lewis, j'eus la curiosité d'aller dans les bois pour y voir ramasser du miel, ce qui est permis à tout le monde à cause de la grande quantité qu'il y en a; aussi a-t-on à Philadelphie la meilleure cire d'abeilles pour quatre sols la livre. Nous y mangeâmes les plus grandes huitres, & les plus grands pétoncles que j'aie vus de ma vie; en particulier on nous servit des pétoncles qui avoient six pouces de diametre hors de la coquille, & qui étoient d'ailleurs de fort bon goût : on fait de ces coquillages, &

de quelques autres, une espèce de soupe qui
eſt très-nourriſſante & très-bonne. De Lewis
nous traverſâmes à pied une langue de terre
de huit milles de large, qui eſt entre la rivière
de Delaware & la baye de Cheſapeak. Par là
nous gagnâmes trois ou quatre jours de navigation; ce qui nous fit plaiſir, voulant nous
rendre au plutôt à Kakatan où nous étions in-
formés qu'il y avoit un navire tout neuf, nommé le Globe d'environ 500 tonneaux, & de 24
pièces de canon, qui vouloit bien prendre des
paſſagers, & qui étoit prêt à partir pour l'Angleterre avec la flotte. Nous avions pris des
chevaux pour porter notre petit bagage, pendant que nous marcherions à notre aiſe. Nous
fûmes dîner à une agréable plantation à moitié
chemin de notre journée. Nous eûmes d'abord
de la peine à parler à deux jeunes filles que
nous trouvâmes ſur la porte de la maiſon,
parce que nous prenant pour des pirates, elles
ne vouloient pas nous écouter; mais à la fin
nous en vinmes à bout, & elles appellèrent
leur père, qui nous reçut avec beaucoup d'honnêteté. Une de ces jeunes filles s'appercevant
que j'avois tiré ma montre pour regarder quelle
heure il étoit, me pria de la lui laiſſer voir, ce
que je fis; mais ce fut quelque choſe de plai-
ſant que la frayeur qui la ſaiſit lorſqu'elle vint

à la toucher : elle ne pouvoit fe perfuader que ce ne fût pas quelque animal vivant par la manière dont elle la voyoit marcher, & par le bruit qu'elle lui entendoit faire. Je lui demandai fi elle n'avoit jamais vu, ou ouï parler de montre auparavant; elle me répondit que non, excepté que fa fœur lui avoit lu quelque livre où il en étoit parlé. Je ne rapporte ceci que pour faire voir la fimplicité & l'innocence des habitans de l'Amérique qui demeurent dans des endroits écartés : ces pauvres filles me dirent encore qu'elles n'avoient été de leur vie, ni l'une ni l'autre, à quatre milles de leur maifon, tant elles étoient peu curieufes.

Nous prîmes congé de notre hôte & de fa famille, & nous arrivâmes le foir même à une plantation fur la baye de Chefapeak où nous couchâmes, & où nous fûmes bien régalés. Le lendemain nous cherchâmes un bateau pour nous tranfporter, à Kakatan : mais il n'y en avoit point, nous fûmes obligés d'attendre qu'il en entrât quelqu'un dans la baye, ce qui nous arrêta là trois jours, au bout defquels il en vint un par hazard où nous nous mîmes, & en peu d'heures nous nous rendîmes à Kakatan. Ce port n'eft autre chofe qu'une grande anfe où toute la flotte fe rend pour mettre à la voile pour l'Angleterre. Il y a quelques mai-

fons çà & là le-long de la baye, qu'on loue
fort cher pendant ce tems là. Kakatan est situé
à dix lieues de la mer fur la rivière de Chesa-
peak qui fépare la Virginie du Maryland. Cette
rivière est la plus grande de toutes celles qui
arrofent les pays de l'Amérique qui rélèvent
de l'Angleterre, & celle qu'on peut remonter
le plus haut ; elle reçoit plufieurs autres rivières qui ne contribuent pas peu à la rendre
ce qu'elle est. Dès que nous fûmes arrivés, nous
nous informâmes du vaiffeau le Globe, & nous
eûmes bientôt fait marché avec le capitaine
pour fa grande cabane, dont il nous accom-
moda à un prix honnête. Nous fîmes provifion
de ce dont nous pouvions avoir befoin pour le
voyage, & le 4 de feptembre le chef d'efcadre
arbora le pavillon du départ.

Ce fut pour moi un beau fpectacle de voir
un fi grand nombre de vaiffeaux faire voile
tous enfemble. Il y en avoit plus de deux cens,
outre les quatre navires de guerre qui nous ef-
cortoient. Nous defcendîmes la rivière, & à la
nuit nous nous trouvâmes vis-à-vis deux caps
de Virginie, celui de Henri & celui de Charles
qui forment l'embouchure de la baye de Chefa-
fapeak. Le lendemain nous quittâmes le continent faifant vent arrière, & nous reçûmes
ordre du chef d'efcadre de nous écarter les uns

des autres, de peur de nous heurter pendant la nuit. Nous continuâmes plufieurs jours notre route avec un bon vent; mais le 28 feptembre nous fûmes menacés d'un grand orage, nous ridâmes auffi-tôt nos voiles en l'attendant, mais il nous accueillit avec tant de violence, que nous fûmes enfin obligés de faire route avec la feule mifaine carguée; & bien nous en prit que notre vaiffeau étoit bon, car fans cela nous étions perdus. Notre flotte fut dans un moment difperfée, & nous vîmes périr plufieurs vaiffeaux avec tout leur équipage, fans qu'il fût au pouvoir des autres de les fecourir. Je commençai alors à craindre que nous n'euffions le même fort, malgré les efpérances que le capitaine nous donnoit, fondé fur la bonté & la force de fon bâtiment qui, comme c'étoit fon premier voyage, étoit effectivement très-bien équippé. Nous fûmes terriblement balotés toute la nuit, & quand le jour parut nous ne pûmes découvrir aucun vaiffeau de la flotte, de forte que nous fûmes obligés de continuer notre route tous feuls, ce qui nous fit faire de nouveau de triftes réflexions. Cependant ce qui nous confoloit, c'eft que la tempête étoit appaifée & que nous avions le vent favorable. Le lendemain nous découvrîmes, à notre grande joie, quarante de nos vaiffeaux marchands, &

un navire de guerre qui s'étoient rassemblés
après l'orage. Lorsque nous les eûmes joints,
on nous fit un triste récit de la perte de plus
de trente vaisseaux de notre flotte, qui avoient
coulé à fond : on avoit seulement sauvé une
partie de la cargaison de sept ou huit, avec
quelques matelots. Une chose qui contribua
beaucoup à ce malheur, ce fut que ces vaisseaux
n'étoient point doublés comme ils auroient dû
l'être, & qu'ils avoient demeuré dans ces mers
quatre mois plus qu'à l'ordinaire, ce qui avoit
donné le tems aux vers de s'y mettre.

Cependant le reste de la flotte que la tempête
avoit dispersée nous rejoignit, & nous continuâmes tous ensemble notre route avec un bon
vent jusqu'à la vue des côtes de France ; mais
pendant la nuit nous nous séparâmes, deux
autres navires & nous, de notre flotte, si bien
que le lendemain matin nous nous trouvâmes
absolument seuls. Cela nous mit dans un danger
d'autant plus grand, que nous étions tout près
d'un pays ennemi. A peine eûmes-nous le tems
de nous reconnoître, que nous apperçûmes un
vaisseau qui venoit à nous. Nous vîmes bientôt que c'étoit un armateur François ; nous
nous assemblâmes pour tenir conseil sur ce que
nous devions faire, & quoique nous fussions
en très-pauvre état, nous résolûmes de nous

préparer

préparer à combattre. Quelques-uns de nos matelots nous conseillèrent de ne point attendre l'ennemi, mais d'aller à sa rencontre pour lui faire croire que nous ne craignions rien. On suivit leur avis, nous fîmes force de voiles, & nous montâmes tous sur le tillac, armés du mieux que nous pûmes. Comme nous avions le dessus du vent, nous portâmes sur l'armateur, résolus en apparence de ne lui faire aucun quartier; ce qui produisit l'effet que nous souhaitions : car dès qu'il vit que nous lui donnions la chasse, il revira de bord, & mit toutes ses voiles au vent pour se sauver, desorte que nous l'eûmes bientôt perdu de vue. Nous nous sûmes bon gré de notre stratagème, & nous continuâmes tranquillement notre route.

Le 3 de novembre nous découvrîmes l'Angleterre, & cette vue nous fit à tous un plaisir infini. Nous rangeâmes la côte le long de la Manche, dans l'agréable attente de mettre encore une fois le pied dans notre patrie ; & le 7 de novembre nous débarquâmes heureusement dans le port de Deal. Nous ne nous y arrêtâmes qu'une nuit, & le lendemain nous louâmes des chevaux pour nous rendre à Cantorbéry où nous prîmes une carosse jusqu'à Gravesend. De Gravesend, nous nous mîmes

E e

dans un bateau de paſſage pour Londres; comme nous remontions la rivière, un vaiſſeau marchand qui la deſcendoit tomba ſur nous d'une manière ſi imprévue, que nous fûmes en grand danger de périr. La plupart des paſſagers ſe levèrent, prêts à ſe ſaiſir des cordages du navire pour ſe ſauver; mais par bonheur il paſſa à deux pouces de notre bateau, & ne nous toucha point. Cela me fit penſer a l'incertitude de la vie, & combien il eſt facile de trouver la mort lors même qu'on à échappé aux plus grands dangers, & qu'on ſe croit le plus en ſureté.

Enfin j'arrivai à Londres le 15 de novembre 1710. J'y rendis graces à Dieu des faveurs extraordinaires, & ſans nombre, qu'il m'avoit accordées dans mes voyages. Et c'eſt dans cette grande ville, où je ſuis maintenant établi, que j'eſpère de paſſer le reſte de mes jours ſans m'expoſer davantage aux dangers de la mer.

Fin des Voyages de Robert Boyle.

TABLE
DES VOYAGES IMAGINAIRES
CONTENUS DANS CE VOLUME.

Fin de la Table.

Contraste insuffisant ou
différent, mauvaise qualité
d'impression

Under-contrast or different,
bad printing quality

www.ingramcontent.com/pod-product-compliance
Lightning Source LLC
Chambersburg PA
CBHW070549030726
47505CB00001B/215